사할린

①

사할린

①

이규정 현장취재 장편소설

산지니

출판된 지 20년이 넘은 소설을 다시 내게 된 동기는, 신문 기자 (문학담당 기자였으나 지금은 간부)의 일깨움과 몇몇 뜻있는 문우들의 권유에 의해섭니다. 이 소설은 문학적 성취도나 일제에 의해 우리가 당한 그 숱한 수탈과 착취, 질곡의 현대사 등을 생각할 때 너무 읽히지 못한 채 묻혀버린 아쉬움이 있다는 것이었습니다. 그래서 다시 출간하려는 용기를 냈지만 출판사에 손해나 끼치지 않을지 내심 걱정이 됩니다.

부산의 일본 영사관 앞에 앉힌 위안부 소녀상 문제로 지금도 일본과는 껄끄러운 관계가 이어지고 있습니다. 사과 한 마디 없이, 10억 엔을 주었으니 이제 아무 소리 말고 소녀상도 철거하라는 일본 당국자를 텔레비전에서 볼 때마다 그 낯짝에 오물을 뒤집어씌우고 싶습니다. 2015년 말에 일본 당국자와 서툰 협상을 벌여 일본에 꼬투리를 잡힌 등신 같은 우리 정부 당국자가 한없이 원망스럽습니다. 우리 정부의 총체적 능력의 한계를 보는 듯한 비애를 느끼기 때문입니다. 정부가 무능하면 그것은 국가의 위상 추락은 물론, 국가 존망에까지 영향을 미칩니다. 대한제국 정부의 무능이 결국 나라를 망친 것은 역사의 교훈입니다. 위안부 문제 협상은 반드시 다시 이루어져야 합니다.

이 소설에도 우리 소녀들이 사할린에까지 끌려가 시달리는 대목이 여러 군데 나옵니다만, 이 소설을 쓸 때는 위안부란 말도 없었고 정신대(挺身隊)라고만 했습니다. 정신(挺身)이란 말은 무슨 일에 몸을 일으켜 앞장서는 것을 뜻합니다. 정신대는 그런 사람들의 무리란 뜻인데, 바로 말하면 왜병들의 성 노예로 꽃다운 우리 소녀들을 수없이 강제로 끌고 가면서 왜것들이 붙인 말입니다. 그런 소녀가 제 어릴 때 우리 동네에서도 있었습니다.

이 소설을 다시 읽어보니, 스스로 말하기는 쑥스럽지만 참 재미있고, 이런 소설을 쓰겠다고 사할린까지 갔던 1991년 5월이 어제의 일처럼 기억되면서 그때가 그립습니다. 다시는 그런 취재여행을 못할 정도로 저는 이미 늙었기 때문입니다. 그러나 몸은 늙었어도 저의 영혼은 늙지 않았습니다. 우리 국민들의 일본 관광 여행조차 저는 꺼리는 사람입니다.

이 소설을 쓰기 위해 여러 가지 문헌 자료를 구하느라고 애썼던 기억이 새롭습니다. 그 문헌들의 일부는 아직도 남아 있습니다. 지금은 쓰던 장편도 건강상의 문제로 일시 중단 상태에 있습니다. 이 장편도 재일동포의 설움과 애환을 다룬 것이고, 이를 쓰기 위해서 몇 번이나 일본을 다녀왔는데 그때마다 의식 없는 우리 관광객들을 수없이 보고 한숨을 쉬었습니다. 온천 여관에서 일시 제공한 실내복 왜옷을 입고 온 골목을 활보하고 다니는 우리 관광객들!

소설을 재출간하면서 제목을 『먼 땅 가까운 하늘』에서 그냥 『사할린』으로 바꾸었습니다. 뜻있는 몇몇 분들의 의견을 참고한 결과입니다.

감사해야 할 분들이 많습니다. 이 소설의 문학적 가치를 평가하면서 결코 그냥 묵힐 작품이 아니라고 저를 일깨워 주신 언론인, 저에게 재출간을 종용하면서 용기를 주신 문우들, 그리고 그 많은

분량의 원고를 다시 타자해 주신 중학교 영어 교사 이인경 님에게
고맙다는 인사를 합니다. 또 오래전에 읽은 감동만 가지고 촌철
살인격의 촌평을 써 주신 이만열 교수님, 바쁘신 가운데도 작품을
다시 읽고 단평을 써 주신 소설가 조갑상 교수와 평론가 남송우
교수의 우정에 감사합니다. 그리고 꼼꼼하게 편집과 교정, 장정의
힘든 작업에 정성을 쏟아 주신 권경옥 편집장, 정선재 편집자 외
여러분과 강수걸 사장께도 깊은 감사를 드립니다.

　다음 글은 이 책을 처음 낼 때인 1996년 여름에 쓴 '작가의 말'
인데 그대로 여기에 다시 싣습니다.

2017년 1월의 아주 추운 어느 날

저자 이규정 씀

　내가 사할린에 대하여 관심을 가진 것은 20년이 넘었다. 우리 역사의 상처, 우리 민족의 맺힌 한, 이런 것들에 대하여 정부 당국이 미처 손쓰지 못한 일이 있다면 이야말로 작가의 몫이라고 생각해 왔기 때문이다. 그래서 고의든 실수든 해결해야 할 문제의 완급에 정확한 판단을 내리지 못하고 있는 역대 정부 책임자들에 대하여 각성을 환기시키고 싶었다. 국내외적으로 처리해야 할 문제가 산적해 있기는 했지만, 그렇다고 언제까지나 사할린 동포의 그 단장의 망향을 방치해 두고만 있을 것인가, 하는 나름대로의 분노 때문이기도 했다.

　또 있다. 이것은 우리 작가들 쪽에 대한 불만이기도 한데, 2차대전이 끝난 지 50년이 지난 지금까지 일제의 만행에 대하여 얼마만큼의 작품을 생산해 내었는가 하는 것이다.

　가령, 독일의 나치가 유대민족에 가한 죄악과는 비교도 안 될 만큼, 일제가 우리 민족에 가한 죄악은 그 질량 면에서 크고도 많은데, 이 문제에 대하여 작가들조차도 거의 망각하고 있는 것이 불만스러웠다. 2차대전 당시 나치의 잔학상은 지금도 끊임없이 소설로, 영화로 제작되어 온 세계에 배포되고 있지 않은가. 이는 세계 곳곳에 흩어져 있는 유대인들의 무서운 민족의식 내지 유대계 지식인들의 투철한 역사의식의 소산이라고 생각한다.

이들 유대인들은 타 민족의 작가를 사서라도 나치 죄악상의 자료를 제공하고 거액의 원고료를 지불하면서까지 이를 작품화하고 그 작품을 바탕으로 다시 영화화하는 일에 끊임없이 열정을 쏟고 있는 것이다. 세계 각국의 유대인 출판업자들이 이러한 사업을 자진해서 맡아 하고, 또 유대계 영화인들의 그런 영화 제작에 온 열정을 쏟고 있는 것이다. 그래서 2차대전 영화라면 지금도 거의 히틀러 군대의 죄악상만 쏟아져 나오고 있는 것이다.

이러한 사실을 생각할 때, 그동안 우리 역대 정부는 무슨 일을 해 왔으며, 우리 작가들은 어떤 글을 써 왔으며, 출판사들은 어떠한 책을 출판해 왔는지 깊이 생각해 보지 않으면 안 될 것이다. 화해를 지향하는 국제화 추세에 우리도 마땅히 동참해야 한다. 이것을 반대하는 사람은 없을 것이다. 그러나 따질 것은 따져, 정리하고 청산해야 할 것을 마땅히 정리, 청산해야 하는데도 어느 정부가 언제 일본과 맞서 이 문제를 당당하게 따져 보았던가.

역사의 파수꾼이어야 하고, 현실의 증거자이어야 할 작가들은 과연 그 몫을 다해 왔던가. 이러한 나름대로의 생각 때문에 나는 사할린 동포의 한(恨), 사할린 동포와 이산가족이 돼 있는 기구한 운명의 국내 사람들의 분노와 슬픔을 소설로 쓰고 싶었다. 그래서 국내 일간지에 게재되는 사할린 관계 기사, 이미 출판된 사할린 관계서적을 보는 대로 모아서 정리하고 읽고 또 읽었다.

한편 나는 또 오래전부터, 아직도 해결의 실마리를 보이지 않고 있는 소위 '보도연맹' 문제에 대하여도 깊은 관심을 가지고 많은 자료를 수집하고 있었다. 그래서 지난 80년에 출판한 전작 장편『돌아눕는 자의 행복』을 쓸 때, 이 문제를 다루었다. 79년에 박정희 대통령이 서거한 뒤 많은 사람들이 서울에 봄이 왔다고 착각했던 것처럼 나도 그때 이 땅에 진정한 자유가 온 줄로 착각하고 겁도 없이 보도연맹 문제를 다루었다. 소설의 제목도 『불바람』으로 해서 출판사에서는 다 된 책을 문공부에 납본했다. 검열을 받기 위해서였다. 그때 나는 서울에 봄이 오기는커녕, 이 땅에 진정한 자유가 오기는커녕, 살벌한 겨울이 되돌아왔음을 깨달았던 것이다. 신군부 정권은 『불바람』이라는 제목의 내 장편을 난도질해서 제목부터 불온하다고 쓰지 못하게 했다. 출판사에서는 내가 심혈을 기울여 다룬 보도연맹 문제를 몽땅 삭제한 채, 표제도 책 중의 한 장(章)의 제목인 『돌아눕는 자의 행복』이라고 적당히 붙여 출판했던 것이다. 그래서 나는 이 불구와 같은 장편을 지금도 잘 내세우지 않고 있다.

이번 이 작품에는 그때 쓰지 못했던 보도연맹 사건도 결부시켰다. 주인공 이문근이란 인물이 보도연맹에 연루되어 학살의 현장에서 기적적으로 살아나, 아내가 있는 사할린으로 찾아가도록 하고 싶었다.

그러나 작가의 상상력이란 한계가 있는 법이고, 한계를 넘어선 상상력이란 리얼리티를 상실하게 마련이다. 이제 남은 일은 사할린을 직접 가보는 일뿐이었다.

그러나 국교도 없는 소련 땅으로 들어가기는 불가능했다. 사할린의 정밀 지도 한 장도 국내에선 구할 수가 없었고, 일본에다 지도를 알아보아도 구할 수 없는 실정에, 작품을 어떻게 쓸 것인가. 그렇다고 앞서 말한 대로 민간인 개인 자격으로는 사할린으로 찾아갈 길도 없었고 재주도 없었다.

그런데 그 뒤에 KBS 촬영팀이 사할린을 다녀와 처음으로 우리 손에 의한 사할린 동포의 소식을 생생히 방영했다. 나는 그것을 녹화까지 해서 동포들의 표정이며, 살림살이 수준, 말씨, 집 내부 구조, 집 외부의 형태 같은 것을 세세히 보아 두었다. 또 그 뒤에는

MBC에서 연예인들을 데리고 사할린 동포 위문차 다녀오기도 해서, 이 방영 또한 눈물을 글썽거리며 보고 녹화하기도 했다. 그럴 때마다 그 팀에 끼여 가지 못한 것(그러한 계획조차 전혀 몰랐지만)을 못내 아쉬워하고 있었다.

그러던 중 지난 90년 7월, 대구에 '中·蘇 이산가족회'가 있고, 그 회를 이끄는 이두훈 회장이 국내의 사할린 이산가족들을 인솔하여 사할린으로 간다는 신문보도를 본 것이다. 나는 당장 그 사실을 보도한 신문사에 전화를 하여 대구의 중·소 이산가족회 전화번호를 알아내었다. 즉시 전화를 했더니 사할린 방문단의 인원 구성은 오래전에 확정되었고, 또 수속 등 밟아야 하는 절차가 하도 까다로워 이번 기회는 불가능하니 일단 회원으로 입회해서 다음 기회를 기다리는 게 좋겠다는 친절한 안내를 해주었다.

이렇게 해서 나는 이산가족도 아니면서 이 회에 입회했고, 회원으로서의 의무 또한 충실히 하면서 사할린 방문 날짜만 학수고대했던 것이다. 나는 물론 처음부터 이산가족이 아님을 밝혔고, 방문 목적은 오로지 소설취재에 있음을 분명히 했다.

이래서 대망의 날짜가 확정되었다. 1991년 5월 22일 상오 8시까지 김포공항 집결, 9시에 출발. 학기 중간이어서 께름칙했다. 신학기가 시작되자 미리부터 보강을 해 나가면서 만반의 준비를 하고 있었는데, 다행히도 중간고사 기간과 1주일간의 대학 축제가 사할린 방문 기간 중에 확정되어 있어 다소 마음이 놓였다.

나는 낯설고 물선 사할린으로 가서 정해진 날짜에 귀국하기까지 그야말로 한시도 쉬지 않고 뛰었다. 수많은 동포들을 만나 그들의 한 맺힌 이야기를 눈물 속에 들으면서 기록하고 녹음하고 사진을 찍었다. 사할린에서는 사정이 허락하는 한 우리 동포가 많이 모여 사는 여러 지역과 탄광들을 찾아다니며 폭 넓고 깊이 있는 취재를 했다. 그것을 기록한 공책이 대학 노트 3권이었다. 녹음테이프도 5개가 넘었고, 사진은 필름 10통이 넘었다. 이것을 가지고 와 기억을 되살려 가며 녹음을 문장화하고, 기록해 온 공책을 내가 가지고 있던 자료와 비교해서 고증하는 데 몇 달이 걸렸다.

　방학만 이용하는 집필에 꼬박 5년이 걸려 탈고 기한도 많이 어겼다. 쓴 것을 다시 읽고 또 고쳐 쓰기를 수차례. 쓰다가도 눈물을 머금었고, 쓴 것을 읽다가도 눈물을 흘렸다.

　이미 5년 전이지만 내가 사할린에서 머무는 동안 나를 곳곳으로 안내해 주고, 잠자리와 식사를 제공해 준 동포 여러분께 깊은 감사를 드린다. 그리고 선뜻 이 원고를 받아 출판을 결정해주신 동천사 사장께도 충심으로 깊은 감사를 드린다.

1996. 7.
저자 이규정 씀

차례

작가약력

주요 등장인물

이문근 함안 출신. 경성사범학교를 나와 교사 생활을 하다가 보도연맹 사건에 연루되어 학살현장으로 끌려간다. 하지만 기적적으로 살아나 사할린으로 떠난 아내 숙경을 찾아 사할린으로 가서 조선 동포들에게 한글을 가르치며 동포들의 정신적 지도자로 살다가 생을 마감한다.

최숙경 개성 출신. 이문근의 부인. 이철환의 양모. 남편이 괴질에 걸리자 치료비를 벌기 위해 사할린으로 떠난다. 가와카미 탄광 노무자 숙사에서 일하다가 해방 후 천신만고 끝에 일본을 거쳐 한국의 집으로 돌아오지만 남편은 이미 죽은 사람으로 되어 있다.

박판도 거창 출신. 가와카미 탄광 조선인 감독. 배포가 있고 기백이 넘친다. 1944년 임신한 아내를 두고 강제 징용을 당해 사할린에 끌려간다. 해방 후 사할린에서 동포들의 어려운 일을 도맡아 해결해주는 지도자로 살아간다.

허남보 하동 출신. 가와카미 탄광에서 탈주했다가 잡혀와 모진 고문을 당한다. 해방후 귀국선을 타러 코르사코프 항에 갔다가 최해술을 만나 인연을 맺는다.

김형개 의령 출신. 1944년, 마산상업학교 학생 시절 집으로 돌아오던 중에 길에서 일제 트럭에 태워져 강제징용을 당해 브이코프 탄광으로 끌려간다. 탄광 가스분출사고를 막는 돌격대를 자청해서 포상으로 간부 전용 위안소를 갔다가 박소분을 만난다.

박소분 함안 출신. 정신대로 끌려가 일본을 거쳐 브이코프 탄광의 일본인 위안소에서 일한다.

이시무라   브이코프 탄광의 일본인 노무계원이면서 전쟁 전에는 천주
교 신부였다. 비록 성무를 박탈당했지만 여느 일본인과 달리
조선인을 인간적으로 대한다. 탄광 쌍굴에 조선인 노무자를
모아 폭사시키려는 음모를 사전에 탐지하여 비극을 막는다.
양심적인 일본인의 전형이다.

정상봉   울산 출신. 천주교 집안에서 태어나 경성에서 신학교를 다니
다가 방학 때 다니러 온 울산에서 납치되어 사할린으로 끌려
간다. 브이코프 탄광에서 김형개, 이시무라와 같이 일한다.

최해술   합천 출신. 민족지사인 부친이 일본 경찰에 잡혀가게 되자 아
버지를 구하기 위해 임신한 아내를 두고 사할린 징용을 자청
한다. 아니바 도로건설현장에서 일하다가 일본인한테 학살당
할 뻔하지만 기적적으로 살아나 유즈노사할린스크에서 조선
민족학교를 세운다.

김상문, 김상식, 김상주 형제   청도 출신. 김해 김씨 민족지사 집안의 후
예로, 일찍이 1933년에 일제식민지인 조선을 떠나 우글레고
르스크에 정착한다.

김종규   김상주의 아들. 어린 시절을 사할린에서 보내고, 집안에 아들
하나는 교육을 시켜야 한다는 문중 어른들의 결정에 가족과
함께 일본으로 이주했다가 해방 후 귀국한다.

이철환   이문근의 조카. 문근과 숙경의 호적에 양자로 입양된다.

정상규 신부   정상봉의 동생. 형으로부터 편지를 받고 사할린을 방문
한다.

최상필   최해술의 아들. 이철환을 통해 사할린 방문 소식을 듣고 방문
단에 합류하지만 부친 최해술은 이미 별세한 뒤여서 유골을
안고 귀국한다.

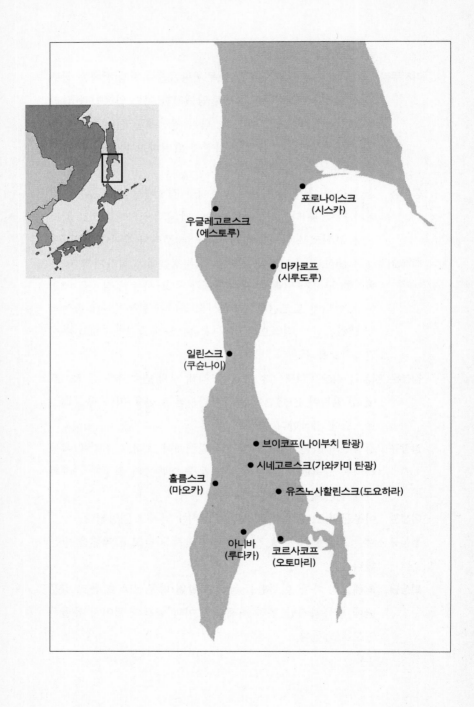

우글레고르스크
(에스토루)

포로나이스크
(시스카)

마카로프
(시루도루)

일린스크
(쿠슌나이)

브이코프(나이부치 탄광)

시네고르스크(가와카미 탄광)

홀름스크
(마오카)

유즈노사할린스크(도요하라)

아니바
(루다카)

코르사코프
(오토마리)

1장

열녀포창문

1

李烈婦 慶州崔氏 褒彰文

謹考 近者作故 於本郡 正北面 烏石洞 李文根氏妻 慶州崔氏 性嚴而盡 婦職 崔氏年十有九 歸李氏一日其君 以學生之身 修墻被禍以壞 傷處日甚 經月不愈 遂爲惡疾 婦人設壇祈于天以身 代疾 數聞言 人之肌肉最善 節婦卽刺其髀而獻之 然不效 崔氏 傷心而罔知所措 居數年 甘家甚窮塞 是時樺太人募役夫 故崔氏決心 爲治愈夫君之病 將往之勞而蓄錢 以忍苦力勞役每月送藥錢於其家 使治天君之病而 其夫病卽愈 復續師範學校 爲人材 然犧牲於庚寅年事變 崔氏不知夫君死而 千辛萬苦之餘歸鄕 然夫君旣死而 爲不歸之客全廢食飮於數日 必欲自決 然不成 以家人之挽留 以來守節二十餘年 以敦篤孝父母 友愛兄弟 噫萬古節婦曲盡之情 悲

以此江土之時運尤悲 當以褒賞婦人之貞節 飮傳其行跡於後
世也

檀紀 四千三百五年四月初十日

○○ 鄕校

典校 宋基永

儒道會場 李佑碩

掌儀 一同

分會長 一同

會員 一同

　이렇게 순 한문으로 된 포창문의 주인공 경주 최씨는 철환(徹
煥)의 양모였다. 철환은 숙모인 경주 최씨의 양자로 갔기 때문이
다. 따라서 호적상으로는 아들로 돼 있었다.

　그러나 이 한문이 대강 다음과 같이 번역된다는 것은 그가 고등
학교 교사생활에서 대학강단에 서려고 애쓰다가 결국 그 노력이
헛수고로 결판난 뒤에야 안 일이었다. 그러니까 그 전까지도 이
하잘것없는 포창문은 아예 농 밑에 방치된 채로 있었다.

　그런데 다 된 대학발령이 신원조회에 걸려 수포화되고, 그 이유
가 죽은 지 그때 벌써 10년이 넘은 삼촌 이문근(李文根) 때문이란
사실을 알게 되었다. 정말 허파가 뒤집힐 노릇이었다. 이문근이 친
아버지도 아니요 삼촌인데, 그 삼촌의 잘못이 철환의 교수 발령에
결정적인 장애 요인이 되다니. 철환은 며칠을 두고 끙끙 앓으면서
호소할 데 없는 자기의 운명을 탄식만 하고 있었다. 그러다 생각
난 것이 지난 1972년 가을에 숙모가 받았던 열녀포창문이었다. 그

는 급히 그 해묵은 포창문을 꺼내어 어려운 한문을 뜯어보기 시작
했다.

삼가 살펴보건대 본군 정북면 오석동에서 근래에 작고한 이문근
씨의 처 경주 최씨는 엄정하고 아내된 도리를 곡진히 했다. 최씨 나
이 19세에 이문근 씨에게로 시집왔는데 하루는 그 남편이 학생의
몸으로 담장을 고치다 무너져 상처를 입게 되었다. 다친 곳이 오랫
동안 낫지 않아 고생한 지 여러 달 지나 마침내 모진 병이 되었다.
부인이 단을 쌓고 하늘에 기도하기를 자기가 그 병을 대신하도록
빌었다. 사람의 살이 가장 좋다고 여러 차례 듣고선 자신의 다리
살을 베어 바쳤으나 그 효험을 보지 못하였다. 부인은 크게 상심하
여 어찌할 바를 모르면서 수삼 년을 치료하는 동안 집안 살림이 궁
색해졌다. 마침 그때 화태에서 인부를 모집하므로 거기로 가서 돈
을 벌어 남편의 병을 다스리도록 하였다. 남편은 병이 나아 다시
사범학교를 계속하여 인재가 되었으나 경인년 난리(6·25 사변)에
희생이 되고 말았다. 이런 사실을 모르는 부인이 천신만고 끝에 귀
향하였으나 남편은 이미 이 세상 사람이 아니었다. 며칠을 두고 식
음을 전폐하던 부인이 기어코 자결하려다 가족들에 의해 미수에
그쳤다. 이후 20여 년을 수절하며 부모에게 효도, 형제간에 우애를
돈독히 하다 세상을 떠났다.
아아, 슬프다. 만고 열부의 사무친 정도 슬프지만 이 강토의 시
운이 더욱 슬프다.
부인의 열절을 마땅히 포상하여 그 행적을 후세에 전하고자
한다.

2

　단기 4305년은 서기 1972년이다. 그리고 이 포창문은 사실이었다. 오히려 너무 생략되어 있었으나 비석에 새기기 위해서는 어쩔수 없는 일일 터였다. 다만 단을 쌓고 빌었다고 하는 것은 과장이었다. 당시 숙모는 빌기는 했지만 단을 쌓지는 않았기 때문이다.

　철환이 삼촌 앞으로 양자를 간 것은 6·25가 끝나고도 한참 뒤였다. 많은 사람들이 삼촌과 같은 처지에서 희생된 것을 알면서도 철환의 할아버지와 아버지는 계속 요행을 바라면서 문근이 돌아오기를 기다리고 있었다. 그러나 뜻밖에도 사할린까지 가 있던 숙모는 돌아왔으나 삼촌은 끝내 돌아오지 않았다. 할아버지와 아버지는 숙모가 자살 소동을 벌인 후 철환을 문근이 밑으로 양자로 입적시켰던 것이다.

　그때 철환은 다니던 중학을 6·25 사변 통에 중도폐지하고 집에서 일을 하고 있었다. 농사철에는 농사일도 거들고 겨울이면 땔나무를 해다가 20리 밖의 장으로 내다 팔기도 했다. 장으로 오가는 길에서 어쩌다 중학생들을 만나면 나뭇짐을 진 자신이 부끄럽기도 했지만, 무엇보다도 중학교 교모를 써보는 것이 다시없는 소원이었다. 그럴 즈음 그는 숙모의 양자가 된 것을 알았지만 그것은 철환에게는 아무 일도 아니었다. 그는 계속 생가에서 먹고 자고 일만 했으므로 양자가 됐다고 변한 것은 아무것도 없었기 때문이다. 철환의 꿈은 어떻게 하면 오석골을 빠져나가 학업을 다시 계속하느냐 하는 데만 있었다.

　그러다 그는 결국 어른들께 말 한 마디 없이 집을 뛰쳐나가 이웃 도시인 마산(馬山)으로 가서 관청의 사환으로 들어갔다. 곧이어 야간 중학교에 입학할 수 있었다. 그러고 나서야 집으로 돌아와 그 사실을 어른들께 고했다. 할아버지는 화가 났으나 참는 눈치였다. 다만 가문에 없는 자식이 났다고 한숨을 쉬었다. 아직도 세상이 난리로 시끄러운데, 밖에서도 집으로 찾아 들어와야 하거늘, 집안에서 자알 지내던 놈이 밖으로 나간다는 게 말이 되느냐는 것이었다.

하지만 할머니는, 할아버지 몰래 할아버지에게 눈을 흘겼고, 아버지도 입맛만 다셨다. 어머니는 눈물만 흘렸다. 그런데 이제 양어머니가 된 숙모만이 철환의 처신을 두둔하면서 격려를 아끼지 않았다. 물론 할아버지 앞을 떠나와서였다.

"철환이는 삼촌을 많이 닮았어. 남자에게는 그만한 모험심이나 야심이 있어야 하는 거야. 할아버지의 꾸중은 걱정 말고 야간중학이지만 열심히 공부를 해. 이 숙모가 무얼 어떻게 도와줄까. 그게 안타깝구나."

철환은 그때 처음으로 숙모에게 어머니란 말을 썼다.

"어무이. 고맙습니더. 저는 어떤 일이 있어도 작은아부지, 아니지예. 아부지 뒤를 이어 사범학교를 졸업하고 선생님이 될 낍니더."

철환은 이 다짐을 실천에 옮기기 위해 무진 고생을 했다. 관청의 사환이라고 했지만 머슴이었다. 그는 그 당시 직원들의 쌀배급을 직접 타다가 이걸 지게도 없이 맨 등으로 멜빵을 해서 지고 집집마다 배달해 주기까지 했다. 그런 고생을 3년이나 했다. 이래서 그는 야간중학을 졸업하고서도 부산으로 나와 부산사범학교에 입학할 수 있었고, 이때부터 남의 집 가정교사 노릇을 하면서 사범학교를 졸업했다. 졸업과 동시에 초등학교 교사가 되었다. 그러나 나이 차서 군대를 다녀오고부터는 중등학교 교사 검정시험을 쳐서 중학교 교사가 되었고, 몇 년 뒤에는 고등학교 교사가 되었다.

고등학교 교사 10여 년 동안에 야간 대학을 졸업하고는 다시 석사과정에 입학, 석사학위를 받은 것이 바로 73년이었다. 그사이에 이미 양모는 별세했고, 앞서 말한 열녀포창장까지도 받았지만 그런 문제에 관심을 가지고 양모의 산소에다 비석을 세우는 일 같은 것은 철환에게는 도무지 관심 밖의 일이었다. 그도 그럴 것이 철환은 이미 2남 2녀의 아버지 노릇도 노릇이었지만 그것보다도 박사과정에 적을 두고서 여러 곳의 대학에 시간강사로 나가고 있었기 때문에 정말 눈코 뜰 새 없이 바빴던 것이다.

그러나 대학의 전임 자리를 얻기란 그야말로 하늘의 별 따기였다. 철환에게는 뒤에서 밀어주는 배경이 있을 리 없었다. 그렇다고 남처럼 돈에 여유가 있는 것도 아닌데, 그저 곧이곧대로 제 나름의 철학을 지니고 바르게만 살려는 성미였다. 잘못을 보고는 그냥 있지도 못하는 성미였다. 그래서인지 두 군데의 대학에 시간강사로 나갔지만 몇 년이 지나도 전임이 되지 못했다. 되지 못한 정도가 아니고, 번번이 몇 년이고 줄을 서 기다린 철환을 제치고 다른 사람이 전임 자리를 차지하곤 했었다. 한 대학에는 10년이나 나갔다. 이제 이 대학의 학과 교수들은 철환의 모든 것을 인정하고서 교수 충원만 하게 되면 반드시 이철환을 추천하자고 결의를 하다시피 했다. 이래서 마침 자리가 나 그 많은 서류를 갖추어 제출했다. 온갖 어려운 관문을 통과해서 총장의 결재까지 났다고 했다. 10여 년의 공들임이 결코 허사는 아니었다. 오로지 정직과 성실 하나만으로 살아온 자신을 결국은 알아주는 사람이 있구나, 하는 감격에서 그는 며칠 밤을 환희로 지새우고 말없이 내조해 준 아내에게 지난날의 고생을 이야기했다. 그러면서 이제 당신도 좀 편히 살게 됐다고 했다. 그런데 다 된 밥에 코 빠지는 격도 아닌, 갠날에 날벼락 같은 소리가 들려왔다. 대학교원 임용의 최종 단계인 신원조회에서 사달이 났다는 것이다. 그의 숙부인 이문근이 보도연맹에 연루되어 6·25 때 행방불명된 사실이 불거져 나온 것이다. 어째서 초등학교나 중학교, 고등학교 때의 발령에는 아무 탈이 없다가 하필 이번에야 말썽이 되는 것일까. 아는 사람을 통해 알아볼 수 있는 데까지는 알아보고 손을 써 보았지만 아무 소용이 없었다. 관계기관에서 고개만 한번 흔들어 버리면 총장 아니라 총장 할아버지라도 도리가 없다고 했다. 세상의 무슨 놈의 법이 이렇게 생사람을 잡는 수도 있단 말인가. 그는 잘 아는 변호사와 상의하였다. 한 가지 방법은 보도연맹에 관계한 양아버지와의 인연을 끊는 길뿐이라고 했다. 철환이 그 변호사에게 눈을 부릅뜨고 따지듯 물었다.

"아니, 그분이 돌아가신 지가 언젠데 지금 와서 그분과의 인연을 끊으라니, 그게 말이나 되는 소립니까?"

"이 선생님은 분명히 이문근 씨란 분 앞으로 양자를 갔다고 했지요?"

"그렇지요. 삼촌 밑으로 양자를 갔지요."

"그러니까 간단하지 않아요. 파양(罷養)을 하라 이겁니다."

"…!"

옳지, 그런 방법이 있었구나. 왜 진작 이걸 생각해 내지 못했지? 하면서 철환은 그 변호사의 얼굴을 보고 있었다. 변호사가 다시 말했다.

"이제 내 말 알아듣겠어요? 물론 법적인 절차를 밟아 파양을 하는 것이지만 순전히 양부의 정치적 과오 때문에 이 선생님의 앞길이 막힌다면 충분히 생각해 볼 수 있는 문제 아니겠어요?"

양자란 무엇인가? 순전히 족보상의 자식이다. 그 자식의 할 일이란 무엇인가? 제사를 챙겨 드리는 것과 산소에 벌초를 하는 것이다. 그런 일이라면 법적으로만 돼 있는 부자의 관계를 끊어도 마땅히 해 드려야 할 일이 아닌가. 이래서 철환은 그 변호사의 말대로 절차를 밟아 파양을 해 버렸던 것이다. 물론 그러기 위해 아내와도 의논을 했고 형과도 상의를 한 뒤였다. 그러나 그해에는 이미 신규임용의 시기가 지나 버렸으므로 다음 해인 1984년에야 어렵사리 전임의 발령을 받고 오늘에 이른 것이다.

철환의 양모였던 경주 최씨 숙경(淑卿)이 시집을 온 것은 철환이 태어나던 1937년이었다. 열녀포창문에 쓰인 대로 숙경은 당시로서는 썩 늦은 나이인 19살에 멀리 개성에서 영남이 두메산골인 오석(烏石)골까지 시집을 왔던 것이다. 신랑은 22살의 이문근.

숙경이 시집을 왔다고는 해도 사실은 문근을 따라 오석골까지 그냥 와버린 것이어서 친정으로부터 도망을 쳤다고 해야 옳았다. 숙경은 서울의, 지금은 명문여자대학의 전신이었던 ○○여학교의 학생이었고, 이문근은 관립경성사범학교의 학생이었다.

숙경이 철환에게, 철환이 모험심이 강하고 야심이 있는 것이 삼촌인 문근을 닮았다고 한 것처럼, 실제로 문근은 좀 엉뚱한 구석이 있었다. 그 엉뚱한 기질이 사범학교 졸업도 하기 전에 여학생을 사귀어, 결국은 시골구석인 오석골까지 데리고 왔던 것이다. 그러나 그것은 그냥 데리고 온 것은 아니고, 서울 근교의 어느 절에서 비록 명색만이기는 하지만 스님을 주례로 하여 결혼식까지 올리고는 고향으로 데리고 와 숨겨두었던 것이다.

숙경은 학교를 그만두었지만, 문근은 경성사범을 계속 다녀야 했으므로 이들 부부는 떨어져 살지 않을 수 없었다. 그러다 방학이 되어 문근이 고향으로 오면, 꿈같기도 하고 꿀맛 같기도 한 생활을 했다. 동네 사람들은 늘 '깨소금부부'라고 했다. 그만큼 그들은 정말 행복했었다. 뜨거운 여름철 들일도 같이 나갔고, 겨울방학 때는 산으로 나무도 함께 하러 다녔다.

1940년 여름방학 때의 일이었다. 폭우에 무너진 담장을 손보고 있었다. 동네 이름 그대로 쑥돌이라 불리는 오석이 아주 흔한 곳이었다. 그래서 집집마다 담장도 그 쑥돌로만 돌각담을 쌓아놓곤 했다. 돌각담이란 쌓는 기술이 문제였다. 절대로 담의 배가 불거져 나와서는 안 된다.

그 절에서 숙경과 하룻밤을 지낼 때, 그 늙은 보살이 들려준 말이 기억났다. 세상에 못 쓸 것이 다섯 가지 있는데, 소고삐 긴 것, 봄비 잦은 것, 며느리 손 큰 것, 처녀 애 밴 것, 돌담 배부른 것…. 그랬다. 돌담이 배가 부르면 곧 무너져 내릴 위험이 있었다. 반듯반듯한 돌을 요리조리 빈틈없이 맞추어 한 치의 어긋남도 없이 쌓아놓은 돌각담은 그 견고하기가 여느 벽돌담을 능가하지만 잘못 쌓게 되면 대단히 위험한 것이다. 문근의 담쌓는 기술이 좋을 리만무했다. 자기 딴에는 야무지게 쌓는다고 했지만 배가 불거져 나온 담은 그만 한꺼번에 무너져 내리고 말았다. 문근이 돌 밑에 깔렸다. 다행히 뼈를 다친 것 같지는 않았고, 어깻죽지며 등, 가슴팍을 돌에 찍혀 살점이 좀 떨어져 나간 정도의 상처였다.

숙경은 평소에 일기를 쓰고 있었지만 이 오석골로 온 뒤부터는 매일 쓰지 못했다. 서울에서 공부할 때와는 달라, 일기 쓰기가 힘겨웠기 때문이다. 그런데 남편 문근이 다친 날부터는 다시 매일 쓰기 시작했다. 상처 부위의 변화나 그날 쓴 조약 같은 것도 일일이 기록했다. 하지만 처음 다친 것은 대수롭게 생각되지는 않았다. 그런데, 그 정도의 상처인데도 점점 더 깊어지며 퍼져 나갔다. 숙경은 온갖 정성을 다 쏟아 고름을 짜내기도 하고 짓무른 데를 닦아내면서 좋다는 약은 다 구해 발랐지만 아무런 효과도 없었다.

효과가 없었을 뿐 아니라 드디어는 문둥병처럼 되었다. 본시 사람의 병이 깊으면 온갖 약명이 다 들추어지는 법이었다. 그러나 그중에서도 산 사람의 생살이 특효하다는 말을 여러 사람으로부터 들었다. 따라서 그 많은 약 중 생살이란 말이 숙경의 귀에 가장 깊이 와 박혔다. 문둥이가 어린애를 잡아먹는다는 말도 어릴 때부터 들어 알고 있었기 때문이다.

그래서 숙경은 고심 끝에 여러 가지 준비와 계획을 세우고는 허벅지 살을 베어 문근에게 먹였지만 효과가 없었다. 숙경은 허벅지 살을 떼 내고는 많은 고생을 했고 그 후유증으로 첫아이를 유산까지 했다. 동네 사람들은 이러한 숙경의 행동에 모두들 혀를 차면서 쑥덕거렸다.

"시상에 열녀 열녀 말만 들었디이 참말로 무서운 여자 다 봤다!"

"하기사 본시부터 웃쪽 여자가 모질다고 하더라마는…."

"그래도 그렇지. 배웠다 쿠는 신식 여자가 우짜몬 그런 짓을 할꼬!"

그즈음 일제는 사할린(당시는 '화태'라고 하였음)의 탄광에 쓸 인부들을 모집해 가면서 부녀들도 함께 데리고 간다는 말이 전해졌다. 생각다 못한 숙경은 거기에 지원을 하게 되었다. 어떻게 해서 따라온 남편인가. 그 남편이 모진 병에 걸려 벌써 몇 년째 사람 구실을 못하고 있는 판이 아닌가. 남편을 살리기 위해서 약은 써야 하고, 약을 구하기 위해서는 돈이 필요했다. 그러나 돈 한 푼 구할 수 없는 집안이었다. 남편을 살리기 위해 무슨 일을 못할 것이며, 어딘들 못 갈 것인가.

그녀는 큰마음을 먹고 사할린으로 갔다. 그게 1943년 초봄이었다.

일본은 군수산업계의 강한 요청으로 1939년에 이미 이른바 '국가총동원법(國家總動員法)'이란 것을 만들어 조선 전역에서 사람들을 모집(募集)이란 미명으로 강제연행해 갔던 것이다. 그러다 1942년 2월 일본의 도조(東條) 내각은 '반도인 노무자 활용에 관한 방책'을 만들었고, 이를 기초로 하여 조선총독부에서는 다시 '조선인 내지 이입 알선 요강'을 제정하였다. 이제 공공연하게 우리 청·장년의 강제연행이 실시됐다.

어쨌든 이런 시국에 휘말려 숙경은 여자의 몸이면서도 사할린에 자원해서 가게 된 것이다. 실제로 당시에는 많은 여성들이 오직 돈을 벌 수 있다는 이유 때문에 일본이나 만주, 기타 다른 곳으로 많이 나가기도 했다.

남녀 청·장년을 모집하러 온 사람은 2년만 일하면 거금 2천 원을 저금할 수 있고, 여자도 1500원은 저금이 가능하다면서, 일을 하다가 싫으면 얼마든지 고향으로 돌아올 수도 있다고 했다.

3

그때 7살이던 철환은 숙모가 집을 떠나던 날을 기억하고 있었다. 그날따라 아침에는 안개가 자욱했다. 아침밥을 먹고 났을 때는 안개가 걷히면서 잠깐 해가 나는 듯하더니 이내 구름이 짙게 끼기 시작했다. 초봄이라 매우 쌀쌀한 날씨였다. 삼촌은 여전히 사랑방에 누워 있었고 아버지는 바지게를 지고 사립문을 나갔다. 논에다 객토를 하고 있었던 것이다. 철환은 아버지를 따라 사립문까지 나갔다가 무심코 집 앞에 논으로 눈이 갔다. 그때였다. 솔개 한 마리가 논바닥으로 일직선으로 내려꽂히더니 잽싸게 중병아리 한 마리를 채서는 하늘을 향해 쏜살같이 비스듬히 날아 올라갔다. 빈 논에는 언제나 동네 닭들이 나와 모이를 줍고 있었던 것이다. 그런데 바로 그 순간 저만치 논두렁길을 걸어가던 아버지가 휙 돌아서더니 집 쪽으로 달려갔다. 길 복판에 철환을 무섭게 밀치고 집으로 뛰어 들어와, 급히 바지게를 벗어 헛간에서 냅다 팽개쳤다. 그 서슬에 지게 위에 얹혔던 바지게 소쿠리가 저만큼 떨어져나가 뒹굴었다. 마치 급한 설사라도 만난 사람 같았다. 그러고는 집 뒤 대밭으로 달아났다. 집 뒤에는 대밭이 울창했고, 대밭 뒤에는 바로 소나무가 빽빽한 산이었다. 철환은 도대체 아버지가 왜 그러는지를 몰라 아버지가 사라진 쪽을 멍하니 바라보고 있었다. 설사라도 만났으면 뒷간으로 가야 할 것이 아닌가. 그런 생각을 하고 있던 철환도 이내 그 이유를 알았다. 일본인 순사 주임을 앞세우고 십여 명이나 되는 남자들이 철환의 집 안으로 들이닥쳤다. 순사를 따라온 남자들은 면사무소 직원 한 사람을 제외하고는 모두 낯선 얼굴이었는데, 저마다 손에 참나무 몽둥이를 들고 있었다.

철환의 집은 동네에서도 맨 위쪽에 있었다. 일을 나가던 아버지는 논두렁길을 걷다가 다른 집에서 설쳐대고 있는 그들을 발견했던 것이다. 아버지는 다행히 그들보다 한발 먼저 뛰어 들어와 대밭을 통해 뒷산으로 숨어들었다.

사실은 벌써 그 며칠 전부터 일본사람들이 조선 청년들을 강제로 끌고 갔다는 소문이 나돌아 불안이 안개처럼 온 동네를 뒤덮고 있었다. 그래서 동네 남자들 중 요행히 그들이 동네로 들어오는 것을 본 사람은 모두 뒷산으로 도망을 쳤던 것이다.

몽둥이를 든 사람들은 철환의 집으로만 들어온 것이 아니고, 동네의 요소요소를 포위하듯 지켜서고, 일본인 순사와 그를 따르는 십여 명의 남자들이 순사와 함께 온 동네의 집집을 이 잡듯이 추어나갔다. 그러다 젊은 남자들만 보면 무조건 잡아내어 신체의 어느 부위든 개 패듯이 몇 대씩 갈겨 놓고 보았다. 일단 도망을 못 치고 저항도 못 하게 하자는 뜻이었다. 가족들의 애원은 본 척 만 척했고 반항하는 사람은 더욱 사정없이 후려팼다.

순사가 철환의 집으로 들어왔을 때, 사랑채에서 살고 있는 숙모(숙경)가 순사를 맞이했다. 순사는 무서운 눈으로 삼촌이 누워 있는 방문부터 와살스럽게 열어젖혔다. 삼촌(문근)은, 온몸의 피부가 문드러져 그 진물이 옷에까지 배어나온 흉측한 몰골로 누워 있었다.

순사를 안내해 온 면서기가 순사의 귀에 대고 말했다. 물론 일본말이었다. 그 말은 '문둥병자'라는 것이었다. 그러자 순사가 들고 온 서류를 들여다보며 뭐라고 화가 난 소리로 면서기에게 따지듯 대들었다. 그 말은 '이 집에는 쓸 만한 남자가 둘이야'라는 것이었다. 면서기는 말없이 마당 한 귀퉁이에 서 있었고 순서와 몽둥이를 든 남자들이 신발을 신은 채 몸채 마루로 올라가 방문을 활짝활짝 열어젖혔다. 할아버지와 할머니가 그 서슬에 놀라 방에서 나와 부들부들 떨면서 마루를 지나 돌담으로 내려섰다. 그때 숙모가 일본순사한테 물었다. 물론 유창한 일본말이었고, 역시 훨씬 뒤에 삼촌으로부터 들어 내용을 안 것이다. 그런데 숙모는 마치 그들을 기다리고 있었기나 한 태도였다.

"여자도 갈 수 있습니까?"

그러자 일본 순사가 눈을 빛내며 싹싹한 소리로 답했다. 이런 시골구석에서 '국어'를 이렇게 잘 쓰는 여자를 발견한 것이 반가웠던 모양이다.

"물론입니다. 천황폐하께 바치는 충성에는 남녀의 구별이 없습니다. 따라서 얼마든지 가실 수 있습니다.

"임금은 틀림없이 줍니까?"

"그럼요, 대일본제국의 법은 거짓말을 하지 않습니다. 노임은 정확하게 계산해 드립니다. 그것도 매월 지급받는 방법과 통장에 적립을 하는 방법이 있는데, 적립 시에는 특별히 높은 이자도 붙여 드립니다. 그런데도 무식한 조선 사람들은 이런 은전(恩典)을 모르고 겁부터 내어 도망치거나 반항을 하니 때리는 겁니다. 무식한 사람은 매로써 다스릴 수밖에 없지요. 정말 가슴 아픈 일입니다."

이미 결심하고 있던 숙모는 방에서 보따리를 들고 나와 축담 끝에 서 있는 할아버지와 할머니에게 마당에서 큰절을 올렸다. 순사와, 몽둥이를 든 사람들도 그때만은 숙연한 자세로 고개를 숙이고들 있었다. 숙모는 떨리는 음성이었지만 또렷또렷한 조선말로 했다.

"아버님 어머님, 저를 용서하십시오. 철환이 삼촌의 병을 구하기 위해서 제가 떠나는 것입니다."

할아버지가 경악과 분노에 찬 떨리는 목소리로 조용히 물었다.

"그기 시방 무슨 소리고?"

그러는 할아버지의 허연 수염이 당신의 음성보다 훨씬 더 무섭게 떨리고 있었다. 그때 삼촌이 방에 누운 채 밖을 내다보고 소리쳤다.

"안 돼! 당신은 그런 곳에 갈 수 없어. 만금을 줘도 가면 안 돼!"

그러나 숙모는 삼촌을 향해 단호한 어조로 말했다.

"참아야 해요. 지금 당장 마음이 아픈 것보다 장래를 생각해야 돼요. 저도 가고 싶어 가는 게 아닌 줄은 당신도 아시잖아요!"

숙모는 돌아보는 법도 없이 순사와 그를 따르는 다른 사람들과 함께 사립문을 나섰다. 철환은 눈물을 훔치면서 숙모를 따라 집을 나섰다. 할아버지와 할머니도 따라 나왔다. 삼촌만 누운 채 짐승 같은 소리로 울부짖고 있었다. 동구 앞 좁은 길을 지나 모퉁이를 하나 돌면 큰길로 나서는데, 큰길에는 국방색 트럭 한 대가 포구나무 밑에 서 있었다. 큰길은 한내를 따라 나 있었고, 길가에는 늙은 포구나무들이 숲을 이루고 있었다. 여름철이면 철환이 또래들은 마치 원숭이처럼 포구나무 위로 기어 올라가 포구 열매를 따서 식대로 포구 총을 만들어 쏘며 놀았다.

자동차는 잎이 다 지고 벗은 몸이 된 포구나무 밑에 서 있었다. 자동차 주위에는 이미 다섯이나 되는 동네 청년들이 붙들려 와 죽을상이 되어 있었다. 그 청년들의 가족들이 모두 따라 나와 큰 소리로 울부짖고 있었는데 마치 초상집에서 울려나오는 소리와 같았다. 순사가 허리에 찬 칼을 철거덕거리며 울고 있는 사람들 곁으로 다가가선 무슨 소린가 큰소리로 지껄이자, 면서기가 순사의 눈치를 봐 가면서 우리말로 통역을 했다. 그때만은 조선말을 써도 순사가 허락하는 것 같았다.

"여러분, 진정하십시오! 왜 이러십니까? 평생 촌구석을 벗어나지 못할 사람들이 황은을 입어 바깥세상도 구경하고 돈도 벌어 오게 되는데 왜 이렇게 소탄을 피웁니까. 죽으러 가는 사람 떠나보내듯 이렇게 울고 있는 이유가 무엇입니까? 돈을 2천 원이나 벌어 옵니다. 평생 모아도 어림없는 2천 원을 단 2년 동안에 벌어 온단 말입니다!"

그래도 어떤 사람은

"돈도 귀찮고, 금도 귀찮다. 금쪽 겉은 내 외동 자슥만 두고 가거라!"

라고 애원했지만 순사의 지시에 따라 그들은 모두 트럭에 올랐다.

철환의 할아버지는 며느리가 자동차에 올라타자 드디어 호통을 쳤다.

"고얀 것! 니가 정녕 이 길을 택한 거는 반다시 니 가장을 위한 충정에서만은 아니렷다!"

그러는 할아버지의 수염이 아까보다 더 무섭게 떨리고 있었다. 그러나 철환의 할머니는 달랐다. 그녀는 몇 번이고 당부했다.

"아가, 조심해라이! 니 가장 병 고칠라고 가는 닐로 우린들 우짜겠노. 내가 젊었시몬 내가 가지, 우째 비단겉이 곱고 곱은 닐로 보내겠노. 내 가슴이 터질라 쿤다. 그라니 니 시아바이도 속마음이야 니가 믿어 그라겠나. 잘 새겨 듣고 우짜든지 몸조심하고 있다가 무사이 댕겨 오이라!"

차 위에서 숙경이 소리쳤다.

"어머님, 제 걱정은 마시고 철환이 삼촌 잘 돌봐주세요."

"알았다 쿠이. 집안 걱정일랑 잊아삐리고 우짜든지 니 몸 하나 조심하다가 이태만 지나고 돌아와야 한다. 알겠나?"

오석골의 장정 다섯 사람과 이문근의 젊은 아내 숙경, 그리고 일본인 순사와 그 일행을 실은 화물차는 이내 떠났다. 달리는 차를 따라 먼지가 마치 화물차의 꼬리처럼 길게 이어지고 있었다.

남편과 아들들을 빼앗긴 가족들은 차가 사라진 쪽을 하염없이 바라보며 한숨만 땅이 꺼지게 쉬는가 하면, 어떤 사람은 길바닥에 그냥 퍼질러 앉아 짚신짝으로 땅바닥을 치며 통곡을 했다. 철환의 할머니도 마찬가지였다.

"돌아오기나 하까? 참말로 돌아오기나 하까? 아이구, 우리 착한 메느리….."

그러면서 할머니는 마구 넋두리를 해댔다. 철환의 할아버지가 그런 할멈을 보고 꾸짖었다.

"자식 병이 아무리 위중하기로서니 메느리를 사지로 내보내는 임자가 사람이가? 보내놓고 울기는 와 우노?"

어디 외지에 나가서라도 돈을 벌 수만 있다면 남편을 위해서 집을 떠나겠다고 말해 온 숙경에 대하여 처음부터 안 될 소리라고 꾸짖은 철환의 할아버지에 비해, 그의 할머니는 오히려 그런 며느리를 은근히 부추겨 온 게 사실이었다. 그래서 할아버지의 이 말에는 다분히 뼈가 들어 있었다. 숙경은 평소의 말대로 가족들에게 2년만 있다가 돌아오겠다고 약속했던 것이다.

이렇게 해서 끌려간 조선인의 수는 1939년부터 1945년까지 무려 72만 4천 7백 87명이나 되었다.

철환이가 할아버지와 할머니, 그리고 어머니와 함께 집으로 돌아오자 삼촌 문근은 벽을 향해 돌아누워 있었다. 처음 다칠 때만 해도 대수롭지 않게 보이던 상처가 이 약 저 약에도 나아지기는커녕, 점점 커져 온몸에 반점이 번지면서 흡사 나병환자와 같이 되어 있었던 것이다. 겉보기만으로는 문둥병 환자와 진배없었으므로, 온 동네에는 이미 문근이 문둥이가 됐다고 소문이 퍼진 지도 오래였다.

문근은 수재였다. 수재가 아니면 들어갈 수 없는 경성사범학교가 아닌가. 오석골이란 돌 하나 유명한 작은 동네에서는 물론이고, 온 군(郡)에서도 경성사범학교에 입학한 사람은 문근이 혼자였다. 어려운 가산인데도 장남인 일근(철환의 아버지)이나 맏손자 경환(철환의 형)을 그냥 둔 채 문근이만 서울에까지 보낸 것은 오로지 그의 뛰어난 재주가 아까워서였다. 경환이를, 소학교만 마친 채 진주로 내보내 자동차의 조수를 하도록 한 게 그나마 마음이 놓이기는 했지만, 공부를 시키지 못하는 것이 안타깝기는 매한가지였다.

숙경이 떠나자, 동네 아낙네들은 기다렸다는 듯이 숙덕거렸다. 남의 얘기하기를 좋아하는 입 싼 동네 아낙네들은 우물에서 만나

거나 냇가에서 빨래를 하면서도 입방아를 찧었다.

"개성댁이 가라후토로 간다는 말은 아매 거짓말일 끼다. 사람 구실하기 다 틀린 남편 보고 배웠다는 젊은 여자가 멋이 답답해서 붙어 있겠노. 저그 친정 곳인 개성에 안 갔으몬 딴 남자캉 눈맞아 도망친 기지."

"친정이 그리 잘산담성?"

"못살몬 여자가 우째 서울꺼정 와서 공부했겠노?"

"문근이 그 양반집, 뭣 보고 시집왔겠노? 신랑 보고 시집왔지!"

"신랑이사 지금 병들어 그렇지 빈미(좀) 잘생겼나."

물론 아낙네들의 이런 소린, 평소에 자기네들과 잘 어울리지 않는 '위쪽 말 쓰는 여자'에 대한 반감도 작용했을 것이다. 어쨌든 숙경은 영남의 두메산골, 그것도 대대로 빈촌을 면치 못한 오석골에는 어울리지 않는 여자였는지도 모른다.

문근은 경성사범에 다닐 때 서울에서 연애를 했다. 문벌과 혈통을 무섭게 찾는 철환의 할아버지 이 노인이었지만 문근은 이 점만은 자신이 있었다.

사귀는 여자가 개성의 명문인 경주 최씨의 딸이었기 때문이다. 숙경의 할아버지는 구한말 낮기는 하나 벼슬을 살았고, 그의 부친은 사업으로 재산을 일으켰다. 그래서 문근의 집안에서는 마다하지 않고 뒤늦게나마 그들의 결혼을 인정했으나, 숙경의 집에서는 어림도 없었다. 끝내 결혼을 반대했고 이문근의 가문조차 우습게 보고 있었다. 이런 사정을 알고 있는 문근의 부친인지라 사실 며느리가 썩 마음에 든 편도 아니었다. 그런데 동네 아낙네들까지 이런저런 입방아를 찧고 있다는 걸 알고는 더욱 심사가 어지러웠다. 하지만 한편 생각하면, 보퉁이 하나만 달랑 들고 떠난 젊은 며느리가 애처롭고 불쌍해서 한숨만 나왔다. 그는 혼자 탄식하곤 했다.

"선조의 산소를 잘못 쓴 것도 없는데, 쓸 만한 자식은 우짜다가 저런 병에 걸렸으며, 젊은 며느리를 사지로 보내고 말았으니 쯧쯧…."

그러나 숙경이 떠난 지 두 달도 안 된 1943년 4월에는 '이입 조선인 노무자의 계약기한 연장(移入朝鮮人 勞務者 契約期間 延長)에 관한 건'이라는 법이 통과되어 그나마 처음의 약속을 무시한 강제 노역기간 연장이 행해졌고, 애초에 약속했던 임금마저도 황국 신민으로서는 마땅히 수행해야 할 의무라는 미명으로 거의 착취되었다.

또 같은 해 8월에는 '여자정신대령(女子挺身隊令)'이란 것이 나와 이번에는 처녀건 부인이건 젊은 여자들을 헤아릴 수도 없이 전쟁터로 끌고 갔다. 나이 좀 든 여자는 군수공장의 직공이나, 하다 못해 일본군 고급장교의 관사 식모로 보내졌고, 젊은 여자들은 하나같이 일본 군인들의 위안부로 보내졌던 것이다.

오석골의 박소분(朴素粉)이란 소녀는 고을의 첫 희생자였다. 소분이는 그때 겨우 소학교를 갓 졸업한 14살의 소녀였다. 소분이는 이름자 그대로 피부색이 시골애들답지 않게 희고 고왔다. 게다가 눈이 유난히도 커서 어릴 때부터 '눈보'라는 별명이 붙어 있었다. 나이에 비해 퍽 숙성하기도 했다. 그런 그녀는 차츰 자라면서 그 눈이 커다란 매력이 되어 동네 뭇 청년들의 애간장을 태우는 짝사랑의 대상이 되어 있었다. 아버지는 면서기 박재규(朴載奎)였다. 그런데 박재규는 공출 받아 면사무소의 창고에 보관해 둔 양곡을 몰래 조금씩 빼내 집으로 가져가곤 했다. 그러나 면사무소의 소사(小使)인 신용갑(辛容甲)이 그런 사실을 알고 있는 것이 화근이었다. 더군다나 신용갑과는 해묵은 원한이 맺혀 있었다.

신용갑의 아버지는 고을의 향교에 출입하는 선비였고 그리 많지 않은 땅이지만 100석쯤 하는 지주였다. 그러나 박재규의 아버지는 신용갑 아버지 신구달(辛九達)의 소작농이었다. 신구달 선비는 향교를 출입하는 유림이었지만, 또 다른 깊은 속이 있어, 몰래 독립군과도 손이 닿아 있었다. 소작농으로 지주의 집으로 들락거리던 박재규의 아버지는 이 비밀을 알고는 일제 당국에 신구달을 밀고해 버렸다. 그 덕택으로 아들 박재규는 면사무소의 서기로 특채가 되었지만, 신구달은 감옥을 살게 되었다. 보통학교를 졸업하고 아버지 대신 농사를 관리하던 신용갑은 전답을 모두 팔아 아버지를 감옥에서 구해내려 했다. 그러나 재산만 탕진하고 아버지는 쉽게 풀려나오지 않았다. 만 2년 동안의 옥살이를 하고 풀려나왔을 땐 신구달은 거의 폐인이 되다시피 했고, 얼마 뒤 그 후유증으로 세상을 뜨고 말았다. 신구달만 한 선비라면 마땅히 고을의 유림장으로 장례가 치러졌을 것이고, 만장(輓章)만도 아마 수백 장이 하늘을 뒤덮었겠지만 불령선인(不逞鮮人)으로 낙인찍힌 신구달은 그 장례마저도 허무하고도 쓸쓸하기가 짝이 없게 치러져야만 했다. 일제 관헌의 핍박 때문이었다. 신용갑은 일시에 가산을 탕진하고 부친마저 잃어버린 신세가 되었다. 당장 호구지책이 어려운 형편이었다. 지주에다 선비의 아들인 용갑은 농사일과는 본디부터 거리가 먼 몸, 그러자니 남의 집 머슴은 살 수도 없었다. 이래서 찾게 된 것이 면사무소의 서기도 아닌 심부름꾼 소사 자리였다. 그러나 용갑은 와신상담, 이를 악물고 면사무소의 심부름꾼으로 부지런히 자전거를 타고 다녔다.

공출양곡 횡령은 엄청난 죄였다. 신구달이 독립군을 돕다가 재규의 부친에게 꼬리를 밟힌 것처럼, 이번에는 신용갑이 박재규의 무서운 죄의 꼬리를 잡은 것이다. 신용갑은 며칠을 두고 망설이다 잘못하면 창고를 잘못 지킨 자기에게도 화가 미칠 것을 염려하여 마침내 한국인 면장에게 그 사실을 의논하였다. 주재소의 일본인 순사 주임이 알기 전에 일을 좋게 해결하는 수밖에 없었기 때문이다. 그것은 박재규의 딸 소분이를 정신대에 지원시킴으로써, 박재규 자신의 처벌을 면하는 것은 물론, 신용갑 자신의 명줄을 보전할 수 있는 길이었다. 마침 정신대령이 공포되었지만 아무도 지원하지 않으려는 판이었는데, 소분이가 정신대로 나가면 면장에게도 큰 공로가 되는 셈이었다.

이래서 14살밖에 안 된 어린 소분이는 아버지의 비행의 희생양이 되어 정신대로 떠나게 된 것이다.

가을걷이에 한창 바쁜 농번기인데도 동네 사람들은 모두 나와, 주재소의 일인 순사가 내준 가시키리(택시)를 타고 동네를 떠나는 소분이를 배웅해 주었다.

박재규도 신용갑도 모두 나와 떠나는 소분이에게 손을 흔들었다. 그러나 재규는 용갑을 향해 몰래 이를 갈았다.

2장

먼 땅

4

고향을 떠난 숙경은 한 달 보름이 지나자 돈과 약을 집으로 보내 주기 시작했다. 물론 편지와 함께.

숙경은 시아버지 시어머니 시숙 동서 앞으로는 건강하게 잘 있다는 안부의 내용에다 집안 어른들과 가족을 떠나온 죄스러움만 이야기했다. 그러나 문근에게는 연애편지나 다름없는 내용의 편지를 썼다.

우선 집을 떠나 가라후토(사할린)로 가기까지의 경로를 밝혔는데, 화물자동차를 타고 마산까지 와서 그날 오후에 기차를 바꿔 타고 부산에 닿아 일박, 이튿날 관부연락선으로 시모노세키에 도착, 그곳에서는 육로로 홋카이도의 오타루(小標) 항구에까지 닿았다. 그러고는 다시 배로 가라후토 제일의 항구인 오토마리(코르사코프)에 닿았다고 했다. 그동안 꼭 여드레가 걸렸고, 오는 도중 부산에서 여자가 몇 명 더 합류해서 비교적 심심찮게 올 수 있었다고 했다. 그리고 지금은 가라후토 루다카(아니바) 군의 호도나이 호 군용 비행장 건설현장 의무실에서 일한다고 했다. 배운 덕택에 비교적 좋은 부서에서 일하게 됐으니 다행스럽지 않으냐고, 더군다나 의무실에 배치된 것은 당신을 위해서는 더할 수 없이 잘 됐으니, 보내드리는 약을 부지런히 먹고 바르라고 했다. 노임은 말과는 달리 2원 50전인데 식대 70전을 빼면 1원 80전이 되고 신발 피복비 등이 더 들기는 해도 일급 1원 50전의 한 달 치는 모두 송금하겠다고 했다. 원칙은 모두 강제 적립을 해야 하나 의무실 책임자가 숙경의 사정을 듣고 잘 봐주어서 돈을 송금할 수 있다는 말도 했다.

매월 45원이면 2년 동안 1080원이 된다. 그나마 잡비와 의료비 등을 제하면 그만큼도 안 된다. 모집을 하러 왔을 때, 2년 동안 1500원을 모을 수 있다는 말은 순전히 거짓말이었다. 물론 숙경이 떠난 뒤 법이 바뀌어 노무자들의 임금은 합법적인 수단으로 착취되었다. 그게 무엇인가. 1943년 4월의 '이입 조선인 노무자의 계약 기간 연장에 관한 건'이란 게 임금 착취의 근거였다.

문근은 아내가 보내주는 약을 부지런히 먹고 발랐다. 그 약은 탄광의 낙반 사고나 비행장 건설에서 다친 사람들을 위해 일제가 특별히 개발한 약이라고 했다. 그래서 특히 문근의 병에는 효과가 좋으리라고 했다.

문근은 약을 먹고 바를 때마다 숙경이 생각에 목이 메었다. 어떻게 해서 맞이한 아내인가. 내가 그렇게 치근대지 않았더라면 여학교를 당당히 졸업하고 지금쯤 좋은 남편 만나 행복하게 살고 있을 귀한 집 따님이 아니던가.

그런데 나 같은 걸 만나, 영남의 이 두메산골까지 따라와 고생만 하다가 다시 머나먼 북쪽 가라후토에까지 가서…. 그렇게 보내주는 이 약, 어쨌든 나는 나아야 한다. 나아서 숙경의 은혜를 갚아야 한다. 문근은 약을 먹고 바를 때마다 이런 생각을 하면서 이를 악물었다.

숙경이 다달이 보내주는 돈으로 이 노인은 팔았던 논을 다시 사게 된 것도 기쁨이었지만, 더 큰 다행은 아들 문근의 병세가 호전된 것이었다. 보내온 약이 탄광의 낙반사고나 비행장 건설 공사장에서 다친 사람들을 위해 특별히 일제가 개발한 것이라고는 했지만, 어쨌든 문근은 아내가 보내주는 약을 먹고 바르자 기적같이 병이 나았다. 물론 당장 그렇게 된 것은 아니고 3개월 이상 먹고 바르면서 나타난 효과였다. 그리고 1년이 지나자 거의 본래의 모습을 되찾을 수 있었다. 그러나 시국은 날로 어수선해지고 있었다. 일본의 패전이 임박했다는 소문이었다. 일본은 진주만 공격의 서전에서는 승리를 거두었으나 전쟁 몇 년 사이에 눈에 띄게 기울어지고 있었다. 그래서 최후의 발악으로 '내선일체(內鮮一體)'를 내걸고 학병제에서 징병제로 바꾸어 수많은 조선 청년들을 전장으로 끌고 갔다. 문근도 몸이 아프지 않았으면 틀림없이 붙잡혀 갔을 일이었다. 생각할수록 이렇게 아팠던 게 다행인지 불행인지 분간이 되지 않았다. 새옹지마(塞翁之馬), 인간만사 새옹득실(得失)이란 말을 되씹으면서도 문근은 복학을 했다. 그리고 복학의 소식을 숙경에게 전하면서 이제 조선으로 돌아올 것을 종용했다.

나의 사랑 숙경에게.

당신이 내 곁을 떠난 지도 어언 1년이 훨씬 지났소그려.

요즘은 어떻게 그 어려운 일을 참고 견디고 있는지 참으로 궁금하고도 안타깝소.

집안은 무고하시니 안심하시구려. 먼젓번 편지에서도 쓴 대로 내 몸은 이제 완전히 치유가 되었소. 옛날의 모습을 되찾은 이 몸,

나의 신체 구석구석을 당신에게 자랑스럽게 보여드리고 싶소. 이 기적은 오로지 당신이 나에게 베풀어 준 것이오. 나는 숙경 씨를 죽어서도 잊지 못할 사람이오. 당신은 내 생애의 잊을 수 없는 생명의 은인이며 동시에 나의 전부라고 생각하오.

나 또한 당신의 반려자. 당신의 전부라는 자부심 속에서 우리가 다시 하나로 합치는 날을 손꼽아 기다리고 있소. 그러나 기다림의 순간과 순간이 너무 길고 지겹소. 더군다나 당신은 나의 괴질(怪疾) 치료를 목적으로 떠났고, 그 목적을 이루었으니 이제 하루 속히 돌아와 주오. 오늘의 편지는 이 말이 첫째 목적이오.

두 번째로 당신에게 알리는 소식은 내가 다시 경성으로 올라와 복학을 했다는 것이오. 은사님들과 학우들의 환영이 이만저만이 아니었소. 그런데 어떻게 알았는지 우리들의 결혼 소식도 듣고는 모두들 당신을 속히 학우들 앞에 인사시키라고 성화요. 당신이 개성 거벌(巨閥) 출신에다 경성의 명문고녀(高女)를 다닌 미녀라고 부러워들 하고 있소.

복학을 하고 보니 전에 배우던 과목의 공부가 더러 생소한 느낌도 들지만 전보다 더 열심히 공부하고 있소. 솔직히 고백하오마는 당신을 만나서, 오랜 생각 끝에 당신을 내 평생의 반려자라고 판단하고 첫 편지를 써 보내고 답장을 받을 때까지 나는 잠도 밥도 공부도 아무것도 못 했었소. 못 자고 못 먹고 입술마저 부르텄던 것이오. 그때에 비하면 지금의 나의 앙탈은 행복에 겨운 것이긴 해도 더 기다리기가 지겹소. 아니 무섭소. 괜히 불길한 온갖 망상까지 든다오.

사랑하는 숙경.

이곳 경성에서의 거처도 전에 그 집, 그 방이오. 나는 당신만을 생각하며 먹고 자고 공부한다오. 오늘은 이만 줄이오. 당신의 반가운 소식을 고대하면서.

1944년 6월 10일
경성에서 당신의 이문근

그러나 숙경은 한 1년만 더 참고 기다려라, 이제부터 버는 돈은 정말 살림 밑천이 아니냐, 기왕 나왔으니 그래도 손에 쥐는 게 있어야 돌아갈 게 아니냐고 했다.

보고 싶은 문근 씨.

가라후토(사할린)의 밤하늘에도 별은 고향의 것과 같습니다. 하늘을 가로지르는 은하수도 고향의 것과 같구요.

조선 출신 노무자들이 모두 잠든 이 고요한 시간, 당신이 저의 마음속에 살아계심을 저는 신께 감사드리며 붓을 잡았습니다.

온 집안이 무고하시고, 특히 문근 씨의 건강이 회복되셨다니 더없이 기쁘고 반갑습니다.

그리고 무엇보다도 복학을 하셨다니 저는 얼마나 기쁜지 하늘에라도 치솟는 기분입니다. 아, 이러한 기쁨과 행복을 점지해주신 신께 저는 다시 한 번 감사를 드리고 싶군요.

저의 안부가 늦었군요. 저는 그곳의 모든 분들의 염려 덕택으로 건강하게 잘 지낸답니다. 문근 씨께서 건강한 몸을 저에게 보여주시고 싶으시듯, 저도 직무에 단련된 심신, 더 성숙한 심신을 모두 문근 씨에게 보여드리고 싶고 남김없이 바치고 싶습니다. 가끔씩 유산으로 잃어버린 우리들의 아기가 생각나지만, 그 아기 대신 당신을 다시 얻은 보람으로 모든 것을 참고 견딘답니다.

존경하고 사랑하는 문근 씨.

속히 돌아오라는 말씀, 몇 번이고 가슴에 새겼습니다. 하오나 당신의 건강이 완쾌하셨다고 제가 빈손으로 돌아가면 너무 허전하지 않겠습니까? 그래서 조금만, 아니 정확하게 1년만 더 견디다 돌아 가겠습니다. 오로지 우리들의 앞날, 우리들의 더 행복한 보금자리 를 위해섭니다. 더군다나 이제부터 적립하는 돈은 우리 둘만의 살 림을 위한 것이 아니겠습니까. 고진감래(苦盡甘來)라 했으니 이제 고진은 지났고 감래만 남았군요.

하오니 일 년만 기다려 주십시오. 저도 날마다 당신만을 생각합니다. 저 밤하늘이 당신이 계신 머나먼 조선 땅보다도 훨씬 가깝게 느껴지는군요. 이 시간 당신도 저 별들을 보면서 저를 생각하고 계실 테니까요.

부디 안녕히 계시옵고 아버님, 어머님, 아주버님, 형님, 조카들에 게도 일일이 안부를 여쭈어 주십시오.

1944년 7월 7일
못난 아내 崔淑卿 올림

경성에서 공부를 하고 있던 문근은 새로운 소식을 들을 수 있었다. 5월 7일(1945년) 독일이 연합군에 무조건 항복했다는 것이다. 그리고 시골로 내려올 무렵인 7월 17일에는 독일의 포츠담에서 미 ·영·소 3국 대표가 모여 일본을 공격하는 데 최후의 힘을 모으자고 합의했다는 소문도 들었다. 그런데 얼마 안 있어 과연 소련은 대일 선전포고를 하고 참전했다고 하지 않은가.

문근은 다시 고향으로 내려와 방학을 보내면서 뒤숭숭한 마음을 달래기 위해 숙경에게 보내었던 열렬한 사랑의 편지, 그것의 재판이라 할 수 있는 내용의 편지를 썼다. 특히 편지 내용 가운데 일본인 검열관의 눈을 의식해서 쓴 대목도 있었고 숙경에게 사죄하는 내용, 또 숙경의 부모에게 간접으로 사죄하는 내용의 것도 있었다. 그러나 시국관계, 특히 국제 정세는 편지에 쓸 수가 없었다.

　1945년 7월 ○일. 맑음.
　숙경, 방학을 하고 이곳 오석골로 왔소. 집안은 별일 없고 나도 건강하다오.
　어떻게 지내는지 모든 게 궁금하고 안타까워 마음 같으면 그냥 당신한테로 달려가고 싶소그려. 내가 이곳에서 우러러보는 밤하늘의 달과 별은 거기에서도 같다고 당신은 말했소. 우리는 달과 별을 두고 그것을 통해 그리운 마음과 보고 싶은 눈길을 교환하나 보오.
　지금 이곳은 농번기로 날씨가 가물어서 볕살이 무섭게 뜨겁고 저녁이면 모기떼가 극성을 부리는데 그곳은 어떠하오? 비록 북쪽이라 해도 한더위야 그곳이라고 덜하지 않겠지요? 그러나 모든 것을 잘 참고 견디리라 믿소. 왜냐하면 당신이 결정한 연기(延期)이니까. 거듭 말하지만 난 지금도 당신이 이제 정말 돌아오기를 간절히 바라오.
　내가 경성사범을 졸업하고 바로 교사로 출발하면 우리 둘의 생활은 별 걱정이 없지 않겠소. 그래서 나는 당신의 말대로, 당신이 돌아오기를 하늘에다 빌게 되오. 그 달과 별들이 한없이 가깝게 느껴지는 것도 그 때문인가 보오.
　오늘은 형님과 조카 경환과 함께 볏논을 매었소. 세 벌 논이오. 칼날 같은 볏잎이 온 팔과 얼굴과 목을 긁어대었지만 당신을 생각하면서 끝까지 함께 일했소. 그래서인지 오늘은 참 피곤하오. 피곤하지만 이런 글이라도 써야만 그리움이 풀릴 것 같소. 안녕히.

1945년 7월 ○일. 비.

오늘은 비가 오고 있소. 가물던 날씨여서 비를 기다리고 있었더니 오늘은 사흘째나 폭우가 내려 산이 무너지고 토사(土沙)에 다 지은 농사가 매몰되는 등 무서운 기세요. 거기서도 비가 한번 내리기 시작하면 1주일 이상 내린다고 했는데, 특히 습기를 주의하오. 습기는 남자보다 여자에게 더 무섭다 하오. 성전(聖戰)에 봉사하는 당신을 두고 이런 편지나 쓰는 나약한 내가 참으로 한심하고 딱하게 여겨지오. 그러나 우리 대일본제국의 충용한 황군은 전선 곳곳에서 승승장구, 승리의 깃발을 휘날리고 있으니 얼마나 다행이오.

나는 오늘도 우리들의 지난날을 생각해 보오.

그날, 그 절에서의 꿈같은 하룻밤. 다음 날 우리는 스님을 모시고 스님이 말하는 화혼식(華婚式)을 지극히 간소히 올렸소. 그러고는 당신은 바로 나와 함께 이곳 오석골로 왔지 않소.

그러다 우리들의 꿈 같은 신혼은 이제 먹구름에 뒤덮였소. 나의 피부질환 때문에. 나는 지금도 당신의 살신성인의 그 정성을 생각하면 눈물이 솟아 견딜 수가 없소.

허벅지 살을 베어낼 때의 당신의 그 치밀한 준비성…. 이 모든 것을 나도 훨씬 뒤에 안 것이지만 정말 당신은 열부이기에 앞서 냉철한 지인(智人)이었소.

비가 이렇게 세차게 오니 걱정스럽소. 안녕. 또 쓰리다.

1945년 8월 ○일. 맑음.

오늘은 이 글을 부치겠소.

그동안에도 아무 일 없을 줄 믿소.

여기도 별일 없으니 안심하구려. 세상이 하도 어수선해서 그런지 요즘은 자꾸 지난날의 내 행동이 생각나는구려. 하기는 지금도 내가 당신을 납치하다시피 해서 이리로 데리고 왔던 것을 후회는 하지 않소.

하지만 요즘은 부모님들께서도 당신 걱정을 무척 많이 하시고 보니 개성에 계신 당신 부모님이 자꾸 떠오르곤 하오.

숙경 씨 집에는 말 한 마디도 없이 당신이 이곳으로 와 버린 후 아무 소식도 안 드렸으니 아무리 생각해도 도리가 아닌 것 같소. 역지사지(易地思之)란 말도 있지만 숙경 씨의 부모님께는 할 말이 없을 것 같소.

따라서 당신을 영원한 나의 사람으로 만든 것은 후회가 있을 리 없지만, 그런 식으로 당신을 나의 집으로 오게 한 것은 날이 갈수록 마음에 걸리기만 하오.

숙경 씨, 속히 돌아와 주오. 그러면 나는 맨 먼저 당신과 함께 개성으로 가겠소. 가서, 당신의 아버님께서 당신을 도로 뺏지만 않으신다면, 나는 당신의 아버님으로부터 어떤 벌이라도 달게 받고 오겠소. 이것이 현재의 나의 진실한 생각이오.

조선에서 듣고 보는 세상 일이 심상치가 않소.

몸 조심하시구려. 오늘은 이만 쓰오.

최숙경은 무엇보다도 자신이 보내준 돈과 약으로 고국의 남편이 건강을 회복한 것이 기뻤다.

남편 이문근은 편지에서 몇 번이고 그만 돌아오라고 했지만 그녀는 나온 김에 조금만 더 참고 고생을 해서 돈을 얼마라도 가지고 돌아가고 싶었다. 그래서 계속 괴로운 나날을 보내고 있었다.

1944년 초겨울부터 숙경은 군용비행장 공사가 완료됨에 따라 다시 가와카미(시네고르스크) 탄광으로 배치되어 와 있었다. 비행장 건설 공사장이던 루다카(아니바)보다는 훨씬 북쪽에 위치해 있었고 따라서 거리도 멀고 교통도 아주 불편한 곳이었다. 그러나 가라후토 전체로 볼 때는 역시 남부에 속했고 깊은 산속에 있었다.

최숙경은 이 탄광 인부들의 숙사에서 일을 하고 있었다. 숙사는 2층으로 된 간이 건물이었고, 1, 2층 모두 복도를 가운데 두고 양편에 방이 있었다. 한 방에 40명씩의 조선인 노무자들이 짐승처럼 아무렇게나 지내고 있었다. 최숙경이 거처하는 방은 아래층의 중앙에 있었는데, 이곳은 노무자들의 세면장, 식당 등 다용도실에 붙어 있었다.

탄광에서 가까운 곳에 스츠다니 강(스즈야 강)이 남쪽으로 흘러 아니바 만으로 들어간다. 철도는 가라후토 도청 소재지인 도요하라(유즈노사할린스크)로부터 이 강을 따라 코누마(노보알렉산드로프스크)를 거쳐 올라온다. 그러니까 탄광 가와카미에서 도요하라까지는 기차로 약 1시간 거리이다.

10월 말, 가와카미는 당장이라도 눈이 내릴 것 같은 추위가 몰아치고 있었다. 하늘도 잔뜩 찌푸려, 춥고 배고픔 위에 만리타향 객지살이의 고달픈 마음을 더욱 우울하게 하였다.

마침 숙경이 일하게 된 숙사는 조선인 숙사로 '보국합숙소'로 이름 붙여진 곳이었다. 일본인 노동자의 합숙소는 공애(共愛)합숙소 혹은 후생합숙소라고 했다. 숙경이 일하게 된 이곳 보국합숙소에는 한국인 노무자 2백여 명이 함께 먹고 자고 있었다.

5

이곳 보국합숙소는 먼저 있었던 비행장 건설 공사장의 의무실과는 비교도 안 되게 일이 고되었다. 물론 조선인 남자들도 훨씬 고된 일을 하고 있었다.

그들은 모두 지하 수백 미터까지 내려가는 갱도의 최첨단에서 곡괭이질을 하고 탄을 퍼 올리는 작업을 하고 있었다. 한 달이 가도 휴일이란 없었다. 주야 2교대로 죽어라고 일만 해야 했다. 숙경과 또 한 사람의 한국인 여자 김말숙(金末淑)이 이 2백여명 인부들의 뒤치다꺼리를 도맡아 해야만 했다.

김말숙은 숙경과 달리 영남 출신이었는데, 고향은 경북 의성이라고 했다.

숙경이 남편의 병을 고치기 위해 조선에서 바로 이곳까지 오게 된 것에 비하여, 말숙은 일본에서 방직공장에 다니다 이곳이 돈벌이가 더 잘된다는 소문에 속아 들어왔다고 했다.

처음에 말숙은 그녀를 일본의 교토에서 사할린으로 데려다준 일본인 데라다(寺田)의 집에서 임시로 머물고 있었다. 말숙은 그러한 친절을 베푸는 데라다가 너무 고마워서 시키지도 않는 집안일을 열심히 도왔다. 눈이 오면 눈도 치웠고, 빨래도 하고, 식사 후의 설거지도 도맡아 해 주었다.

그러나 그것은 데라다의 고도의 술책에 속은 것이었다. 데라다는 사할린에 독신으로 거주하는 일본인들에게 위안부가 필요한 것을 알고 그의 고향인 교토 교외의 구츠가와(久津川)라는 곳까지 가서 그곳의 작은 방직공장에서 김말숙을 유혹해 온 것이다. 그는 그런 일을 전문으로 하고 있었다. 그러니까 김말숙이 데라다의 집에 임시로 기거한다고 생각한 것은 순전히 혼자만의 착각이었다. 데라다의 집으로 온 조선여인들, 주로 일본에서 속아 따라온 처녀들은 먼저 데라다의 성욕의 제물이 되었다. 데라다는 좋은 직장을 구할 때까지 자기 집에서 쉬게 해 주마고 해놓고는 예외 없이 조선인 처녀를 농락했다. 데라다는 아이들을 모두 일본에 두고 부인만 데리고 와 있었지만, 그 부인은 언제 봐도 얼굴이 부숭부숭 부어 있었고 핏기 하나 없었다. 고질인 심장병 때문에 잘 걷지도 못하는 40대 초반의 여인이었다. 그래서 데라다는 밤이고 낮이고 부인이 안방에 누워 있기만 하면, 꾀어 온 조선인 처녀를 다른 방으로 불러들여 야욕을 채웠다. 그러다 이제 그 처녀를 실컷 농락해서 싫증이 나면 일본인이 경영하는 술집으로 팔아 넘겼다. 이름만 술집이었지, 바로 위안부들의 집합처였던 것이다. 김말숙도 그런 과정을 거쳐 그만 일본인 감독들의 위안부로 전락, 3년 동안을 몸만 파는 신세가 되었다고 했다. 올해 26살이니까 숙경과는 나이도 동갑이었다. 숙경이 결혼한 부인이라지만 문근이 말고는 남자라고는 모르고 있는 데 비해서, 말숙은 호적상 처녀이지만 이미 뭇 남자를 경험한 상처투성이의 몸이었다. 그러다 병까지 들어 죽게 된 것을 이곳 보국합숙소의 조선인 감독 박판도(朴判道)가 그녀를 악의 구렁텅이에서 빼내어 이곳으로 데리고 온 것이었다.

감독이란 합숙소의 단위 책임자인 일본인 노무계원 밑의 보조 직책이어서 아무것도 아니지만, 박판도는 위인이 배포가 있고 기백이 넘쳤다. 그래서 그는 자연히 보국합숙소의 정신적 지도자가 되어 있었고, 일본인 노무계원도 호락호락 함부로 하지 못했다.

박판도 역시 특이한 경력의 소유자였다. 그는 경남 거창 출신의 차남이었다. 적어도 태평양전쟁이 시작되기 직전까지만 해도 그는 가난하지만 평화롭게 살았다. 고향에서 4년이나 늦게 소학교를 졸업하고 진주로 나와 진주 농림학교에 진학했다. 형이 못 간 상급학교를 형 대신, 형의 도움으로 다녔던 것이다.

그러나 그는 1941년 21살이 되던 3학년 때의 가을, 일본 해군 군속으로 징용되었다. 2년 계약의 징용이었다. 부산을 거쳐 일본으로 간 그는 요코스카 항에서 멀리 남양군도(사이판)로 가게 되었다. 43년 9월 9일 계약이 만료되었을 때, 그는 다행스럽게도 무사히 고향으로 돌아올 수 있었다. 그런데 와서 보니 그사이 형 출도 (出道)도 '모집'에 의해 징용돼 가고 없었다. 형이 징용된 것은 판도가 돌아오기 직전이었다. 형 출도는 가라후토(사할린)로 갔다고 했다. 판도는 순전히 형의 도움에 의해 진주 농림학교를 다니고 있었는데, 형이 없는 마당에 복학할 수는 없었다. 고맙게도 형은 가라후토에서 매월 송금을 해 주었지만, 그는 그 돈으로 복학 대신 결혼을 했다. 23살이었다. 진주로 나가 취직을 하고 싶었지만 그런 자리가 쉽게 나서지를 않았다.

1944년 새해를 맞이했을 때 그는 아내가 임신한 것을 알았다. 이 해 음력 설날에는 형이 징용 가서 집에 없었고 아버지마저 몸져누운 상태여서 난생 처음으로 자신이 제주(祭主)가 되어 조상께 차례를 올렸다. 그는 절을 하면서 조상님께 빌었다.

"할부지, 아부지를 얼른 일어나시게 해 주시고 가라후토로 간 형님도 잘 돌봐 주이소. 그리고 저도 금년에는 취직이 되고, 또 임신한 아내에게는 같은 값이면 아들을 낳게 해 주시이소."

그러나 그런 지 한 달 남짓한 3월 10일, 신춘이라고는 하나 아직도 냉기가 혹심한 신새벽이었다. 요란하게 문을 두드리는 소리에 눈을 떴다. 순간적으로 그의 머리를 스치는 것이 있었다. '조선청년 사냥'이었다. 이미 인근 부락에서 심심찮게 실시되고 있었지만 그는 안심하고 있었다. 설마 징용을 다녀온 사람 또 잡아갈 리는 없을 터였으므로. 그런데 이게 무슨 날벼락이란 말인가. 몸이 무거운 아내가 빠른 소리로 속삭였다.

"뒷문으로 도망치이소!"

그러나 뒷문을 살펴보니 목도(木刀)를 든 일본인들이 둘이나 지키고 서 있었다. 그는 아내에게 말했다.

"나는 한 번 갔다 왔기 때문에 괜찮을 끼다."

그러면서 판도는 스스로 문을 열었다. 열자마자, 칼을 찬 순사와 목도를 든 사내들이 방으로 쳐들어왔다. 판도는 일본말로 했다.

"사람을 알고 일하시오! 나는 남양까지 갔단 말입니다."

"알고 있어, 그러나 천황폐하를 위해서는 두 번도 세 번도 열 번도 갈 수 있어. 자, 나가시지."

순사가 그러면서 영장까지 내밀어 보였다. 그러나 판도도 만만치 않았다.

"이 영장은 착옵니다. 나의 의무는 이미 끝났단 말입니다."

그러나 순사는 그런 말에는 대꾸도 하지 않고 판도를 노려보기만 했다. 뒤에서 목도를 들고 선 자가 달래듯이 말했다. 조선인이지만 물론 국어(일본어)로 말했다.

"박 군의 사정은 우리가 잘 알고 있네. 하지만 마을마다 인원이 강제 할당돼 있으니 우린들 무슨 다른 방법이 없네. 더군다나 박 군은 형님도 가라후토로 가 있지 않은가. 박 군이 무사히 남양에서 돌아왔듯이 이번에도 아무 일 없이 돌아올 수 있을 것이네."

그때야 순사가 말했다.

"자네 부친은 군수로부터 표창을 받으실 것이네. 성전 완수를 위해 아들 셋을 바치는 셈이니 말이네."

그러나 판도에게는 아무 말도 들리지 않았다. 그는 벌떡 일어나 좌우를 둘러보고는 한 놈을 박치기로 쳐내고 방을 빠져나갈 심산이었다. 그러자 다른 사내 하나가 판도의 어깨를 잡았다. 그의 팔에는 '모집계원(募集係員)'이란 완장이 둘러져 있었다. 판도는 울컥해서 그의 손을 털어버렸다. 그러자

"이 새끼, 저항을 하다니!"

하는 소리와 더불어 목도가 판도의 어깨에 떨어졌다. 판도는 더

이상 저항할 수가 없었다. 격심한 통증 때문에 그 자리에 주저앉기까지 했다. 아내가 무거운 몸으로 일본인 순사에게 매달리며 말했다.

"제발, 제 남편을 놓아 주이소! 아부님도 병석에 계시는데 남편마저 떠나면 우리는 다 죽습니더!"

그러나 소용없었다. 목도를 든 사내 하나가 소리쳤다.

"다 소용없어, 이미 결정난 일이니까. 우리는 본토의 대일본노무보국회(大日本勞務報國會)가 내린 명령을 따를 뿐 다른 권한은 없으니까."

그러면서 판도를 죄인처럼 질질 끌고 나갔다.

판도는 그곳에서 집 앞의 신작로에 서있던 화물자동차 위로 끌려 올라갔다. 옷 갈아입을 시간은커녕, 세수할 틈도, 가족과 마지막 몇 마디의 인사할 겨를도 주지 않았다. 차 위에는 이미 7, 8명의 남자들이 있었는데, 같은 동네 사람은 한 사람뿐이었고 모두 낯이 설었다. 이마가 터져 피를 흘리며 신음하는 사람도 있었고, 비틀려 퉁퉁 부어 오른 손목을 연신 주물러대고 있는 사람, 추워서도 그랬겠지만 전신을 사시나무처럼 떨고 있는 사람도 있었다. 차는 목도를 든 일본인 사내들이 올라타자 이내 떠났고 도중에 또 다시 같은 방법으로 네댓 사람이 잡혀왔다.

그들이 도착한 곳은 이십 리쯤 떨어진 경찰서의 뒤뜰이었다. 그날 하루 동안에 군내의 각지로부터 백여 명 가까이나 끌려왔다. 오후 늦게, 떠나기에 앞서 일본인 경찰서장의 훈시가 있었다.

"성전 완수를 위해, 하늘같이 높고 바다같이 깊으신 황은에 보답하기 위해 산업전사로서 몸을 아끼지 말고 일해주기 바란다!"

판도 일행은 얼마 뒤 천막이 쳐진 트럭에 짐짝처럼 차곡차곡 처넣어져 진주로 나와 기차역으로 옮겨졌다. 역에는 이미 어두워진

밤인데도 아들을, 남편을, 아버지를 찾고 부르는 사람들로 대목 장날처럼 붐볐다.

모두들 종일 굶은 터여서 배가 고팠지만, 배고픈 게 문제가 아니었다. 판도는 생각할수록 억장이 무너졌다. 해산을 앞둔 아내, 언제 돌아가실지 모르는 편찮으신 아버지, 해소 기침을 해대는 어머니에다 어린 조카가 셋이나 되는 형수…. 역에서는 이내 대기하고 있던 유개화차에 목도로 엉덩이를 맞으면서 쫓겨 올라갔다. 화차 안에는 거적대기가 깔려 있었고 구석에는 판자를 걸쳐놓은 변기통이 두 개 놓여 있었다. 붙들려 온 사람들이 모두 차에 오르자 밖에서 문에다 장대나무를 대고는 못질을 꽝꽝 해버리는 것이었다.

그들은 열차로 부산까지 와서 다시 관부연락선을 타고 시모노세키에 도착했다. 기차를 타자마자 올이 굵은 광목처럼 짜여진 국방색 작업복이 지급되고, 전원이 옷을 갈아입었다. 작업복에는 포로같이 등판에 일련번호가 매겨져 있었다. 아마 도망을 방지하기 위한 옷 같았다.

행선지도 가르쳐 주지 않고 열차는 밤낮을 쉬지 않고 북상했다. 낮에 차양을 걷어도 좋다고 해서 바깥의 풍경을 보니, 들에서 일손을 쉬던 일본 처녀가 손을 흔들어 주었다. 아마 출정 병사로 오해한 모양이었다.

차량마다 입구 가까운 좌석에는 인상 사나운 인솔자가 두 사람씩 목도를 세워 두 손으로 짚고 가죽장화 신은 발을 거만스럽게 벌리고 앉아 있었다.

이렇게 해서 박판도 역시 북해도를 거쳐 오토마리(코르사코프)까지 오는 데 여드레가 걸렸다.

그도 사할린에 도착해서 바로 배치된 곳이 가와카미(시네고르스크) 탄광이었다.

그는 나중에 왔지만, 불과 6개월 뒤 감독이 되었다. 그것은 그의 학력(국어 구사능력), 건강한 신체, 준수한 용모, 게다가 이미 남양에 징용을 다녀온 적이 있는 경력이 인정되었기 때문이었다.

6

그러나 아직까지도 판도는 보고 싶은 그의 형, 출도에 대해서는 흔적조차 모르고 있었다. 알려야 알 도리가 없었다.

숙경과 말숙은 아침마다 2백여 명 분의 식사와 도시락 준비를 해야 했다. 식사라야 콩에다, 고약한 냄새가 풍기는 안남미가 조금 섞인 밥 한 공기였다. 밥은 언제나 훅 불면 날려 갈 정도로 퍼석퍼석했다. 도시락도 마찬가지였다. 콩 대신에 좁쌀이 섞일 때도 있었다. 반찬은 배춧잎 한 조각 정도가 들어 있는 묽은 된장국 한 그릇과 소금에 절인 무 한 조각이었다. 어떤 때는 호박 한 조각이 배춧잎 대신 된장국에 들어갔다. 그나마 양이 너무 적어서 노무자들은 언제나 허기져 했다. 숙경은 이 정도의 밥과 반찬이나마 동포 노무자들에게 배불리 먹이는 게 소원이었지만 소원을 이루기는커녕 취사를 맡은 자기네들도 언제나 배가 고팠다. 그래서 동포 노무자들은 모두들 기진맥진해 있었다.

탄광에서는 사고도 많았다. 날이 갈수록 갱목도 새발처럼 약해진다고 노무자들은 불평하고 있었다. 산에서 나무란 나무는 다 베어냈기 때문이다. 그래서 낙반사고가 빈발했고, 매일 두세 명이 죽어 나왔다. 사람이 죽어 나오는 것을 처음 보는 초기에는 밤새도록 잠을 못 자기도 했지만 지금은 아무렇지도 않았다. 그것도 숙달이 되면 예사스러운 일이 되는 모양이었다. 그러나 처음에는 얼마나 놀랐고 또 얼마나 슬펐는지 몰랐다. 상상도 하지 못할 만큼 비참한 모습의 시체를 보았기 때문이다.

숙경이 갱도에서 죽어 나온 사람을 처음 보았을 때, 그 시체는 쌀 포대를 뜯은 누런 천에 덮여 있었다. 그러나 그것은 상반신만 덮여 있어, 드러난 하반신은 아무렇지도 않았다. 단지 지까다비(일본인 작업화)가 다 해어져, 신발 속에서 석탄가루 범벅이 된 발가락이 나와 있었는데, 발가락에는 발톱도 하나 빠져나가 그 자리가 발갛게 피가 배여 있었던 것이 좀 안쓰러웠을 뿐이었다. 그런데 그때 획 불어온 골바람에 덮어두었던 얇은 천이 홀렁 날려가 버렸다. 그때 숙경은 그의 상체, 시체의 얼굴 모습을 보았던 것이다. 이곳에 와서, 비행장 건설 현장에 있을 때부터 사고로 죽은 사람을 여러 번 보았지만 이번만큼 숙경을 놀라게 한 것은 처음이었다. 시체의 얼굴은 피로 세수를 하고서 닦지 않은 것 같았는데, 눈 코 입어느 한 군데도 제 모습을 지니고 있는 게 없었다. 이마부터 턱 끝까지가 무섭게 짓이겨져 있었던 것이다. 그러나 더 참혹한 것은 죽은 사람의 목이 마치 닭을 죽여 모가지를 비틀어 놓은 것처럼 제 멋대로 덜렁거리는 일이었다. 목뼈가 완전히 부러진 모양이었다. 죽은 사람은 이곳으로 온 지 겨우 열흘 남짓한, 경남 양산 출신의 청년이라고 했다.

그에게도 고향 땅에는 부모 형제가 있을 터였다. 어쩌면 아름다운 아내도 있을 것이고, 토끼같이 귀여운 자식도 있을지 모른다. 그런 가족들을 두고 저렇게 처참한 모습으로 죽다니…. 숙경은 '개죽음'이란 말을 떠올리며 몸서리를 쳤다. 괜히 남편 문근을 생각하면서 하염없이 울었다. 그러나 그런 무서운 광경도 충격도 시간이 지나자 잊혀졌다. 그보다 더한 시체도 수없이 보아왔기 때문이다.

요즘의 숙경의 유일한 낙은 조금씩 조금씩 불어나고 있는 저금 통장의 금액을 들여다보는 일이었다.

학교시절 차곡차곡 일기를 써 모으며 그 알찬 내용의 일기를 보았던 재미를 지금도 간직하고 있지만 저금통장의 금액이 불어나는 재미는 써 모은 일기를 보는 재미와는 비교도 할 수 없는 것이었다. 숙경은 새삼스럽게 노동이란 것의 가치 같은 것도 생각했다. 저금의 목표액만 도달되면 그녀는 지체 없이 고향으로 갈 생각이었다. 남편 문근에게도 그렇게 약속했지 않은가. 아! 남편이 다시 학교에 다닐 수 있게 되었다니…. 그녀는 추운 겨울밤 이불을 뒤집어쓰고는 언제나 남편의 따뜻한 체온을 상상하면서 외로움과 고달픔을 달래곤 했다.

특히 영원히 잊을 수 없을 그날 밤의 기억, 숙경이 하숙집에서 보따리를 싸 문근의 집으로 내려가기 전날 밤의 그 호젓한 절간에서의 하룻밤. 사실 그 밤이 첫날밤인 셈이었지만 숙경은 그날의 아련한 추억, 황홀했던 순간을 잊지 못했다. 황홀이란 말은 남자와의 첫 경험에서 오는 그런 감각적인 것이 아니고 사랑하는 남자의 품에 안겨 밤을 새운 분위기가 주는 황홀감이었다. 세상을 모두 나의 것으로 만들었다는 생각이 들었을 정도로 자랑스러웠던 감격을 지금까지도 잊을 수가 없었다. 그래서 언제나 외로움을 달랠 때면 그날 밤을 떠올리곤 했다. 물론 19살의 처녀를 처음 보이는 순간이어서 성적인 무슨 쾌감 같은 것은 몰랐다. 다만 비가 퍼붓던 그 밤, 그 요란한 빗소리를 마치 축복의 찬가인 양 들으면서 이문근과 함께 하는 시간의 그 분위기가 너무 황홀했던 것이다.

숙경은 문근과의 이러한 아름다운 추억마저 없었다면 이 어려운 상황에서 과연 어떻게 하루하루를 견딜까 생각했다. 가끔씩 같은 숙사의 노무자들이 편지를 써달라고 부탁을 해 오기도 했고,

또 고향에서 부쳐 온 편지를 읽어달라고도 하였다. 그런 말을 할 때도 언제나 그들은 조선말을 소곤소곤 속삭이지 않으면 안 되었다. 조선말 사용이 엄격히 금지되어 있었고, 발각되면 호된 고초를 겪어야 했기 때문이다.

선달그믐이 지나고 다시 해가 바뀌어 정초가 되었다. 그러나 그들에게는 아무런 감흥도 일지 않았다. 눈은 전신주의 끝만을 남길 정도로 내려 쌓여 있었다. 그러나 탄광의 일만은 계속되었다. 갱 속에서는 지상의 눈이 아무런 장애도 안 되기 때문이었다. 그런데 이렇게 눈이 내리면 숙경과 말숙의 작업은 한정 없이 고되어진다. 쌀을 씻고 부식을 씻는 일들이 힘들어지기 때문이다. 숙사 밖은 어디나 눈뿐이고 오로지 탄광으로 통하는 길만이 터널처럼 뚫려 있었다. 우물에서 뽑아 올리는 펌프는 언제나 헛구역질 같은 소리만 내면서 물을 퍼올려 주지 않았다. 눈만 쌓이면 우물에서 왜 물이 안 퍼올려지는지 알 수 없는 일이었다.

말숙은 안 그래도 성치 않은 몸에다 요즘은 제대로 먹지 못해 더욱 부석부석 부은 몰골로 몸뻬를 입고 숙경을 거들고 있었다. 보기에도 몹시 고되었다.

노무자들도 대개는 쇠약할 대로 쇠약해서 바로 걷지도 못하는 사람이 많았건만 호소할 데라고는 없었다. 복통을 일으키는 사람이 있는가 하면 열이 나서 몸이 펄펄 끓는 사람도 자주 생겼다. 그러나 일본인 노무계원들은 한결같이 꾀병이라면서 곤봉세례를 주었다. 비행장 건설장에서는 그래도 의무실이라도 있었는데 여기에서는 그런 것도 없었다.

정월도 거의 다 가는 어느 날이었다. 노무자 한 사람이 복통을 일으켜 결국 작업을 못 나가고 누워 있었다. 반드시 하루에 두 번씩 순찰을 오는 일본인 노무계원은 당연히 누워 있는 그를 발견했다.

"이 새끼, 너는 왜 이러고 있어?"

"설사를 너무 해서 일어날 수가 없어서요."

환자는 서툰 일본말로 누워 있는 이유를 설명했다. 그러자 노무계원은 다시 소리쳤다.

"일어나! 일어나란 말이야."

환자는 비틀거리며 겨우 일어났다.

"이 새끼, 또 공애합숙소나 후생합숙소에 가서 밥찌꺼기 주워 먹었지? 개돼지만도 못한 놈, 그런 짓을 하니까 조센징은 욕을 듣는 거야."

공애합숙소나 후생합숙소는 일본인 노무자의 숙사였다. 거기에는 거짓말같이 가끔 밥이 남아서 허연 밥찌꺼기가 풀밭에 쏟아져 있기 일쑤였다. 조선인 노무자들은 흔히 그 밥찌꺼기를 주워 먹곤 했다. 지난여름에도 그런 일이 있었다. 그때는 정말 상한 밥찌꺼기를 주워 먹은 두 사람의 노무자가 배탈을 일으킨 일이 있었다.

그날도 그랬다. 종일 설사를 해서 흡사 콜레라 환자처럼 눈이 푹 들어가 있는 노무자는 일본인 노무계원에 의해 기어코 일으켜 세워졌다. 노무계원이 으르렁거렸다.

"왜 자빠져 있어?"

노무자 한 사람이 더듬거리는 일본말로 배를 싸안으면서 말했다.

"배가 아파 설사를 많이 해서…."

"설사? 천황폐하의 황은이 내리시는 이곳 음식을 먹고는 절대로 설사를 하지 않아!"

다른 노무자가 말했다.

"거짓말이 아닙니다. 저희들은 하루 종일 설사를 했는데요."

그러자 노무계원이 곤봉으로 그 사람의 배를 쿡 찔렀다. 그는 서너 걸음 밀려갔다가 원 위치로 돌아와 바로 섰다. 그러는 그의 손발이 쉴 새 없이 떨리고 있었다.

"개돼지만도 못한 이 더러운 종자들, 무얼 훔쳐 먹었어? 바른대로 대!"

"훔쳐 먹은 건 아무것도 없습니다."

"훔쳐 먹은 것은 없다? 그러니까 무얼 먹기는 먹었다는 말이군. 그게 무언지 대어 보란 말이야."

그래도 그들은 우물쭈물하면서 서로의 눈치를 보고 있었다. 노무계원이 곤봉으로 두 사람의 어깨를 한 차례씩 내리쳤다. 두 사람은 한꺼번에 헉! 하는 비명을 지르면서 그 자리에서 고꾸라졌다.

"일어서! 조선 촌놈들의 엄살에는 나도 이제 속지 않아."

그들은 혼신의 힘을 다해 겨우 일어섰다. 전신을 떨면서도 이마와 콧잔등에는 땀이 방울방울 맺혀 있었다. 날씨가 더웠기 때문이었다. 노무계원이 다그쳤다.

"무얼 먹었는지 말해 보라니까!"

드디어 한 사람이 바른대로 말했다.

"밥찌꺼기를 주워 먹었습니다."

"밥찌꺼기를? 어디에서?"

"공애합숙소 쓰레기통에서였습니다."

"이 축생만도 못한 놈들, 남이 먹다 버린 것을 주워 먹다니! 그건 날씨가 더워 상했을 것 아냐?"

"먹을 때는 몰랐습니다."

"너희들은 거지야. 그리고 대역죄인이야. 성전에 멸사봉공하는

폐하의 신민다운 긍지도 자존심도 없는 불쌍한 거지들이야. 거지가 아니고서야 어떻게 남이 먹다 버린 음식찌꺼기를 주워 먹나. 천황폐하의 적자로 아무리 차별 없이 대하려고 해도 어쩔 수가 없는 것들이 조센징들이야."

노무계원의 악담에 노무자 한 사람은 뜨거운 눈물을 흘렸다. 그러나 그것은 참회의 눈물이 아닌 분노의 눈물이었다. 일본말을 잘하지는 못해도 알아듣기는 하는 그는 노무계원의 모욕적인 언사에 울분을 참을 수가 없었기 때문이다.

다른 노무자 한 사람이 허리를 굽히며 말했다.

"앞으로는 절대로 안 그러겠습니다."

"왜, 또 그래야지."

노무계원은 그러면서 그 사람의 뺨을 갈겼다. 그러고는 눈물을 흘리고 있는 사람에게 말했다.

"니놈은 이놈의 뺨을 때려!"

그가 슬쩍 때렸다.

"때리라고 했지, 건드리라고 했어?"

그러면서 다시 눈물 흘린 사람의 뺨을 세차게 후려 갈겼다.

"이렇게 때리란 말이야!"

그는 자리에서 핑그르르 돌며 쓰러지려다 가까스로 중심을 잡고 섰다. 노무계원이 말했다.

"다시 때려 봐!"

이번에는 그가 좀 세게 상대의 뺨을 때렸다.

"이번에는 니놈이 이놈을 때려!"

두 사람은 교대로 상대의 뺨을 때리기 시작했으나 얼마 못 가서 숨을 헐떡거리며 함께 쓰러져 버렸다. 그걸 보고야 노무계원은 곤봉을 홰홰 어깨 너머로 휘두르며 총총히 사라져 갔다.

당시 일본인들은 자기들이 때릴 매를 걸핏하면 상대방끼리 치고받도록 해서 닭싸움을 붙여놓고 즐기는 재미에다, 손 안 대고 코 푸는 효과도 함께 보곤 했었다. 이날의 노무자들도 그런 희생자들 중의 한 예에 불과했다.

그러나 오늘의 환자는 그런 이유로 아픈 게 아니었다. 그는 악성 장염 환자였다.

"이 새끼, 버린 밥을 주워 먹지 않았으면 배가 아플 리 없어. 어디 정신이 들게 해줄 테니 또 그래 봐!"

일본인 노무계원은 곤봉으로 그의 어깨를 내리쳤다. 그가 비명을 지르며 숙사의 바닥을 짐승처럼 기었다.

"일 나가겠어? 더 맞겠어?"

"일 나가겠습니다."

그는 쓰러졌다가 다시 일어나 작업복을 걸치고는 비틀거리며 탄광으로 향하는 눈길을 걸어 나갔다. 그런 모습을 보고 있던 일본인 노무계원은 다시 다른 숙사로 떠났다. 그날 저녁 그 환자는 기어코 들것에 들려 왔고, 밤이 깊어서 숨을 거두고 말았다.

그날은 조선에서 남편 문근의 편지가 왔다. 숙경이 남편의 편지를 몇 번이고 읽고 있으려니까, 말숙이 양말을 꿰메고 있다가 물었다.

"신랑도 참 잘났더구나."

"아니 뭐라구?"

"니 지갑 속에 있는 사진을 우야다가 한번 봤지."

"그래?"

숙경은 작년에 조선에서 떠날 때 갖고 온 남편의 사진을 자신의 지갑 속에 감춰놓고 외로울 때면 가끔씩 꺼내 보곤 했던 것이다. 말숙이 다시 말했다.

"니는 좋겠다. 조선 땅에 미남 신랑도 있고."

"별 소릴. 너도 고향에 가면 새 출발 할 수 있어."

숙경은 진심으로 한 말이었다. 그리고 이 말은 처음 한 말도 아니었다. 그녀는 시간이 있을 때마다 말숙의 정신적인 갱생을 북돋워 왔던 것이다. 사실 말숙에게는 그사이에도 몇 번이나 다시 옛날의 모습으로 돌아가려고 하는 위기가 있었다. 그때마다 숙경은 타이르다가 꾸짖다가 해 온 터였다.

"뭇 왜놈한테 대준 몸인데 와 우리 조선 사람한테는 안 된단 말고? 나는 이왕 베린 몸인데."

이런 소리로 자포자기하는 말숙을 얼마나 타일러 왔던가. 말숙의 이런 흐트러진 자세, 아니 과거를 눈치 챈 우리 노무자들 중에는 노골적으로 말숙에게 접근해 와서 치근대는 사람도 있었다. 그때마다 그런 사람은 반드시 박판도 감독으로부터 호되게 당하기도 했는데, 그건 물론 말숙을 갱생시키려는 숙경의 귀띔에 의한 것이었다.

"니가 만날 그리 고마운 말이사 해 주지마는 내가 우애(어찌) 처녀맨키로 옳게 시집을 가겠노?"

"그렇잖다니까. 매사는 마음먹기에 달린 거야. 처녀라도 마음이 헤프고 헐거우면 무슨 소용이 있겠니? 너 같은 사람도 마음 단단히 먹고 야무지게 살아가다 보면 얼마든지 좋은 배필 만날 수가 있어."

"그래, 참말로 나는 니가 고마워 죽겠다."

말숙은 기어코 깁던 양말짝을 내던지고 숙경의 손을 덥석 잡고 눈물을 주루룩 흘렸다. 스물일곱밖에 안 된 말숙은 벌써 마흔 살은 돼 보이게 눈가에 주름이 지고 얼굴에는 기미가 지도처럼 얼룩져 있었다.

7

사월 하순, 그렇게 무섭게 내려 쌓였던 눈도 녹아내릴 즈음, 같은 보국합숙소의 노무자 한 사람이 허기와 중노동에 견디다 못해 탈주하는 사건이 일어났다.

그는 변소의 환기통을 부수고 야간에 탈주했던 것이다. 감시가 엄격했지만, 그는 요행히 보국합숙소의 그 지긋지긋한 생활을 청산한 듯이 보였다. 하지만 그는 도요하라(豊原·유즈노사할린스크)까지 나가는 데는 성공했지만 거기서 경찰에 잡혔다. 당연히 보국합숙소로 압송이 되었다. 탄광 전체에서는 매월 비슷한 탈주 사건이 있지만 보국합숙소에서는 박판도 감독의 지도력으로 여태 한번도 이런 일이 없었다. 박판도는 늘 말하곤 했다.

"도망이사 내가 맨 먼저 가고 싶다. 그렇지마는 세 발도 못 가 붙잡혀 죽을 고생 하는 줄 빤히 암시로 그 어리석은 짓을 와 하노? 참고 견디자. 우리 모두 고향에 돌아갈 날을 지다림스로 견뎌보자."

이런 설득으로 잘 견디어 오던 터였다. 탈주자가 생기게 된 것은 조선에서 강제연행 될 때의 계약기간인 2년이나 3년이 지나고서도 일제 당국이 보내줄 생각을 않는 데 있었다.

게다가 노임을 전혀 지불해 주지 않은 것도 그 이유였다. 조선의 어떤 곳에서는 일본의 노무보국회의 간부들이 하루 일당을 5원씩 쳐 준다고 한 일도 있었다. 그러나 실제로 사할린의 탄광 현장에 끌려와서 일한 결과는 판이했다. 아침 8시부터 저녁 8시까지, 그것도 한 달 내내 휴일 한 번 없이 일한 노임은 일당(일급) 2원 50전밖에 되지 않았다. 그런데 여기에서도 식대 80전을 매일 빼야 했고 또 하루 만에 결단 나 버리는 장갑, 며칠 못 가서 너덜너덜 해져 버리는 옷이나 신발 등도 모두 본인들이 구입해야 했다. 그러다 보니 실제 일당은 1원 남짓밖에 되지 않는 꼴이었다. 이 돈마저도 나중에는 한 푼도 지불하지 않고 강제 적립을 시켜버렸다. 현금을 주면 조센징은 항상 노름을 해서 싸움을 벌이거나 사고를 치기 때문이라고 했다. 그래서 안전하게 적립을 해 두었다가 고향으로 갈 때 목돈을 주겠다는 핑계였다. 하지만 대부분의 노무자들은 자신의 인장도, 저금통장도 모두 광산당국의 일본인 간부들에 의해 강제 보관시켜 두고 있었다. 따라서 얼마쯤의 돈이 모였을 거라고 예상할 뿐이었다. 특히 사소한 사고를 한 번이라도 낸 사람들은 모두 그런 조치를 당했다. 사소한 사고란 무엇인가. 국어인 일본어를 안 쓰고 조선어를 썼다거나, 기상이나 식사시간을 어겼다거나, 또 탄광으로 들어가거나 탄광에서 나올 때 2열종대로 줄을 지어 발을 맞추어 소리 높여 군가를 부르는데 발걸음이 안 맞았다거나, 군가의 가사나 박자만 틀려도 이름이 적히곤 했다. 조선인 노무자들은 거의 대부분이 학교를 다니지 못한 무학자들이었다. 그러니 일본어가 서툴렀고 발을 맞추어 행진하는 것도 서툴러 거의 모두가 한 달에 몇 번씩 이름이 적히지 않을 수 없었다. 곡괭이 자루, 곤봉, 가죽 허리띠, 심지어 컨베이어 벨트나 난로에 빨갛게 단 부젓가락까지 조선인 노무자를 고문하는 도구로 사용되었다.

"개돼지만도 못한 조센징!"

이러한 말은 노무자들이 맞을 때마다 듣는 욕설이었고,

"니 같은 놈이 있으니까 반도는 내지의 교화를 받아야 하는 거야."

라는 식의 온갖 모욕적인 언사를 들어야 했다.

그러나 노임을 현금으로 지불하지 않는 근본적인 이유는 도망을 방지하자는 데에 있었다. 그런데도 다른 숙사에서는 일제 당국에 대한 반발로 무작정 탈주하는 사건이 속출했었다. 이판사판 견디다 죽으나 도망치다 붙잡혀 죽으나 같다는 생각에서였다. 탈주자는 모두 도로 붙잡혀 본래의 합숙소로 압송되어 와 모든 동료들이 보는 앞에서 무서운 린치를 당하곤 했다.

　　심지어 세 번이나 탈주를 하여 끝내 북해도까지 건너갔지만 하코다테의 수상경찰에게 붙잡혀 되돌아온 사람도 있었다. 이번 보국합숙소의 탈주자도 예외는 아니었다. 평소에도 눈이 여느 사람같지 않게 초롱초롱했다. 소학교 6년을 졸업한 학력도 있었다. 키는 165cm 남짓했지만 체격이 아주 다부지고 근육이 마치 육체미 운동선수처럼 잘 발달된 허남보(許南甫)란 젊은이였다. 특히 그는 피복도 아주 정하게 입어서 세탁을 할 때도 그의 것만은 항상 표가 나는 그런 사람이었다. 그 허남보도 도로 붙잡혀 와 보국합숙소 동료들이 보는 앞에서 일본인 노무계원들에 의해 당해야 했다. 노무계원들은 사흘씩이나, 밤마다 저녁식사가 끝나자마자 정신없이 쓰러져 자야 하는 지친 노무자들을 잠도 못 자게 하고는 도망치면 이렇게 된다는 것을 보여주었다.

　　첫날에는 그를 발가벗겨 밧줄로 두 발목을 묶었다. 묶은 발목을 숙사 천장의 대들보에다 거꾸로 매달아 얼굴이 벌개진 남보를 재미있다는 듯이 한참이나 바라보다가 노무계원 두 사람이 한꺼번에 나가 버렸다. 그들은 허남보가 이내 코에서 피를 쏟으리라 짐작했던 모양이다. 그래서 안심하고 나간 것이다. 그러나 허남보는 노무계원들이 거꾸로 매달았던 몸을 뱀처럼 날렵하게 발딱 일으키더니 두 손으로 밧줄을 잡고 몸을 세웠다. 동료 노무자들이 모두들 속으로 박수를 쳤다. 그러나 아무도 소리는 지르지 않았다.

박판도가 얼른 다른 사람을 문 앞에 세워 노무계원이 돌아오면 신호를 하라고 지시했다. 그러고는 매달린 허남보에게 말했다.

"내가 손을 들면 얼른 도로 본래대로 늘어져 기절한 척하고 있어. 그러니까 나만 보고 있으라 이 말이다."

꽤 오랜 시간이 흘렀다. 망을 보던 사람이 판도에게 눈짓을 하며 급히 제자리로 돌아와 앉았다. 판도가 얼른 허남보에게 손을 들었다. 숙사 안으로 들어온 노무계원들은 눈을 감고 늘어져 덜렁거리는 그의 주위를 빙빙 돌면서 말했다.

"다들 잘 봤지? 탈주를 하면 붙잡혀 이렇게 되는 거야."

노무계원 한 사람이 허남보를 끌어 내리라고 판도에게 명령했다. 노무자 몇 사람이 판도와 함께 그를 조심스럽게 끌어 내렸다. 허남보는 판자 바닥에 눕혀지고서도 죽은 듯이 뻗어 있었다. 노무계원들은 허남보를 힐끗 한번 내려다보고는 이제 모두들 자도 좋다고 하면서 밖으로 나가버렸다. 이래서 첫날은 그런대로 무사했다.

둘째 날 아침에 노무계원들은 남보가 멀쩡한 것을 보고는 흉측스런 미소를 띠었다. 그들은 예사롭게 남보를 갱 속으로 들여보내 작업을 하도록 했다. 노무계원 한 사람이 다른 사람을 보고 물었다.

"저 자식 왜 저리 멀쩡하지?"

다른 한 사람이 내뱉었다.

"오늘 저녁에 두고 보라지. 조선 놈들은 모두들 지금 통쾌해하고 있을 거야. 하지만 오늘 저녁에는 조선 놈들의 통쾌함을 처참한 것으로 바꿔 줄 테니까."

그날 저녁 노무계원들은 다시 모든 노무자들이 보는 앞에서 허남보를 앞으로 불러내었다. 그러고는 허남보에게 권투 장갑을 주며 끼라고 했다. 남보는 어리둥절해서 그러는 노무계원을 쳐다봤다. 노무계원 한 사람이 목에다 시퍼런 힘줄을 보이며 고함을 내질렀다. 동시에 그의 맨손이 허남보의 콧잔등을 후려갈겼다.

"이 새끼, 귀머거리야? 빨리 껴!"

아침에, 저녁에 보자고 벼르던 자였다. 그때야 허남보는 권투장갑을 손에다 끼었다. 허남보를 때린 노무계원이 남은 장갑 한 켤레를 들고서 노무자들에게 소리쳤다.

"이놈과 상대할 사람 없나? 이기면 3일간의 특별 유급 휴가에 간부 전용 휴식소(위안소)에도 한 번쯤은 보내주겠다. 싸움에 져도 하루는 유급 휴가를 주겠다."

그러나 아무도 나서지 않았다. 모두들 고개만 숙이고 있었다. 그러는 노무계원을 저주하고 있었던 것이다. 그러자 한 사람이 손을 번쩍 들고 일어섰다. 모든 노무자들의 시선이 그에게로 쏠렸다. 그는 경북 대구 출신의 김홍빈(金洪彬)이었다.

"너 같은 놈은 이놈과 싸워 이길 수 없어."

하지만 그는 숙사 내의 동정을 일일이 노무계원에게 보고하고 있던 첩자였음을 노무계원 외에는 아무도 몰랐다. 따라서 노무계원이 김홍빈에게 모욕적인 언사를 퍼부은 것도 모두 술책이었던 것이다. 화가 난 노무계원은

"벌레 같은 새끼들!"

하더니 앞에 앉은 장명수(張命壽)를 지적했다. 그는 전남 장흥에서 머슴을 살다가 논에서 붙잡혀 온 사람이었다. 키가 180cm는 되었고, 힘이 장사여서 모두들 '장 장군'이라고 부르곤 했는데 노무계원은 그를 지목했던 것이다.

그는 죽을상이 되어 장갑을 받아 끼었다. 노무계원 한 사람이 곤봉으로 판자바닥을 탁 치며 시작! 하고 소리쳤다. 그러나 그들

은 싸우지 않았다. 쌍방이 모두 전의를 상실한 투견처럼 상대방의 눈길을 슬슬 피하기만 했다. 노무계원 한 사람이 곤봉으로 장명수의 등을 치며 소리쳤다.

"뛰어! 한 대 먹여!"

장명수가 남보의 얼굴을 한 대 쥐어박았다. 남보는 맞고도 바보처럼 서 있었다. 노무계원이 남보에게 악을 쓰며 말했다.

"이 새끼, 너도 쳐."

그러면서 노무계원이 남보의 머리를 곤봉으로 딱 하고 소리가 나게 때렸다. 남보가 명수의 가슴께를 한 대 쳤다. 그는 명수보다 훨씬 키가 작았던 것이다. 다시 노무계원이 명수에게 소리쳤다.

"받아 쳐!"

명수가 또 남보의 얼굴을 내려다보고 쳤다. 이번엔 남보도 명수의 얼굴을 올려쳤다. 남보는 명수로 하여금 정말 화를 내게 해서 자기를 힘껏 치기를 바라고 있었다. 어차피 자신이 져 주어야하는 싸움이었기 때문이다. 한동안 정말 권투시합처럼 펄쩍펄쩍 뛰다가 빙빙 돌기도 하면서 싸웠다. 그러다 명수가 힘껏 남보를 갈겼다. 남보가 조선말로 명수에게 소리치며 엉덩방아를 벌렁 찧었다.

"우리가 이기 무슨 짓이고!"

얼핏 보면 남보가 케이오 된 것 같았다. 그러나 조선말을 뱉은 게 문제였다. 노무계원이 판도에게 눈을 빛내며 물었다.

"방금 이 조선말은 무슨 뜻인가?"

판도가 눈하나 깜짝하지 않고 선뜻 답했다.

"사람 맞아 죽는다란 뜻입니다."

그 말을 듣자 노무계원들은 고소하다는 표정을 지었고, 순간 남보는 옆으로 픽 쓰러져 숨을 헐떡거렸다. 코에서는 피까지 나오고 있었으나 그것은 아까 노무계원의 맨주먹에 맞아 터진 피였다. 남보는 몸집은 명수보다 훨씬 작았지만 그만한 주먹에 쓰러질 약골이 아니었다. 그는 최소한도의 자존심이 있었던 것이다. 투견처럼 싸워 왜놈의 놀이의 대상이 되어서는 안 된다는 생각을 하고 명수의 강편치를 유도했던 것이고, 그것이 적중되었을 뿐이다. 그러나 그 편치는 사실 쓰러져 정신을 잃을 정도의 강편치는 아니었다.

노무계원들은 쓰러져 코피를 흘리며 숨을 헐떡거리는 남보에게 한 차례씩 발길질을 하며 소리쳤다.

"또 도망쳐 봐!"

"형편없는 자식 같으니라고. 별수도 없는 놈이 순전히 거드럼만 피우고 있었어."

이튿날 명수는 하루밖에 못 쉬었다. 남보가 죽는 시늉을 하며 뻗어 있으라는 판도의 말을 듣지 않고 또 멀쩡하게 일어났기 때문이었다. 그런 남보는, 죄 지은 사람처럼 고개를 못 드는 명수에게 다가가 오히려 위로했다. 조선말이었다.

"장형, 우리 모두 잊읍시더. 내가 도망을 치는 바람에 괜히 여러 사람을 고생시켜 미안합니더."

싸우겠다고 손을 들었던 김홍빈은 넉살 좋게 남보에게 다가와 이렇게 말했다. 그도 조선말이었다.

"나도 니한테 싸움 걸라고 한 거는 아이다. 사흘 동안의 휴가가 탐나서…. 그만 나도 모르게 손을 번쩍 들고 일어선 행동을 용서해라. 미안하다."

그때까지도 남보는 물론 아무도 그를 의심하지 않았다.

사흘째 되는 날은 노무계원들이 남보를 또다시 불러내어 몇 차례 몽둥이 세례를 안겨 놓고는 박판도를 불러내었다.

"기야마(木山), 이번에는 네가 해 봐!"

그러면서 판도에게 몽둥이를 넘겨주었다. 기야마란 박판도의 창씨였다. 그러나 판도는 차마 힘껏 때리지를 못했다. 그러자 노무계원이

"이 새끼 뭐야! 감싸주는 건가?"

하면서 판도의 귀싸대기를 세차게 올려붙였다.

"네가 당하기 싫으면 다시 해 봐!"

이번에는 판도가 좀 세차게 쓰러진 사람을 걷어찼다. 그래도 노무계원들은 판도의 행동이 마음에 차지 않았다.

"이 새끼도 순전히 같은 놈 아냐!"

말과 함께 노무계원은 갖고 있던 곤봉으로 판도의 목줄기를 갈겼다. 판도도 쓰러졌다. 그는 비명도 지르지 못하고 기절했던 것이다. 노무계원들은 쓰러져 있는 남보를 무자비하게 차고 몽둥이로 때려 완전히 기절시켜 놓았다. 그러고는 다른 조선인 노무자들을 보고 남보를 손짓하며 말했다.

"이 새끼를 다코베야로 데려가!"

말을 마치고 그들은 터벅터벅 걸어 자기들 숙사로 돌아갔다. 당시 가라후토에서는 탈주자를 린치하여 병신이 되면 거의 산채로 매장해 버렸다. 그러나 남보는 병신이 된 것 같지는 않았다. 따라서 그는 다코베야란 곳으로 끌려간 것이었다.

허남보가 끌려간 뒤 기절에서 깨어난 박판도의 울음 참는 소리가 처절하게 온 숙사 안을 메아리치고 있었다. 린치를 당하고도 병신이 되지 않고, 죽지도 않으면 보내지는 곳이 또 따로 있었다. 이곳이 이른바 '다코베야'라는 특수 숙사였다. '다코'란 문어란 말이고 '베야'는 집, 그러니까 '문어집'이란 뜻이다. 이곳에 한 번 들어가기만 하면 사람이 문어처럼 흐물흐물해져 버리기 때문에 붙여진 이름이다. 다코베야에 들어간다고 해서 일을 시키지 않는 것

은 아니었다. 잠자리며 식사 같은 것이 일반 노무자 숙소보다도 훨씬 더 열악해서 도무지 사람이 산다고 할 수 없는 환경이었다. 잠자리도 여름이건 겨울이건 하도 비좁아 문어처럼 뒤엉켜 자야 했고, 빈대나 벼룩 등 온갖 물것들이 득실거렸다. 따라서 다코베야에 들어간 노무자는 백이면 아흔아홉이 폐인이 되어버렸다. 영양실조에다 정신마저 이상을 일으켜 완전히 바보가 되어버리는 곳이 다코베야였다.

밤이면 죽는다고 소리치는 비명이 끊이질 않았고, 그런 밤의 다음 날 아침에는 어김없이 들것에다 시체를 운반해 가는 것을 볼 수 있었다. 일본인은 다코베야를 '조센징 훈련소'라고 했다. 이 다코베야를 지키는 일본인 감독은 주로 일본 전국에서 뽑혀 온 깡패나 흉악범들이었다. 이 다코베야는 당시 사할린 전역의 15개 탄광에 빠짐없이 있었고, 생매장되는 조선인 노무자들은 대개 이 다코베야에서 병신이 된 사람들이었다.

이날 밤 판도가 당한 것을 안 말숙은 밤새도록 잠을 한숨도 자지 못했다. 생명의 은인인 판도이기도 했지만, 말숙은 이미 오래전부터 그를 존경하면서 사모하고 있었다. 아, 그런 사람이 무고하게 당하다니. 허남보가 끌려가고 난 뒤 기절에서 깨어난 판도의 오열은 말숙의 창자를 갈갈이 찢어놓는 것 같았다. 그래서 그녀도 함께 울고 또 조선인들의 팔자가 너무 서럽고 억울하고 불쌍해서 눈물을 거둘 수가 없었다.

숙경도 마찬가지였다. 그녀는 이렇게 험한 꼴을 보면서도 돈을 더 벌어 가느니 차라리 진작 고향으로 돌아갔더라면 하고 후회하고 있었다. 그때쯤에는 가고 싶다고 돌아갈 수조차 없는 형편이었기 때문이다. 그래서 그러한 사실이 더욱 안타깝고 딱해서 어떻게 하면 돌아갈 수 있을까를 궁리하느라고 숙경은 한숨도 못 잤다.

온갖 생각이 꼬리를 물고 일어났다. 개성의 친정에서는 지금 어떻게 지내고 있을까. 할머니는 살아 계실까. 숙경이 맏손녀라고 얼마나 귀여워하셨던 할머닌가. 그녀는 소학교를 다니기 전까지도 노상 할머니의 등에 업혀 놀았다. 한번은 할머니와 함께 개성에서 조금 떨어진 시골 친척집의 잔치에 다녀오는데 어두워져 버렸다. 할머니는 숙경을 업고 잰걸음으로 걸었다. 그런 할머니의 입에서는 가쁜 숨소리가 마치 대장간의 풀무질 소리처럼 크게 들렸다. 산길이었는데 괴상한 짐승의 울음소리가 들렸고, 할머니는 몇 번이나 발을 헛디뎌 앞으로 고꾸라질 뻔했다. 그럴 때마다 숙경은 할머니의 등에서, 할머니의 목을 두 손으로 끌어안고 부르르 몸을 떨었다. 이윽고 산길을 벗어나 제법 큰 길로 나섰다. 그 길에는 천하대장군, 지하여장군이라 새겨진 커다란 장승 한 쌍이 서 있었다. 그 장승 뒤쪽은 큰 개울이었다. 개울은 높은 낭떠러지 밑으로 나 있었다. 그 낭떠러지 위에서 장작불 같은 것이 활활 타고 있었다. 그러나 그 불은 장작불빛처럼 붉지도 않았고 불꽃이 마구 낭떠러지 밑으로 폭포처럼 쏟아져 내리고 있었다. 숙경이 할머니의 등에 몸을 찰싹 붙인 채 물었다.

"할머니, 저게 무슨 불이야?"

"쉿! 암말도 말아라."

할머니의 목 줄기에는 땀이 흥건히 배어 숙경의 두 손마저 세수한 손 같았다. 숙경은 자기도 모르게 할머니의 등에서 오줌을 쌌다. 그 뒤로는 두고두고, 불꽃이 위로 치솟지 않고 폭포처럼 흘러내리는 것을 본 적이 없었다.

아버지는 지금도 장사를 잘하고 계실까. 얼마나 변하셨을까. 어머니도 많이 늙으셨으리라. 남동생 인준(寅俊), 여동생 현경(賢鄉)은 학교를 잘 다니고 있을까. 이 누나와 언니를 어떻게 생각하고 있을까.

　이날 밤 숙경은 정말 모처럼 친정 생각을 했던 것이다. 그렇게 모진 고통 속에서도 그녀는 언제나 남편 이문근의 생각만 했고, 어쩌다가 시어머니나 시아버지, 그리고 철환이와 그 아버지 어머니를 떠올려 봤을 뿐이었다.

3장

통발 속의 사람들

8

　나이부치(브이코프) 탄광은 최숙경이나 박판도가 있는 가와카미(시네고르스크) 탄광보다 좀 더 동북쪽에 있었다. 규모도 가와카미보다 훨씬 커서 조선인 노무자만도 3천5백여 명이나 되었다.

　언제나 시커먼 빛깔을 띠고 넘실넘실 물이 흘러내리는, 제법 깊고 너른 강을 끼고 있는 탄광이었다. 그냥 탄광이라고 했지만 사실은 거대한 탄광촌, 혹은 탄광지대라는 표현이 옳을 것이다. 왜냐하면 이 강물의 상류, 그러니까 강이 시작되는 급류의 계곡에서부터 탄광의 갱(坑)이 마치 개미굴처럼 여기저기 마구 뚫려 있어 단순한 탄광촌이라기보다 광대한 이 지역이 모두 탄광지대였기 때문이다.

　가와카미에서 이곳 나이부치까지는 교통도 지극히 불편했다. 기차로 가려면 5시간은 좋이 걸린다. 왜냐하면 철로는 코누마(노보알렉산드로프스크)까지 남하했다가 다시 오타니(소콜)란 역을 지나 나이부치까지 우회하여 북상해야 하기 때문이다. 화물 자동차는 2시간이면 되지만 광산의 공용차 외에 자동차라고는 없었다. 그리고 나이부치 탄광은 천연의 요새라고도 할 수 있다. 탄광 지대 전체가 깊은 산 속에 폭 파묻혀 있고 그 산들은 모두 험하고 깊어서 100km 안쪽에는 어디로 가나 인가라고는 없었다. 다만 남쪽에서 들어가는 길목, 철로가 놓여 있는 길만이 그나마 사람이 다닐 수 있었다. 그러니까 물론 철로도 석탄 수송용으로 건설되었기 때문에 나이부치는 북행 종착역이고, 남행 시발역이었다.

나이부치로 들어가는 먼 입구에서 북쪽을 바라보면 철로가 놓인 길목은 마치 소쿠리 두 개를 맞대어 엎어놓은 그 어름 같은 형상을 하고 있었다. 그러니 나이부치로 들어가는 길목도 나이부치에서 나오는 길목도 오직 이 외길뿐, 다른 길은 없었다.

그러나 나이부치로 투입되는 조선인 노무자들은 철로를 통해 항상 밤에만 운송되었으므로 주변의 지형을 알지 못했다. 따라서 일단 나이부치로 들어간 사람들은 이곳 탄광의 들어가고 나오는 길목이 하나뿐이어서 자신들이 통발 속에 갇힌 미꾸라지 신세가 된 줄을 모르기가 예사였다. 그러므로 나이부치 탄광의 다코베야는 가라후토 전역에서도 그 악명이 가장 높은 곳으로 소문이 나 있었다. 왜냐하면 이 잘록한 철로 길목에는 철로를 중심으로 좌우의 산 중허리까지 탈주자를 잡는 매복 초소가 설치되어 있었고, 모든 탈주자는 여기에서 모조리 붙잡혀 다코베야로 보내졌기 때문이다.

김형개(金炯介)는 경남 의령 출신이었다. 그러나 의령이 고향은 아니었다. 고향은 경남 고성이었다. 할아버지가 고성에서 미두(米豆)를 하다가 실패, 농토를 남김없이 날려버리고, 남이 부끄러워 옮겨온 곳이 의령 땅이었다. 그러나 아버지가 서당의 훈장 노릇을 해서 형개는 의령 소학교를 나와 마산의 상업학교에 입학할 수 있었다.

1944년 3월 어느 토요일, 집으로 가기 위해 자취를 하던 마산에서 함안 군북까지는 기차로 갔다. 양식과 반찬을 가져와야 했기 때문이다. 그러나 사실은 그것보다도 이웃의 점옥이를 보러 간다는 것이 숨겨진 이유였다. 군북에서부터는 기차를 내려 월촌이란 동네를 지나 정암 다리만 건너 조금만 더 걸으면 의령 고을의 집이었다.

온 산에 진달래가 지천으로 피어 있는 계절, 그는 콧노래를 흥얼거리며 걷고 있었다. 산 밑으로는 신작로가 나 있었고, 들판에는 벌써 논보리를 매는 아낙네들이 여기저기 보였다. 그런데 뒤에서 웬 자동차 소리가 들려 돌아보니 저만치에서 화물차 한 대가 쏜살같이 달려오고 있었다. 장작을 실어 나르는 화물차인데도 짐칸에는 사람들이 많이 타고 있었다. 스쳐 지나려던 자동차가 형개 앞에서 멈추더니 운전석에서 정복 정모의 순사가 웃으면서 물었다.

"어이 학생, 다리 아픈데 태워다 줄까? 집이 어디야?"

"의령읍 못 미쳐섭니다. 타도 됩니까?"

형개의 정확한 일본어에 순사가 다시 말했다.

"똑똑한 학생이구먼. 올라타!"

형개가 올라타자 차 위의 많은 사람들이 심각한 표정으로 형개를 바라봤다. 그러나 그때까지도 그는 자기의 운명이 어떻게 바뀌리라는 건 상상도 못했던 것이다.

다만 자동차가 자기 동네 앞에 다다랐기에 운전석으로 고개를 빼어 세워 달라고 외쳤는데도 운전수가 못 들은 척했을 때, 그래서 발로 자동차 바닥을 몇 번 탕탕 치다가 뛰어 내리려고 했을 때야 그는 눈치를 챘던 것이다. 차 위의 다른 사내들이 맹수처럼 달려들어 형개를 껴안아 자빠뜨리고는 말하였다.

"알 만한 놈이 왜 이래? 학업보다는 성전완수가 더 급한 거야. 그러나 안심해. 싸우러 전장에 가는 게 아이고, 보국 전사로 일당 받고 일을 하게 될 테니까. 일당이 하루에 4원도 넘어!"

그는 자기 동네를 지나면서 바로 길가의 자기 집을 바라봤다. 완강한 사내들에 의해 온몸이 붙잡힌 채였다. 어머니가 마루 끝에 서서 지나가는 자동차를 유심히 보고 있었다. 그러나 자기를 발견하지는 못했다.

이렇게 해서 김형개도 다른 사람과 똑같은 경로, 똑같은 방법에 의해 사할린까지 끌려오게 되었다. 그때 나이 겨우 열일곱이었다. 그는 사할린에 도착하자 이곳 나이부치에 배치되었다.

나이부치에는 탄광촌 한가운데를 가로질러 흐르는 시커먼 강을 중심으로 숙사가 지어져 있었다. 강물이 시커멓다고는 했지만 바로 곁에 가서 보면 바닥에 석탄 가루가 잠겨 있어 그렇지, 물 자체는 맑고 깨끗했다. 이곳의 숙사도 모두 좋은 이름이 붙어 있었다. 협동합숙소, 일심합숙소, 진충합숙소, 승전합숙소… 등이 그것이었다. 합숙소는 물론 수도 없이 많아서, 강의 상류인 저 위쪽 계곡까지 합숙소가 있었다.

형개는 협동합숙소에 소속되었다. 그러나 먼저 와 있던 나이 든 조선인들은 모두들 그를 귀엽게 봐주었고, 어린 나이에 이곳까지 붙잡혀 온 것을 안타깝게 생각했다. 형개는 열심히 일했다. 아니 일본인들의 감언이설이 거짓말이란 것을 깨달을 때까지는 열심히 일했다. 기상시간 식사시간도 잘 지켰고, 국어 상용(일본어 사용)도, 군가 부르는 것도 발 맞춰 걸어가는 제식행진에도 모범이었다. 부모님께 말 한 마디 못하고 붙잡혀 온 것이 안타까웠으나 그것도 편지로 상세히 써 보냈더니, 답장도 왔다. 다만 안타까운 것은 안점옥(安點玉)이 못 견디게 보고 싶은 것이었다. 그러나 점옥에게는 편지를 써 보낼 수가 없었다. 편지 같은 게 점옥의 가족들에게 들키는 날에는 점옥은 집을 쫓겨나는 것은 물론, 온 동네에 '베린 가수나(버린 계집애)'로 소문이 퍼질 것이기 때문이다.

점옥은 형개와 동갑이었다. 의령 소학교를 같이 다녔다. 점옥의 아버지는 구장이었고, 동네 유지였다. 학생이 귀하던 때라 동네에서 소학교라도 다니는 사람은 모두 넷이었는데, 다른 둘은 후배였으므로 점옥은 언제나 형개와 같이 다닐 수 있었다. 아니다, 집을 나서 학교로 갈 때는 따로따로 갔다. 남의눈이 무서워서였다. 학교에서 나올 때도 따로따로 나오지만 중간쯤의 길에서는 꼭꼭 만나서 함께 다녔다. 주로 형개가 먼저 와 있다가 기다려서 함께 오가곤 했다.

점옥이는 목 밑 가슴께에 손바닥만 한 점이 있었다. 그 점은 보통 피부색보다 조금 더 검푸른 빛을 띠어 얼룩같이 보였다. 그래서 이름이 점옥이었다. 그러나 점옥의 이 점을 본 사람은 아마 점옥의 가족 말고는 형개 자신뿐일 거라고 그는 생각하고 있었다. 그래서 그는 어렸지만 점옥이는 갈 데 없이 내 각시가 될 사람이라고 믿고 있었고, 점옥도 그렇게 약속한 터였다. 그래서 언젠가 형개는 어머니에게 넌지시 떠 보았던 것이다.

"엄마, 우리 경주 김씨카마(보다) 순흥 안씨가 더 양반이제?"

"굴축시리(뜻밖에) 그기 무슨 소리고? 경주 돌이면 다 옥돌이냐란 말이 있듯이 경주 김씨도 김씨 나름이고, 순흥 안씨도 안씨 나름이겠지."

양반을 지독히도 찾아대는 아버지인지라 순흥 안씨인 점옥이와의 결혼을 허락할까 하는 의문 때문에 어머니에게 물어본 것인데, 별로 뾰족한 답은 못 되었다.

국민학교 6학년 여름이었다. 아침부터 구름이 짙게 끼어 몹시

더운 날이었다. 그날도 형개는 읍내 학교에서 얼마 떨어져 있지 않은 백로나무 밑에서 점옥을 기다리고 있었다. 백로나무란 백로가 하도 많이 깃드는 나무여서 생긴, 커다란 정자나무였다. 백로나무는 신작로 밑으로 굴처럼 해 놓은 길에 있었다. 백로나무 밑에서 보면 그 신작로 밑의 굴은 우물을 팔 때 넣는 둥근 시멘트 구조물을 넣어 저쪽 끝이 틔어 환히 보였다. 어쩌다 의령장을 오가는 어른들도 이 나무 밑에서 잠시 쉬다 가곤 했고, 언제나 짙푸른 그늘이 좋았지만 잘못하다가는 어깨나 머리에 백로의 똥을 맞기 일쑤였다.

그런데 이날은 아침부터 날씨가 물쿠더니 기어코 빗방울이 들었다. 형개가 백로나무 밑으로 온 지 얼마 안 되어서였다. 그때 저만치에서 점옥이가 뿌우연 빗줄기를 등지고 잰걸음으로 오더니 길에 선 채로 말했다.

"소나기 온다. 나는 먼저 간다이!"

그러나 그 말이 채 떨어지기도 전에 빗줄기가 쏴아, 하고 세찬 기세로 쏟아졌다.

"비 맞지 말고 빨리 이리 온나!"

점옥이가 후다닥 나무 밑으로 뛰어들어 왔다. 그때 나무에서 후두둑 떨어지는 게 있었다. 한무더기의 백로 똥이었다. 그런데 그것은 점옥의 모시적삼 앞섶으로 떨어졌다. 나뭇가지에 쌓여 있던 새 똥이 빗줄기에 한꺼번에 떨어진 것이다.

"엄마야. 몬 살끼다아!"

비는 점점 세차게 내렸다. 형개는 점옥의 손을 잡고 후다닥 신작로 밑 콘크리트 굴 속으로 뛰어들어 갔다. 깨끗한 굴 바닥에 둘이 나란히 앉았다. 자세를 낮추어 밖을 내다보니 빗줄기가 뽀얗게 길바닥에서 튀고 있었다. 앉은 곳이 더없이 아늑하게 느껴졌다. 소나기로 개울이 넘쳐도 이 굴 안에서는 발만 적실 뿐 비 한 방울 맞을 염려도 없었다. 형개가 말했다.

"이 적삼 벗어라!"

점옥이 놀란 눈으로 형개를 바라봤다.

"내가 빗줄기에 이 새 똥 씻거(씻어) 주께."

한참 망설이더니 점옥이 돌아앉아 모시 적삼을 벗었다. 적삼 속에는 조끼 같은 속옷이 있었지만 점옥은 한 손으로 가슴을 감싸며 또 한 손으로 적삼을 형개에게 건네었다. 형개는 적삼의 새똥이 묻은 쪽만 굴 밖으로 내어 세찬 빗줄기에 대었다. 금세 새똥이 지워졌다. 한참을 더 그러고 있었다. 비는 점점 더 거세어졌다. 걱정이 되면서도 형개는 비가 더 왔으면 싶었다. 점옥이와 더 오래 있고 싶어서였다. 이윽고 그는 옷을 거두어 비 맞은 데를 꼭 짜서 점옥에게로 건네었다. 점옥이 옷을 받았다. 그때 형개는 봤다. 조끼 같은 속옷이 들려 있었던 것이다. 푸르스름한 반점이 가슴 한쪽에 나 있는 것을. 그리고 앵두보다 작은 점옥의 발그레한 젖꼭지를. 그는 얼른 고개를 돌렸지만 가슴이 무섭게 쿵덕거렸다. 옷을 받아 입고 난 점옥이가 눈물을 글썽거리며 말했다.

"나는 몰라!"

"뭐 말이고?"

그러나 기어코 점옥은 울음을 터뜨렸다. 형개는 팔을 뻗어 점옥이를 꼭 껴안아 주었다. 그러고는 떨리는 소리로 말했다.

"니는 딴 데 시집가지 마라이!"

점옥이가 보일 듯 말 듯 고개를 까딱거렸다. 점옥의 몸에서 전해져 오는 체온이 그럴 수 없이 좋았다. 그래서 형개는 점옥을 더 세차게 껴안고 있었다. 그새 빗줄기가 한풀 수그러져 있었지만 구름은 그냥 끼여 있었다. 잠시 뒤 또 비가 올 것이 틀림없었다. 점옥이가 형개에게 안긴 채 고개를 숙이고 있다가 말했다.

"내 먼저 가꾸마!"

형개가 아쉬운 듯 점옥이를 놓아 주었다. 단번에 가슴이 허전했다. 어쩌면 영원히 다시는 안아보지 못할 것 같은 허전함이었다.

그 뒤로는 다시 그런 일이 없었지만 그들의 마음은 점점 더 뜨거워지고 굳어갔다. 그래서 형개는 어머니에게 점옥이와의 결혼을 염두에 두고 넌지시 물어봤던 것이고, 그런 일이 있은 뒤 어머니에게만 점옥이한테 장가갈 거란 말을 하기도 했던 것이다. 그때 어머니는

"머스마도! 쪼맨한 기 예쁜 아 볼 줄은 아는가베!"

했다. 점옥이는 동네에서는 물론이고 전교에서도 가장 예뻤던 것이다.

그런 점옥에게 말 한 마디 못하고 붙잡혀 온 형개는 날이 갈수록 점옥이가 보고 싶어 미칠 지경이었다.

요즘은 꿈도 뒤숭숭하기만 했다. 아침 8시부터 저녁 8시가 넘게 석탄을 운반해 나르는 작업을 하느라고 몸은 파김치같이 피곤한데도 잠만 들면 기분 나쁜 꿈이 꾸였다.

그저께는 송아지 한 마리가 목을 반쯤 칼에 베인 채로 큰 내를 펄쩍 뛰어 건너더니 자기한테로 뛰어왔다. 살려달라는 몸짓이었다. 송아지 뒤에는 날이 하얗게 빛나는 큰 칼을 든 장정이 송아지를 뒤따라오고 있었다. 그런데 어느새 목이 반쯤 떨어져 덜렁거리던 송아지가 점옥이로 변해 있는 게 아닌가. 아악, 하면서 눈을 번쩍 뜨니 꿈이었다. 참으로 괴상하고도 끔찍한 꿈이었다. 무엇을 상징하는 꿈일까. 집에 키우던 소가 죽었다는 것인가. 그러나 집의 소는 큰 황소인데 꿈속의 소는 코도 꿰지 않은 송아지가 아닌가. 송아지가 점옥으로 변했겠다? 그렇다면 점옥에게 무슨 변고

가 생긴 것인가…. 그런 악몽을 꾼 뒤로는 새벽까지 잠을 못 이루고 몸을 뒤척거리다 남 먼저 세면실로 가서 세수를 하곤 했다. 어젯밤에는 또 다른 꿈이었다. 고향 친구들과 소풍을 갔었다. 낯선 고장이었다. 깊은 산 속 냇물이 맑은 곳이었다. 그런데 점심시간이 되어 밥을 먹으려고 하는데 동무들이 모두 사라져버렸다. 꿈속에서도 그는 무슨 이런 일이 있느냐고, 소풍 와서는 동무들과 함께 둘러앉아 점심 먹는 재민데, 동무들이 모두 흔적 없이 사라져 버리다니, 그는 투덜거리며 도시락이 든 가방을 어깨에 메고 동무들을 찾아다녔으나 아무도 없었다. 그럭저럭 집에 갈 시간이 되었다. 그는 혼자 왔던 길을 되짚어 걷는데, 길이 끊어지면서 앞에 커다란 나무가 나타났다. 나무에는 사다리가 놓여 있어, 그 사다리를 타고 올라가야 한다고 했다. 그는 사다리를 올랐다. 그런데 보니, 그 사다리는 큰 강물 위에 걸쳐진 외나무다리였다. 그 외나무다리를 건너고 보니, 동무들이 거기에 모여 있었다. 그는 안심을 하며 왜 너희들끼리만 왔느냐고 말하며 보니까, 동무들은 일본인 노무계원이었다. 그들은 왜 도망을 쳐 왔느냐고 형개를 둘러싸고는 마구 때리고 발로 차대는 것이었다. 그는 아악, 하면서 눈을 떴다. 온몸이 식은땀에 흥건히 젖어 있었다.

이튿날, 그는 꿈이 하도 불길해서 어머니에게 편지를 썼다. 아버지에게 쓰지 않고 어머니에게 쓴 것은, 점옥에 대하여 알고 싶어서였다. 어머니는 일본어를 잘 쓰고 읽을 줄도 알았던 것이다.

9

형개는 꿈속의 일을 잊어버리려는 듯 더 열심히 일했다. 일을 하면서도 어머니의 답장을 기다렸다. 그러나 오지 않았다. 이상했다.

답장이 오고도 남았을 시일이 지나지 않았는가. 그런데 노임도 약속한 대로 주지 않고 그나마 강제로 적립을 해야 한다고 했다. 물론 그는 학생의 몸으로 길에서 붙잡혀 왔기 때문에 돈벌이가 목적은 아니었다. 그러나 약속을 이렇게 안 지키는 일본 사람들에 대한 감정이 점점 나빠졌다. 종전처럼 일인 노무계원들을 좋은 시선으로 볼 수가 없었다. 몸도 점점 나른해지면서 밥맛조차 없었다. 전처럼 열심히 일을 할 수가 없었다. 게다가 젊은 나이인데도 밥도 밥이지만 소증(素症)이 걸려 고기 먹고 싶은 생각이 간절했다. 하기는 고향에서 학교 다닐 때는 자취를 하면서도 하다못해 멸치라도 떨어진 때가 없었고, 집으로 가면 꼭꼭 어머니가 닭을 잡아 통째로 작은 솥에다 도라지 뿌리를 넣어 고아서 형개에게만 주곤 했다.

"인삼을 넣었으몬 좋을 낀데. 꽁(꿩) 대신 닭이라고 인삼 대신 돌가지로 옇었다. 안 옇은 것카마는 좋지 싶어서."

"아부지도 드리지예."

"느가부지(너의 아버지)사 맨날 잡사 쌓는다."

맨날 잡수실 거라는 어머니의 말은 거짓말일 터였다. 시골이긴 하지만 웬만한 집에서는 제삿날이나 설 추석 명절이 아니면 닭을 잡을 수가 없었기 때문이다. 그런 닭을 형개는 1년에도 열 마리는 더 먹었을 것이다. 바다에서 거리가 멀긴 해도 생선도 많이 먹었다. 물론 간고등어, 간갈치 등이었고, 겨울에는 생대구를 한꺼번에 수십 마리나 사서 통대구로 말리기도 하고, 알은 젓갈을 담그고 고니는 국을 끓여 먹었다. 그러던 것이 이곳 가라후토 탄광으로 오고부터는 6개월이 넘도록 멸치 대가리 한 번 먹어본 적이 없었다. 일본인 노무자 숙사에서는 일주일에 두 번은 육고기국, 또 두 번은 생선국이 나온다고 했다. 밥도 보리쌀이 조금 섞인 쌀밥을 배불리 먹는다고 했다. 게다가 소금에 절어 말린 청어(멩아기니 싱)는 식탁마다 남아돈다고 했다. 그런데 조선인 노무자의 음식은 한마디로 사람의 것이 아니었다. 밥은 언제나 석유 냄새 아니면 썩은 냄새가 진동하는 안남미에다 좁쌀이나 콩을 반 이상 섞은 것이었다. 그것도 너무 적어서 모두들 배를 곯고 있었다. 반찬은 소금에 절인 시래기 한 잎, 뜨물보다 더 맑은 된장국이 전부였다. 어쩌다가 말린 청어가 나오긴 하나 잘못 말렸거나 간수를 잘 못해서 상한 것을 국에 넣어 주었다. 그것은 일인 숙소에서 버리는 물건들이었다. 그런 국이라도 나오는 날은 청어 토막을 아끼고 밥을 다 먹을 때까지 그냥 두었다가, 밥을 다 먹고 난 다음 그것만 건져 맛을 만끽해보려는 사람도 있었다. 그나마 그런 것은 일본 왕실의 누구의 생일인지, 아니면 무슨 명절 같은 날에나 나올 뿐이었다.

이래서 고기가 먹고 싶은 형개는, 일본인 노무자 식당 앞의 쓰레기장에서 청어를 주워 먹을 결심을 했다. 일본 노무자 숙사 앞 쓰레기장에는 말린 청어가 더러 버려진다는 말을 들었기 때문이다. 나이 많은 동포 노무자의 이런 말을 단단히 기억해 두었던 것이다.

"여간 민첩하지 않았다가는 혹 뗄라카다가 혹 붙인다이! 그것도 금지사항이거든. 배가 고픈 거는 위생상 좋지만 남은 임석(음식) 주워 묵는 거는 위생상 안 좋다 이기지. 들키면 반 죽음 당할 각오 해야 한다 카이."

그래서 형개는 밤중 취침 시간에 화장실에 가는 척하고 숙사를 빠져나와 일인 노무자 숙사 앞으로 포복하듯 살금살금 걸어갔다. 불과 300m 거리밖에 안 되는데도 밤이어서 그런지 어쩌면 그렇게나 멀게 느껴지는지 몰랐다. 희미한 달빛이 적막한 탄광촌의 밤을 어루만지고 있었다. 풀벌레 소리가 들렸다. 그는 발소리를 죽여 가며 드디어 식당 앞 쓰레기통 앞까지 갔다. 가만히 앉았다. 코부터 쓰레기통 위에다 대고 킁킁거렸다. 어두워서 눈으로 하는 확인보다는 냄새로 하는 확인이 더 용이했기 때문이다. 여름이어서 벌써 음식 찌꺼기에서는 쉰 냄새가 진동했다. 하지만 다행히 희미한 가운데서도 거무튀튀한 것이 보였다. 자세히 보니, 건청어 같은 것이 음식 찌꺼기 속에 거꾸로 박혀 있기도 했다. 그는 눈에 보이는 것을 주워 코에 대어 봤다. 비린내가 나는 것이 말린 청어임에 틀림없었다. 그는 침을 꼴깍 삼키면서 손가락으로 음식 찌꺼기를 뒤져 잡히는 대로 주워 모았다. 7, 8토막은 되었다. 그것을 두 손으로 모아 쥐고 돌아서 걸었다. 오다가 개울가의 커다란 머귀나무 잎을 따서 생선 토막을 싸고, 손을 개울물에다 몇 번이고 씻었다. 협동합숙소로 돌아와 출입문 앞에 쪼그리고 앉아 우선 한 토막을 먹었다. 너무 짜서 입안이 아릿했지만 참았다. 그는 나머지는 숙사의 판자벽 이음새가 좀 넓게 된 데다 그것을 끼워놓았다. 모든 합숙소는 흔한 목재로 아무렇게나 지은 것이어서 벽에는 구멍이 숭숭 뚫려 여름에는 시원한 바람이 잘도 들어왔지만 무섭게 큰 모기도 그 틈 속으로 들어왔다. 형개는 물탱크로 가서 입을 수도꼭지에 대고 벌컥벌컥 배가 부르도록 물을 빨아 마셨다. 그러고는 들어와 잤다. 새벽녘이었다. 또 꿈이 괴상했다. 그러나 이번 꿈은 평소와는 달랐다. 고향의 잔칫집에서 온갖 음식을 배가 터지도록 먹고 배탈이 난 꿈이었다. 배탈이 나서 변소에 가는 꿈을 꾸다가 아차 하고는 벌떡 일어났다. 실제로 배가 부글부글 끓으면서 이미 설사를 조금 짤겨 놓고 있었다. 급히 화장실로 가서 앉자마자 횟대줄똥 같은 설사를 좍좍 쏟았다. 계속 아랫배가 부글거렸지만 숙사로 돌아왔다. 자리에 누웠다. 그러나 10분도 안 되어서 다시 화장실로 가야 했다. 이래서 이날 아침에만 5번이나 화장실로 들락거려야 했다. 그는 그때야 조선에서 학교에 다닐 때 들었던 말을 떠올렸다. 일본이 노일 전쟁에서 승리는 했지만 러시아의 물 때문에 많은 일본 병사들이 배탈이 나서 쓰러졌다. 그래서 개발해 낸 약이 정로환(征露丸), 즉 로(露)서아를 치기(征) 위한 약이란 것이고, 배탈에는 그저 그만이다…. 그러고 보니, 형개도 가라후토로 온 뒤 찬물을 마신 적이 거의 없는 것 같았다. 언제나 끓여서 식힌 물이었다. 그런데 그는 어젯밤 물탱크의 찬물을 그냥 벌컥벌컥 양 껏 마셨으니…. 결국 그는 일을 하러 나갔다가 일본인 노무계원의 허락을 받고 들어왔다. 광산의 일본인 간부들도 형개만은 모두들 귀여워하는 편이었다. 나이도 가장 어렸거니와 학력도 있는 데다 총명하고 규칙 잘 지키고, 일도 열심히 했기 때문이었다. 물론 최 근에 와서 조금씩 나태해지는 게 일본인 간부들의 마음에 걸리긴 했지만 그래도 아직은 신임을 받고 있는 터여서 쉽게 휴식이 허락 된 터였다. 그런데 일은 그날 저녁에 벌어졌다. 어젯밤에 먹다 남 겨둔 그 건청어를 발견한 세 사람의 조선인 노무자가 있었다. 그 래서 그들은 그걸 나눠 먹고 똑같이 찬물을 켰나 보았다. 그러기 에 세 사람의 설사 환자가 한꺼번에 생겼던 것이다. 이쯤 되자 일 본인 노무계원이 이상히 여겨 한꺼번에 설사를 만난 세 사람부터 하나씩 불러 어찌된 거냐고 무섭게 따지기 시작했다. 물론 말로만 따진 게 아니라 몽둥이로 때렸다. 어디서나 마찬가지로 온 숙사 안의 노무자가 다 볼 수 있도록 식당에다 전 노무자를 집합시켜놓 고 그랬다. 첫 번째 사람은 충남 부여 출신의 장씨였는데, 몇 대 맞 자 그만 벽에 끼워져 있던 건청어를 먹었다고 자백했다. 두 번째 사람은 경남 울산 출신의 박씨였는데 그도 같은 자백을 했다.

"이 새끼야, 그걸 누가 주워 왔느냐고 하지 않아?"

그러면서 곡괭이 자루로 엉덩이며 어깨를 내려쳤지만, 그 이상의 답을 얻지 못했다. 세 번째 사람은 경남 창녕 출신의 노씨였다. 그에게는 처음부터 다른 수법의 고문을 가했는데, 소위 비행기 태우기였다. 뒤에서 두 손을 묶고, 묶인 양손에 밧줄을 끼워 그것을 천장에 매달았다. 그러고는 발끝을 홱 밀었다. 그러자 매달린 사람은 마치 헬리콥터 프로펠러같이 허공에서 빙글빙글 돌았다. 그러자 그가 자백하기 시작했다. 그때야 형개는 마음이 조금 놓였다.

"제가 쓰레기장에서 주워 왔습니다."

"진작 자백할 것이지, 어느 합숙소야?"

공중에서 풀려 내린 그가 머뭇거리며 말했다.

"승전합숙솝니다."

"이 새끼야, 거긴 어제 저녁 건청어가 안 나왔어. 내가 건청어를 식탁에 올린 합숙소를 조사해 봤단 말야!"

승전합숙소도 일인 노무자의 숙사였지만, 거긴 어제 저녁 건청어가 안 나왔다니! 그럼 저 김씨는 거짓말을 했단 말인가. 형개의 가슴은 다시 뛰기 시작하면서 괴로움에 시달려야 했다. 일본인 노무계원이 이번에는 노씨의 뺨을 후려치며 말했다.

"어디야! 어디서 주워 왔어?"

"모릅니다."

"이 새끼가 사람을 놀려? 이거 비행기 가지고 안 되겠어, 어이, 이 새끼 잠수함을 태워야겠어."

그러면서 식당에 붙은 세면소의 물탱크에다 그를 거꾸로 집어넣었다.

기운이 빠져 죽을 힘도 없었지만 그때야 형개가 노무계원 앞으로 나갔다.

"제가 범인입니다."

일인 노무계원이 뜻밖이란 듯이 눈을 크게 뜨더니 형개의 핏기 하나 없는 얼굴을 뚫어지게 노려봤다. 그러더니 천천히 말했다.

"그으래애? 네가 건청어를 주워왔단 말이지? 오옳아, 그래서 네 놈도 설사를 했었지. 그래, 어느 합숙소야?"

"자강합숙숩니다."

"거짓말이 아니군. 좀 따라와."

형개는 일인 노무계원들을 따라 그들이 가자는 곳으로 갔다. 그 곳은 나이부치(브이코프) 광산에 종사하는 일본 간부들의 전용 휴게소였다. 휴게소라고 해서 요즘의 다방이나 스낵코너처럼 꾸며진 것이 아니고, 보통 합숙소와 비슷하게 꾸며진 구조였다. 다만 방들만 여느 합숙소의 그것보다 훨씬 작은 규모의 것이 아래 위층으로 8개쯤 들어 있으므로, 보통 합숙소가 멋대가리 없이 엉성하고 큰 것에 비해 이것은 오밀조밀하고 작은 건물이었다. 물론 자재는 제법 고급을 써서 목조라고는 하나 통나무를 가로로 견고하게 쌓았고, 내부도 보통 합숙소와는 비교도 안 되게 다다미에 간단한 가구들까지 갖춰져 있었다. 보통 합숙소는 사면 벽에 무작하게 굵고 큰 대못이 쳐져 있어, 거기에 옷을 걸고 바닥도 중앙의 복도에다 바로 신발을 벗어 두고 방으로 들어오게 돼 있었다.

그리고 방은 복도와 평지를 이루고 있는 판자 바닥이었다. 그러나 이곳은 그런 보통 합숙소와는 달랐다.

형개를 데리고 온 사내들은 '나이부치 탄광 간부 휴식소'란 간판이 세로로 붙어 있는 건물 안으로 가면서 형개의 발목에다 굵은 쇠사슬이 달린 족쇄를 채웠다. 족쇄의 한쪽 끝을, 소나 말의 고삐를 매도록 만들어 둔 것 같은 쇠말뚝에다 걸어 자물쇠를 채웠다. 그러고는 노무계원들은 건물 안으로 들어가 버렸다. 어떤 형벌을 내리나 하고 공포에 떨면서 비틀거리며 따라온 형개는 새로운 불안에 휩싸여 짐승처럼 매여 있었다.

 안으로 들어간 사람들은 좀처럼 나오지 않았다. 하늘에는 별이 새파랗게 유리구슬을 뿌린 듯 빛나고 있었다. 어젯밤과 마찬가지로 풀벌레가 울었고 개구리 소리도 들렸다. 다만 공중으로 얼기설기 쳐진 쇠밧줄에 달린 석탄 운반용 현수차(懸垂車·케이블카)들만이 괴물처럼 침묵을 지키고 있었다. 작업 시간인 낮에는 그 현수차들이 얼마나 요란한 소리를 내며 오가는지 모른다.

 형개는 밤이슬에 젖어 가면서 거기에 붙들려 처음엔 그냥 서 있다가, 다음에는 쭈그리고 앉았다가 이윽고 땅바닥에 퍼질고 앉았다. 너무 기운이 없었기 때문이다. 새벽부터 아마 15번은 화장실을 들락거린 것 같았다. 이제는 설사는 멎었지만 기운이 하나도 없었다. 그는 두 시간 이상을 거기에 매여 있는 동안 자기 앞을 지나치는 많은 사람들을 만났고, 또 많은 것을 깨달았다. 우선 2층의 각 방으로 올라갈 수 있도록 돼 있는 나무계단으로 많은 사람들이 오르내렸다. 그래서 그 계단은 쉴 새 없이 삐그덕거리는 소리를 내고 있었다. 그리고 각 방에서는 간간이 여자들의 소리도 들려왔다. 형개는 그곳이 바로 일본인 간부들의 위안소였음을 안 것이다. 2층으로 올라가기 위해 차례를 기다리는 사내들은, 대개 형개를 끌고 온 노무계원들이 들어간 아래층에서 무언가를 마시며 웃고 떠들곤 했다.

 거기에서 나와 위안부가 있는 2층으로 올라가지 않고 바로 숙사로 향하는 사람들도 있었다. 그중의 한 사람이 이시무라(石村) 씨였다. 그는 당시 30세가 조금 넘은 나이였지만 모든 조선인 노무자들은 그에게만은 꼭 센세이(선생)란 호칭을 붙였다. 그는 여느 일본인과는 많이 달라서, 조선인 노무자에게 한 번도 욕설을 하거나 손찌검을 한 적이 없었다. 그리고 언제나 조선인 노무자의 후생복지 등을 위해 일본인 간부에게 조선인 노무자들을 대변해 온 사람이라고 했다. 형개가 그날 밤 거기에서 이 이시무라를 만난 것은 크나큰 행운이었고, 나중에는 엄청난 재앙으로부터 조선인 노무자를 구해내게 하는 운명의 순간이기도 했다.

그는 현재 광산의 전기 기술자였지만 전직은, 서품받은 지 얼마 안 되는 천주교 신부(神父)였다. 동경 전기기술학교를 졸업하고, 프랑스에서 일본으로 온, 프랑스 외방 선교회 소속의 신학교를 졸업한 신부였다. 혹독한 종교 탄압, 그것도 영미귀축(英米鬼畜)에 가까운 프랑스인 신부들이 모두 본국으로 쫓겨 가거나 감옥을 살 때, 그는 스스로 몸을 피해 이곳으로 온 사람이었다. 그러나 이러한 그의 이력은 아무도 모르고 있었다.

그가 형개 앞을 지나치다 형개를 보고는 놀라며 물었다.

"누군가?"

그는 앉았던 자리에서 벌떡 일어나 부동자세를 취하면서 거수경례를 붙이며 대답했다. 그렇게 하도록 돼 있었기 때문이다.

"협동합숙소 소속의 가네무라 게이가이(金村炯介)입니다."

"왜 이렇게 붙들려 왔나?"

그는 답을 할 수가 없어 머뭇거리기만 했다. 자신의 행위가 너무 창피하고 지저분했기 때문이다.

"왜 붙들려 왔느냐고 묻지 않나?"

그러다 한참 만에야 그는 유창한 일본어로 사실대로 답했다. 듣고 난 그가 물었다.

"조선에서 학교는 어디까지 다녔나?"

"마산상업학교 3학년까지 다녔습니다."

"음, 배가 고파도 사람은 사람으로서의 고귀한 값어치를 지켜야 해. 그러기 위해서는 인내가 필요한 거지. 인내만을 강조하기는 너무 힘든 세상이긴 하지만 말이네."

"네, 앞으로는 절대 주의하겠습니다."

"잠시 기다려 봐!"

그는 안으로 들어갔다가 한참 만에 아까 자신을 데리고 온 일본인 노무계원과 함께 나왔다. 노무계원은 술이 벌겋게 취해 있었고, 밤이긴 해도 희미한 불빛에 자세히 들여다보니 눈동자가 풀린 위에 눈꼽까지 끼어 있었다. 2층의 방과는 달리 1층의 각 방들은 안에서 바로 위안소로 들어가도록 돼 있었기 때문에 형개는 노무계원이 여자의 방으로 들어가는 것을 보지 못했던 것이다. 술 취한 노무계원이 말했다.

"이 자식, 오늘 운수 좋은 줄 알아! 순전히 내가 만난 삼삼한 조센징 처녀 덕분이란 것도 알라구. 내가 한 여자는 진짜 처녀였다 이거지. 히히히, 기야마 소훈(木山素粉)이라고 했던가. 그 처녀는…."

10

여름이 가고 첫 추위가 시작되는 9월이 왔다. 이곳은 10월이면 서리가 내리고 물이 얼었다. 9월이면 벌써 한기를 느꼈다.

형개가 고향을 떠난 지도 7개월째로 접어들었다. 그러나 그때까지도 어머니에게 보낸 편지는 답이 없었다. 안점옥의 소식을 물었던 편진데…. 그사이 형개는 형님 같은 사람과 하나 친해졌는데, 그가 정상봉(鄭相鳳)이었다. 어쩌면 형개와 그리도 같은 방식으로 납치되어 왔는지 정말 희한한 일치였다. 그러나 가라후토로 오게 된 경위가 같다고 해서 그렇게 친해질 까닭은 없었다. 우선 정상봉은 고향이 경남 울산이니까 경남 의령인 자기와는 동향도 아니었다. 그리고 그가 다니다 말았다는 신학교란 곳이 무엇을 가르치는 곳인지도 전혀 몰랐다. 다만 어찌된 영문인지 정상봉의 일거일동이 전날 자기를 위기에서 구해준 일본인 이시무라 선생과 너무나 흡사해서 그게 신기했다. 정상봉은 언제나 식사 때마다 눈을 감고 고개를 숙였고, 자세히 관찰하면 입속으로 뭐라고 중얼거리기도 했다. 그리고 오른손의 손가락을 가슴에다 대고 잠시 뭔가 글씨를 쓰는 것 같기도 했다. 그러나 다른 사람은 워낙 식사하기에 바빠 그런 것을 전혀 눈치도 못 채고 있었다.

그리고 또 그는 취침 전이나 기상 직후에도 잠시 식사 때와 꼭 같은 자세와 동작을 취하곤 했다. 모든 사람들이 이를 갈면서 일본인 노무계원을 원망해도 그는 그런 빛도 보이지 않았다. 참으로 도사와 같이 이상한 사람이었다.

한번은 이시무라 선생과 함께 식사를 하게 되었다. 그날은 '내지인과 반도인 노무자 친선대회'란 명목으로, 처음으로 소풍 비슷한 것을 간 8월 하순의 어느 날이었다. 나이부치 탄광은 깊은 계곡이 끝나는 데까지 개미굴처럼 여기저기 굴이 뚫려 있었는데, 계곡의 맨 위쪽까지 올라갔던 것이다. 거기에는 높이 3m쯤 되는 폭포가 있었고 팔뚝만 한 물고기도 무진장 많았다. 조선인 노무자들은 일인과의 노래자랑이나 보물찾기 같은 놀이보다는 그 고기를 잡는 데 더 열을 내었다. 하기는 그날의 놀이에서만은 밥도 반찬도 일인과의 구별이 없었다. 다만 그렇게 놀면서도 일인 노무자들의 조선인 노무자들에 대한 끝도 없는 멸시의 표정만은 지울 수가 없었다. 그러나 조선인 노무자들이 그냥 돌을 힘껏 내던져, 돌에 맞아 죽은 물고기를 건져와 배만 따고 구워 먹는 걸 보는 일인 노무자들의 멸시의 눈초리는 절정에 달했다.

그날 형개는 이시무라 선생과 마주앉아 도시락을 먹었는데, 식사 때 정상봉의 행동과 똑같은 모습을 발견했던 것이다. 그래서 식사가 끝나자 그는 이시무라에게 조용히 말했다.

"우리 협동합숙소에 선생님과 똑같은 동작을 식사 때마다 취하는 사람이 있는데요."

그러자 그가 갑자기 주위를 재빨리 한번 둘러보고는 말을 돌려버렸다.

"모든 사람은 다 공통점이 있으니까 밥 먹는 것뿐만 아니고 잠자는 것, 걸음 걷는 것까지 꼭 닮을 수는 많이 있지."

그러고 나서 같이 식사를 한 사람들이 흩어지자 다시 물었다.

"가네무라 군, 아까 뭐라 그랬어? 다시 말해 보게나!"

"식사할 때 고개 숙이고 눈감는 것, 그리고 이 손으로 여기에 뭔가 그리는 것이 선생님과 같다고 했지요. 그 사람은 잠자기 전이나 기상 직후에도 그런답니다."

"그 사람 이름이 뭔가?"

형개는 괜히 끄집어낸 말에 어떤 위기를 느끼며 거짓말을 해버렸다.

"지금 다코베야에 가 있어요."

"뭐야? 그게 정말인가? 꼭 구해내야 한다고. 이름이 뭐냐니까?"

"그 사람을 꼭 구해내야 한다고 말씀하셨습니까?"

"그럼, 그런 착한 사람이 다코베야에 가서는 안 되지."

"그 사람이 착하긴 하지요. 흡사 도사 같다니까요."

"그래, 이름이 뭐야, 누구냔 말야?"

그때 마침 정상봉이 노래자랑에서 노래를 부르고 있었다. 형개가 손짓하며 말했다.

"바로 저 사람입니다."

"왜 거짓말을 했어?"

"선생님이 혹시 그를 해칠까 싶어서 그랬습니다."

"해치긴, 일본인이 다 나쁜 건 아니라구."

그러나 형개는 그 뒤 이시무라 선생이 정상봉을 만났는지, 만나서 무슨 말을 했는지는 관심도 없었고, 정상봉에게 물어보지도 않았다. 추위가 본격적으로 시작되는 10월 초순의 어느 날 뜻밖에 협동합숙소로 이시무라 선생이 아침 일찍 찾아왔다. 그는 심각한 얼굴로 말했다.

"내 잘못은 아니지만 용서하게. 가네무라 군의 어머니의 편지가 이리로 온 지 다섯 달이 다 됐는데도 여태 전달이 안 됐더군. 그런데 편지가 개봉된 채 사무실에 굴러다니기에 무심코 어제 저녁에 내용부터 먼저 읽고 봉투를 봤더니, 가네무라 군의 어머니께서 보내신 편지였단 말이네. 그래서 지금 갖고 온 거네. 내용이…."

그는 급히 편지를 받았다. 얼마나 많은 사람의 손때가 묻었는지 봉투와 알맹이가 새까맣게 돼 있었다.

내용은 간단했다. 집안은 별고 없는데 점옥이가 정신대로 나갔으니 잊어버리란 것이었다.

"덴교쿠(점옥) 양은 가네무라 군의 정인(情人)이었던 모양이지?"

"네."

"깊은 관곈가?"

"결혼할 여자였습니다."

"안됐네. 할 말이 없군. 그러나 참고 삭혀야 하네."

그러면서 그는 형개의 어깨를 두어 번 도닥거려 주고는 돌아갔다. 아침밥을 먹을 수가 없었다. 갱 속으로 들어가서도 눈물 때문에 일을 할 수가 없었다. 그런데 그날 갱 속에서 무서운 사고가 일어났다.

지하 수백 미터까지 파 내려가는 갱은 지상의 초입에서 300m

만 들어가면 미로처럼 이리저리 뻗쳐 들어간다. 어떤 것은 거의 수직으로 곧장 파 내려가기도 하고 또 어떤 데서는 광장같이 넓어지기도 한다. 이런 데가 위험하다. 낙반사고가 일어나기 쉽기 때문이다. 석탄이 많이 있으면 있는 쪽을 향해 무작정 파 들어가는 것이 탄광이다. 어떤 때는 밑에서 위로 파 올라가다 보면 지상으로 구멍이 뻥 뚫리기도 했다. 언제나 곡괭이질로 금이 가 있기 마련인 석탄이 그냥 큰 덩어리로 떨어지는 낙반사고가 가장 위험했다. 그러나 이날의 사고는 성질이 달랐다. 이것도 가끔씩 있는 가스 분출이었지만, 이날의 것은 분출 정도가 아닌 거의 폭발에 가까운 엄청난 분출이었던 것이다. 웬만한 것은 진흙으로 막아버리고 물을 끼얹은 석탄가루로 무덤처럼 만들어 버리면 그만이었다. 그러나 이날의 가스는 그 세력이 얼마나 무서웠던지 당장 온 갱 속의 노무자들이 입과 코를 틀어막고 밖으로 대피해 나와야 했다. 문제는 그 가스를 그대로 두면, 안으로 수십 가닥이나 뻗어 들어간 갱 전체가 위험해지고 결국 큰 폭발로 폐광이 되고 마는 데 있었다. 따라서 이번의 가스분출은 어떤 일이 있어도 막아내야 했다. 그 방법은 가스가 터져 나오고 있는 구멍에다 물로 반죽한 황토 찰흙덩이를 몇 수레나 한꺼번에 날라다 구멍을 틀어막고 그 앞에다 갱목을 울타리처럼 빽빽하게 박아 벽과 같이 만들고, 울타리 갱목 사이의 틈바구니에도 빈틈없이 황토찰흙을 발라 버리는, 말하자면 가스분출처의 밀봉작전이었다.

갱 안의 궤도 위를 구르는 운반차에다 찰흙을 차지게 이겨, 그것을 싣고 들어가는 일부터가 대단히 위험한 작업이었다. 어느 순간, 가스가 화산처럼 폭발해 버리면 모두 파묻혀 죽고 말기 때문이다. 그래서 갱 속의 노무자들을 모두 밖으로 불러내어 집합시킨 일인 간부들은 돌격대를 모집했다. 돌격대에게는 다음과 같은 특별 포상도 한다고 했다.

① 일당은 현금으로 지불하되 시간당 5원으로 한다.

② 작업 완료 후에는 이틀간의 유급 휴가를 실시한다.

③ 휴가 시에는 간부전용(일인간부) 휴식소(위안소)에도 출입이 허용된다.

시간당 5원의 노임이라면 파격적인 거액이었다. 종일의 임금 일당이 1원 남짓한 꼴이 아니던가. 그것도 강제로 적립이 돼버리는…. 이틀간의 유급휴가도 상상도 못할 유혹거리인데다, 마지막의 간부 전용 휴식소 출입은 결정적인 유혹거리였다. 왜냐하면 여자를 상대할 수 있기 때문이었다.

그러나 아무도 선뜻 응하지 않았다. 지난겨울에도(형개가 오기 전) 이런 일이 있어 비슷한 조건을 내걸어, 10여 명의 돌격대가 가스 구멍을 막으려고 들어갔다가 함께 참변을 당하고 만 일이 있었다. 아무 준비도 없이 들어갔다가 가스 구멍에까지 닿기도 전에 질식을 하고는 모두 시체가 되어 나왔던 것이다. 그래서 이번에도 그때를 기억하는 사람들은 시간당 5원이 아니라 50원을 준대도 들어갈 턱이 없었다. 그때도 사람들은

"신외무물(身外無物)이라고, 제 죽고 나면 만금도 소용없어."

이렇게들 말하고 있었다. 광산의 일본인 간부가 다시 말했다.

"아마 지난번 사고를 떠올리는 모양인데, 정밀한 조사 결과 사고의 규모가 먼저보다 훨씬 작다. 절대로 위험하지 않을 것이다. 자, 이렇게 눈을 보호할 안경과 가스 방지용 마스크까지 준비해 두었다."

그러면서 마스크와 안경을 쳐들어 보였다. 이래서 맨 먼저 나간 사람이 김형개였다. 그는 점옥이 정신대로 나갔다는, 때늦은 어머니의 편지로 마음이 상할 대로 상해 있었다. 그것이 에라 모르겠

다, 하는 심경으로 바뀌어 있었다. 김형개가 나서자 형개와 같은 때에 배치돼 온 6, 7명의 노무자가 주춤주춤 나섰다. 모두들 스물 안팎의 청년들이었다.

그들은 따로 일본인 간부와 기술진 앞으로 불려가 사고 수습의 요령과 방법을 지시받았다. 그러고는 이겨놓은 황토찰흙을 석탄 운반용 차에다 실었다. 안전 헬멧은 본래 쓰고 있었고, 수경처럼 눈 주변의 피부에 접착되는 안경도 꼈다. 그리고 마스크도 썼다. 마스크는 요즘과 같은 산소마스크는 아니었고 그냥 가스가 코로 들어가는 것을 조금 막아주는 것이어서 사실상 쓰나 마나 했다.

돌격대로 선발된 사람들이 차를 밀고 들어갔다. 모두들 한 걸음, 두 걸음, 걸음 수를 세고 있었다. 시킨 대로 100걸음쯤에서 차를 세웠다. 그러고는 사방으로 벌집처럼 뚫려 있는 굴 중 어느 굴인지를 찾아야 했다. 헬멧 앞머리에서 비쳐지는 램프 불빛에, 목욕탕같이 김이 자욱한 굴이 보였다. '저기다!' 하고 8명의 돌격대가 저마다 베개만큼씩 하게 찰흙을 뭉쳐 가슴에 안고는 일제히 그쪽을 향해 뛰기 시작했다. 일본인 기술자들의 지시는 정확했다. 뛰는 걸음으로 백 걸음쯤에서 가스가 새어 나오고 있었고, 그곳은 새로 뚫고 있는 굴의 맨 끝이었다. 가스가 쉬익쉬익, 소리를 내며 뿜어져 나오고 있는 굴벽에다 찰흙을 소리가 탁탁 나게 붙였다. 8명이 다 붙이자 가스 새는 소리가 멈췄다. 그러나 굴 안에 가득찬 가스 때문에 코로 숨을 쉴 수가 없었다. 이때 누군가 성냥이라도 켜면 굴은 폭발하고 말지만 밖에서 미리 성냥 같은 것은 모두 내놓고 들어왔다. 이제 그들은 다시 밖으로 나가 준비해 둔 갱목을 가져다 천장을 받치는 게 아니고, 방금 흙을 처바른 굴벽의 앞에다 말뚝 장벽을 만들어야 했다. 갱목 하나하나를 바닥과 천장에 고정되게 촘촘하게 세워 말뚝 벽을 만드는 일이었다. 그들이 차를 밀고 나오자 기다리고 섰던 사람들이 만세를 부르며 박수를 쳤다. 다른 차에다 쪽쪽 곧고 굵은 갱목만 골라 수북하게 실어놓고 기다리고 있었다. 방금 밀고 나온 차를 두고, 갱목이 실린 차를 밀고 들어갔다. 역시 걸음을 세면서 들어갔다. 그동안에 가스는 굴의 중간까지 풀려나와 오백 보도 세기 전에 숨이 막혀왔다. 세기를 중단하고 그냥 차를 밀고 뛰어 들어갔다. 조금 전 찰흙반죽 붙인 곳의 앞까지 차를 밀고 와서, 숨을 멈춘 채 갱목을 굴 바닥에다 박아 천장에 꼭꼭 끼워 고정되게 세워 나갔다. 모두들 숨이 막혀서 하나를 세우고는 도로 밖으로 뛰어나와 맑은 공기를 들이마신 뒤 다시 뛰어 들어가서 작업을 계속하는 행동을 수십 번이나 반복했다. 몇 시간이나 걸려 그 작업을 끝내고 굴 밖으로 다시 나왔다. 이번에도 박수를 치고 만세를 불러 주었다. 다음에는 마지막으로 갱목을 박아 만든 벽에다 찰흙을 바르는 차례였다. 형개는 굴속의 가스를 밖으로 좀 뽑아내 줄 수 없느냐고 했다. 이시무라 선생이 말했다.

"미안하네. 그렇게 할 장비도 기술도 아직은 없네."

이번에는 차 두 대에 찰흙을 싣고 들어갔다. 그런데 새로운 문제가 벌어져 있었다. 먼저 막았던 굴벽의 가스 구멍에서 다시 가스가 새어나오고 있었던 것이다. 그러나 갱목 벽 때문에 그 구멍을 직접 막을 수는 없었다. 얼른얼른 갱목과 갱목 사이의 틈서리를 찰흙으로 빈틈없이 밀봉하는 것뿐이었다. 숨은 계속 막혔고, 일손은 부족했다. 찰흙 한 뭉치를 갱목과 갱목 사이에다 떡을 치고는, 밖으로 뛰어나와 숨을 쉬고 다시 뛰어 들어가 숨을 멈춘 채 같은 일을 반복해야 했다. 사력을 다해 완성하는 데 몇 시간이나 걸렸다. 두껍게 처바른 찰흙이 마를 때까지만 가스가 새지 않으면 성공한 것이다. 그동안 그 갱 속으로는 출입이 금지된다. 다 마치고 나왔을 때, 일본인 간부들은 돌격대에게 악수를 다 해주었다.

그러고는 약속대로 현금으로 노임을 지불해 주었다. 작업은 총 5시간 이상이 걸렸지만 5시간으로 계산해 주었다. 25원! 근 1달 노임이었다. 게다가 이틀간의 유급 휴가! 또 마음만 있으면 조선인은 근방에도 갈 수 없는 위안부와도 만날 수 있다! 형개는 우선 돈을 받아 그대로 고향 어머니에게로 송금했다. 첫 송금이었다.(사실은 마지막 송금이기도 했다.) 그리고 하루를 푹 쉬었다. 다른 돌격대원들은 쉬는 첫날 간부 전용 휴게소엘 다녀온 이야기를 자랑삼아 떠벌렸다. 여자와의 관계를 처음 갖는 사람도 있었고, 이미 고향에서 결혼 생활을 하다 온 사람들은 "서방 죽고 처음이라더니, 마누라 곁 떠나고 처음 했다."

혹은

"너무 오랜만에 하니 하는 순서나 방법도 다 잊어버려 여자 시키는 대로 했다니까. 흐흐흐."

하는 사람도 있어 주위를 웃기면서 부러움을 사기도 했다.

형개는 점옥이가 정신대로 나가지 않았다면 절대로 그런 곳에 가 볼 흥미도 없었을 것이다. 나이도 이제 겨우 17세가 아닌가. 그러나 그는 선배(?)들의 권유, 특히 언제 죽을지 모르면서 그런 맛도 못 보고 죽으면 귀신이 되어서도 산 처녀나 괴롭히는 몽달귀신이 된다는 등, 온갖 소리로 부추기는 바람에 들어가 본 것이다. 게다가 일인 간부들도 2원씩 전표를 끊고 들어가는데, 이번 돌격대에 한해서는 완전 공짜로 2원짜리 전표를 준다고까지 했다. 그래서 갔던 것이다.

휴식소 건물 초입에 붙은, 술도 팔고 전표도 끊는 곳으로 먼저 갔다. 한국의 군부대 같으면 피엑스 같은 곳이었다. 늙수그레한 일본 남자가 미소를 띠며 형개를 맞이했다.

"기혼인가, 미혼인가?"

"미혼입니다."

"그래, 그럼 3호실로 들어가 보게. 1층 맨 안쪽이네."

그러면서 기차표같이 생긴 전표를 내주었다. 그는 그것을 받고 나와 3호실을 찾아가면서 전표의 전후면에 쓰인 글씨를 읽어 보았다. 앞에는 그냥 '멸사봉공 진충보국(滅私奉公盡忠報國)'이라 인쇄돼 있었고 뒷면에는

[행동신속 시간절약(行動迅速 時間節約)

1매 1회한(一枚 一回限)

일금 2원야(一金 貳圓也)]

라고 석 줄이나 인쇄돼 있었다. 형개는 떨리는 마음을 진정하면서 3호실 문을 똑똑 두드렸다.

"이랏샤이(들어오세요)!"

안에서 가녀린 음성이 들려왔다.

그는 방으로 들어섰다. 다다미가 3장으로 된 작은 방이었다. 책상 겸 탁자 위에는 손거울도 있었고 빗, 화장품이 든 바구니도 있었다. 벽에 붙여 세워진 얇고 낮은 가구는 이불장인지 옷장인지 구별이 되지 않았다. 다른 벽에는 옷걸이용 못이 몇 개 처져 있었다. 여자는 아주 앳되었다. 그녀가 전표를 받고는 일본말로 재촉했다.

"빨리 하세요."

그러면서 먼저 드러누웠다. 형개는 그냥 엉거주춤한 자세로 떠듬떠듬 말했다. 일본말이었다.

"혹시 조선 여자 아닙니까?"

여자는 보기와는 달리

"조선 여자 아닌 사람이 이런 일 하는 것 봤습니까?"

하고 다소 냉정한 음색의 일본어로 말했다.

"고향이 어디신지요? 나는 경남 의령입니다만."

"의령이면 함안 이웃이군요. 전 함안이에요. 자, 빨리 끝내고 가셔야죠. 젊은 도련님?"

그러면서 치마를 걷어 올렸다. 그러자 여자의 맨살이 드러났다. 순간 형개는 점옥의 맨몸이 확 눈앞에 떠올렸다. 점옥의 맨몸은 본 적도 없었는데 이상한 일이었다. 그녀의 작은 젖꼭지가 추억인 양 눈앞에 확대되어 나타났다.

"그만두십시오. 전표는 그냥 가지십시오."

여자를 외면하면서 형개는 시부저기 앉았다.

"아니 왜요? 누이동생이라도 이런 곳에 끌려와 있나요?"

형개는 더욱 음성을 낮추어 처음으로 조선말로 속삭이듯 말했다.

"언제 왔습니까?"

여자도 조선말, 그것도 사투리로 말했다.

"얼매 안 됐습니더."

"저와 한동네에 살던 처녀도 정신대로 나갔다는… 우리 어머니 편지를 받았지요. 그것도 편지를 띄운 지 다섯 달 뒤에야 받았답니다."

여자는 고개를 숙이고 있었다. 형개는 흐르는 시간이 아깝기도 했지만 무슨 말을 해야 할지 가슴만 답답했다. 그러다 겨우 말했다.

"용기를 잃지 말고 살아가십시오."

여자는 손수건으로 눈을 찍어 누르면서 겨우 말했다.

"조선 사람은 못 오는 곳인데 여긴 우째(어찌) 오셨습니꺼?"

"돌격대로 나가 포상휴가를 받아서…."

"다시는 못 보겠네예."

"그렇겠지요. 이름이…? 저는 협동합숙소에 있는 가네무라 게이가이라고 합니다만.

"기야마 소훈이라고 합니더. 조선 이름은 우찌됩니꺼?"

"김형개라고 합니다."

"저는 박소분이라고…. 협동합숙소에 계신다고예?"

"그렇습니다. 몸 조심하십시오. 기야마 소훈 씨."

형개는 방을 나와 숙사로 돌아왔다. 동료들이, 돌격대 동료들이 형개를 기다리고 있었다. 흥미진진한 얼굴로 질문공세를 폈다.

"어땠어?"

"그저…."

"그저라니?"

"제대로 하긴 했느냐 이 말이야?"

"몰라…."

"허, 이 친구 다가이씨(고씨)로군!"

"다가이씨? 고씨? 오옳아, 고자라 그 말이군."

4장

고문대회와 시치미

11

조선인 노무자들의 탈주는 일본 광산 당국의 가장 큰 골칫거리였다. 아무리 무섭게 다루어도 소용이 없었다. 각 합숙소마다 배치해 둔 정보원도 탈주 사건만은 탐지해내지 못했다. 탈주는 대개 단독으로 결행했다. 여럿이 할수록 붙잡히기 쉬웠기 때문이다.

이곳 나이부치 탄광에서도 탈주사건이 자주 일어났다. 가라후토 안의 모든 탄광이 같은 조건 같은 사정이었지만, 노무자들은 혹독한 노동에 우선 견뎌낼 수가 없었다. 게다가 배가 너무 고팠다. 결국 여기서 일하다 죽으나, 탈주하다 붙잡혀 죽으나 죽기는 매일반이라면, 차라리 탈주를 해 보자, 만에 하나라도 성공하면 다행이고 잡혀 죽는다 해도 별로 후회될 것은 없다…, 이런 생각이 모든 조선인 노무자들 사이에 팽배해 있었던 것이다. 그만큼 절망적이었다.

그럴수록 일본 당국의 감시도 엄격해서 나중에는 변소에 가는 것조차 조를 짜서 같이 움직이도록 했다. 서로 감시를 시키기 위해서였다. 그러자니 같은 변소조의 사람들은 가고 싶을 때는 못

가고 가기 싫은 때에 억지로 따라 가기도 하는 웃지 못할 일이 생겼다. 조선인 노무자들 가운데도 일인 간부들의 첩자가 있어 수시로 합숙소의 동정이 광산 당국에 보고되기도 했던 것이다.

이현기(李鉉基)는 할아버지 때에 벌써 가라후토로 들어온 자유 이주자의 후손이었다. 그의 할아버지 이몽돌(李夢乭)은 경남 거창에서 거창 신(愼)씨의 재실을 지키는 고직이었다. 신씨의 재실은 거창 안에서는 여러 곳에 있었지만 그가 고직이로 일한 재실은 그 규모가 그리 크지는 않았다. 이몽돌은 그때까지 미혼이었고, 이제 곧 자기또래의 그만그만한 성받이 가문의 처녀와 혼인하면 할아버지 아버지의 뒤를 이어 그도 재실의 고직이로 정식 입문이 될 터였다.

한번 그렇게 되어 버리면 좀처럼 그 예속에서 벗어나기 힘들었다. 현기의 조부 이몽돌은 그런 사실을 알고 있었으므로 고직이 따위의 남의 문중 공동 하인이 되어 문중의 천한 일을 도맡아 할 생각은 없었다. 마침 그때는 갑오경장의 새바람이 조선 천지를 휘몰아칠 때였다.

이름은 비록 천한 몽돌이었지만 그의 사람됨은 배포와 기백이 넘쳤다. 그래서 이미 재실의 주인 딸과 눈을 맞춰 오던 중이기도 했다. 당시로서는 좀처럼 있을 수 없는 지극히 위험한 일이었다. 그러나 그는 끝내 주인 딸과 야반도주, 중인(中人) 부부로 가장하여 부산까지 올 수 있었다. 부산에서 천신만고 끝에 배를 얻어 타게 되자 일본 오사카에서 자리를 잡고 살았다. 아들을 낳자 일본 소학교에서 공부도 시켰다. 누대의 종살이에서 해방된 것이 기뻤지만, 조선과 일본의 왕래가 빈번해지자 오사카에서 고향인 거창 사람에게 들켜, 본의 아니게 조선의 부모 소식을 듣게 되었다. 자식이 상전의 딸과 행방불명이 되자 그 부모는 모진 곤욕을 치르다 얼마 전에는 모두 세상을 떠났다고 했다. 그러나 이몽돌은 자기의 행위를 후회하지 않았다. 대신 더 완벽하게 신분을 감출 수 있는 곳으로 피신을 결심했다.

노일전쟁에서 승리한 일본은 가라후토의 남부 절반 땅을 전리품으로 얻어, 본토의 인구를 그곳으로 이주시키는 정책에 힘을 쏟고 있었고, 조선은 이제 일본의 완전한 식민지가 된 뒤였다.

이래서 이몽돌의 손자 현기는 1931년 일본에서 가라후토로 옮겨오게 되었다. 그의 조부는 그때 50대 초의 나이, 부친은 30대 초반. 현기는 12살이었다.

그들 3대는 처음 신천지에 와서 벌목에 종사했다. 그러나 벌목은 깊은 산에서 하는 일이었다. 곰이 어떻게나 들끓던지 도무지 더 버틸 수가 없었다. 마침 탄광 바람이 불자, 산을 내려와 그의 조부와 부친은 어렵지 않게 탄광에서 일자리를 구했다. 그러다 이 나이부치 탄광이 본격적으로 가동되면서 온 탄광촌이 호경기를 맞게 되자 이현기 일가는 나이부치까지 흘러 들어왔다. 그땐 이미 현기의 조부 이몽돌은 파란 많은 인생을 마치고 뼈를 가라후토의 동토에 묻은 후였다. 1941년 부친은 한창 나이인 43살, 현기도 혈기왕성한 22살이었다. 부자가 모두 조선말보다는 일본말에 능숙했다. 왜냐하면 모두 일본 태생이기 때문이었다.

그러나 일본인은 현기 부자를 언제나 조센징으로 분류했지 절대로 일본인으로는 생각해주지 않았다. 그래도 현기는 광산에 들어가 일본인 행세를 하면서 열심히 일했다. 그런 결과 노무계원으로까지 진급했지만, 광산 당국은 현기를 역이용했다. 조선인 합숙소에 조선인 노무자로 잠입시켜 합숙소 내의 동정을 수시로 보고하라는 명령이었다. 하기는 이와 같은 밀정은 모든 조선인 합숙소에는 빠짐없이 있었던 것이다. 대신 현기의 부친은 자식의 그러한 헌신의 대가로 나이부치 번화가에다 술집을 낼 수 있었고, 술집에는 비공식적이긴 하지만 조선 정신대 출신의 위안부도 둘 수 있었다.

이래서 나이부치 탄광의 수십 개 합숙소에서는 하루도 빠짐없이 탈주자가 발생했지만 그 즉각 나이부치로 들어오는 길목의 감시본부에 경비전화로 연락이 되고, 그러면 다시 잠복초소에 긴급 통지되었다.

따라서 붙잡혀, 도로 나이부치로 들어오는 탈주자 수는 감당할 수가 없었다. 1945년 봄 이후에는 보충돼 들어오는 수와 탈주자의 수가 어금버금할 지경이었다.

처음에는 매일 탈주자를 합숙소의 노무자 전원이 지켜보는 앞에서 고문했지만 매일 그렇게 함으로써 노무자들의 수면 시간을 줄이는 결과가 되고, 이것은 그대로 작업능률을 저하시키는 꼴이 되자 일주일에 한 번씩 고문대회를 열었다.

그러나 일본인 광산 당국자들은 이 고문대회를 '조선인 교화시간(朝鮮人敎化時間)'이라 불렀다. 고문의 종류와 방법은 앞에서도 대강 말했지만, 그런 수준 말고도 무궁무진했다. 그러나 일주일에 한 번씩 열리는 이 고문대회는 그 순서가 독특했다. 먼저 탈주하다 붙잡혀 온 도망자가 스스로 조선의 출신지(도, 군, 면, 부락, 번지까지 밝힌다)를 국어(일본어)로 정확하게 밝힌다. 그다음 무슨 동기로 어떤 마음에서 탈주를 결심하게 되었는지를 고백한다. 그러고 나면 노무계원은 평소에 탈주를 하면 어떤 벌을 받는다고 했더냐고 추상같이 묻는다. 도망자는 매를 맞고 교화시간에 교화를 받는다고 답한다. 그러면 노무계원은 의자에 버티고 앉아 재판관처럼 말한다.

"오늘도 매를 맞고 교화를 받는 거다! 이의 있느냐?"

도망자는 기어드는 소리로 답한다.

"없습니다."

　고문의 순서는 동료들이 모두 차례대로 나와서 주먹이건 발길질이건 마음 내키는 대로 하도록 한다. 동료 중에는 이 못난 새끼야 누군 도망치기 싫어서 안 치느냐, 하는 생각으로 실제로 모질게 차거나 때리기도 한다. 또 그냥 슬쩍 시늉만 했다가는 그 자신이 도로 노무계원에게 당하기도 한다. 이래서 도망자가 꿇어앉았던 자리에서 쓰러져 쉽게 녹초가 되거나 기절이라도 해버리면 다행이었다. 그러나 어떤 이는 눈에 독을 새빨갛게 올려 노무계원을 노려보기도 한다. 그럴 때는 목도가 그의 목줄기로 날아든다. 목도를 맞은 사람은 십중팔구 기절을 한다. 기절에서 깨어나도 며칠 동안은 목을 쓰지 못하고 고생한다. 그렇다고 그가 일을 쉬는 것은 아니었다. 계속 노무계원의 기분에 거슬리는 표정이라도 짓다가는 다코베야로 보내져버린다. 그러나 어떤 이는 목뼈가 부러져 그 자리에서 병신이 되거나 식물인간처럼 되고 만다. 이런 사람들이 가는 곳은 폐갱이었다. 폐갱에 집어 던져져 생매장이 된다. 더 무서운 도망자는 꿇었던 자리에서 벌떡 일어서 가래침을 노무계원의 얼굴에 탁 뱉으며 맞서 덤빈다. 어떤 사람은 전광석화같이 일어서자마자 노무계원을 어깨 너머로 메다꽂아 버리기도 했지만, 노무계원은 한 사람만이 아니었으므로 그런 사람은 다른 노무계원에 의해 그 즉석에서 목도나 곤봉에 의하여 요절이 나고 만다. 머리를 목도에 맞아 피를 사방으로 흩뿌리면서도 눈을 허옇게 까뒤집고는 끝까지 노무계원의 목살이나 팔을 물고 놓아주지 않는 사람도 있다. 이렇게 되면 모든 노무자들이 숨을 죽이면서 내심 쾌재를 올리기도 한다. 눈물을 흘리며 주먹을 부들부들 떠는 이도 있다. 그러나 이런 현상은 썩 드물었다. 그런데도 나중에는 이런 비극(?)을 막기 위해 매주 탈주자를 미리 결박부터 시켜놓고 심문도 하고 고문도 했다.

탈주자를 미리 결박해 놓고 하는 고문대회는 그렇지 않은 고문대회보다 빨리 끝나곤 했다. 조선인 노무자들은 차라리 그게 훨씬 마음 편했다. 그러나 노무계원들은 심심하던 차에 놀이시간이 빨리 끝나 섭섭하다는 표정을 노골적으로 짓기도 했다.

노무자들은 그 지긋지긋한 고문 광경에 이젠 이골이 났다. 하지만 강제로 지켜보라는 데는 정말 미칠 노릇이었다. 탈출자가 이 고문대회에서도 병신이 되지 않으면 보내지는 곳이 다코베야였고, 병신이 되거나 죽으면 그대로 끌어다 폐광에다 처넣어버리곤 했다. 그래서 비가 오거나 구름이 짙게 낀 날이면 폐광이란 폐광에서는 하나같이 비명이 들려오고 통곡소리가 들려왔는데, 그건 물론 모든 노무자들이 다 들을 수 있는 건 아니었다.

다만 정상봉 같은 사람은 분명히 그런 소리를 들을 수 있었고, 나중에는 김형개도 들었다.

가라후토에서는 따로 우기는 없다. 그러나 비가 한 번 오면 보통 5일 이상 7일은 내린다. 태풍 같은 것도 없다. 그러나 피부를 긁고 나뭇가지를 흔드는 바람은 심했다.

그리고 섬 전체가 습했다. 여름이건 겨울이건 습기가 심해서 젊은 사람들도 걸핏하면 신경통이나 관절염을 앓았다.

김형개가 멀지도 않은 폐광 쪽에서 괴상한 소리를 들은 것은 숙사 밑의 강에서 팔다리와 몸을 대충 씻고 있을 때였다. 강은 나이부치 탄광촌을 양분해서 한복판을 흘러내렸고, 이쪽 저쪽의 합숙소 노무자들은 여름에는 모두 이 강에서 세수를 하고 몸을 씻었다. 바로 거기에 강의 이쪽과 저쪽을 잇는 자그마한 다리가 놓여 있었다. 다리는 폭이 3m 정도였고 길이도 20m 정도였지만 강물은 수량이 풍족해서 언제나 넘실넘실 빠르게 흘러내렸다. 늦봄이면 연어 떼가 알을 낳으려고 강을 역류해서 수없이 북상했다. 알을 낳은 연어는 죽어서 떠내려오는데, 심할 때는 연어 시체가 강기슭에 쌓여 지독한 냄새를 풍기기도 했다.

그날은 구름이 잔뜩 끼어 미구에 빗방울이 떨어질 것 같았고, 바람이 강물 위로 작은 파문을 일으키며 휘익휘익 불어왔다. 식사 시간이 임박했으므로 형개는 얼른얼른 세수하고 몸에 묻은 탄가루를 씻어냈다. 그때 어디선가

"아야아⋯, 아구구⋯."

하는 소리를 들은 것 같았다. 얼른 고개를 들어 주변을 둘러봤으나 먼저 씻은 정상봉이 다리 난간에 앉아 하늘을 보고 있었다. 그때 또 바람 소리에 섞여 "우우~ 아야야! 사람 살려라아!" 하는 소리가 들렸던 것이다. 형개는 후다닥 일어나 다리 위로 달려 올라갔다. 그리곤 낮게 속삭였다. 조선말이었다. 형개는 정상봉과 단둘이 만나면 언제나 조선말을 썼다. 정상봉이 먼저 그렇게 해 왔으므로.

"형님, 저 소리 들립니꺼?"

"니도 인제 듣게 되었구나."

"그럼 형님은?"

"나는 오래전부터 듣고 있었지. 특히 오늘같이 흐리고 바람 부는 날은⋯."

"도대체 무슨 소립니꺼?"

"원혼들의 비명이지."

"그건 미신 아닙니꺼?"

"미신인데도 너도 지금 듣고 있지 않나?"

"정말 이상합니더!"

"식사 시간 늦을라!"

그는 앞장서 숙사로 들어갔다. 그도 따라 들어갔다. 형개는 식사 후 다른 사람에게 좀 전의 이야기를 했지만 아무도 믿으려고 하지 않았고 그때는 그 소리가 들리지도 않았다.

10월로 접어들자 완전한 겨울이었다. 하기는 9월부터 첫 추위가 시작되면서 서리가 내렸지만 추위는 하루가 다르게 더해졌다. 먼저 온 사람들의 이야기를 들으면, 한겨울의 어떤 때는 기온이 영하 38도까지 내려간 적도 있다고 했다. 그런 때는 본래 혹한에 견디는 수종들만 자라고 있는 나무들인데도, 밤중에 생나무가 얼어 터지는 소리가 흡사 총소리와 같이 날카롭다고 했다. 뿌리를 땅에 박고 있는, 살아 있는 통나무가 얼어 터지면서 내는 소리였다. 어떤 이는 도끼 찍히는 소리만 없다 뿐, 바로 장작 패는 소리 같다고 했지만, 또 어떤 이는 큰 장독을 깰 때 터지는 소리와 같다고 했다. 그런 날은 모두 그 소리 때문에 잠을 설치고, 잠을 못 자는데 이때 자연히 떠오르는 것은 고향 생각뿐이어서 더러는 한숨을 쉬고, 어떤 이는 끙끙 앓는 소리로 울음을 참는다고 했다.

지난 9월에는 합숙소의 전 노무자가 갱으로 들어가는 대신 산으로 올랐다. 억새를 베기 위해서였다. 그러나 어쩌다 산으로 오르자마자 커다란 구렁이 한 마리를 발견한 노무자가 그 뱀을 잡아 구워 먹는 바람에, 산으로 오른 노무자들은 일시에 뱀잡이로 변해 온 산을 뒤졌다. 억새풀을 베러 간 일은 뒷전이고 뱀 잡는 것이 목적처럼 되어 버렸다. 그러나 사할린의 9월이면 뱀은 이미 동면으로 들어갈 계절이어서 그런지 뱀사냥은 별로 재미를 못 봤다. 재수 좋게 뱀을 발견한 사람들과 그것을 잡아 구워 먹은, 같은 조의 몇 사람만이 떠들었다.

"와, 몇 년 동안 목구멍에 끼었던 때를 한꺼번에 벗겼네."

"여엉판 민물 장어구이 맛이던데. 소금으로 간만 맞찼으면 요리 중에는 일품요리였을 낀데…."

"시끄럽다. 못 묵은 사람 화닥증 나서 일도 못하겄다."

노무자들은 겨울 준비로, 산으로 가 조를 짜서 억새풀을 베는 작업을 했다. 모두들 시골 출신들인지라 쉽게 억새를 한 짐씩 잔뜩 베어 지고 내려왔다. 지게만 있으면 훨씬 더 많이 지고 올 것을 멜빵으로 져야 하는 것이 불편했었다. 그 억새풀을 조선의 초가집 지붕 이엉 엮듯이 하여 온 숙사의 벽을 감쌌다. 지붕도 그렇게 했다. 특히 지붕을 억새 이엉으로 덮는 데는 아주 힘이 들었다. 지붕이 급경사였기 때문이다.

광산 당국에서는 낡은 것이긴 하지만 지난 늦봄에 거두어 갔던 두툼한 담요도 다시 배급해 주었다. 담요에 불구멍을 내거나 찢거나 하면 벌은 벌대로 받고 월급에서 변상한다고 했다. 10월 초부터는 아래층 난로에 석탄도 땠다. 난로의 연통은 특수 도자기로 된 것이었고, 난로는 아래층의 방마다 설치되어 연통이 2층의 방을 통해 지붕 위로 올라가게 되어 있었다. 그러니 한 합숙소에 방이 8개면 지붕 위의 연통은 5개였다. 식당 곁 세수간의 다용도실은 천장이 높아 2층이 없었는데, 거기에도 난로가 있었기 때문이다. 따라서 지붕 위의 연통만 세어 보고도 그 합숙소의 규모는 물론, 노무자의 인원수까지 알 수 있도록 되어 있었다. 어떤 합숙소는 연통이 지붕 위로 11개나 솟아 있기도 했다. 합숙소의 한 방은 40명이 정원이었다.

연통은 그 자체가 난로 구실을 했다. 깨질 염려가 있었기 때문에 철망을 둘러놓기도 했다. 그러나 난로 당번이 밤새도록 난로에다 석탄을 퍼 넣기는 어려워, 어떤 밤은 2층의 연통이 싸늘하게 식어버려 모든 노무자가 덜덜 떨면서 밤을 새워야 했다. 형개와 상봉은 2층의 같은 방이었다.

추워서 밤새도록 서로 얼싸안고 몸부림치고 난 아침이었다. 정상봉의 잠자리에서 이상한 물건 하나를 주웠다. 주운 사람은 하필이면 이현기였다. 여자들 목걸이임에는 틀림없는데, 그 끝에 십자가가 달려 있는 게 이상했다. 이현기가 그걸 들고 이것 누구 거냐고 소리쳤다. 놀란 정상봉이 얼른 받아 호주머니에 넣었다. 이현기가 의아한 눈초리로 상봉을 꿰뚫어보며 물었다. 물론 국어였다.

"놀라긴, 그게 뭔데 그렇게 놀라?"

현기는 간부 전용 휴식소의 위안부를 떠올렸던 것이다. 이놈이 언제 위안부와 접촉해서 위안부의 목걸이까지 정표로 얻어 왔을까. 그러나 현기는 일본 첩자답게 예사로운 표정으로 물었다.

"고향의 사랑하는 여자의 것을 기념으로 가져왔나 보지?"

"그, 그래."

"한 번 더 보여줄 수 없어? 나도 이런 것 하나 가졌으면!"

"뭘, 아무것도 아닌데."

"아냐 한 번만 더 보자고. 좀 색다른 것이어서 말야."

"뭐가 색달라? 흔한 목걸인데."

"끝에 달린 게 아주 정교하던데. 사람이 새겨져 있더라니까."

그는 그러면서 강제로 상봉으로부터 묵주를 꺼내도록 해서 십자고상(十字苦像)을 자세히 살폈다. 그러고는 도로 주면서 부러운 듯 말했다.

"나한테 선물로 줄 수 없을까?"

"하나뿐이어서… 미안해요."

그날 아침은 이로써 끝났다. 다만 아무에게도 안 보였던 것을 하필 현기에게 들킨 게 못내 마음에 켕겼지만 그냥 참을 수밖에 없었다.

눈이 와서 석탄을 공중으로 운반하는 현수차가 매달린 철탑이 거의 반이나 눈에 묻혀도 채탄 작업은 계속되었다. 갱 안이야 지상의 눈과는 아무 관계도 없었기 때문이다. 오히려 이런 날은 노무자들의 마음이 차분해져서 갱내의 사고가 없다는 것이 일인 광산 당국자들의 통계에 의한 결론이라고들 했다. 나이부치 탄광의 주갱은 두 개가 나란히 뚫린 쌍굴이었다. 그러나 그 두 개의 갱은 모두 1km쯤 들어가면 서로 교차하게 되어 있었고, 갱내에는 복선의 궤도가 깔려 있어 들어가고 나오고 하는 전동(電動) 석탄 운반차가 줄을 이었다. 그런데 사고가 없다는, 눈이 무섭게 내리고 있는 이날 갱내에 낙반 사고가 일어났다. 석탄을 싣고 나오던 차가 당한 사고였다. 전동차는 한꺼번에 20량 이상의 화물차를 끌고 다니는데, 앞과 끝은 까마득하게 멀었다. 차량은 모두 무개(無蓋)화차였고 석탄을 가득가득 실었다. 굴 입구로부터 800m쯤에 전동 기관차가 도착했을 때, 차량 대열의 중간쯤에서 갑자기 천장이 무너져 내린 것이다. 그런 줄을 모르는 전동 기관차는 계속 전진해 나오다가 차량이 끌려오는 느낌이 달라서 정지를 시켰다. 그러고는 기관사가 한참이나 걸어 들어가니, 아비규환의 참극이 벌어져 있었다. 낙반이 일어나는 순간 차가 멈췄던들 두세 대의 차량에 탄 노무자 5, 6명만 상하고 말았을 것이다. 그러나 낙반이 일어나고서도 계속 기관차가 전진하는 바람에 뒤쪽의 차량들마저 마구 흙과 바위 더미에 부딪쳐, 차 위에 탄 노무자들이 대량으로 당했던 것이다. 이날의 사고로 목숨을 잃은 사람이 8명, 중상이 12명, 경상 7명, 모두 27명이 죽거나 다쳤다. 그러나 광산당국은 눈 하나 깜짝하지 않았다.

마침 형개나 상봉 등 협동합숙소 노무자들은 한 사람도 당하지 않았다. 형개와 상봉은 같은 차에 탔었는데, 바로 자기가 탄

앞의 차까지 당했으니 참으로 위기일발의 순간에 불행을 모면했던 것이다. 이런 날은 노무자 모두가 우울하고 비참한 심경을 달랠 수가 없었다. 자기도 언제 같은 운명의 희생자가 될지 모를 판국이었기 때문이다. 특히 이날의 사고는 적설량의 중량에 눌려 갱 위 산의 한 부분이 내려앉으면서 생긴 사고였다. 즉 갱의 입구에서 수평으로 약 1000m까지는 산이 완만했고, 어떤 부분은 그나마 푹 꺼진 곳도 있어, 그런 곳은 갱 천장과의 두께가 아주 얇았던 것이다. 바로 그 부분이 적설의 중량에 못 이겨 꺼져버렸던 것이다. 그런 사고가 있고 난 뒤부터 그 갱을 노무자들은 천당문이라고 했었다.

12

상봉은 그사이 고향의 집과는 몇 번의 편지 연락이 있었다.

정상봉은 경남 울산이 고향이었다. 정확하게 말하면 울산군 언양면이 고향이었다. 그러나 그의 조부의 고향은 경북 상주였다. 그의 증조부 정길모(鄭吉模)는 일찍이 천주교에 입교, 세례를 받고 신자가 되었다. 세례명은 야고보였다. 그는 상주에서 멀리 밀양으로 옮겨 전교 활동을 하고 있다가, 1866년 병인박해 때에 대구에서 온 포교들에게 잡혀 32세의 나이로 치명(致命)하였다. 그러나 그의 무덤은 지금도 찾지 못하고 있다.

그의 조부 베드로는 1884년 15세의 어린 나이로 어머니와 함께 밀양에서 언양으로 숨어들었다가 거기에서 결혼, 1900년에 아들 안드레아를 낳아 줄곧 언양에서 살았다. 1921년 손자가 태어났다. 그가 정상봉 요셉이었다. 조부 정 베드로는 아들 안드레아와 의논하여 큰손자 상봉을 신학교에 보내었다.

당시 신학교는 경성 한 군데뿐이었고 6년제였다. 정상봉 요셉은 할아버지와 아버지의 뜻에 순종하여 신학교에 입학했다. 1944년 상봉은 신학교 4학년이었다. 나이 23살이었다. 2년만 더 다니면 신부가 될 터였다. 그런데 방학을 맞아 집으로 왔다가 서울 신학교로 돌아가는 길인 울산에서 강제 납치되어 가라후토로 왔다. 1944년 8월 하순이었다. 그래서 상봉의 집에서는 때늦게야 울산 경찰서에 실종 신고까지 내었으나 경찰서에서는 시치미를 떼고 아무 말도 해주지 않았다. 경찰서에서는 처음부터 알고 있었다. 그러나 천주교인의 온상지인 언양의 청년을, 그것도 신학교 상급학생을 강제 납치한 것이 혹시 말썽이라도 날까 싶어 비밀에 붙여두고 있었다. 상봉의 집에서는 훨씬 후에 가라후토에서 정상봉이 직접 쓴 편지를 받고서야 이 어처구니없는 사실을 알고 가슴을 쳤으나, 아무 소용없는 일이었다.

상봉이 받은 편지에는, 특히 그때 국민학교 5학년인 동생 상규(베네딕도)의 말이 인상적이었다. 아버지도 어머니도 그러시지만, 자기도 꼭 형님의 뒤를 이어 신학교에 갈 것이라고 했다. 그래서 우리 집에는 가운데 형님만 집안의 대를 잇고, 큰 형님(상봉)과 자기는 신부님이 되면 얼마나 좋겠느냐고 한 것이었다.

그러나 이번 편지에 무엇보다도 슬픈 소식은 기어이 할아버지께서 별세하셨다는 것이다. 65세의 연세였다. 어쩌면 서로를 위해 잘되었다는 생각도 들었다. 할아버지는 오래전부터 편찮으셨다. 불면증에 신경쇠약에다 어지럼증, 신경통, 마른기침 등 온갖 병을 다 앓으셨다. 그러면서도 잘 자셨고 그래서 외관상으로는 아무런 병도 없어 보였다. 하기는 겨우 환갑이 지난 연세였다. 그런데 환갑이 지나시자 이상한 면을 보이기 시작한 것이다. 상봉이 신학교에 입학한 줄을 뻔히 아실 뿐더러, 할아버지의 권유로 신학교에 가서 장차 사제(司祭)가 되겠다는 이상(理想)을 가진 손자가 겨울 방학을 맞아 와 있던 어느 날 저녁 느닷없이,

"니는 운제꺼정 장개도 안 가고 빈둥거릴래? 이 할애비가 죽고 나서 장개 갈래?"

라고 했던 것이다. 모든 가족이 엉뚱해도 너무 엉뚱한 이 괴상한 말씀에 입을 다물 줄을 몰랐다. 그러자 할아버지가 한술 더 떴던 것이다.

"집안 식구들이 모두 내만 빼놓고 저그꺼정 쌀밥에다 괴기국을 묵는다!"

이렇게 상봉에게 하소연하듯 말했던 것이다. 할아버지의 노망기는 이렇게 어느 날 갑자기 찾아왔던 것이다. 그러고는 서서히 그 정도가 깊어져 모든 식구들을 말도 못하게 괴롭혔다. 상봉이 이곳으로 강제연행 돼 오기 직전인 여름 방학에는 그 병세가 극에 달했다. 우선 당신의 아들과 며느리인 상봉의 아버지와 어머니를 알아보지 못하고 철저한 경어를 쓰는 일이었다. 그런데 그 말씀의 내용은 오직 돈과 관계되는 것뿐이었다. 상봉의 아버지를 보고

"보이소, 내가 평생 안 묵고 안 쓰고 해서 돈을 1000원이나 모았는데 자고 나니 한 푼도 없소. 도적놈이 와서 솔박(모두) 다 털어 갔소. 이 일을 우째야 되겠습니꺼? 도적놈 좀 잡아 주이소!"

하고 매일 돈 잃어버린 이야기에, 도둑놈 잡아 달라는 말만 했다. 그런가 하면 어머니를 보고는

"내가 집에 가야 되겠는데 노자가 한 푼도 없습니더. 좀 보태주이소."

라고 했다. 어머니가 웃으면서 물었다.

"아부님, 집이 어딘데예?"

"내가 오래 살던 내 집이지."

"그래 그 집이 어데 있습니꺼?"

"…."

답을 못했다.

"이 집이 아부님 집이고, 지가 아부님 메느리 아닙니꺼?"

"어어허? 무슨 그런 당찮은 말씀을…."

그러면서도 밤새도록 안 주무시고 보따리란 보따리에는 전부 무엇을 뭉텅이 뭉텅이 싸가지고는 아침마다 집에 가신다고 사립을 나서곤 했다. 나가시면 이웃 동네로 가시어 종일 헤매고 다녔다. 온 가족들이 할아버지 때문에 잠시도 마음을 놓을 수가 없었다. 농번기에는 바빠 식구 하나 쉴 틈이 없는데도 할아버지 때문에 전전긍긍했다. 어떤 때는 장에까지 가시어 고등어나 정어리를 가져오셨다. 틀림없이 구걸을 했거나 훔쳐 오신 것일 터였다. 돈이 없는 건 아니지만 돈이란 돈은 한 푼도 당신 방 안의, 같은 곳에 두지 않고 이 구석의 책갈피 속에, 저 시렁 위의 이불 속 등 구석구석에 분산해서 숨겨두신다. 도둑을 막기 위해서였다. 그러고는 둔 곳을 몰라 찾을 수가 없게 된다. 이렇게 되면 돈 다 털렸다고 엉엉 우는 바람에 온 집안이 난리를 치러야 한다. 돈을 찾아 드리기 위해서였다. 어린 상규가 말한다.

"할부지, 돈 찾아 드리면 얼마 줍니꺼?"

"찾기만 찾으몬 니 다 해라! 그렇지만 없다. 있을 택이 있나? 도적놈이 털어 가 삐릿는데."

"있습니더!"

"아이다. 항상 내만 노리는 도적놈이 여럿이다. 내가 그놈들을 대강 알지만 내 혼자서는 우째 볼 도리가 있어야제."

이렇게 말씀도 아닌 소리만 하였다. 상규가 온 방을 다 뒤져 돈을 찾아드리면, 돈을 좀 주기는커녕 되려 무섭게 화를 내었다.

"근자지소행(近者之所行)이란 말이 있지마는 네 이놈! 니가 구석구석에 이 돈을 숨겨두고서 늙은 할애비 기를 채워? 뎃끼 고약한 놈!"

고함 소리가 어떻게나 크고 날카로운지 온 동네가 다 쩌렁쩌렁 울렸다. 이런 분이니 돈을 가지고 장으로 갔을 리는 만무한데도, 정어리나 고등어 같은 생선을 가져오시는 것이다. 그것을 방구들을 파고 묻어 놓는다. 그러고는 방에서 문을 꼭꼭 닫고 숯불을 지펴 혼자 구워 자셨다. 구우면 연기가 얼마나 심한 생선인가. 그러다가 몇 번이나 온 집안에 불이 날 뻔한 일도 있었던 것이다.

명절이 되어 인사차 오는 다른 동네 사람들이 용돈으로 쓰시라고 얼마씩 드리면 그 자리에서 어느 호주머니에다 넣는, 그 사람들 앞에서 돈이 없어졌다고 일어섰다가 앉았다가 호주머니란 호주머니는 다 뒤지느라고 인사불성이 되기도 했다. 그러다가는 또 오래전에 죽은 사람들의 안부를 일일이 묻고서는, 모두들 죽었다고 하면 그만 화를 내었다.

"뎃끼 순 나쁜 놈들! 그런 사람들이 죽었으몬 알려나 줘야지. 내만 쏙 빼놓고 장사를 지내당이, 세상에 그럴 수가 오대(어디) 있노?"

"오래전에 죽었고, 그때 어르신도 장사에 오셨습니더!"

"이런! 그라몬 와 내가 모른단 말고? 너그가 날로 노망한 줄 알았나? 뎃끼 고얀 놈들!"

이러니 인사를 한번 와본 사람들은 학을 떼고 달아나 버렸다. 그렇게나 열심이던 묵주 기도는 아예 까마득하게 잊었고, 여름철이면 아래위 옷을 모두 벗고 온 동네를 활보하면서 부인들을 혼비백산시켰다. 드디어 변을 가리지 못하게 되었고, 밥을 먹고는 그릇에다 대변을 봐서 다음 끼니 때 먹을 밥이라고 뚜껑을 덮어 두고는, 내가지 못하게 했다. 내가려는 사람에게는 아무에게나 손찌검을 했다. 그런데 이상한 것은 화를 낼 때만은 아들이나 며느리 손자들을 정확하게 알아보고는 고함고함 치는 것이다. 다른 때는 상봉의 아버지가

"아부지!"

하면

"아부지랑이? 이런 괴변이 있나? 내가 우째서 자네 아부진고?"

하고 나무랐다.

"아부지가 저를 낳으셨으이 제가 아부지 자식 아닙니꺼?"

"허허, 갈수록 태산이네. 혹시라도 넘(남)이 들으면 우사(창피)라도 보통 우사가 아니네, 이 사람아! 내가 자네 애비라고 누가 그라던고?"

"족보에도 있고 호적에도 그리 돼 있습니더."

"말캉(모두) 환장한 놈들의 장난이다! 남냄(남남)이 우째 부자지간이 된단 말이고! 천륜을 모르는 죄맞을 소리지!"

그러면서 탄식하는 할아버지였다. 그런데도 화가 나면

"네 이놈! 애비는 임군(임금)이라 했다. 백살을 묵어서, 애비가 정신도 없고 아무 힘이 없어도 애비는 애비다! 그런데 자슥놈이 애비를 쐭여(속여)?"

사소한 일에도 이렇게 호통을 치면서 마흔이 넘은 아들에게 주먹질도 마구했다. 상봉은 특히 자신이 할아버지에게 잘못한 일이 몹시 마음에 걸렸다. 할아버지의 병세가 악화되자 가족들은 모두 한 달에 한 번꼴로 공소를 찾아오는 신부님께 고백성사를 봤는데, 상봉은 주로 할아버지께 잘못한 일을 신부님께 고백하곤 했다. 성무일도(聖務日禱)에 의해 기도할 때, 늘 할아버지는 방해를 하곤 했다. 그래서 상봉은 자주 할아버지에게 항의하곤 했던 것이다. 이

일을 고백했다. 그럴 때마다 신부님은

"할아버지를 예수님으로 생각하고 대하시오. 할아버지로 말미암아 예수님과 더 가까워지고, 예수님의 사랑과 고통을 깨달을 수 있도록 노력하시오. 할아버지는 예수님과의 관계를 가로막는 분이 아니고, 예수님을 더 잘 알 수 있도록 해 주시는 분이오."

이렇게 말하곤 했다. 그런데도 상봉은 사소한 일로 할아버지를 노하게 했던 것이다. 할아버지의 별세 소식을 듣자 그게 마음에 몹시 걸려왔다.

바로 이곳으로 붙잡혀 오는 날의 아침이었다. 여름방학을 끝내고 다시 경성의 신학교로 복귀하기 위해 아침 일찍 서둘렀다. 간단한 짐을 챙겨 축담으로 내려섰다. 그런데 베구두(운동화)가 없어졌다. 사립문이 실하지는 않았지만 도둑이라고는 없는 곳이었다. 상봉은 할아버지가 또 감추었음을 직감했다. 할아버지는 평소에도 호미, 낫, 괭이 같은 농기구도 보는 대로 챙겨서 사랑의 자기 방에다 감추어 두곤 했었다. 자기 집으로 갈 때 가져 가신다는 것이었다. 이날도 상봉은 할아버지 방에서 베구두를 찾아내긴 했으나 할아버지와 한참이나 다투어야 했다.

"할부지, 제 신발입니더!"

"야아가 무신 소리하노? 이 신은 옛날 내가 장개갈 때 신었던 기다!"

"아입니더, 제 깁니더."

그리고 그는 할아버지가 두 손으로 가슴에 껴안고 있는 신발을 빼앗아 밖으로 나왔다. 할아버지가 뒤에서 고래고래 소리쳤다.

"저놈이 인자 보이 날강돌세! 네 이놈! 그 신 이리 안 주나!"

어머니가 낮게 말했다.

"얼른 신고 나가거라. 가거든 편지 해라이!"

이러고 집을 나와 울산까지 가는 트럭을 얻어 탔다가, 바로 그 트럭에서 붙들려 여기까지 와버렸던 것이다.

그런 할아버지였다. 그 할아버지께서 별세하셨다는 것이다.

상봉은 할아버지를 회상하다가 할아버지의 영혼을 위해, 그리고 다른 여러 사람들을 위해 오래오래 기도를 했다.

우리 주 천주님, 부모를 효도로 공경하며 은혜를 갚으라 명하시고 이미 죽은 이를 생각하여 대신 주님께 기도하라 가르치셨나이다. 저는 이제 세상을 버리신 할아버지의 영혼을 생각하오니, 세상에서 주님을 섬기고 주님의 가르치심을 따랐나이다. 저는 비록 어전에 드릴 공과 덕이 없사오나 주님께 구하오니 너그러우신 인자로 저의 할아버지에게 연옥을 면하여 주시고 속히 승천하여 영원한 행복을 누리게 하소서. 아멘.

마리아와 요셉에게 순종하시며 탁월한 덕행으로 가정생활을 거룩하게 하신 예수님, 생명의 은총으로 조선에 있는 우리 가정을 거룩하게 하시고, 도움의 은총으로 성가정을 본받으며 주님의 뜻을 따라 착하게 살게 하소서. 가정생활의 자랑이며 모범이신 성모 마리아와 성 요셉이여, 우리 집안을 수호해주시며 모든 우환과 불행을 막아주시고, 주님의 은총과 축복 속에서 항상 주님을 섬기며 살다가 복된 생활 끝에 영원한 천상 가정에 들게 하소서. 특히 우리를 낳아 기르시기에 갖가지 어려움과 노고를 기쁘게 겪으신 부모님께 은혜를 갚을 수 있도록 도와주시옵고, 성조 아브라함에게 언약하신 축복을 부모님들께 내리시며 부모님들의 영혼 육신을 은총으로 도우시어 선행을 닦아 현세에서 여생을 편히 지내게 하시고, 후세에는 천상 영복을 받게 하소서. 그리고 저희들에게 의리를 따라 우애와 신의의 덕을 충실히 닦으라 명하신 주님, 우리도 어려움 속에서 사랑을 지키며 고운 마음으로 살게 하소서. 저희 형제, 친척, 우인과 은인들을 어렵고 곤란한 때에 돌보시어, 그들로 하여금 주님의 도우심으로 인내와 극기력으로 안전한 구원의 길을 걷게 하소서. 아멘.

이렇게 정상봉은 먼저 별세하신 할아버지를 위해 기도한 다음, 가정을 위한 기도와 부모를 위한 기도, 형제와 우인들을 위한 기도를 한꺼번에 바쳤다.

5장

지사(志士)의 후예들

13

에스토루(우글레고르스크)는 가라후토 섬 전체를 보면 역시 남쪽에 위치한다. 그러나 일본이 할양받은 절반 이남으로만 봐서는 서북부에 속하는 곳이다. 탄광 같은 탄광은 없고, 가라후토 유일의 펄프 공장으로 유명한 곳이다. 특히 울창한 삼림지대가 조성되어 있어 벌목이 가장 큰 일거리였다. 따라서 조선에서 힘깨나 쓰면서 모험심이라도 있고 진취적인 사람들은 일찍이 자유의사에 의해 에스토루에 이주해 와서 살고 있었다.

교통은 말도 못하게 불편하다. 남쪽의 대표적인 항구 오토마리(코르사코프)에서 기차를 타면 10시간 이상이나 걸려서 오는 곳이 쿠슌나이(일린스크)란 역이다. 기차는 전혀 바쁜 것이 없는 나그네처럼 조금 가다가 쉬고 또 조금 가다가는 쉬고 하면서 북상하는데, 처음에는 바다가 왼쪽에 보이다가 또 좀 가면 오른쪽으로 바다가 나타나기도 한다. 이렇게 해서 쿠슌나이(일린스크)에 도착해서는 또 자동차를 바꿔 타야 했다. 버스 같은 정기 노선 교통기관이 없던 당시에는 목재나 펄프 수송을 위해 오가는 화물차를 얻어

탈 수밖에 없었다.

에스토루도 강이 시가지 한복판을 가로지르고 그 강을 중심으로 좌우에 인가가 형성되어 있었다. 하지만 동서남북 어느 방향이나 삼림이 우거진 산들이 둘러싸여 있었다. 그러나 그 산은 북쪽만 빼면 그리 높지는 않았다. 시가지 복판을 흐르는 강은 산 밑에도 발달되어 있는데 특히 눈이 녹을 무렵에는 수량도 풍부했고 수심도 깊었다. 그래서 벌목꾼들은 날씨가 풀리는 3월 초에서 4월까지 산으로 올라가 나무를 찍어 눕혔다. 톱으로 베어 눕히기도 했다. 나무는 베는 족족 산발치까지 굴려 내려야 하는데, 대개 베는 것을 전문으로 하는 사람, 굴려 내리는 일을 전문으로 하는 사람 등, 분업이 되어 있었다. 날씨가 풀렸다고는 하나 영하 10도는 보통이었다. 언 살은 조금만 긁혀도 피가 터지고 상처가 난다. 상처난 살은 더욱 동상에 잘 걸린다. 따라서 베어내는 일이나 벤 것을 산발치에까지 굴려 내리는 일이 모두 고도의 숙련을 요구하는 어려운 작업이었다. 마치 집을 짓는 건축공사에도 목수를 위시하여 벽돌공 미장이 잡역부들까지 한 조가 되어 이곳저곳으로 움직여 다니듯이 벌목꾼들도 수십 명이 한 조가 되어 움직였다.

2월 말에서 4월까지 베어서 산더미처럼 쌓인 원목은 5월이 되어야 눈과 얼음이 풀리는 강물에 밀어 넣어지는데, 원목을 강물에 밀어 넣는 일만 전문으로 하는 사람들이 또 있어, 베는 일과 굴려 내리는 일을 하는 조가 떠나면 강물로 처넣는 조가 와서 작업을 했다. 강물에 던져진 원목은 떠내려가다 중류에 있는 펄프 공장에서 건져졌다. 그런데 이런 노무자들은, 탄광의 노무자가 하나같이 1940년 이후 강제 연행, 혹은 납치가 되어 온 것과는 달리, 이미 그 이전에 각자의 돈벌이를 목적으로 자유의사에 의해 이주해 온 사람들이었다. 일본을 거쳐 온 사람, 조선에서 소련 땅을 거쳐 타

타르 해협을 건너온 사람 등 그 유형도 가지각색이었고, 그야말로 조선 팔도 건달이란 건달은 다 모였다고 해도 과언이 아닌 형편이었다. 가족을 거느리고 온 사람도 있고, 단신으로 왔다가 가족을 불러들인 사람들도 있었다. 탄광의 노무자들 중에도 소위 모집(강제 연행 이전의 노력 동원 때인 1930년대 후반 무렵)에 의해 가라후토로 온 사람들은 대개 가족들을 모두 데리고 왔다. 그렇게 하도록 일제 당국이 주선을 해주었기 때문이다. 그 이유는 사할린 이주 조선인들의 편의를 위해서가 아니고, 더 많은 농토를 일본인들에게 넘겨주기 위해서였던 것이다. 일본은 2차대전을 일으킨 이후 가장 시급한 것이 군량미의 공급이었는데, 그 군량미는 거의 조선에서 충당되었다. 그래서 일본은 주로 비옥한 농토를 가진 농민, 그것도 일본까지의 수송이 용이한 경상도에서만 가장 많은 모집을 해 갔고, 모집을 할 때마다 솔권(率眷, 전 가족 이주)을 종용했는데, 그래야만 그 농민이 짓던 농토를 송두리째 뺏을 수가 있기 때문이었다. 다시 말하거니와 경상도 출신의 조선인, 그것도 무학의 농민들만 골라 모집해 가면서 전 가족을 이주시킨 것은 순전히 농토 수탈 작전의 한 방법이었다.

호남에서도 호서에서도 그렇게 하지 않은 건 아니나, 그 수가 영남보다는 적은데, 그것은 모집 인원의 수송 거리가 (부산까지) 그만큼 멀어서 애로가 있었기 때문이다. 따라서 지금의 3·8 이북에는 자유의사에 의한 이주 말고는 모집이나 강제 연행이 거의 없었다.

경북 청도 출신의 김해 김씨 일가족, 즉 김상문(金相文), 김상식(金相植), 김상주(金相周) 3형제가 가라후토로 간 것은 1933년이었다. 그들 3형제는 하나같이 몸집이 우람하고 힘이 장사였다. 10대에 벌써 청도 인근인 밀양이나 경산 땅에까지도 이들 3형제의 기골, 괴력, 배포가 소문나 있었다. 그러나 이들은 일제에 대한 깊은 원한을 가지고 있었다. 부친과 조부가 모두 3·1운동 때 희생이 되었기 때문이다. 부친은 붙잡혀 징역을 2년간 살았는데, 풀려나와서도 모진 고문의 후유증으로 골골거리다 1921년 34세의 젊은 나이로 세상을 떠났다. 조부는 아들이 만세에 참가했다고 붙들려 갈 무렵, 가택수색차 들이닥친 왜경들이 가묘(家廟)의 문을 뜯고 구둣발로 들어가, 직계조상으로 정삼품 이상의 벼슬에 올랐던 삼위(三位)의 영정(影幀)을 칼로 난도질해 버리자, 그 자리에서 옷고름에 차고 있던 장도칼로 자결해 버렸다.

조부의 자결, 부친의 옥살이와 요절, 이런 모든 것을 어린 눈으로 직접 보고 당했던 3형제는 하루아침에 명문거벌(名文巨閥)의 집안이 쑥대밭처럼 결딴이 나버리자 어린 나이에도 이를 갈고 있었다. 그러다 3형제는 26, 24, 22살이 되던 한창 때에 청운의 뜻을 품고 한꺼번에 고향을 떠나 사할린으로 간 것이다. 할아버지가 살아계시던, 열 살 이전에 한문을 좀 배운 것 외에 학교라고는 다니지 못한 채였다.

이들 3형제는 그때 벌써 모두 결혼을 해서 아이들이 한둘씩은 있었지만, 연만(年滿)한 할머니가 그때까지 생존해 계셨으므로, 모두들 혼자 몸으로 떠나 가라후토의 에스토루로 왔다. 처음엔 벌목꾼에 끼어 무서운 힘을 유감없이 발휘했다. 그런데 바로 그해(1933년) 할머니가 돌아가셨다는 소식을 듣고야, 맏이와 중간인 상문과 상식만 조선으로 가서 이미 장례가 끝난 산소에 성묘하고, 가족을 모두 데리고 에스토루로 돌아왔다.

"간 김에 집사람도 같이 데리고 안 오고요?"

라고 하는 막내 상주의 말에 어머니가 나섰다.

"안 그래도 같이 왔으몬 오죽 좋았겠나. 만삭이 되어 오늘내일

하고 있다. 마침 당숙모가 이웃에 있어 해복 구완은 걱정 말아라 카길래, 우리꺼정 왔다만 순산하고 나믄 니가 가서 데리고 와야 제."

가족이 거의 다 모이자 이들은 계속 벌목꾼으로 일하지는 않았다. 소위 '함바'를 차린 것이다. '함바'란 그런 노무자들을 재워주고 밥도 해주는 일종의 사설 합숙소였다.

3형제가 워낙 장대하고 기운이 세었으므로 이 형제들이 힘을 모으면 안 될 일이 없었다. 함바도 아무나 하는 것이 아니었다. 벌목꾼, 나무몰이꾼(밑으로 굴려 내리는 일꾼), 물꾼(강물에다 나무를 밀어 넣는 일꾼)들은 모두 그만그만하게 고향 떠난 사연을 가졌고, 성질도 거칠고 우악스러워 작은 말썽 부리기에서부터 큰 사고까지 온갖 위험이 붙어 있는 게 함바였다. 따라서 이 3형제가 아니면 수십 명의 온갖 떠돌이 잡인을 무사히 먹이고 재우고 그 대가(代價)를 받아내기란 어림도 없이 힘드는 일일 터였다.

특히 장남 상문은 키가 190cm가 넘는 거구에다 팔뚝 하나가 웬만한 장정 다리같이 굵었다. 그 밑으로 둘도 키는 그리 크지 않았으나 모두들 혼자서 열은 거뜬히 당해낼 완력을 지니고 있었다.

상문은 그때 벌써 아들이 네 살, 상식도 아들이 두 살이었으나, 한 해 같은 달에 잃고 말았다. 무서운 돌림병에는 속수무책이었던 것이다. 다만 두 형에 비해 막내 상주만이 첫 아이가 딸이었고, 조선에서 이번에 낳은 둘째가 아들이란 소식이 왔으나, 모진 돌림병이 해마다 온 가라후토에 창궐하는 걸 보고는 쉽사리 처자를 데려올 마음이 나지 않았다.

그래서 형들이 아들을 잃은 지 3년이나 지난 뒤에다 아내를 불렀다. 상주가 조선까지 가지 않고, 그 먼 길을 아내가 아이들을 데리고 혼자 오도록 했던 것이다.

1936년 봄, 조선 경북 청도의 두메마을 입구에 동네 사람들이
모두 나왔다. 상주의 처 민씨 월성댁을 전송하기 위해서였다. 아낙
네들은 눈물을 글썽거리며

"5살짜리 딸아 하고 3살짜리 머스마를 데리고 우애(어찌) 가라
후토꺼정 갈꼬."

하고 혀를 끌끌 찼고, 어떤 이는

"월성댁이 딴 사람겉이 몸이나 좋나, 저 잔약한 몸으로 쯧쯧…."

하고 민씨의 걱정을 대신해 주고 있었다.

이윽고 동네에서 좀 가까운 촌수의 조카뻘 되는 사람이 준비해
온 패쪽을 민씨의 목에 걸어 주었다. 그리고 말했다.

"아지매, 걱정 마이소, 이것만 목에다 걸고 있으믄 잘 가실 껍니
더. 우짜든지 몸조심하고 아재들한테 안부나 전해 주이소!"

패쪽에는 일본어를 굵은 붓글씨로 썼는데

　부탁의 말씀
　이 부인은 조선 경북 청도에서 가라후토의 에스토루까지 남편을
찾아 가오니 누구든지 잘 안내해 주시면 감사하겠습니다.
　　　　　　　　　　　　　　에스토루의 남편 성명 金村相周

민씨는 이렇게 해서 애들 둘을 데리고 청도역에서 기차를 타고
부산으로, 부산에서 연락선을 타고 시모노세키로, 시모노세키에
서 기차를 타고 북해도까지, 또 배로 갈아타고 가라후토에 닿아
다시 일린스크까지, 거기에서 마지막으로 화물 자동차의 짐칸에
실려 에스토루까지 닿는 데 꼭 2주일이 걸렸다.

일본말 한 마디 모르는 민씨는 목에 걸린 패쪽과 몸에 지닌 여
비를 애들보다 더 소중히 간수하면서 날마다 밤마다 부처님만 불

렀다.

이제 3형제의 함바는 더욱 활기를 띠어 재미가 있었고, 얼마 뒤에는 각자 의좋게 분가를 해서 따로 살게 되었다.

3살 때 조선에서 어머니의 등에 업혀 에스토루로 온 종규는 8살이 되자 그곳 국민학교에 입학했다. 아버지는 큰아버지들과 따로 살면서도 계속 함바를 했는데 무슨 일이 있으면 바로 이웃에 사는 큰아버지들이 달려와서 함께 해결해 주곤 했다. 아버지도 마찬가지였다. 큰아버지들의 함바에서 무슨 소동이 나면 지체없이 달려가 힘이 돼 주었다.

종규는, 아버지가 3형제 중 막내였지만 사촌들 중에서는 종규가 맏형이었다. 사촌형들이 모두 돌림병에 걸려 죽어버렸기 때문이다.

1944년 11살, 종규는 국민학교 4학년이 되었다. 사촌 동생들도 모두 올망졸망 종규 또래였는데, 백부의 아들 진규는 종규보다 1살 아래인 10살, 진규의 동생 광규는 8살, 중부의 아들 창규는 7살이었다. 이웃 아이들도 있었지만 종규는 사촌들 중의 맏형으로서 늘 사촌들을 데리고 학교에도 다녔고 집에 와서도 사촌들을 데리고 놀았다.

여름이면 강물에서 물고기를 잡는 것, 겨울이면 산토끼를 잡는 등 여러 가지 놀이를 하며 어린 시절을 보내었다. 종규는 공부도 잘해서 일본 애들이 섞여 있는 반에서 1등을 놓쳐 본 일이 없었다. 성적표에는 일본인 담임교사가 언제나

"지도력이 있고 모험심, 진취성이 강한 모범생."

이라고 쓰곤 했다.

1944년 가을이었다. 종규 아버지 형제들이 큰아버지집에 다 모여 가족회의를 열었다. 함께 저녁을 먹고 술도 마시면서 백부가

말했다.

"우리 집안이 어떤 집안이고? 왜놈들이 웃대 할부지들 가묘를 더럽히고 영정을 훼손이야 했지만, 그렇다고 후손인 우리가 왜놈들 뜻대로 망해서야 되겠나. 안 될 소리지, 안 될 일이고 말고. 우리도 인자 먹고살 만하게 됐으니 누군가는 가통을 이어야 한다. 그래서 그 의논을 하자고 모이게 했다."

중부가 백부에게 물었다.

"그래서 형님은 우야자 말인교?"

백부가 답했다.

"자식들 공부를 시켜야 한단 말이다. 이 에스토루 같은 산골짝에서는 공부를 못 시킨다. 일본에라도 보내서…."

종규 아버지가 받았다.

"그렇지마는 안죽(아직) 아아들이 겨우 소핵교에 댕기는데 이런 아아들로(을) 우애 일본꺼정 보낸다 말입니꺼?"

"그래서 하는 말인데."

하고는 술 한 잔을 들어 다시 마시고는 백부가 천천히 말했다.

"될성부른 나무는 떡잎부터 알아본다고, 어리기는 하지만 아아들 중에 기중 싹수가 보이는 기 종규다. 종규는 인자 4학년이지만 1학년부터 4학년꺼정 맹(매양) 1등을 해 왔다."

종규 아버지가 물었다.

"그래서 종규를 일본에 보내야 한다 그 말입니꺼?"

"앙이다. 내 말 더 들어 보라 카이. 니가 솔권해서 일본으로 가거라. 우리 3형제가 모두 여게 있어야 할 택(까닭)이사 있나. 그라고 내가 니보고 솔권해서 가라 카는 이유는, 종규 공부도 공부지만 복희를 늘 저래 놔두사 되겠나. 일본에 가서 치료를 받아야 한다 그 말이다."

그 말에는 종규 아버지도 입을 닫고 있었다. 종규의 누나 복희는 나이 13살이나 됐지만 학교도 못 다녔다. 일종의 자폐증 환자였다. 말도 더듬거렸고 그 누구도 얼굴을 바로 못 보는 정신질환자였던 것이다.

14

종규네는 11살 때인 국민학교 4학년 늦가을, 백부와 중부 가족들의 배웅을 받으며, 추억 많은 에스토루를 11년 만에 떠나야 했다.

종규가 잊을 수 없는 이야기는 너무도 많다. 우선 사촌 동생 조무래기들과 마차 위에서 놀다가 암말의 그 큰 생식기에다 대고 장난친 것은 남에게 말도 못할 만큼 치사한 것이었지만, 그는 평생 잊을 수 없는 기억 중의 하나였다. 마차 위에서 놀다가 심심해서 나무 막대기를 가지고 암말의 그 거대한 엉덩짝을 살살 긁어주었다. 말은 시원한 모양이었다. 그래서 그 탐스러운 꼬리를 슬슬 흔들었는데, 그때 그는 암말의 오줌 누는 곳을 봤던 것이다. 그런데 말은 너무 시원하고 기분이 좋은 나머지 그 오줌 누는 곳을 훨쩍 벌렸다가 오므리고 하기를 계속했다. 안이 아주 붉었다. 종규는 그게 신기해서 이번에는 엉덩이를 긁어주던 막대기를 그 빨간 살 안으로 쿡 찔러보는 순간, 종규의 얼굴은 벼락을 맞았다. 말이 꼬리로 종규의 얼굴을 휘갈겼던 것이다. 싸움도 많이 하고 맞아 보기도 많이 했지만 그만큼 이마며 눈이며 콧잔등이며 볼, 심지어 목줄기까지 한꺼번에 맞고 아파보기는 처음이었다. 대번에 온 얼굴이 말총에 맞아 벌겋게 줄이 죽죽 그어졌다. 그리고 부어올랐다. 그러나 그렇게 된 이유를 어디에서고 말 한 마디 할 수 없었다. 같

이 놀던 사촌 동생들이 깔깔거리고 웃자, 한 대씩 쥐어박아 울려 놓고는

"이 말, 집에 가서 했다가는 죽는 줄 알아! 알겠나?"

하고 협박까지 했었다.

국민학교 1학년 때의 일이었다. 집에서 키우는 고양이가 어찌된 셈인지 똥오줌을 안 가렸다. 여름 내내부터 가을이 깊어질 때까지도 반드시 밖에서 누고 들어오더니, 겨울이 되어 눈이 많이 오니까 고양이도 문 밖에만 나가면 폭폭 빠져버리는 게 귀찮았던지, 그만 방 안에서 오줌도 싸고 똥도 쌌다. 하도 오래 키워 늙기도 했다. 아버지와 어머니가 의논을 해서 내다 버리기로 했다. 학교에 가는 길에 종규는 고양이를 품에 안고 나갔다. 눈이 많이 와 있어, 바닥에 판자를 댄 커다란 신발을 신고 친구들과 걸으면서 의논했다.

"어데다 고양이를 버릴까?"

"고양이는 영물이어서 여간 잘못 버리다가는 꼭 앙물을 한다!"

"그래서 걱정하는 거 아니가."

"가다가 다리 위에서 물에다 던져 버리지. 물살이 세고 물이 깊어서 살아 나오지 못할 거 아니가."

"그기 좋겠다."

종규는 친구랑 같이 물살이 세게 흐르는 계곡물 위의 다리까지 왔다. 다리 위에서 물을 내려다보니 계곡 가의 바위에는 눈이 하얗게 덮여 있었고 물 가장자리는 얼음이 얼어 있었다. 물이 차고 깊고 급류여서 이곳에 던져 버리면 제놈이 죽고 말지, 절대로 살아날 리 없을 것이라는 생각이 들었다. 종규는 품에 안고 있는 고양이에게 한 마디 했다.

"잘 가거라, 나비야!"

그러면서 물에다 집어 던졌다. 고양이는 야야옹! 하면서 물속에 떨어져 허우적거리며 급류에 휩쓸려 갔다.

종규와 친구들은 안심하고 학교 가는 길을 걸어갔다. 그런데 한 20분이나 걸었을까. 뒤에서 야야옹, 하는 소리가 나 돌아보는 순간 물에 빠져 죽었어야 할 고양이가 뛰어 오고 있는 게 아닌가. 그렇게 빠를 수가 없었다. 종규가 미처 피할 새도 없이 눈 깜짝할 사이에 달려온 고양이는 한 길이나 넘게 펄쩍 뛰어올라 종규의 가슴께로 엉겨 붙었다. 그러고는 마구 얼굴과 목을 할퀴며 옷 속으로 파고들어 갔다. 고양이는 물에 젖어 털끝이 얼어서 뻣뻣했다.

겉옷을 헤치며 옷 속으로 들어간 고양이는 여느 때와 같이 골골 골 하는 소리를 내며 얌전해졌다. 종규는 순간적으로 엄청나게 놀라기도 했지만 품속에 제 발로 안겨 온 이 고양이가 보통 걱정이 아니었다. 자, 이걸 어떻게 처치한다? 종규는 어쩔 줄을 몰라 했고 종규와 같이 걷던 친구들도 걱정이었다. 그때 친구 하나가 말했다. 아까 다리 위에서 물에 던지자던 친구였다.

"나무 둥치 썩은 구멍 속에 넣고 눈을 꼭꼭 채워 눌러 두자."

길가 산에는 원목을 베어낸 그루터기가 아주 많았고, 벌목꾼들은 보통 원목을 벨 때 땅에서 서너 자나 위에서 베었다. 서서 톱질을 하다 보면 그렇게 되는 것이다. 원목 그루터기는 해가 지나면서 속부터 썩어 구멍이 뻥 뚫리기 마련이다. 그 구멍 속에 고양이를 처넣어 버리자는 것이었다. 좋다고 생각되었다. 종규는 산 위, 말뚝처럼 여기저기 서 있는 그루터기 중 구멍이 가장 깊이 패인 것을 찾았다. 그러고는 친구들더러 미리 눈을 많이 뭉쳐 두라고 일렀다. 조심조심 품에서 고양이를 끄집어내어 거꾸로 들고 대가리부터 구멍에 집어넣었다. 꼭 맞았다. 고양이는 이제 위에서 눈으로 덮어 누르지 않아도 꼼짝달싹도 못할 것이었다. 고양이를 집어넣자 친구들은 다투어 나무 구멍에다 뭉친 눈을 집어넣었다. 눈 위를 몇 번이나 눌렀다. 처음에는 고양이의 비명이 들렸으나 그 비명 소리가 차츰 사위어가더니 이내 아무 소리도 들리지 않았다. 홀가분한 마음으로 학교로 갔으나 그날은 지각을 했다. 그런데 종일 공부가 안 되었다. 고양이 생각 때문이었다. 죽었기를 바라면서도 살아서 딴 데로 달아났기를 바라기도 했다. 이 상반된 마음으로 공부를 제대로 할 수가 없었다. 학교를 마치자 고양이를 버린 산길의 그 나무 그루터기를 찾아가 봤다. 그런데 놀랍게도 고양이는 누가 빼내준 듯이 빠져나가고 없었다. 종규는 간이 쿵 떨어졌다. 살아서 도망가기를 바랐는데도 덜컥 겁이 났던 것이다. 그러나 고양이가 눈 위로 걸어간 방향이 집 쪽과는 사뭇 달랐다.

집과는 전혀 다른 쪽을 향해 200m 이상 발자국이 찍혀 있었다. 그러나 그 이상은 다른 짐승들의 발자국과 섞여 분간할 수 없었다. 그는 집으로 오자마자 고양이부터 찾았다. 혹시 이 영물이 그래도 집에 돌아와 있지 않나 싶어서였다. 다행히 고양이는 없었고, 영원히 나타나지 않았지만, 종규는 그 뒤 며칠을 두고 문단속을 직접 하면서 밤마다 고양이에게 당하는 악몽에 시달려야 했다.

곰에 얽힌 이야기는 참으로 많다. 2학년 때인 재작년 여름과 4학년 때인 지난봄에 아버지와 어머니가 모두 곰으로부터 한 번씩 혼이 났었다. 종규의 집에서 조금만 산길을 따라 올라가면 작은 폭포가 있는 계곡이 있었다. 폭포 밑에는 제법 깊은 소(沼)가 패여 물이 빙글빙글 돌았고, 팔뚝만 한 고기 떼가 유유히 헤엄치고 있었다. 그러나 종규의 아버지는 고기를 잡으러 간 것이 아니었다. 이미 어두워진 뒤였다. 일을 마친 아버지는 하도 더워 몸을 씻으러 간 것이다. 집에서 옷을 거의 벗고 팬티만 입고 올라간 아버지는 팬티마저 물가의 바위에 벗어 던지고 바로 물속으로 들어갔다. 시원한 기운이 몸속까지 배어 들어와 당장 살 만했다. 아버지는 깊은 데로 들어가 자맥질을 하다가 바닥에 퍼질러 앉았다. 물론 머리도 물에 잠긴 채였다. 그 순간이었다. 무엇이 머리를 누르는 것이었다. 묵직한 그것은 이마까지 푹 덮었다. 깜짝 놀라 물속에서 눈을 치뜨고 보니, 커다란 곰이 아버지의 머리 위에 걸터앉아 앞발로 물고기를 잡고 있었다. 커다란 물고기가 하도 많아 곰의 앞발질에 마구 잡혔고, 그러면 곰은 그대로 퍼덕거리는 물고기를 와삭와삭 베어 먹곤 했다. 아버지가 움직여서 곰이 깔고 앉은 것이 사람임을 알면 어떤 변을 당할지도 모른다. 숨이 막혀 이제 곧 죽을 지경이었다. 그때 또 배와 가슴이 서늘해지면서 갑갑한 기운이 들었다. 가만히 보니, 커다란 물뱀이 아버지의 몸을 서서히 휘감고 올라오는 것이었다. 곰보다 물뱀의 처치가 더 급했다. 이 물속에 이런 물뱀이 있다는 것도 처음 알았던 것이다. 아버지는 가슴까지 징그럽게 몸을 칭칭 감아온 물뱀의 대가리를 있는 힘을 다해 입으로 깨물어 씹었다. 물뱀의 목을 힘껏 움켜쥐고 한참이나 그렇게 하고 있는 동안, 물뱀은 아버지의 몸에서 풀려 나와 이리저리 요동을 치다가 축 늘어졌다.

그러는 사이에 물고기를 다 먹은 곰도 물 밖으로 나와 사라지고 없었다. 정말 큰일 날 뻔한 일이었는데 '조상님이 도와서' 무사했다. 아버지는 곰도 곰이었지만, 폭포 밑 소 속에 이런 괴물도 있다는 걸 종규에게 보이기 위해 그 뱀을 집에까지 갖고 왔었다. 2m는 될 것 같았는데 배만 희누름하고 온몸이 검은 색깔이었다. 그러나 굵기는 종규의 팔뚝만 했다. 아버지가 말했다.

"오늘 아부지는 큰일 날 뻔했다. 물속에 앉았는데 곰이 머리 위에 걸터앉디이 물고기를 앞발로 탁 쳐서 와삭와삭 씹어 묵고 안 있나. 우야꼬 싶어 가만히 있는데 이번에는 이 물뱀이 아부지 몸에 찰싹 달라붙어 똘똘 감고 있는 기라. 그래 이놈부터 잡아 죽이는 사이에 곰도 달아나고 없더라. 니는 함부래(절대로) 폭포 밑 깊은 소에는 디가지(들어가지) 말아레이. 그라고 니도 아부지맹키로 이리 용감하게 살아야 한다. 남자는 이순신 장군맹키로 용감해야 한다. 니가 그리 용감하게 살아라고 내가 물어 씹어 쥑인 이 징그런 놈을 갖고 왔제."

아버지는 뱀을 불에 태웠는데 거의 서너 시간이나 스스로 몸에서 기름을 내며 지글지글 탔고, 냄새가 바로 고등어나 정어리 굽는 냄새 같이 구수했는데도, 어머니는 그 냄새 때문에 구토질까지 하며 몹시 고생했다.

지난 초봄에는 또 어머니가 당했다.

그때는 낮이었다. 어머니가 빨래를 하러 냇가로 갔다. 폭포에서 한참 아래쪽에 있는 곳이었고, 내를 가로지르는 다리 밑에서였다. 곰이 동면에서 깨어나는 참이었다. 이때의 곰은 대단히 사나웠다. 주린 배를 채우기 위해서 인가를 습격하여 가축을 잡아먹기도 했다. 그래서 산속의 외딴 집에서는 집 주위를 엄청나게 높은 울타리로 사방을 에워쌌다. 전봇대 같은 나무를 촘촘히 땅에다 박아 나무 장벽을 만드는 것이다. 그래서는 어두워지기만 하면 철저히 문단속을 했고, 낮에도 대단한 경계를 해야 했다.

곰이 어머니가 빨래하는 모습을 다리 위에서 내려다보고 있었던 것이다. 그것도 새끼를 두 마리나 데리고. 어머니는 물 위에 비친 곰의 그림자를 발견하는 순간, 어떻게 해야 하느냐를 순간적으로 판단했다. 사람이 먼저 곰을 봤을 때는 즉시 죽은 시늉을 해야 한다. 그러나 곰이 먼저 사람을 발견하면 사람은 곰을 못 본 척하고 하던 일을 계속하는 게 상책이란 것쯤은 알고 있는 어머니였다. 어머니는 다리 위의 곰을, 쉬지 않고 물 위의 그림자를 통해 경계하면서 하던 빨래를 계속했다. 손이 떨리고 온몸이 움츠러드는 바람에 꼼짝할 수가 없었지만 절대로 고개를 돌려 다리 위를 보지 않았다. 곰은 다리 위에서 엉거주춤하게 서서 한 10분은 어머니의 거동을 보고 있었다. 그러나 어머니는 계속 곰을 못 본 척했다. 그러자 곰은 새끼들을 데리고 슬그머니 다리를 건너 산 쪽으로 사라져 갔다. 그때야 어머니는 온몸에 진땀이 비 오듯 한 사실을 알았다.

아버지와 함께 일하던 조선 사람 가운데는 조선에서 처음 와서 곰의 습성을 몰라, 산속에서 곰을 발견하자 나무 위로 올라갔다가, 나무 위로 따라 올라온 곰에게 목숨을 잃은 사람도 있었고, 어떤 사람은 죽은 척하고 있다가 숨을 쉬고 움직이는 바람에 곰의 앞발에 등뼈가 부러져 불구가 된 사람도 있었다고 했다.

15

종규는 가라후토에서 일본으로 건너왔지만, 그의 아버지는 마땅한 일자리가 없었다. 남달리 뚝심이 있고 담이 크고, 모험심만 강했을 뿐, 배운 것은 별로 없었다. 기껏 어릴 때 할아버지 밑에서 천자문을 익히다 할아버지가 자결함으로써 그것도 끝나고 말았다.

종규 아버지는 북해도를 거쳐 남쪽으로 내려와 도쿄에서 조금 북서쪽에 있는 쓰치우라라고 하는 작은 도시에 정착했다. 쓰치우라는 바로 도쿄 근교였고, 이곳에는 일본 해군기지와 요카렌(단기 사관학교)이 있었다. 종규 아버지는 여기에서 다시 가라후토의 에스토루에서처럼 조선인 인부를 모았다. 아니 모은 것도 아니었다. 저절로 모여든 사람이 30명이 넘었다.

아버지는 이 사람들을 집에서 재우고 먹이면서 일을 시작했다. 그 일은 주로 일본 군수 물자를 저장하는 지하창고나 방공호 같은 군용 시설을 만드는 일이었다.

쓰치우라에는 바다와 아주 가까운 곳인데도, 바다 아닌 커다란 호수가 바다처럼 있었다. 호숫가에는 벤치 같은 것도, 그늘이 짙은 나무도 많았지만, 낚시를 하는 사람들은 별로 없었다. 혹시 낚시를 말리는지 몰랐다. 그래서 일을 마치고 온 아버지는 밤에 그 호수로 가서 고기를 낚았다. 어른 손바닥보다도 큰 송어나 잉어 같은 것이 낚시를 던져 넣기가 바쁘게 물려 올라왔다. 양동이에 금세 가득 찼다. 아버지는 종규와 함께 이것을 가지고 집으로 돌아와 늦도록 어머니랑 셋이서 물고기의 배를 땄다. 그러고는 무를 썰어 넣고 고춧가루와 마늘을 범벅한 양념장을 넣어 낮은 불에다 몇 시간이고 졸였다. 30여 명의 일꾼들 반찬으로는 일품이었다. 그러나 이렇게 맛있는 반찬이라도 학교에는 절대로 가져가지 못했다. 마늘 냄새 때문이었다.

종규는 일본에 와서도 계속 공부를 잘했다. 특히 운동은 만능이었다. 힘도 세어서 종규를 당할 아이들은 아무도 없었다. 그래서 웬만한 일본 애들은 대개 종규의 그늘로 들어왔고, 종규는 자연히 왕초 노릇을 하게 되었다.

그러나 어머니가 싸주는 도시락 반찬 때문에 얼마나 곤욕을 치렀는지 모른다. 가라후토의 에스토루에서는 조선 학생들과 일본 학생들이 거의 반반이었다. 그래서 김치건 젓갈이건 어떤 반찬을 가져가도 별로 말썽이 없었다. 그러나 일본으로 와서는 김치같이 고춧가루나 마늘이 든 음식만 가지고 가면 코를 싸매고 벌떼처럼 달려드는 일본 애들을 종규는 당할 수가 없었다. 비록 조선 아이이기는 해도 공부 잘하고 운동도 못하는 게 없는 종규를 일본 애들도 평소에는 함부로 대하지 못했지만, 점심시간에 떼를 지어 달려드는 데는 종규도 기가 질려 감당할 수가 없었다.

일본애들은 입버릇처럼 말했다.

"조센징의 도가다시(고춧가루) 냄새에는 자다가도 머리가 다 아프다니까!"

"그건 닌니꾸(마늘)에 비하면 약과지. 좌우간 반도진(반도인)과는 다른 건 몰라도 음식은 같이 못 먹어!"

그래서 종규는 어머니가 도시락을 쌀 때마다 부탁을 했다. 정 도시락 반찬이 없어 김치밖에 넣을 수 없다면, 그걸 물에라도 깨끗이 씻어서 넣어 달라고.

아버지랑 호수에 가서 낚아 온 물고기로 만든 생선조림을 도시락 반찬으로 넣어 간다면 얼마나 좋을까 싶었지만, 어림도 없는 일이었다. 왜냐하면 이 민물고기 조림이야말로 마늘과 고춧가루 범벅이기 때문이다.

종규는 5학년이 되면서 미술 과목에도 특히 소질을 발휘해서 일본인 담임으로부터 격려와 칭찬을 많이 받았다. 그러나 이때부터는 미군기가 폭격을 가해 오는 바람에 교실에서 앉아 제대로 공부할 수가 없었다. 주로 방공호에서 살다시피 했고, 밤에도 불빛이란 불빛은 철저히 차단해서 온 시내가 암흑천지처럼 되곤 했다.

도쿄 시내는 연일 공습이 계속되었고 그 화염과 연기가 쓰치우라까지 날아왔다. 특히 종이가 불에 탄 재는 하늘 높이 치솟아 바람을 따라 쓰치우라까지 날아와 떨어지곤 했는데, 어떤 때는 고액권 지폐의 문양이 그대로 살아 있는 재도 수없이 떨어졌다.

종규의 누나 복희는 일본에 건너오는 즉시로 어머니와 함께 병원에 다녔지만, 아무런 차도도 없었다. 병원에서 약을 타 와서 먹으면 종일 밥도 안 먹고 잠만 잤다. 얼굴에 살이 무섭게 올랐는데,

그건 약기운으로 부은 건지 진짜 살인지 구별이 되지 않았다. 간혹 밥을 한번 먹기 시작하면 무섭게 먹었기 때문이다. 약이 독해서 그런지 나중에는 입을 다물지도 못했고, 혀가 잘 돌아가지도 않았다. 말에도 힘이 없어지면서 정말 완전한 바보처럼 되었다. 어머니는 병원엘 더 다녀야 하느냐 말아야 하느냐 고민했다. 그럴 때마다 어머니는 옛날 가라후토로 가기 전 조선 청도에서 어머니 혼자 살 때, 어린 복희를 종일 방에다 가둬두고 남의 일을 나갔던 기억을 떠올리곤 했다. 어머니는 푸념처럼 되뇌었다.

"복희는 순전히 내가 잘못한 탓에 저런 병이 걸렸다. 하루 죙일 방에다 가다(가둬) 두었다가 저녁에나 에미를 보면, 달라붙어 다시는 안 떨어질라 카는 거로 아침이 되믄 또 떼 놓고 나가고 나가고 했제. 나중에는 에미를 보고도 얼굴을 돌리더니 다른 낯선 사람을 보믄 얼굴을 가리며 그만 죽는 소리를 했다. 그때가 병의 시초였다는데 그거로(그것을) 몰랐제. 그때 병을 다잡아 고쳤어야 되는 긴데…."

어머니의 이런 말을 듣는 아버지는 누워서 천장이 무너질 듯한 한숨을 쉬며 말했다.

"그거는 임자 탓이 아니고 왜놈들 탓이다! 만세 운동에 나섰다고, 왜놈들이 아부님을 비명횡사하도록 했고, 또 할부지마저 자결하시도록 한 것을 임자도 들어 알 거 아이가! 그래서 우리 집안이 이리 된 기고, 집안이 이리 되다 보니 임자가 고생을 했고… 임자가 무슨 잘못이 있으며 저 불쌍한 복희가 무슨 죄가 있겠노…."

종규는 어린 마음에도 도시락 반찬에서 고춧가루와 마늘 냄새가 난다고 멸시의 눈초리를 보내는 일본 애들을 생각하며 이를 갈았다.

아버지는 술이 반쯤만 취해 오면 종규를 꿇어앉혀 놓고 집안 내력을 일러주곤 해서 방금 아버지가 한 말인 할아버지의 비명횡사란 어려운 말, 증조할아버지의 자결의 사연 같은 것도 모두 알고 있었다.

아버지는 언제나 자신이 형님들을 가라후토에 두고서 혼자만 일본으로 온 이유를 종규에게 귀가 아프도록 들려주었다.

"온 집안이 니만 바라보고 있다. 니가 웃대 조상님들의 뒤를 이어 우리 문중을 빛내야 한다. 가라후토에 계시는 큰아부지들한테 이 아부지가 체면이 설라 카몬 니가 무슨 일이든지 왜놈들한테는 이겨야 한다 이 말이다. 공부, 운동은 말할 것도 없고, 싸움을 해도 져서는 안 된다!"

1945년, 앞에서도 말했지만, 종규가 5학년 여름이 가까워지고서는 학교에도 못 나갔다. 날마다 공습경보가 울렸고, 공습경보만 울리면 학교 대신 집에서도 방공호 속으로 뛰어 들어가야 했기 때문이다. 어떤 날은 학교에서 공부를 하다가도 공습을 피해 방공호 속으로 들어가야 했다.

그날도 공부는 하는 둥 마는 둥 하고 집으로 돌아왔다. 집안이 부산했다. 낮인데도 아버지와 함께 일하러 다니던 사람들이 모두 집안에 모여 있었는데, 아버지가 안 보였다. 그때 어머니가 걱정스러운 얼굴로 말했다.

"종규야, 아부지가 많이 다치셨다."

종규는 선걸음에 아버지의 방으로 뛰어 들어갔다. 아버지가 머리와 어깨를 하얀 붕대로 감고 누워 있다가 종규를 보자 말했다.

"나는 괜찮다. 니가 걱정이더니 아무 탈 없이 돌아와 천만다행이다!"

"우리 학교에서도 오늘은 사람이 많이 다쳤습니더. 방공호가 폭격에 무너지는 바람에…."

종규는 학교에서의 기억을 진저리를 치며 떠올렸다. 세 시간째 수업이 막 시작되려는 참이었다. 그때 그 공습경보의 사이렌이 울렸다. 평소의 훈련대로 모든 것을 그냥 둔 채 즉시 운동장 가에 파 둔 방공호로 있는 힘을 다해 뛰어갔다. 달리기에서도 언제나 종규는 전교에서 일등이었다. 그는 방공호 입구에서 고개를 숙여 계단을 내려가 맨 안쪽으로 들어가 쪼그리고 앉았다. 아이들은 뛰어 들어오는 순서대로 차곡차곡 방공호의 안쪽에서부터 앉게 되어 있었다. 이내 폭격이 시작되었다. B 29인지, 관사이기(함재기: 항공 모함에서 날아오는 전투기)인지 이제 소리만 듣고도 분간이 되었다. 이날의 공습은 B 29였다. 관사이기는 쇳소리가 요란했지만 B 29는 쇳소리보다 바람 소리가 더 무서웠다. 무서운 바람 소리를 동반한 B 29는 상공을 한번 지나 다른 곳으로 날아가는 것 같았다. 곧 선회해서 돌아올 터였다. 그러자 일본인 교장이 방공호 속의 사람들을 향해 말했다.

"자, 오늘은 여학생들을 안쪽으로 앉히고 남학생들은 이쪽 입구 쪽으로 앉도록 하지. 선생님들도 마찬가집니다. 여선생님들이 안쪽으로…."

이래서 종규는 맨 안쪽에서 입구 쪽으로 옮겨왔다. 다른 남학생과 남자 선생님들도 그렇게 했다. 그때 비행기 소리가 다시 커지고 있었다. 비행기가 기수를 돌려 접근해 오고 있는 증거였다. 한 남자 선생이 고함쳤다.

"손가락으로 귀를 막고 엎드렷!"

그 순간이었다. 우르릉 꽝꽝! 폭탄 터지는 소리와 함께 방공호의 입구 쪽에서 무서운 흙바람이 해일 때의 파도처럼 밀려왔다. 방공호의 입구 쪽에는 남자 선생들이 앉아 있었는데, 그 선생들의 몸이 한꺼번에 안쪽으로 날려 들어왔다. 교장의 지시는 현명한 것 같았다.

그러나 다음 순간, 또 한방의 폭탄이 터지면서 이번에는 여학생들이 옮겨 앉은 방공호 안쪽의 천장이 무너져 내렸다. 방공호는 깊고도 넓었고, 천장에는 굵은 서까래 같은 것을 가로로 촘촘히 걸치고 그 위에다 가마니를 덮었다. 가마니 위에는 흙을 얹었는데, 흙의 두께가 2m도 넘었다. 그러니 웬만한 총탄이나 기관포탄 같은 것에는 끄떡없었고, 폭탄도 직격탄이 아니면 안전한 그런 시설이었다. 그런데도 방공호의 끝 쪽 천장이 무너져 내렸다. 천장에서 바닥으로 부러져 내린 서까래와 흙더미에 여학생들이 짓눌리고 파묻힌 것은 물론이었다. 폭탄이 바로 방공호 옆에 떨어졌던 것이다.

이날 공습으로 학교 건물도 삼분지 일이나 무너지고 부서졌다. 이래서 공습경보가 해제되자 바로 집으로 돌아오면서 종규는 몇 번이고 운이 좋았음을 혼자 되뇌고 있었다. 그런데 막상 집으로 와 보니 대신 아버지가 다친 게 아닌가. 아버지는 작업 중에 공습경보를 듣고는 방공호 속으로 대피했다. 그러나 맨 나중에 들어가는 바람에 아버지는 방공호의 입구 쪽에 앉았다. 비행기에서 떨어지는 폭탄이 터지면서 그 파편에 다쳤다고 했다. 아버지의 상처는 다행히 심하지는 않았다. 그러나 아버지는 다친 후 며칠 동안 일을 못 나갔고, 공습은 낮이고 밤이고 점점 더 심해졌다. 아버지는 데리고 있던 조선 사람들에게 가고 싶은 곳으로 가라고 하면서 돈을 계산해 주었다. 그러나 끝까지 아버지와 함께 있겠다는 사람이 다섯이나 되었고, 그들은 모두 아버지에게 형님 형님, 하면서 아버지 곁을 떠나지 않았다.

며칠이 지나자 일본이 전쟁에서 졌다고 했다. 아버지는 그날 밤 상처가 덜 나았는데도 데리고 있던 조선 사람들과 함께 밤이 새도록 숨겨 두었던 술을 꺼내 마시고, 노래도 했다. 어머니는 술 시중 안주 시중에 무진 고생을 했고, 끝내 아버지는 골방에 숨어 있는 누나 복희를 끌어안고 엉엉 울기도 했다. 복희 누나는 한동안 멍한 채 놀라서 아버지를 자꾸 밀쳐내었으나 마침내 아버지와 함께 울음을 터뜨렸다. 나중에는 어머니도 울고 종규도 울었다. 그러나 가족들의 울음의 이유는 제각각이었을 것이다.

전쟁이 끝났다는 소식이 있고서는 공습이 멎었다. 그 대신 얼마 뒤에는 가라후토나 조선, 만주 등지에서 돌아온 일본 군인들의 조선 사람들에 대한 보복행위가 공공연하게 자행되었다. 사할린을 떠나기 앞서 조선 사람들로부터 당했다…. 만주를 떠나기 앞서 조선 사람들로부터 당했다…. 이런 이유로 외지에서 돌아온 군인들은 길거리에서 조선 사람만 만나면 무자비한 폭행을 가했다. 분위기가 살벌하다 못해 조선인은 마음 놓고 다니지도 못할 판이었다. 그래서 종규 아버지는 당하고 있을 수만은 없다고, 데리고 있던 조선 사람들을 중심으로 어느 날 밤, 이웃의 조선 청년들을 불러 모아 집에서 의논을 했다. 그때 그는 32살이었다. 집으로 온 조선 청년들은 유학생도 있었고 직업인도 있었지만 종규 아버지 김상주의 이야기에는 모두 귀를 기울였다. 말에 조리가 있는 것은 아니었다.

"여러분, 나는 조선 청도가 고향인 김상줍니다. 머리에 든 거는 없습니다. 그러나 우리 조선 사람들이 요새 길가에서나 집에서, 외지 귀환 일본 군인들한테 억울하게 얻어맞기도 하고 재산을 뺏기기도 하는 것을 여러분도 잘 알 줄 믿습니다. 그래서 우리는 왜놈들한테 어제 맞고, 오늘도 맞고, 자앙(매양) 맞고 있을 끼 앙이고, 우리가 우리를 지켜야 한다고 생각합니다. 우리 집에는 칼, 도치(도끼), 괭이, 곡괭이, 삽, 쇠스랑 등 온갖 연장들이 있습니다. 이런 것을 가지고서라도 우리 조선 사람들을 지키는 단체를 만들자고 누추한 제 집에 여러분을 오시도록 했습니다."

그러자 모여든 20여 명의 남자들이 모두 옳다고 말했다. 도쿄 유학생이란 젊은 사람이 일어서서 말했다.

"참 옳은 말씀을 주인장께서 해 주셨습니다. 지금은 이 일본도 무법천지고 혼란이 극도에 달했습니다. 이때 우리가 스스로를 안 지키면 누가 우리를 지켜주겠습니까? 따라서 저의 생각에는 우리 가 그냥 연장을 무기 삼아 들고 다니면 오히려 오해를 받고 위험 한 사람으로 취급당하기 쉬우므로 팔에다 완장을 두르고, 거기에 무엇인가 써야 한다고 생각합니다. 그 내용은 조선인자위대(朝鮮 人自衛隊)라고 하면 어떨까요?"

그러자 이번에도 모두 그것 참 좋은 생각이라며 찬성을 했다. 당장 종규 어머니가 그 귀한 광목을 찾아내어 완장이 될 만하게 가위로 오렸다. 그 유학생이 급히 벼루와 붓을 구해 와 달필로 완 장에다 '朝鮮人自衛隊'라고 써서 모인 사람들의 팔에다 차게 했 다. 종규 아버지가 다시 일어나 말했다.

"자, 그라몬 우리 자위대의 규칙을 정합시다."

이래서 즉석에서 만들어진 규칙은

① 모든 조선 청년들은 자발적으로 조선인 자위대에 참여한다.

② 자위대가 경비하는 구역은 잠정적으로 쓰치우라의 조선인 주거지에 한정한다.

③ 자위대원은 완전 무보수 봉사직이다.

④ 연령의 고하가 고루 섞이게 순번을 정해 당번제로 경비에 임 하고, 주간에는 4명 야간에는 6명이 하되 2명 1조가 되어 순찰 경 비한다.

⑤ 본 자위대의 본부는 당분간 김상주 씨 댁으로 하고 김상주

씨가 그 지휘를 맡는다.

이래서 종전 직후 김상주가 조직한 조선인자위대는 그 후 곧 도쿄에까지 전파되었고, 일본 전역으로 번져나가기도 했던 것이다. 나중에는 흐지부지됐지만 김상주와 그의 집에 기거하던 5명의 조선인은 끝까지 팔에다 완장을 두르고 밤낮없이 동포들을 보호하는 일에 앞장섰다.

김상주는 아들 종규를 불러 앉히고 자주 말했다.

"종규야, 니 할부지는 3·1운동 때 만세를 부르신 어른이시고, 니 증조부님은 왜놈들이 웃대 할아버지를 모신 가묘를 더럽히고 영정을 훼손하자 자결하신 어른이시다. 가묘라 카는 말, 영정, 훼손, 이런 말을 알아 들었나?"

종규는 몇 번이나 들어서 알고 있었다. 그런데도 다시 설명해 주었다.

"가묘라 카는 거는 조상님들 신주를 모셔두는 집이고, 영정은 조상님 얼굴을 기린(그린) 기림이고, 훼손이라 카는 말은 더럽히서 몬 쓰게 맹그는 기다. 왜놈들이 우리 가묘에 구둣발로 들어가서 영정을 칼로 훼손했니라. 잊아삐리몬 사람도 앙이다이!"

아버지가 이런 말을 할 때는, 아버지를 보고 형님이라 부르는 조선 사람 아저씨들이 항상 옆에 있을 때였다.

이때 종규가 또 들은 말은, 미군을 보면 무조건 '아임 코리언'이라고 하라고 어른들이 시키던 기억이다. 종규는 그 뜻이 무엇인지도 모르고 미군만 보면 '아임 코리언' 하고 소리쳤다. 종규가 제일 먼저 익힌 영어였다. 종전 직후 처음 상륙한 미군들이 일본인을 무섭게 대했기 때문에 시킨 교육이었다.

드디어 종규도 귀국할 때가 왔다. 1945년 12월이었다. 트럭 1대를 구해온 아버지가 함께 살던 5사람을 포함한 종규 일가족을 모두 트럭에 태웠다. 이웃의 조선 사람들 몇 가구도 함께 탔다. 트럭이 달리자 몹시 추웠으나, 트럭 위의 조선 사람들은 일본 군인들을 볼 때마다 트럭 위에서 침을 뱉고 주먹을 들고 때리는 시늉도 했다. 그리고 군부대나 경찰서 같은 관청 앞을 지날 때마다 조선 독립만세를 소리 높이 외쳤다.

그러나 그들이 닿은 시모노세키 근처 하카타도 엉망이었다. 조선으로 돌아가려는 귀환 동포들이 수천 명이나 모여 질서도 예절도 잃어버린 채 낮에는 종일 도박을 했고, 밤에는 술을 마시고 싸움을 벌이는 일이 매일 밤 계속되었다. 날씨는 추웠고 들어갈 집도 없었다. 길거리 구석 일본사람 집의 처마 밑에서 그런 짓을 했고, 밥도 그런 곳에서 적당히 끓여 먹었다. 그러나 조선으로 돌아갈 배는 언제 온다는 말도 없었다. 수중에 돈이 떨어진 사람은 모두 떼 지어 살던 일본 동네로 되돌아갔다. 오늘날 재일동포의 상당수가 귀환의 꿈을 좌절당한 이런 사람들임은 말할 나위도 없다.

그러나 종규 아버지 상주는 상당한 돈을 가지고 있었고, 반드시 조선으로 돌아가겠다는 신념에 차 있었다. 어느 날 상주는 쓰치우라의 해군기지창에서 공사를 할 때 알게 된 일본 해군 장교를 만날 수 있었다. 그것은 크나큰 행운이었다. 그래서 그 해군 장교의 도움으로 놀고 있는 구축함 1대를 빌릴 수 있었다. 구축함에는 아무리 많이 타도 100여 명 남짓밖에 탈 수 없었다. 보통 연락선처럼 객실 같은 것도 없었다. 종규 아버지는 그사이 하카타에 와서 20여일이나 고생하면서 봐 두었던, 점잖은 조선 사람만 골라 100명쯤에게 몰래 통지했다. 그러고는 캄캄한 밤에 하카타에서도 한참 떨어진 바닷가로 가서, 기다리고 있는 구축함에 몰래 올랐다. 정원이 넘쳤고 게다가 짐까지 싣는 사람이 있어 위험하다는 걸 억지로 출발시켰다.

배가 떠나자 종규는 갑판으로 올라갔다. 하카타가 점점 멀어지고 있었다. 그런데 한 여자가 그 멀어지는 하카타 쪽을 향해 연신 눈물을 흘리고 있었다. 남자가 다가가 여자의 어깨를 감싸자 여자는 남자의 품에 안겨 큰 소리로 울기 시작했다. 일본 여자였다. 일본 여자가 조선 남자와 결혼해서 일본을 떠나 조선으로 가는 것이라고 했다. 종규는 갑판에서 밑으로 내려와 그 이야기를 어머니에게 했다.

　얼마 못 가서 배는 심하게 흔들렸다. 종규는 정신을 못 차리고 철제 의자 속에 끼워졌다. 워낙 많이 탄 사람으로 비좁기도 했지만, 모두들 멀미 때문에 정신을 못 차렸다. 토하고 또 토하고 하면서도 종규는 그냥 그 의자 밑에서 꼼짝도 못하고 있었다. 죽는 줄로만 알았다. 그러나 배는 새벽에 무사히 부산에 닿았다. 조선 땅이라고 했다. 그런데 무사하지는 않았다. 이번에는 조선 여자가 배의 통로 바닥에 앉아 통곡을 하고 있었다. 지난밤 배 멀미 때문에 정신을 잃고, 이리저리 뒹굴다가 갓난아기를 깔아 죽였다고 했다. 그 여자의 남편이란 사람이 우두커니 그 여자 옆에 서 있다가 말했다.

　"아이는 또 낳으면 되는 거야, 운다고 죽은 아이가 살아나나!"

6장

조선에서 만납시다

16

1945년 8월, 여름은 이곳에서도 더웠다. 더운 가운데서 들려오는 소문은 좋은 것인지 나쁜 것인지 종잡을 수가 없었다. 소련이 일본에 선전포고를 했다는 것이었다.

1945년 8월 8일 소련정부는 일방적으로 일본에 선전포고를 했다. 그러나 이것이 도쿄의 일본 정부에 전해진 것은 다음 날 아침이었다. 그런데 이때 벌써 소련군은 사할린의 국경선을 넘고 있었다. 소련군의 돌연한 침공은 사할린 전역에 일대 혼란을 불러왔다.

사실은 45년 4월에 소련은 이미 '일소불가침중립조약(日蘇不可侵中立條約)'의 폐기를 통고해 왔고, 거의 다 죽어 있는 일본에 대하여 때늦게야 선전포고를 함으로써 아무런 희생도 치르지 않고 승전국의 대열에 끼어들 수 있었다. 그러고는 내내 엄청나게 강한 발언권을 행사하게 됐던 것이다.

처음, 남하를 개시한 소련군은 북위 50도선인 국경을 조금 지났을 때 일본군 수비대의 응전을 받아 잠시 멈칫거렸다.

13일에는 서해안 북부의 에스토루(우글레고르스크)에도 상륙하고자 하였다. 그러나 이때만은 일본군의 결사적인 항전에 부딪쳐 소련군은 일시 격퇴되었다. 13일이니까 물론 일본 왕의 항복 성명 전이었다. 그래서 일본군은 결사항전을 했고, 수많은 전사자를 내면서 소련군의 상륙을 막을 수 있었다.

종전 후 일본은 바로 그 격전지의 해안선 한 지점에 일본군 전몰 위령비를 세웠고, 그것은 지금도 거기에 세워져 있다.

이내 이틀 뒤인 8월 15일 일본은 기어코 항복했고, 격퇴되었던 소련군은 노도처럼 일본군만 보이면 무자비하게 짓밟고 휩쓸면서 쳐내려왔다. 사할린 전역이 한꺼번에 피난민의 대열로 넘쳤다. 모든 피난민은 남으로만 향해, 코르사코프 항으로만 향해 밤낮 없이 걸음을 재촉하였다.

이때 주로 노인과 아녀자 7만 6천 명이 바다를 건너 북해도로 피난할 수 있었고, 그 속에는 조선인 노인과 아녀자도 1천 5백 명 정도 섞여 일본으로 탈출할 수 있었다. 조선인 노무자들은 승선이 금지되어 있었다. 소련군의 사할린 점령완료가 8월 22일이었는데, 그때까지도 조선인 아녀자가 포함된 탈출은 가능했던 것이나, 그 이후에는 조선인의 일본 귀환은 일절 금지되었다. 그러니까 사할린까지 가족을 데리고 가 있던 노무자들 중 일본으로 건너간 1천 5백여 명은 가족과 생이별을 하게 된 셈이었다.

에스토루 마을, 김상문, 상식 형제가 살고 있던 마을로 소련군이 진주해 온 것은 8월 16일이었다. 소련군은 그냥 쓸고 지나가는 것이지 제대로 싸움 같은 것을 할 필요도 없었다. 이미 전쟁은 끝났기 때문이었다. 다만 자기 땅에 살면서도 일본 사람한테 기를 펴지 못하고 구박을 받던 몇 안 되는 러시아 사람들이 길가에까지 나와 지나가는 소련군에게 박수를 치면, 소련군들은 그들에게 일일이 악수를 하곤 했다. 그러나 일본인과 조선 사람들은 무조건 소련군만 보면 도망을 쳤다. 소련군은 간혹 일본인이나 조선 사람에게 길을 물어보기도 했으나 하나같이 말이 통하지 않았고, 그러므로 소련 군인들은 무엇인가 욕설 같은 걸 내뱉으며 지나갔다.

상문과 상식 등 일가족들도 모두 피난을 떠났다. 물론 아내들과 함께였다. 큰길로 가다가 소련군에게 붙들려 또 어떤 곤욕을 치를지도 몰랐다.

집을 막 떠나와 큰길로만 걸음을 재촉하는데 뒤에서 오토바이를 타고 갑작스럽게 따라온 소련군이 상문의 옆에 멈춰 섰다. 오토바이는 2인승이었다. 한 사람은 운전을 하고, 그 옆에는 보트 같은 것이 붙어 또 한 사람이 탈 수 있는 오토바이였다. 군인들의 군복은 땀과 먼지에 얼룩져 있었고, 모자 위에까지도 땀과 흙먼지가 범벅이 되어 있었다. 운전을 하던 군인이 오토바이에 탄 채로 상문에게 무엇인가 말했으나 알아들을 수가 없었다. 상문은 그저 자기들은 일본 사람이 아니고 조선 사람들임을 알려주기 위해서 애썼다. 군인이 남쪽으로 내려가는 큰길을 묻는 건지, 일본군 부대가 어디 있는지를 묻는 건지 알 수가 없었다. 그래서 상문은 그냥 두 손을 내젓다가 손바닥으로 자기 가슴을 툭툭 치며 조선! 조선! 하고 외쳤다. 그러자 보트 같은 데에 앉아 있던 군인이 흐흠? 까레이! 라고 했다. 운전을 하던 군인이 무엄하게도 상문의 머리를 툭툭 치며 그냥 앞으로 달려갔다. 그때부터 그들은 산길로만 걸었다. 하루 종일 걷다가 밤이 되어서야 산에서, 준비해 온 주먹밥과 미숫가루를 먹기도 했다. 그러고는 다시 걷기 시작했다. 사실 그때까지만 해도 머나먼 코르사코프까지 가서 북해도로 가는 배를 탈 생각은 없었다. 걸어서 갈 수 있는 거리가 아니었기 때문이었다. 그들이 밥을 먹고 있는 동안 일본인 피난민 떼들이 수없이 그들 앞을 스쳐 지나갔다. 그들은 모두 멜빵으로 등에다 무엇을 한 짐씩 잔뜩잔뜩 지고 있었다. 손을 잡고 걷는 어린애가 칭얼거리면 때리기도 했다. 캄캄한 밤, 산길을 걷고 있는 일본인들은 조선 사람들보다는 훨씬 더 불안하고 다급해 보였다. 밥을 먹고, 김상문과 상식 형제들도 다시 일본 사람들이 앞서 간 산길을 따라 걸었다. 빨리 걸을 수도 없었다. 밝힐 불도 없었거니와, 있다고 해도 함부로 불빛을 낼 수도 없었다. 두 시간쯤 걷다가 그들은 또 쉬었다. 진규, 광규, 창규도 쉬는 아버지들과 함께 옆에 앉았다. 진규 아버지 김상문이 먼저 말했다. 무엇보다도 조선말을 마음대로 쓸 수 있는 것이 다행이었다.

"우선, 무지막지한 소련 군인들을 피해서 가고 있기는 하지만 곧 무슨 조치가 있을 끼다. 수십만이나 되는 조선 사람들을 왜놈들이 전쟁에 졌다고 그냥 두고 갈 택이 있나. 왜놈들 저그(자기네들)도 사람 앙이가."

창규 아버지 상식이 말했다.

"형님 말씀도 일리가 있습니더마는 왜놈들도 왜놈 마음대로 몬 하는 기 문젭니더. 전쟁에서 망해버린 왜놈들은 지금 아무 발언권도 없을 거 아닙니꺼."

창규가 큰아버지 말을 지지하는 듯 보충했다. 어린 나이인데도 꽤 논리가 있었다.

"설마 우리를 여기에 그냥 두겠습니꺼. 조선 사람들하고 일본 사람들은 같은 조상이라고 안 했습니꺼."

김상문이 어린 조카의 머리를 쓰다듬으면서 말했다.

"창규야, 그거는 왜놈들이 우리를 부려 묵을라고 지어낸 거짓말이제."

진규가 사촌 창규의 말에 이어 아버지에게 물었다.

"그라몬 내선일체라 카는 말도 모두 거짓말입니꺼? 거짓말을 선생님들이 가르쳤어예?"

이번에는 상식이가 조카 진규에게 답했다.

"거짓말이고말고. 우리는 우리 조상이 따로 있고, 왜놈들은 왜놈 야만족 조상이 따로 있지. 니, 우리 조상이 어떤 분인지 아나? 옛 날 가야국이라 카는 나라가 있었는데, 그 나라의 첫 임금님인 수 로대왕이 우리 조상님이시다."

그때 저만치 숲 속에서 어린아이의 울음소리가 들려왔다. 창규 가 놀라며 낮은 소리로 물었다.

"저기 무슨 소리고?"

창규 어머니가 속삭이듯 말했다.

"아아(아이) 울음소리지 뭐꼬? 앞서간 일본 피난민들이 아아꺼 정 내삐리고 갔는갑다. 쯧쯧….."

아이는 아마 자다가 깬 모양이었다. 부모의 손에 이끌려 걸으 면서 아이는 졸았을 것이고, 피난길이 급한 아이의 부모는 부득이 아이를 그냥 버리고 떠난 것 같았다.

그런데 진규와 광규와 창규가 부모들을 따라 다시 산길을 걸어 가자 또 아이의 울음소리가 들려왔다. 일본인들은 피난길이 급해 자기 아이들마저 버리고 간 사람이 많았던 것이다. 그 아이 울음 소리는 자지러질 듯 날카로워 어두운 산을 메아리치고 있었다. 창 규는 아무 말도 하지 않고, 잡고 있던 어머니의 손을 더욱 힘껏 잡 으며 어두운 밤길을 묵묵히 걸었다.

길을 가다 산속에서 움막 같은 빈 집을 발견하자 그들 일가는 모두 그 빈 집에서 밤을 새웠다. 이튿날 날이 새자 아버지들만 어 디론가 나갔다가 점심때가 다 되어서야 땀투성이가 되어 돌아왔 다. 그리고 말했다.

"더 내려갈 필요도 없다. 집으로 도로 가자."

진규 어머니가 물었다.

"그게 무슨 소린교?"

창규 아버지가 형수를 보고 답했다.

"들리는 소문이, 조선 사람들은 한 사람도 가라후토에서 몬 나간다요. 소련 군인들이 좀 기다려 보라고 한다요."

그들은 다시 왔던 길을 되돌아 살던 집으로 돌아왔다.

피난을 떠났던 조선 사람들은 며칠을 두고 거의 모두 속속 되돌아왔다.

일본 사람 대신 소련 군인들이 동네마다 다니면서 명령하고 있었다.

"여기는 에스토루가 아니고, 우글레고르스크다. 이제부터 조선 사람들은 조선말을 써도 좋고, 특히 소련 말을 빨리 배워라. 그리고 하던 일을 계속하여라. 한 사람도 놀아서는 안 된다!"

그러나 그 누구도 조선에는 언제 보내 주마고 약속하지는 않았다. 다만 세상이 일본 사람들의 것에서 소련 사람들의 것으로 바뀌었을 뿐, 조선 사람들은 전혀 숨도 크게 못 쉬었다. 그리고 그때부터 일본 사람 대신 소련 사람들의 멸시와 천대를 받기 시작했다. 물론 종전 직후의 소련 사람들은 일본 사람들에게는 더 무섭게 을러대고 손찌검을 하고, 심지어 총을 쏘아 죽이기도 했지만 조선 사람에게는 그러진 않았다.

17

가와카미 광업소에도 많은 조선인 노무자 합숙소가 있었지만 그중에서도 보국(報國)합숙소와 황은(皇恩)합숙소는 바로 이웃에 있었다. 그래서 두 합숙소의 노무자들은 이제 조선의 출신지는 물론, 개개인의 신상까지 거의 알 정도로 친숙해 있었고, 특히 무슨 일이 있으면 은밀히 서로 정보를 교환하고 연락을 취해왔던 터였다. 소련군이 쳐들어왔다는 소식이 전해지자 먼저 황은합숙소의 조선인 대표가 밤늦게 찾아왔다. 물론 일본인들의 눈을 피해서였다. 이렇게 혼란한 정세에 언제까지나 일본 사람들의 명령에 복종해서 두더지처럼 땅속(갱내)으로만 들어갈 것인가. 일본인 노무자들 가운데서도 가족과 함께 와 있는 사람들은 모두들 가족을 피난시킨다는 핑계로 탄광촌을 떠나고 있다고 했다. 그러나 조선인 노무자들에게 피난을 허용할 까닭은 없었다. 이런 판국에 집단탈출이란 무모한 일이었다. 불도 꺼버린 방에서 박판도는 황은합숙소에서 올라온 사람과 머리를 맞대고 오랜 시간 의논했으나 뾰족한 생각이 떠오르지 않았다. 결국은 며칠 더 기다리면서 관망해보자는 것으로 이야기를 끝내었다.

광업소의 일본인 간부진은 8월 15일 정오, 일본 왕의 항복 성명을 방송으로 들었다. 아니 광업소의 일본인들은 그 며칠 전인 8월 9일 소련기가 사할린 상공으로 날아와 주요 군수시설을 폭격했다는 것도 알고 있었다. 그러나 조선인 노무자들은 아무것도 몰랐다. 모두들 갱 속에 있었기 때문이다. 최숙경과 김말숙 등과 같은 숙사에 있던 사람들은 그런 소문이나 방송을 들을 수가 없었다.

다만, 이상한 것은 이튿날인 16일 아침에 보니 노무계원들의 모습이 사라진 일이었다. 아니 노무계원뿐 아니고 탄광의 간부인 일본인들의 모습이 아무도 보이지 않았다. 공애합숙소 등에 일본인 노무자들이 그때까지 남아 있기는 했으나 아예 일할 생각을 않고 쑥덕거리고만 있었다. 아침 8시 정각만 되면 어김없이 시끄러운 소리를 내며 공중으로 오가던 석탄 운반용 현수차도 멈춰진 채 꼼짝을 하지 않았고, 세탄장(洗炭場)의 벨트를 돌리는 모터 소리도 들리지 않았다. 주위가 한꺼번에 적막해졌다.

이렇게 되자 조선인들은 이제 누구나 마음 놓고 조선말을 쓸 수 있게 되었다. 어떤 사람은 이렇게 말했다.

"밸아먹을 놈들 때문에 조선말을 못 써 입에 몸살이 날 지경이더니 이제 말을 쓰게 되어 사람이 살겠다."

그러나 또 어떤 이는

"그래도 안죽꺼정(아직까지)은 우리가 외고 펴고 대목장 보듯이 할 때가 앙인 것 같은데….'

이렇게 신중함을 보였으나 모두들 우리말을 예사로 쓰게 되었다. 저녁에 조선인 노무자들은 탄광에 돌아와서야 낌새를 알아차리고 수런거리기 시작했다.

"이상한데? 무슨 일이 있는 거 앙이가?"

"일본이 전쟁에 졌어. 그래서 노무계원놈들하고 간부들이 몽땅 자취를 감추었어."

"망할 새끼들. 전쟁에 진 거야 백 번도 싸지만 제놈들끼리만 도망친 행위는 뭐야. 내선일체? 일선동조동근(日鮮同祖同根)? 하늘도 그놈들을 그냥 두지는 않을걸."

"제기랄! 그럼 우리 노임은 어떻게 되는 거야."

"미불 노임이 문제가 앙이고 그동안 적립해 둔 적립금은 우찌 되노?"

"고향으로 송금해 준다고 했는데 일이 이렇게 되면 그걸 어떻게 믿지?"

"이러고 있을 때가 아니야. 박 감독이 광업소 사무실에라도 가봐야 한다구."

박판도는 저녁을 먹고 일어섰다.

"왜놈들도 일시 숨은 기지 달아나지는 않았을 끼다."

박판도는 이렇게 말하면서 합숙소를 걸어 나갔다. 쓴 일이건 단
일이건 언제나 그는 조선인 노무자들의 대변자였다.

그러나 박판도는 한 시간이 지나고 두 시간이 지나도 돌아오지
않았다. 그동안에도 노무자들은 온갖 억측으로 미리 절망해 버리
는 사람, 반대로 당장 고향으로 돌아가게 됐음을 기뻐하는 사람
등으로 소란스러웠다.

"이리 되믄 우리는 고향 가기 틀렸다. 결자해지(結者解之)라고
우리로(를) 여기꺼정 델꼬(데리고) 온 사람들이 없어졌는데 무신
재주로 우리가 조선꺼정 갈 끼고? 수중에 돈이 있나 대가리에 든
기 있나…."

"택도 앙인 소리 하고 있네! 우쨌던지 우리는 고마 인자 해방이
된 기다. 해방이 뭣인고 아나? 조선이 독립됐다 그 말이다. 그런데
독립이 된 조선에서 우리로(를) 그냥 내삐리둔다 말이가. 우리 독
립국 조선이 그리 시시할 줄 아나? 우리는 은자 고향에 가게 된 기
다. 고향에!"

이윽고 박판도가 돌아왔다.

"광업소장하고 노무과장이 회의를 하고 있어서 늦었습니다. 일
단 내일 아침까지 소장과 노무과장이 직접 나와서 해답을 해주기
로 했습니다. 오늘은 잡시다."

다른 날 같으면 저녁 식사를 하기가 바쁘게 나무 둥치처럼 쓰러
져 자기가 바빴을 터인데 이날은 구석구석에서 이야기 소리가 늦
도록 그치지 않았다.

숙경도 말숙과 함께 밤이 깊도록 자지 못했다.

"고향으로 돌아가면 먼저 친정에 가 봐야겠어."

숙경은 남편 문근이 편지에서 쓴 말도 있고 해서, 조선으로 가
면서 개성 친정부터 먼저 들르겠다는 생각을 하고 있었다. 서울에

서 학교 다니다 바로 문근의 고향으로 도망치듯 가버렸던 숙경이 아닌가. 그러나 말숙은 여전히 노무자들의 해진 작업복만 꿰매고 있었다. 그녀는 말 한 마디 없었고, 오히려 울음을 터뜨릴 것 같은 얼굴이었다.

"찾아갈 고향, 그것도 우리를 반겨줄 부모 형제가 있다는 사실이 얼마나 다행인지….."

이러는 숙경의 음성은 들떠 있었다. 말숙을 의식해서 사랑하는 남편이란 말은 안 썼지만 사실 숙경의 가슴속은 벌써부터 남편 문근을 만날 기쁨으로 터질 것만 같았다.

그러나 말숙은 먼저 자겠다며 누웠다. 숙경도 희미한 전등을 끄고 누웠다. 그리고 문근을 머릿속에 그리며 잠을 청했다. 시간이 얼마나 지났는지 모른다. 숙경은 잠을 깨었다. 그리고 그녀는 왜 자신이 자다가 깨었는지 알게 되었다. 그것은 참느라고 애를 쓰면서도 터져 나오고 있는 말숙의 흐느낌과, 들먹거려지는 요동 때문이었다. 숙경은 말없이 손을 뻗어 말숙의 야윈 손을 꼭 잡아 주었다. 말은 하지 않았다. 아무 말도 필요 없었기 때문이다. 말숙의 오열이 아니더라도 숙경은 불현듯 가슴이 뭉클했던 것이다. 남편 때문에, 남편만을 생각하면서 살아온 자신을 돌이켜보다가, 개성의 부모 형제가 그동안 자신을 얼마나 애타게 찾았을 것인가를, 이제 곧 만나 보게 될 부모 형제를 생각하자, 말 한 마디 없이 문근을 따라 오석골로 와서 숨어버린 지신의 못할 짓이 이제 와서야 뼈에 사무쳤던 것이다.

이튿날은 보국합숙소의 조선인들도 일을 나가지 않았다. 아침을 먹고 얼마 안 있어 노무과장이 왔다. 광업소장도 같이 왔을 텐데, 다른 숙사로 갔기 때문에 혼자 왔다고 미리 밝혔다. 그러나 손가락 마디에까지 새까만 털이 보송보송 돋아나 있는 40대의 일인 노무과장은 신통한 말이라곤 하지 않았다.

"본사와 연락이 안 되기 때문에 미불 임금과 적립금에 대해서는 지금 당장 뭐라고 답하기가 곤란합니다. 그러나 우리가 여기 있는 한 그것은 반드시 해결이 될 것입니다."

노무과장이 초조하고 불안한 빛을 감추지 못하며 말을 끝내자, 누군가 손을 번쩍 들어 그에게 질문을 했다.

"대본영(大本營)이 전쟁에 졌다는 말이 사실입니까? 그것부터 확실히 해 주십시오."

그러자 조선인 노무자가 일시에 약간 수런거렸다. 그 틈을 타서 노무과장이 짧게 말했다. 그의 음성은 기어코 반은 우는 소리였다.

"현재로서는 그런 것 같습니다. 자세한 것은 소장님께 직접 여쭤 보십시오."

말씨가 공손해졌으나 말을 끝내자 그는 다른 숙사로 향해 바삐 걸어갔다. 어찌 보면 이 말밖에 할 수 없는 게 당연한 것도 같았다. 소장은 오지 않았다. 다시 긴장과 여유가 교차된 하루가 지나도 아무런 조치가 없었다. 이튿날 소련군 선발대가 탄광을 접수하면서 한 말만 조선인들의 귀에는 생소하게 들렸을 뿐이다.

"지금부터는 가라후토가 아니고 사할린이다. 도요하라도 도요하라가 아니고 유즈노사할린스크이다. 마찬가지로 이곳 가와카미는 시네고르스크이다. 우리 소비에트연방의 스탈린 대원수의 명령에 따라 이 섬의 모든 지명은 원명을 되찾는다. 명심하도록!"

일본인 노무자는 모두들 짐을 싸가지고 떠났다. 그들의 공애합숙소나 후생합숙소는 불과 2, 3일 사이에 텅 비어버렸다. 임금을 지불하기 전까지는 떠나지 않겠다던 광업소 소장과 노무과장도 어느새 자취를 감추고 없었다. 가와카미 탄광촌은 이제 2, 3일 사이에 폐허로 돌변했다. 소련군은 형식적으로 탄광 기타 공공산업체를 접수했지 아직 어떻게 하라는 지시도 없었다.

박판도 감독은 몰래 달아난 소장과 노무과장을 찾아 동분서주했지만 그 혼란의 와중에서 그들을 찾기는 불가능했다. 찾아내어 본들 현금을 그들이 가지고 있지 않은 이상 무슨 소용이 있겠는가. 보국합숙소의 2백 명 가까운 조선인 노무자들은 모두 절망과 허탈 상태에서 한숨만 쉬고 있었다. 두 달치의 임금을 한 푼도 못받았고 적립금 통장까지도 도장과 함께 광업소 본부에 맡겨버린 이들이었다. 그러니 현재 수중에 돈 한 푼 없는 것은 물론, 무사히 일본까지 빠져나간다 해도, 조선까지 가기는 어려운 일이었다. 일제는 노무자들의 탈주를 방지하기 위해서 그들의 통장과 도장까지 강제로 맡아 두고 있던 터였기 때문이다.

소련군의 탄광 출입이 잦아지면서 곧 노무자들을 정비, 채탄 업무를 재개할 움직임을 보이고 있던 어느 날 저녁이었다. 박판도 감독과 몇몇 사람의 조선인 노무 방장(숙사의 방장)이 전 노무자들을 집합시켰다. 박판도가 앞에 나서자 다섯 사람의 방장도 박판도의 좌우에 늘어섰다. 분위기가 무거운 가운데 모든 노무자들의 시선이 앞으로 나선 사람들에게 집중되었다. 아윽고 박판도가 입을 뗐다.

"여러분, 이제 우리가 우리의 살길을 찾아 나서야 할 때가 온 것 같습니다. 여기 그냥 있어 봐야 다시 로스케들의 노예가 되어 저 지긋지긋한 갱도 속으로 들어갈 것이 뻔합니다. 우리는 모두 제각기 흩어지는 게 어떻습니까? 여기 앞에 있는 각 방의 방장들과 의논한 결과 그 방법 외에는 뾰족한 수가 없어서 드리는 말씀입니다. 흩어져서 무슨 수를 쓰든 일본까지 나가는 것이 우리가 그리운 고향으로 돌아갈 수 있는 길입니다."

그러자 누가 손을 번쩍 들었다. 박판도가 그에게 발언하도록
했다.

"들리는 소문에 소련 당국은 벌써 조선 사람의 승선을 저지한다
고 하니 그게 사실입니까?"

"아직 확인되지는 않았습니다만 그런 말은 나도 들었습니다. 그
래서 무슨 수를 쓰든지 일본까지만 가자고 한 것입니다."

박판도는 '무슨 수'란 말에 힘을 주어 말했다. 또 한 사람이 바
로 일어서서 말했다. 그는 벌써 눈물이 글썽글썽해 있었다. 모든
사람들의 시선이 다시 그에게 쏠렸다. 그는 울먹거리면서 말했다.
도무지 노동을 하고 있다고 볼 수 없을 만큼 쇠약한 데다 나이도
마흔이 훨씬 넘은 사람이었다.

"우리는 다 아시다시피 모두 몸도 성치 못합니다. 이런 형편의
우리가 뿔뿔이 흩어져 각자 행동으로 들어가면 그때는 죽어도 흔
적을 모르게 됩니다. 그러니 흩어지지 말고 끝까지 행동을 같이하
자는 것을 말씀드립니다."

그러자 또 누가 앉은 자리에서 말했다.

"그래도 이래 모여 있다가는 떼죽음 당하기 딱 맞지러."

이 말이 신호라도 된 양 저마다 웅성거리기 시작했다. 그때 다시
박판도가 큰 소리로 말했다.

"그래서 드리는 말씀인데, 이제 이 여름도 곧 갑니다. 가을이 거
의 없는 이곳 아닙니까. 여름이 가면 이내 추위가 옵니다. 단체가
모여 있다가는 도무지 겨울을 나기가 불가능합니다."

그러고는 잠시 뜸을 들였다가 다시 이었다.

"저희들은 사실 며칠 전부터 의논을 했습니다. 왜놈들의 저 공애
합숙소와 후생합숙소 사이에 있는 폐갱 창고의 문을 열겠습니다."

그곳에는 노무자용 피복과 신발, 의약품, 심지어 설탕, 과자, 말

린 고기(육포), 술까지도 쌓여 있었다. 그러나 일본인 소장은 조선인 노무자들에게는 그런 창고가 거기에 있다는 사실조차도 극비에 붙이고 있었다. 그것은 이름이 창고이지, 폐갱이 된 굴속에 시설이 되어 있었고, 그 폐갱은 언제나 굳게 입구가 폐쇄되어 있었다. 자재를 출고할 때는 언제나 야밤을 이용했고, 평소에도 아는 듯 모르는 듯 경비를 시키고 있었다. 거기가 그냥 폐갱이 아닌 창고란 사실을 아는 사람도 대개 화약 창고인 줄로만 알고 있었다. 그런데 그 화약 창고를 열겠다니, 사람들은 눈이 둥그래져서 판도를 보고 있었다. 판도가 말을 이었다.

"그곳이 사실은 귀중 자재의 저장고인 줄을 아는 분은 별로 없을 것입니다. 오늘 낮에 우리는 그곳을 미리 조사해 두었습니다. 그래서 여러분을 모이게 한 것입니다. 조용히 더 기다려 주십시오. 다만 한 방에서 3명씩 더 사람을 차출해 주십시오."

대개의 합숙소는 일자로 기다랗게 지어진 판자 건물이었다. 그 건물의 중앙에 취사실과 세탁실 세면실 등이 몰려 있었고, 그러한 다용도실을 중심으로 양쪽에 5개의 방이 배치되어 있었다. 방이라고는 해도 그것은 웬만한 교실만 한 것이었다. 한 방에 40명 안팎의 인원이 수용되어 있었다.

이윽고 한 방에 세 사람씩 장정이 뽑혀 나오자 박판도는 방장 다섯 사람, 각 방에서 차출된 열다섯 사람 해서 스무 사람의 장정들을 데리고 숙사를 나갔다.

한참 뒤에 큰 해머로 무엇인가를 부수는 소리가 크게 네댓 번 울려 왔다. 일본 사람들이 다 떠난 가와카미 탄광은 밤만 되면 마치 유령의 도시처럼 적막했는데, 그날은 엄청난 굉음이 탄광촌의 밤을 꽝꽝 메아리치고 있었다. 틀림없이 자물쇠를 부수는 소리일 터였다.

한 사람이 속삭이듯 말했다.

"그곳에는 술도 있고 육포 같은 안주도 있다던데…."

"여자는 없고?"

"허허헛, 저넘으(저놈의) 손(孫)은 아는 기 여자다, 여자!"

"그런 말 마소. 밥도 배불리는 못 묵지만 밥만 묵고는 참말로 몬 살겠소."

그때 막 바깥에서 발자국 소리가 들렸다. 벌써 돌아올 리는 없는데 누굴까. 미지의 불청객들은 심하게 문짝을 흔들어대고 있었다. 일본 말을 쓰지 않을 수 없었다.

"도나다데스까(누구십니까)?"

"이 사람들이? 보국합숙소에서는 평생 왜놈 보국대 노릇만 할라 카나? 도나다데스까아? 와 조선말 마음 놓고 몬 쓰노?"

그때야 안에서도 모두들 안도의 숨을 쉬었다. 일본 사람이 와서 자재 창고를 털고 있는 현장이라도 발견한다면 아무리 세상이 바뀌었어도 무사하지는 않았을 것이다. 그렇게 되면 이쪽도 당하고만 있지 않을 것이니 쌍방에서 상해를 입는 불상사가 생기게 될 터였다. 그런데 찾아온 사란들은 같은 광업소 소속인 황은(皇恩) 합숙소의 방장 5사람이었다.

안으로 들어오자 대표격인 사람이 말했다.

"우리는 내일 모두 떠나기로 했습니다. 작별 인사차 왔습니다."

"어디로 떠나오?"

"아무 데나 갑니다. 이놈의 가와카미만이라도 떠나 볼 참이지요. 설마 어디로 간들 여기보다 못할라고요."

"여비나 양식은 좀 준비돼 있습니까? 그리고 교통수단은?"

"여기 당신네들과 똑같지요. 왜놈들이 현금 한 푼 주었습니까? 그러니 여비도, 양식도, 옷도, 신발도 없어요. 환자들도 더러 있지만 누가 누굴 돕겠습니까. 운명을 하늘에 맡기고 각자 살길을 찾아 떠나자는 겁니다. 있어 봤자 또 소련놈 종살이를 할 기 뻔하니까….”

“사실 우리도 똑같은 형편인데 내일 떠납니다.”

“그래요? 행운을 빕니다. 조선에서 만납시다.”

“그럼요. 조선에서 만납시다.”

여러 사람들이 한꺼번에 합창이라도 하듯 작별 인사를 했다. 그들은 뭔지 아쉬운 표정을 지으며 떠나갔다. 아무도 그들을 붙잡을 수 없었다. 자재 창고를 털어서 곧 돌아올 텐데 아무리 동포라고는 하지만 붙잡아서 어떻게 할 것인가.

박판도 일행은 황은합숙소 사람들이 떠나고 얼마 안 있어 한 짐씩 잔뜩잔뜩 물건들을 지고 돌아왔다. 창고 안에 있는 물건을 몽땅 쓸어 왔다고 했다. 그야말로 여자 말고는 온갖 것이 다 있었다. 의류에서 신발, 장갑, 양말, 담배에서 설탕과 커피, 술에서 각종 통조림, 담요에서 이불에 이르기까지. 그리고 온갖 의약품….

물건을 이렇게 두고 간 걸 보면 일본 사람들은 다시 돌아오겠다는 생각을 하고 갔는지도 모를 일이었다. 박판도는 그렇게 생각했다.

“뭣이든지 마음대로 가질 만큼 챙겨서 가고 싶은 곳으로 가는 겁니다. 가고 싶은 곳이란 조선에 한발이라도 가까운 곳이겠지요. 그리고 오늘 밤은 마지막으로 이별의 잔치를 벌입시다.”

술도 안주도 얼마든지 있었다. 박판도가 숙경과 말숙을 불러내어 그들에게도 뭐든지 가질 만큼 가지라고 했다. 그러고는 부탁했다.

“술잔 될 만한 그릇과 안주 담을 접시, 수저 같은 것을 식당에다 좀 준비해 주이소.”

그러고는 생각난 듯 다시 모두를 향해 말했다.

"여러분, 우리는 모두 속이 허합니다. 허한 정도가 아니고 완전히 말라 있는 상탭니다. 그러니 술과 기름기 있는 안주를 조심해서 잡사야 할 겁니다. 잘못하면 내일 새벽 떠나지도 못하고 배탈, 설사에 낭패를 당할지도 모릅니다. 그러니 오늘 마실 술을 아껴, 각자의 짐 속에 넣어 가시다가 조금씩 드십시오."

그러나 그들은 밤늦도록 마시고 노래하고 이야기하다가 꺼이꺼이 울기도 했다. 이별의 잔치 치고는 정말 즐겁고도 불안하고 가슴 북받치는 잔치였다.

이튿날 날이 새자 노무자들은 제각기 뿔뿔이 흩어져 갔다. 박판도가 모두 깨워서 쫓아내고 있었던 것이다. 빨리빨리 떠나라고 마구 독촉을 하고 있었다. 박판도는 되도록이면 그들을 한시 빨리 떠나게 하고 싶었다. 만약 광업소 소장이나 노무과장이 돌아오면 어떻게 될 것인가.

18

사람들을 다 보내고 나서 박판도가 심각한 표정을 짓고는 방에 있는 숙경에게로 다가왔다. 숙경은 바짝 간장을 하면서 그를 바라봤다. 박판도가 나직한 소리로 말했다

"두 분은 어떻게 하실 겁니까?"

"떠나야죠."

그녀는 세면실에서 머리를 감고 있는 말숙을 기다렸던 것이다. 그래서 급히 말을 이었다.

"말숙이랑 같이 떠나려구요."

"그렇게 하이소. 그동안 정말 수고 많았습니다."

"박 감독님도요. 정말 훌륭하셨어요."

"고맙습니다. 여비는 좀 있습니까?"

"노임을 못 받았는데 누가 돈이 있겠어요. 정말이지 큰일이군요. 다행히 돈이 될 만한 물건들을 가지게는 됐지만."

"그게 돈이 되겠습니까?"

그러더니 그는 속주머니에서 꼬깃꼬깃 접어두었던 몇 장의 지폐를 꺼내어 그중 두 장을 그녀에게 주었다. 20원이었다. 여자 열흘치의 노임이었다. 매사에 용의주도하고 정확한 그는 그만한 돈이라도 비상금으로 몰래 감춰두고 있었던 모양이었다. 그래서 숙경은 다시금 판도를 존경에 찬 눈으로 바라보며 말했다. 숙경은 말숙을 판도에게 딸려 보내고 싶었다. 말숙이 얼마나 좋아하는 사람인가.

"정말 고맙습니다. 그런데 박 선생님은 혹시 말숙이와 같이…."

그러면서 말숙이가 얼른 머리를 감고 이리로 왔으면 해서 눈으로 그녀를 재촉하며 말했다.

"말숙 씨는… 역시… 숙경 씨가 좀 보호해 주시이소. 저는 저 개인 일 말고도, 이제부터 흩어져 간 우리 동포 전체를 뒤에서 보살펴야 하니께요."

"그러시겠지요. 그런데 이렇게 많은 돈을 저희들에게 주시면…."

"우리야 남자니께네 어떻게 되겠지요. 몸조심 하이소. 조선에서 만나지기를 기원합니다."

숙경이 어마지두로 돈을 받기는 했으나 뭐라고 말할 겨를도 주지 않고 박판도는 성큼성큼 걸어 나갔다. 그때야 말숙이 머리를 감아올린 채 뛰어왔다. 그녀는 울먹거리며 판도를 뒤쫓아 뛰어갔다. 숙경은 얼른 자리를 피해 방으로 들어가 버렸다. 자연히 귀가 말숙과 판도 쪽으로 곤두세워졌다. 판도의 말이 들렸다.

"숙경 씨에게 모든 걸 말씀드렸습니다. 잘 가이소!"

기어코 말숙의 울음소리가 들렸다. 잠시 뒤 속삭이는 소리가 또 들렸다.

"말숙 씨, 이라면 안 됩니다. 자, 자."

아마 말숙이 판도의 가슴에 얼굴이라도 묻고 있는 모양이었다. 판도의 말이 말숙의 울음소리 속에 섞여 들렸다.

"나도 말숙 씨의 마음을 다 알고 있었습니다, 그라고 늘 말숙 씨를…. 부디 건강을 회복해서 조선에서 다시 만납시다. 자. 자…."

그러자 말숙의 울음소리가 더 크게 울리며 바닥에 주저앉아 두 발을 버둥거리는 모양이었다.

숙경은 급히 방에서 뛰어나왔다. 이미 판도는 저만치 등만 보이며 뛰다시피 걸어 나가고 있었다. 말숙은 한참을 부엌 바닥에 퍼질러 앉아 섧게 울더니 제풀에 털고 일어섰다. 그러고는 말 한 마디 하지 않았다. 숙경도 그런 말숙을 가만히 내버려두고 있었다. 말숙도 부지런히 챙기고 있었다. 이윽고 짐을 다 챙기자 숙경이 말했다.

"거의 됐나? 약 같은 것 단단히 챙겨 넣었어?"

"그래."

코허리가 찌잉해 왔다. 숙경은 잠시 판도가 사라져 간 쪽만 보고 있었다. 해가 돋았을 시간인데도 하늘은 아침부터 구름에 덮여 해의 흔적을 찾을 수 없었다. 때때로 바람까지 휙휙 불어오는 게 미구에 비바람이라도 한바탕 몰아칠 기세였다. 이윽고 숙경은 돌아섰다. 결국 판도에게 고맙다는 인사 한 마디 하지 못하고 떠나보냈다고 생각하니 새삼스럽게 박판도는 정말 모두가 기댈 만한 큰 언덕이었다는 느낌이 가슴에 사무쳐왔다.

숙경도 말숙과 함께 드디어 그곳을 떠났다. 1945년 8월 19일이었다.

숙경과 말숙은 멜빵으로 등에다 짐을 한 짐씩 지고 서로 앞서거니 뒤서거니 부지런히 걸음을 재촉했다. 무턱대고 남쪽으로만 걸어갔다. 걷는 도중 많은 차들이 그녀들을 지나쳐 갔다. 모두 일본 사람들을 태운 자동차였다. 큰길로만 걷다가는 언제 유즈노사할린스크까지 갈지 몰라 샛길로 질러가기도 했다.

야트막한 동산이었다. 그 고개를 넘으면 바로 다시 큰길로 합류할 성싶었다. 그녀들은 다못 몇 걸음이라도 질러야만 했다. 숙경과 말숙은 말도 없이 그 얕은 산의 마루턱을 막 넘어섰다. 그때였다. 길가 풀섶에서 누가 소리쳤다.

"다스게데(사람 살려요)!"

숙경은 돌아봤다. 피골이 상접한 걸인풍의 남자가 풀 위에 엎드린 채 겨우 고개만 들고 있었다. 고개마저 땅바닥에 처박고 있다가 인기척을 느끼고는, 있는 힘을 다해 소리친 게 분명했다. 숙경이 멈추었던 걸음을 다시 떼어 그에게로 다가가려 하자 말숙이 말없이 팔을 잡아당겼다. 그러자 남자가 다시 애소조로 말했다.

"다베모노가 아래바(먹을 것이 있으면)…."

그러나 그 남자의 발음은 일본의 것이 아니었다. 탁음이 제대로 발음되지 않았다. 숙경이 말숙의 손에서 제 손을 빼며 물었다.

"혹시, 조선 사람 아니신가요?"

남자가 반색을 했다. 그의 퀭한 눈에는 거짓말같이 단박 눈물이 고이더니 이내 주루룩 야윈 볼을 타고 흘러내렸다. 그러면서도 쉽게 말을 못하고 입언저리에 경련만 일으켰다. 주위는 적막했고 아침까지 잔뜩 흐렸던 하늘은 어느새 개어 뜨거운 해가 타고 있었다. 숙경이 다시 말했다.

"고향이 어디신가요?"

"경남 함안…."

남자는 이미 소생이 불가능해 보였다. 숨소리가 살아날 가망이 전혀 없었다. 목에는 뭐가 잔뜩 낀 것같이 가르렁거리고 있었고, 그것도 간헐적으로 멈춰지곤 했다. 숙경이 급히 자신의 보따리 속에서 주먹밥 하나를 꺼내 그의 입에다 대었으나 그의 말라버린 입은 그것을 제대로 받아먹지도 못했다. 숙경과 말숙이 달려들어 엎어진 그를 바로해서 바위에다 비스듬하게 기대 앉혔다. 그는 밥을 먹는 대신 한참이나 숨을 고르더니 겨우 다시 말했다.

"조선에… 가시몬… 우리… 부모님 만나… 이거…."

그러면서 겨우 손을 들어 주머니를 가리켜 보였다. 숙경이 그의 주머니에 손을 넣어 잡히는 것을 꺼냈다. 그것은 종이에 싸인 사진 한 장이었다. 가로 세로 5, 6센티나 될까 한 누우렇게 빛이 바랜 사진이었다. 가족사진 같았다. 갓을 쓴 사람은 아버지일 터였다. 어딘지 위엄이 넘치고 귀골의 인상이었다. 그 옆의 부인은 어머니, 그 뒤에 애기를 안고 울 듯한 표정으로 서 있는 여인은 아내인 것 같았다. 아내 옆의 남자… 숙경은 현재 이 풀섶에 쓰러져 있는 사람과는 판이한 모습의 사진, 여자 옆에 서서 사각모에다 망토를 걸치고 있는 늠름한 모습을 보자 그만 울컥 울음이 솟구치려 했다. 아, 이 사람도 학생, 그것도 전문학교 이상의 학생이었구나. 숙경이 물었다.

"학생이었습니까?"

"예, 방학 때 집에 와 있다가 작년 여름에… 강제로… 끌려왔습니다."

숙경은 사진의 뒷면을 봤다. 거기에는 慶南咸安郡郡北面月村里 趙鏞吉이라고 쓰여 있었다. 숙경이 알았다는 표정을 지어 보이고, 조용길 씨가 본인이냐고 물으려는데, 그는 그만 슬그머니 눈을 감아 버렸다. 감긴 눈꼬리에서 눈물이 내비치고 있었다. 동시에 남자는 그때까지 쥐고 있던 주먹밥을 땅에다 떨어뜨리면서 고개를 꺾고 말았다. 숨을 거둔 것이었다. 결국 숙경은 아무 말도 더 묻지 못했다. 잠시 당황했지만, 숙경과 말숙은 죽은 사람을 다시 바로 눕혔다. 손톱 밑과 귓속까지도 석탄 가루가 차 있었다. 주변의 나뭇가지를 되는 대로 꺾어다 죽은 이의 몸과 얼굴을 덮었다. 사각모를 쓸 수 있는 사람은 한 고을에 둘이 될까 말까 했던 것이다. 그런 영재를 강제로 끌어다 석탄 캐는 일에다 처넣다니! 틀림없이 이 사람도 어느 노무자 합숙소에서 반항하다가 다코베야로 끌려갔을 터였다. 숙경은 일본에 대한 분노 때문에 좀처럼 죽은 사람 곁을 떠날 수가 없었다. 그러다 죽은 사람이 쥐고 있다 떨어뜨린 주먹밥을 도로 주워 넣고는 일어서 다시 걸었다. 말숙은 그런 일을 당하고 나서는 눈에 띄게 걸음걸이가 비틀거리고 있었다. 하기는 숙경 자신도 자꾸만 목을 넘어 오르려는 오열과 솟구치는 눈물 때문에 연방 눈을 하늘에다 보내지 않을 수 없었다. 해는 뜨거웠으나 하늘이 노란 빛으로 보였다.

그들은 그날 밤이 되어서야 녹초가 된 몸으로 유즈노사할린스크에 닿았다.

기차역으로 갔다. 역의 대합실과 광장은 이미 인산인해로 발 디딜 틈조차 없었다. 그녀는 대합실의 한 구석에 비집고 앉았다. 거기에서 귀동냥을 하기 시작했다.

일본 사람에 한하여 이미 지난 15일, 긴급 소개령이 내려졌다고 했다. 일본 사람에 한하여! 숙경은 어느새 정신없이 쓰러져 자고 있는 말숙의 옆에서 시름에 잠겨 혼자 또 한 번 뜨거운 눈물을 감추고 있었다. 그러면서 그녀는 어떻게 하든 사랑하는 가족들을 다시 만나고 말리라는 일념으로 입술을 깨물었다. 그때 옆에 누워 있던 일본인 피난민들의 소근거리는 소리가 귀에 잡혔다.

"내일 다이토(泰東)호만 타면 끝나는 거지."

"오가사하라(小原)호도 뜬다니까."

"제발 홋카이도까지만 갔으면….."

"쉿!"

다른 사람이 들을세라 주의까지 시키고 있었다.

숙경은 다이토호와 오가사하라호가 어느 항구에서 떠나는지 물어보고 싶었으나 물을 수가 없었다. 그러나 그녀는 속으로 외우고 있었다.

"다이토호와 오가사하라호!"

이튿날 새벽 눈을 뜨자 어제 저녁의 일본인 가족은 벌써 떠나고 없었다. 숙경은 말숙을 흔들어 깨웠다. 그러나 말숙은 일어나지를 못했다. 이마와 얼굴, 온몸이 불같이 뜨거웠다. 얼른 어제 산에서 본 조선인 남자가 떠올랐다. 본래부터 병든 몸이었다. 그런데다 어제 종일 짐을 지고 무리해서 걸은 것이 병이 덧난 원인이었다. 숙경은 보따리를 풀어서 해열제를 찾아 먹였다. 그저께 저녁 남자들이 자재 창고를 털어 왔을 때 사람들은 모두 설탕이나 통조림 같은 것을 챙겼지만 숙경은 약품도 챙겼던 것인데, 이렇게 당장 요긴하게 쓰일 줄이야. 더군다나 숙경은 처음 사할린으로 와서 비행장 건설 공사장의 의무실에 근무했던 것이 의약품 취급, 환자 치료 경험을 쌓게 했던 것이다. 그래서 숙경은 식품이나 피복도 많이 챙겼지만 상비약이 될 만한 것들도 단단히 챙겨 넣었던 것이다.

말숙은 해열제를 먹고 숙경이 끓여 준 설탕물도 마셨다. 그러나 그날은 다시 먼 길을 걸을 수가 없었다.

이튿날에야 숙경은 말숙을 데리고 길을 떠났다, 무조건 가장 큰 항구인 코르사코프로 갈 작정이었다. 일본 사람만 승선시킨다고 했지만 일단 항구까지만이라도 가고 볼 일이라고 생각했다.

1945년 8월 15일부터 8월 22일까지 실시된 긴급 소개는 부녀자를 대상으로 했는데, 이때 7만 6천 명이 사할린을 떠나 북해도로 탈출했다. 일본 사람만 승선시킨다는 소문이 나돌았지만 어수선하던 처음에는 아녀자에 한해서는 조선인과 일본인의 구별이 엄하지도 않아서 1천 5백 명의 조선인 아녀자도 무사히 탈출할 수 있었다.

죽을힘을 다 쓴 끝에 숙경과 말숙은 코르사코프에 도착하였다. 물론 숙경이 단단히 외워 두었던 피난민 수송선 다이토호와 오가사하라호는 이미 떠나고 없었다. 그러나 부두에는 수천 명의 피난민이 몰려 있었다. 그러니 배가 또 없을 리가 없으리라 여겼다.

그런데 이게 무슨 소문인가. 먼저 떠난 다이토호와 오가사하라호가 약속이나 한 듯이 북해도를 눈앞에 둔 지점에서 소련 잠수함의 공격으로 파선했다지 않은가. 숙경과 말숙은 엄청난 소식에 눈앞이 아찔해짐을 느꼈다. 그래서 숙경은 말숙을 향해 속삭였다.

"야아. 네가 안 아팠으면 우리는 필사적으로 그 일본 사람들 뒤를 따라 내려왔을 거야. 그리곤 기를 쓰고 그 배들 중 어느 한 배에 올라탔을 것 아냐!"

"이래서 사람의 일은 한 치 앞을 모른다 안 카더나."

"그러나저러나 이때까지는 내가 너를 데리고 다녔지만 북해도만 가면 그때부터는 네가 나를 안내해야 해. 넌 일본에서 오래 살았으니까 말이야."

"알았다 카이."

그들은 다음 배를 기다려야 했다. 그러자면 어디 자리를 잡고 앉거나 누울 만한 곳을 찾아야 했다. 그래서 찾아간 곳이 부두가 환히 내려다보이는 광장 같은 언덕 위였다. 거기에도 피난민들로 발 디딜 틈이 없었다.

7장

보복과 살인

19

허남보는 가와카미 탄광에서 이곳 외떨어진 언덕 위의 다코베 야로 끌려와서도 그런대로 건강을 유지할 수 있었다. 다코베야에 서 기거하는 조선인 노무자들 중에는 소문과는 달리 의외로 아직 도 건강을 지니고 있는 사람들이 더러 있었다. 그들은 하나같이 허남보에게로, 몰래 시간만 나면 다가와 속삭여 주었다. 밀어의 대 화에 일본말을 쓸 필요는 없었다.

"허형, 여기서는 무조건 기어야 해. 죽으라면 죽는 시늉을 내고, 굶으라면 끽소리 말고 며칠이고 굶어주는 것이 우리가 살아날 수 있는 길이란 말이여."

혹 어떤 사람은 다소 충고조로 말했다.

"여기서 병신이 되면 폐갱에 던져져 생매장되는 것뿐이란 말이 오. 우리는 우리 조선인들이 그런 개죽음 당하는 것을 원치 않소. 개죽음보다는 개 노릇을 하면서라도 살아야 하는 거요. 무슨 일이 있어도 살고 보자 이 말이오. 그런데 허남보 씨 당신 눈은, 눈빛부 터가 빨리 생매장당할 눈빛이야. 눈빛을 팍 죽이고 병신처럼 일만

하란 말이오. 얼빠진 놈처럼 행세하란 말이오. 그러면 얻어터지지 않고 병신 될 염려도 없는 거요."

이렇게 허남보에게 충고해주는 사람은 조선인 노무자 보통 합숙소에서, 언제나 말썽을 부리고 일인 노무계원에게 반항하다가 결국 이곳 다코베야로 들어온 강신귀(姜信貴)였다. 남보보다 키도 컸고, 몸집도 좋았다. 남보에게 그러한 충고를 해줄 때에는 눈이 무섭게 불타고 있었지만, 식사 때나 작업할 때, 특히 다코베야를 지키는 일본인 감독 오가와(大川) 앞에서는 언제나 눈에 초점이 없었고, 입을 헤벌리고 있었다. 그것이 살아남기 위한 비결이란 것이었다.

어느 날은 다코베야에서 같이 기거하는 다른 조선인 노무자 정(丁) 씨가 다가와 그 강신귀를 조심하라고 귀띔해 주었다. 강신귀는 경남 사천 출신의 사내로, 조선에서도 살인을 하고 이곳까지 도피차 숨어온 자라는 것이었다. 정 씨는 어느 날 잠결에 강신귀가 잠꼬대 하는 것을 들었다고 했다.

"다시는 안 그라께. 내가 잘못했다. 옴마야아!"

잠꼬대 치고는 비명에 가까운 것이었다. 정 씨는 그런 강신귀가 딱해서 깨웠더니, 한숨을 푸르르 쉬면서 꿈이었구나! 하더니 혼잣말처럼 '죄짓고는 못 살아' 하더라고 했다. 남보가 그렇게 귀띔해 주는 정 씨에게 조용한 소리로 물었다.

"무슨 죄를 지었기에?"

그가 다시 남보의 귀에 바싹 입을 대고 속삭여 주었다.

"유부녀를 건드렸다가 들통이 나자, 그 지집(계집)의 서방을 찔러 쥑였다 카더마는."

남보는 아무 소리도 하지 않고, 병신처럼 입을 헤벌리고 움직이는 강신귀를 조심하면서도, 어쩌면 쓸모가 있겠다고 생각하고 있었다.

그러던 차 놀라운 소식을 듣게 되었다. 45년 8월 16일 오전이었다. 그날도 강신귀가 그에게 다가와 속삭여주었던 것이다.

"왜놈이 망했어. 전쟁에 졌어. 그래서 시방 왜놈 간부들이 몰래 도망을 치고 있어. 여기 광업소 합숙소의 노무계원도 다 달아났어."

허남보가 눈을 빛내며 물었다.

"그래? 이제 우리는 살았구나. 그기 확실한 소식인가?"

그들은 그사이에 말을 놓고 지내고 있었다. 물론 강신귀가 허남보보다 몇 살 위였지만 강신귀는 허남보에게만 그것(평교)을 허락했다. 허남보는 일본 패망의 소식이 너무나도 반가운 나머지 신귀의 손목을 잡고 눈물을 글썽거렸다. 신귀가 말했다.

"니는 인자 고향으로 돌아갈 수 있겄구나."

허남보가 받았다.

"강형도 고향으로 가야지."

허남보는 그의 과거를 이미 들어 알고 있었지만 모른 척하고 그렇게 말했다. 강신귀는 쓸쓸한 표정을 지으며 먼 하늘을 바라보았다.

"나는 조선에 돌아가도 고향으로는 갈 수 없지. 함경도나 평안도쯤 가서 숨어 살몬 몰라도."

허남보는, 아니 왜 그러느냐고 물었다. 그러나 강신귀는

"다음에 말해 주꾸마."

하고 화제를 돌렸다.

한 달 가야 휴일이라고는 없었는데, 이날은 새벽같이 달려오던 포악한 일본인 감독도 나타나지 않았다. 그리고 감독의 점호가 끝나자마자 달려와 탄광으로 호송해 가던 노무계원도 나타나지 않

왔다.

　그래서 아침 식사 후 모처럼 한가로운 시간을 보내고 있던 중인데, 강신귀가 다가와 전쟁이 끝났음을, 그것도 일본이 졌다는 사실을 어디서 들었는지 알려준 것이다.

　허남보는 감격에 넘쳐 있다가 문득 강제 적립해둔 노임 생각이 났다. 그래서 강신귀에게 말했다.

　"우리가 해방된 거는 좋은데, 왜놈 간부들이 모두 도망을 쳤으몬 우리 노임은 우찌 되노?"

　강신귀가 받아 말했다.

　"왜놈 간부들은 우리가 고향으로 갈 때 목돈을 주거나, 고향으로 송금을 해 준다고 했지마는 그 말을 믿을 수 있나. 그라고 나는 그 돈이 고향으로 가도 안 되고…."

　"좌우간 돈을 찾아야 될 꺼 앙이가?"

　허남보의 말에 신귀가 제안했다.

　"세상이 바뀌었는데 돈 그거 몇 푼 아니라 캐도 왜놈들은 그냥 보내서야 되겠나?"

　"아직 도망 안 가고 있는 놈이 몇 놈은 있겠제?"

　남보의 이 말에 신귀가 결론을 내렸다.

　"여기 다코베야의 몸 성한 사람들만 뽑아 광업소 본부로 가 보는 기다!"

　"좋다, 그런데 가서 어느 놈을 만나야 하노?"

　"무조건 높은 놈을 만나 이리로 데리고 와야 할 끼다."

　"그렇지, 데리고 와서 먼저 노임부터, 어떤 일이 있어도 지불하겠다는 약속을 받아내고 보자."

　언젠가는 강신귀 같은 사람이 필요할 때가 있으리라고 생각해 온 허남보였다. 그런데 그날이 생각 외로 빨리 온 것이다. 강신귀는 한 술 더 떴다.

"남보 니는 왜놈들을 잡아 와서 노임 지불만 받고 말끼가?"

"그럼, 강형은 우짤 생각이고?"

"내 생각은 우리가 자는 이 더러운 방에서 그놈들을 한 밤 재우고, 우리가 먹는 그 험한 임석(음식)을 억지로라도 한 끼 멕이는 기다."

"그라고는?"

"노임 지불한 책임자만 놓아주고, 나머지 놈들은 인질로 잡고 있어야제. 현금을 가지고 오면 잡고 있던 놈들을 풀어주지마는, 풀어주어도 고이 풀어주어서는 안 되지."

허남보는, 강신귀의 두뇌가 자기보다 훨씬 조직적이고 치밀한 것을 깨달을 수 있었다. 다만 왜놈들에게 끝까지 물리적 보복을 가하겠다는 것은, 그가 살인까지 한 전력으로 보아 말리고 싶었다.

"돈만 받아내면 됐지, 그 이상까지야…."

그러자 강신귀가 눈까지 부라리며 말했다.

"이 친구가 와 이라노? 니 생각이 그렇다몬 이 다코베야에 끌려와 고생한 다른 사람한테 물어서 모두 생각이 니캉 같으몬 나도 참지."

허남보와 강신귀는, 아무것도 모른 채, 아무 데나 드러누워 쉬고 있는 노무자들을 한곳에 모았다. 다 모이자 강신귀가 목소리를 높여, 눈도 바로 뜨지 못할 만큼 쇠약할 대로 쇠약해져 있는 사람들에게 먼저 희망과 용기를 불어넣었다.

"자, 여러분! 정신을 채리이소. 우리 조선이 해방이 됐습니다. 일본이 전장에 지고 망했습니다. 여러분은 모두 고향으로 돌아갈 수 있게 되었습니다!"

그러자 늘어져 있던 사람들의 입에서 와! 하는 탄성이 터져 나왔다. 여기저기에서 이런 말이 들렸다.

"우째 오늘 놀려주는고 싶었디이 일이 그리 됐구나!"

"나는 지난 밤 꿈자리가 이상타 캤지. 고향 산천이 눈앞에 선하게 떠오름시로 우리 마누라가 손을 흔들고 안 있나."

"와! 드디어 고향에 가는구나!"

그러면서 눈물을 닦는 사람도 있었다. 그러나 강신귀는 시간을 더 늦추지 않고 이렇게 말했다.

"그런데 여러분! 고향에 갈라몬 여비가 있어야 되고 저금해 둔 노임도 찾아야 안 되겠습니까?"

그러자 또 사람들은

"물론이요!"

"그거로 말이라꼬!"

"속히 노무과장을 찾아가 봐야지."

등등 소란스러워졌다.

이때 다시 강신귀가 목소리를 가다듬었다.

"문제는 지금 왜놈들이 도망을 치고 있는 겁니다. 그러이 여러분 가운데 건강한 사람들은 내캉 같이 광업소 사무실로 가 보입시다."

이래서 강신귀는 허남보와 함께 15, 6명의, 그나마 힘깨나 쓰는 사람들을 데리고 숨가쁘게 광업소 사무실을 찾아갔다.

그러나 사무실에는 이미 그들이 찾는 간부들은 아무도 없었다. 일본인 사환 소년만 공포에 질린 표정으로 그들을 맞이했다. 허남보가 소년에게 물었다.

"간부들은 다들 어디로 갔지?"

"더러 떠나기도 했지만 몇 사람은 사택에 있는지도 모르겠습니다."

사환 소년은 찾아온 조선 사람들의 무서운 눈빛에 질려서인지 고분고분 답했다. 허남보가 다시 물었다.

"언제부터 떠나기 시작했나?"

"어제 저녁부터 차편을 구하는 대로 떠나갔어요."

"그럼 너는 왜 안 가고 있나?"

"처자식 등 가족이 있는 사람부터 먼저 떠나기로, 어제 회의에서 결정했거든요. 그러나 가족들을 데리고 있는 간부들도 다 못 떠났습니다."

"노무과장은 아직 있나?"

"예, 있을 겁니다."

"그 사람 사택은 어디냐?"

"이 앞 찻길로 좀 올라가다가 철탑이 있는 갈림길에서 왼쪽으로 들어가시면 개울가의 첫째 집입니다."

이때 강신귀가 소년에게 명령했다.

"네가 앞장서!"

소년은 잠시 우물쭈물하다가 사무실을 비워둔 채 그들을 안내해서 걸어갔다. 뙤약볕이 무섭게 내려쬐였고, 길가의 백화나무들 잎사귀가 거울 쪽같이 햇빛을 받아 하얗게 반사되고 있었다. 그들은 바쁜 걸음으로 소년을 뒤쫓아 노무과장의 집 앞까지 갔다. 조선 사람들은 그 집을 에워싸고 소년이 현관문을 열고 들어갔다. 잠시 후 소년은 그가 집에 없다면서 도로 나왔다. 강신귀가 대신 안으로 들어가 노무과장의 부인을 마당으로 끌고 나왔다. 노무과장의 부인은 얼굴에 주근깨가 많은, 조그마한 체구의 여자였다. 강신귀가 그녀에게 윽박질렀다.

"세상이 바뀐 줄은 당신도 알 거요. 그러나 우리들은 어제까지 당신 남편들이 우리에게 한 것 같은 그런 야만적인 행동은 당신들에게 하진 않겠소. 다만 묻는 대로만 정확하게 답해주시오."

여자가 자그마한 체구를 더욱 움츠려 공포에 질린 음성으로 답했다.

"남편은 어제 저녁에 나가셨는데 저는 정말 행방을 모릅니다."

신귀가 무자비하게 여자를 밀쳐 땅에 쓰러뜨렸다. 그러고는 고함쳤다.

"이런 행위는 너희들 일본인들이 조선 사람에게 가한 만행에 비하면 약과야. 꿇어앉아!"

여자가 부들부들 떨면서 쓰러진 몸을 일으켜 맨땅에 꿇어앉았다. 신귀가 동료들을 향해 지시했다. 그때까지 그들을 안내해 온 일본인 소년도 겁에 질린 얼굴로 그들 사이에 끼여 있었다. 신귀의 말은 물론 여자에게 하던 말과는 달리 우리말이었다.

"여러분은 저 아이를 앞세워 이 이웃의 왜놈 사택을 모조리 뒤져 왜놈들을 붙잡아 이리로 끌고 나오시오."

그의 말은 억양만 영남 사투리였고, 용어는 어느새 표준말로 변해 있었다. 허남보가 조선인 7, 8명을 거느리고 일본 소년을 앞세워 다른 집으로 갔다.

나머지 사람들이 지켜보는 가운데 강신귀가 여자에게 신문하듯 따졌다.

"당신 남편이 이곳을 떠나지 않은 것을 우리는 알고 있소. 말로 할 때 행방을 대시오."

여자가 고개를 숙인 채 입을 다물고 있었다. 신귀가 다시 을러대었다.

"남편이 우리 손에 잡혔을 때, 매를 어떻게 덜 맞느냐 하는 것은 당신 태도에 달렸소. 가만히 보니까 당신은 나중에 남편이 죽어도 좋다는 태도 같은데, 혹시 남편 아닌 다른 남자와 눈이라도 맞춰 둔 모양인데?"

신귀의 이러한 말은 과거의 자기를 회상하는 말 같기도 했으나 여자는 순진하게도 펄쩍 뛰었다.

"아닙니다. 그런 일은 없습니다. 다만 저는 남편이 어디에 있는지 실제로 몰라서 말씀 못 드리는 것입니다."

"좋아, 남편이 발견되면 다른 남자한테 눈 한 번 주지 않은 정숙한 여자인 당신과 당신 남편을 한꺼번에 똘똘 뭉쳐 우리 조선 사람들이 당했듯이 생매장을 시켜버릴 테니까 기다리고 있어!"

화가 난 신귀는 동료 두 사람만 여자를 지키게 하고, 나머지 사람들을 데리고 그 일대의 일본인 사택을 뒤져 나갔다. 그러던 중 조선 사람 하나가 말했다.

"우리가 조선에서 잡혀올 때 이런 식으로 잡혀왔는데, 이제는 왜놈들이 똑같은 신세로 바뀌었구나."

그의 말 속에는 감개가 무량하다는 뜻이 짙게 풍기고 있었다. 다른 사람이 맞받았다.

"그랑이(그러니) 음지가 양지되고, 양지가 음지된다 안 카던가베."

강신귀가 이번에는 상록수 관목 울타리가 쳐진 한 집으로 들어가며, 들고 있던 몽둥이로 유리창부터 박살을 내었다. 동시에 고함을 쳤다. 사람 소리보다 유리창 깨지는 소리가 더욱 살벌한 분위기를 만들었다. 마침 그 집은 다코베야의 감독 집이었다. 그냥 뒤져 나가다 들른 것이 정통으로 찾을 사람을 찾게 된 셈이었다. 어제까지의 그 위세당당하던 감독 오가와(大川)는 얼굴빛이 완전히 백지장처럼 창백해져 허리를 굽히고 나왔다. 강신귀가 회심의 미소를 지었고, 일행 중 한 사람이 소리쳤다.

"오옳아, 네놈의 집이었구나!"

그러면서 가지고 있던 생나무 몽둥이로 오가와의 어깨 죽지를 힘껏 갈겼다. 오가와는 때리는 사람을 바로 쳐다보지도 못한 채, 욱! 하는 비명을 지르며 스스로 그들 앞에 무릎을 꿇고 사죄했다.

　"살려주십시오. 모든 잘못을 용서하시고…."

　강신귀가 오가와를 때린 동료에게 제지의 눈짓을 보내며 오가와에게 말했다.

　"네놈들은 우리 조선 사람들이 아무리 살려달라고 애원해도 무자비하게 패고서는 모두 생매장을 했지? 그런데 우리 조선 사람은 단지 나라가 없었다는 죄밖에 없었어. 그런데 지금의 네놈들은 나라가 망했고, 우리는 나라를 찾았다. 그리고 네놈들은 지은 죄도 엄청나게 크다. 이제 네놈들을 지켜줄 사람은 아무도 없어. 네놈의 지금부터의 언동에 따라 우리는 네놈을 생매장도 할 수 있고, 네놈의 망한 나라로 보내줄 수도 있어."

　오가와가 역시 고개를 숙인 채 기어드는 소리로 말했다.

　"무엇이든지 여러분들 시키는 대로 하겠습니다."

　"좋아, 약속했어. 노무과장 이하 간부들의 행방을 대!"

　"일부는 어제 저녁부터 이곳을 철수했고, 일부는 산속에 숨어 있습니다."

　"그 산이 어디야? 몇 놈이나 숨어 있어?"

　"확실치 않습니다만…."

　그러는데 신귀가 발길로 그의 이마빡을 걷어찼다. 오가와는 뒤로 벌렁 넘어지면서, 왜두루마기(유카타) 옷자락이 벌어지는 바람에 살가리개(훈도시)를 찬 사타구니를 다 드러냈으나 얼른 다시 일어나 꿇어앉았다. 강신귀가 말했다.

　"확실치 않는 소리는 듣고 싶지 않아. 확실한 말만 해!"

　오가와는 신귀에게 채여 당장 벌겋게 된 이마를 만져볼 생각도 못한 채 말했다.

"예, 알았습니다. 이 뒷산 3호갱 속에 숨어 있습니다. 모두 셋입니다."

"너는 왜 같이 숨지 않았어?"

"저도 밤을 거기서 새웠습니다. 아내가 위독해서 새벽에 내려왔습니다."

"지금 말한 것이 거짓이면 너는 그 3호갱에서 죽는거닷!"

그러고는 그를 데리고 맨 처음 찾아갔던 노무과장 집으로 갔다. 거기에는 이미 각 합숙소의 책임 노무계원들이 4명이나 붙들려 와 있었다. 그들도 하나같이 마당에 꿇어앉아 있었다.

강신귀가 동료들을 향해 말했다.

"수고했소. 이놈들을 잘 감시해야 합니다. 다만 손찌검은 하지 마시오. 그런데 우리들 중 일곱은 오가와 놈을 데리고 노무과장이 숨어 있는 3호갱으로 가겠소. 남은 분들은 이 연놈들을 데리고 다코베야로 돌아가시오. 자, 산으로 갈 사람 나오시오."

허남보와 다섯 사람의 장정들이 나왔다.

20

그들은 몽둥이 하나씩만 든 채 오가와를 앞장세워 산으로 올라 갔다. 산의 곳곳에는 탄광을 처음 굴착할 때 파낸 광석더미가 무더기로 흩어져 있었다. 게다가 키 높이의 잡초가 어떻게나 우거져 있었던지, 안 그래도 더위에 숨이 찬데, 영양실조로 쇠약해져 있는 신귀와 남보 들에게는 여간 힘든 걸음이 아니었다. 3호갱은 최근에 굴착하기 시작한 탄광이었고, 노무자들도 공중에 달린 현수차로 출퇴근하고 있어 입구까지에는 길다운 길도 없었다.

굴 입구에는 갱에서 현수차까지 연결되는 대형 컨베이어 벨트
가 무슨 건설 공사장의 시설처럼 웅장한 모습을 드러내고 있었다.
어제 오전까지만 해도 이 컨베이어는 온 산을 진동시키는 굉음을
내며 작동하고 있었던 것이다. 이 3호갱으로 숨어든 노무과장 등
은 광산촌에서 이곳까지 길도 없음을 알고 일부러 이곳을 피신처
로 택했던 모양이었다. 노무과장이란 자리는 광업소의 중간 간부
에 지니지 않지만 조선인 노무자들의 임금을 계산하고, 노무자들
의 통장과 도장을 관리 보관하면서, 임금의 강제 적립을 맡고 있
는 실무책임자였다.

그러니까 다코베야의 조선인 노무자들이 바로 그 다코베야의
총감독 오가와를 찾아낸 것이나, 노무과장의 은신처를 알아낸 것
은 대단한 수확이라 할 수 있었다. 허남보와 강신귀를 비롯한 조
선인 일곱 사람은 오가와를 앞세워 굴속으로 들어갔다. 복선의 협
궤 레일이 깔려 있었고, 최근에 굴착된 갱이어서 여태까지 자기들
이 일하던 갱보다는 입구부터가 넓고 높았다. 그러나 10미터도 못
가서 여느 굴과 마찬가지로 천장에서 물방울이 뚝뚝 떨어지기 시
작했다. 강신귀가 생나무 몽둥이로, 앞장서 걷고 있는 오가와의
등을 쿡 찔렀다. 그가 멈칫하며 돌아섰다. 강신귀가 낮은 목소리
로 물었다.

"어디쯤이야?"

"조금만 더 들어가면 됩니다."

이번에는 허남보가 물었다.

"이 갱의 구조는 어떤가? 일직선으로 끝나는가? 아니면 여러 갈
래로 갈라지는가?"

"아직은 일직선으로 되어 있다고 들었습니다."

"틀림없겠지? 노무과장이 숨어 있는 데서 얼마나 더 들어가면

갱도는 끝나는가?"

"그건 잘 모르겠습니다."

허남보가 조선말로 혼자 소리처럼 중얼거렸다.

"하는 수 없네."

신귀가 물었다.

"무슨 소리고?"

"이놈만 들여보내, 숨어 있는 놈들을 데리고 나오게 할라 캤딩이 천상 우리가 따라 들어가야 되겠다고."

허남보의 말에 다른 사람이 여부 있느냐는 식으로 받았다.

"여기꺼정 와가지고 이 자슥만 들여보내? 안 되제, 안 돼! 고생 시러버도 우리가 들어가서 숨은 놈들을 답싹 잡아갖꼬 나와야제."

그들은 다시 걸어 들어가기 시작했다. 한참 걸어 들어가는데 안 쪽에서

"도나다데스까(누구요)?"

하고 소리쳤다. 오가와가 멈춰서더니 침침하게 어두운 속에서 신귀와 남보의 반응을 기다렸다. 남보가 낮은 소리로 말했다.

"오가와, 당신이 큰 소리로 말해. 꼼짝 말고 기다리라고."

오가와가 안을 향해 소리쳤다.

"다코베야의 감독 오가와입니다. 가만히 기다려 주십시오."

그는 '꼼짝 말고'란 말을 '가만히'로 바꾸었지만, 그게 문제될 것 은 없었다. 신귀가 오가와의 등을 몽둥이로 밀며 말했다.

"뛰어!"

동시에 일행을 보고도 말했다.

"발자국 소리를 크게 해서 뜁시다. 몽둥이로 철까치(철로)를 탕 탕 뚜디러 침스로(두들겨 치면서)!"

일행들은 자기들의 수가 더 많게 보이기 위한 수단임을 알고,

모두들 야단스럽게 소리소리 지르면서 안으로 뛰어 들어갔다. 그들은 이내 노무과장 등이 숨어 있는 곳까지 다가가서 약속이나 한 듯이 그들을 에워쌌다. 침침하기는 해도 물체가 다 보였다.

숨어 있는 사람은 과연 세 사람이었다. 허남보가 그들의 얼굴을 하나하나 자세히 확인했다. 노무과장 사이토와, 바로 자신을 현재의 다코베야로 보낸 보국합숙소의 책임 노무계원 나가요, 그리고 노무과장 사이토 밑에서 일하는 젊은 서기 미야모토였다.

허남보가 노무과장 사이토에게 정중히 말했다.

"밝은 데로 나갑시다. 우리들은 결코 당신들에게 함부로 위해 (危害)를 가하지는 않을 겁니다."

노무과장이 다코베야의 감독 오가와를 노려보았다. 오가와가 고개를 숙이자 강신귀가 노무과장에게 소리쳤다.

"당신들은 어제까지만 해도 조선 사람들을 괴롭힌 악마들이었소. 그러나 지금의 당신들은 쥐새끼이고, 우리는 고양이의 할아버지인 호랑이의 입장이 되었소. 하지만 고분고분 시키는 대로만 한다면 생매장은 면할 수가 있소."

조선 사람들은 일본 사람 넷을 앞세워 갱 밖으로 나왔다. 빛이 너무 밝아서 한동안 눈을 바로 뜰 수가 없었다.

밖으로 나오자 일본 사람들의 몸수색을 했다. 혹시 무기 같은 걸 가지고 있나 해서였다. 그러나 그런 건 없었고, 노무과장의 호주머니 속에서 고리에 주렁주렁 달린 열쇠꾸러미가 나왔다. 허남보가 그것을 압수했다. 그러는 사이 강신귀는 주변을 두리번거려 갱목을 묶을 때 썼던 녹슨 철삿줄을 여러 발이나 되게 주워 왔다. 철사로 네 사람의 두 손을 뒤로 해서 각각 묶어 한 줄로 연결했다. 쉽게 도망치지 못하게 한 것이었다. 일본 사람들은 모두 새파랗게 질린 얼굴로 부들부들 떨고 있었다.

허남보와 강신귀 일행은 일본 사람들을 데리고 다코베야로 돌아왔다. 먼저 붙잡혀 와 있던 네 사람과 합류시켰다. 노무과장의 아내가, 손까지 뒤로 묶여 붙잡혀 온 남편을 보자 흑, 하고 울음을 터뜨렸다. 다코베야에 남아 있던 조선 사람, 나이도 가장 많고 힘도 없어, 아마 며칠 안으로 생매장터로 가리라고 여겨졌던 경북 달성 출신의 서 씨가 곧 숨이 넘어갈 듯이 가랑가랑한 소리로 여자에게 욕설을 퍼부었다.

　"이 더러운 년아! 단 몇 시간을 못 참아 그래 울어 쌓나? 우리는 가족을 떠난 지가 몇 년 씩이나 됐는데!"

　그는 잠시 숨을 고르다가 마지막 악을 썼다.

　"저년 우는 아가리에 똥을 퍼넣어라!"

　그러고 그는 누운 채 숨을 할딱거렸다. 허남보가 숨을 할딱거리는 사람을 가리키며, 꿇어앉아 있는 일본 사람들을 향해 말했다. 말하면서 묶은 철사를 풀어주었다.

　"저분도 당신들 일본 사람과 꼭 같은 사람이오. 고향에는 가족과 친척이 있고, 특히 사랑스러운 아내와 귀여운 자식들도 있소. 저분이 무슨 죄를 지었다고 저 지경으로 폐인이 되었겠소. 당신들은 그 죄악이 누구에게 있다고 생각하오?"

　오가와가 그중 고개를 숙이며 기어드는 소리로 말했다.

　"죄송합니다."

　강신귀가 몽둥이로 숙사 바닥을 내리치며 고함쳤다.

　"이 더러운 자식아, 지금 와서 죄송하다면 다야? 우리들을 이 지경에 몰아넣고서도 너희 놈들만 살겠다고 몰래 도망치고 있는 너희들이 인간이야? 그런데도 너희 놈들은 우리를 보고 항상 개돼지만도 못한 놈들이라고 욕했었지?"

　그는 분해서 몽둥이를 잡고 있는 손이 연방 들먹거리고 있었다.

한 놈씩 몽둥이로 야무지게 갈겨 주고 싶은 걸 억지고 참고 있었다. 그때 뒤에서 다른 한 사람의 조선인 노무자가 허남보와 강신귀를 향해 나무랐다.

"아니, 이 사람들아! 그것들 데리고 시방 뭐하고 있는 것고? 노임 이야기를 빨리 끝내든지, 우리가 조선으로 돌아갈 책임을 지우든지 안 하고 무슨 쓸데없는 소리만 그리 지끼고(지껄이고) 있노?"

그러자 모두들 한 마디씩 했다.

"맞다!"

"저놈들을 그냥 꿇어앉혀 놓고만 있을 끼 아니고 손을 좀 봐 주자."

그러자 또 한 사람이 벌떡 일어서 나오며 외쳤다.

"그래, 참고 보자 보자 하니 속에 천불이 나서 몬 보겠다!"

그러면서 다코베야의 감독 오가와부터 차례차례 주먹으로 갈겼다. 세 사람쯤 그렇게 때렸을 때, 허남보가 그를 가로막으며 말했다.

"누가 성질이 없어서 못 때리는 줄 아나? 때려도 우리 몫을 다 챙겨놓고서 때리든지 죽이든지 해야지!"

강신귀가 말했다.

"그래, 우리 성질대로 하몬사 쥑인다고 성이 풀리겠나. 노임 문제를 먼저 해결하자."

앞으로 나와 때리던 사람은 뒤로 밀려났고, 또 다른 사람들이 뒤에서 소리쳤다.

"그렇다, 노임 문제부터 먼저 들어 봐라!"

허남보가 노무과장을 향해 단도직입적으로 명령했다.

"당신만 나가서 우리들 밀린 노임을 현금으로 갖고 오시오."

노무과장이 딱한 표정을 지으며 말했다.

"돈이 한 푼도 없습니다. 노임을 현금으로 지불한 예는 우리 광업소 관할 안에서는 한 군데도 없습니다."

그러자 강신귀가 그의 뺨을 무섭게 후려치면서 소리쳤다.

"이 새끼, 정신을 못 차리고 있군. 아까 뭐라 그랬어? 우리가 시키는 대로 고분고분하게 굴면 생매장은 면해준다고 했지? 내일이면 여기도 소련군이 진주할 거야. 소련군 포로가 되겠어? 돈을 가져와서 풀려나겠어?"

허남보가 보충했다.

"이 광업소 관할 조선인들에게 노임을 현금으로 지불하지 않은 것은 나도 알고 있어. 그렇다고 해서 당신네 일본인들의 노임을 현금으로 지불 안 했다고는 못하지? 어떻게 하겠어? 당신 부인을 위시하여 일곱 명의 운명이 우리 손에 달려 있어. 즉시 가서 현금을 가지고 와!"

그러면서 아까 굴 입구에서 압수해 두었던 열쇠꾸러미를 꺼내어 그의 눈앞에 내밀었다. 노무과장이 열쇠꾸러미를 받으려고 했다. 그러나 허남보는 도로 호주머니에 집어넣으며 노무과장의 눈을 똑바로 노려봤다. 한발 다가선 그는 노무과장의 코 밑을 손가락으로 찌를 듯이 삿대질했다. 그러나 그의 음성은 차분하게 낮아져 있었고, 같은 말의 되풀이였다.

"조선 노무자들에 대한 노임은 지불한 적이 없었지만, 너희 일본 노무자에 대해서는 노임을 현금으로 지불한 게 사실이지? 우리는 이를 갈면서 오늘이 오기를 기다렸어. 살고 싶으면 나랑 같이 가는 거야!"

그러면서 다른 사람들을 향해 우리말로 설명했다.

"여러분, 이놈들을 인질로 잘 잡고 있어요. 특히 저 여자를 잘 감시해야 됩니다. 내가 노무과장을 데리고 가서 밀린 우리 노임을 현금으로 찾아오겠습니다."

강신귀가 허남보를 보고 말했다.

"미야모토를 데리고 가지."

허남보가 노무과장에게 물었다.

"미야모토 서기를 데리고 갈까?"

노무과장이 고개를 주억거렸다. 강신귀가 다시 노무과장과 미야모토를 향해 다짐했다.

"돈을 안 가져오면, 여기 인질로 잡힌 사람들은 너희들이 그랬듯이, 오늘 밤 안으로 우리도 생매장을 시킬 테니까. 그 점 명심해!"

허남보는 다섯 사람의 장정들을 뽑아내어 그들과 함께 노무과장과 미야모토 서기를 데리고 광업소 본부 사무실로 다시 갔다. 어쩌면 일이 될 성싶기도 했지만 정말 돈이 없으면 어쩌나, 가슴이 다 두근거렸다. 이번에도 아까 그 사환 소년만 오두마니 앉아 사무실을 지키고 있었다. 노무과장을 보자 소년이 소리쳤다.

"아까 소장님께서 전화를 했던데요."

그러자 노무과장이 소년을 향해 무엇인가 물으려고 하는데, 허남보가 몽둥이로 그의 등을 찔러 입을 다물게 했다. 허남보는 소년이 달아나지 못하게 동료 한 사람을 시켜 그를 지키게 하고는, 노무과장에게 금고 쪽으로 가자고 했다. 이윽고 사무실 안에서도 맨 안쪽 별실에 있는 금고 앞으로 갔다. 누런 국화 문양이 붙어 있는 시커먼 금고는 남보의 키 높이만 했다. 남보가 다시 한 번 몽둥이로 그의 등을 아까보다 더 힘껏 찔렀다. 그 바람에 노무과장은 가슴이 금고문에 부딪혔다. 그때야 남보는 잊었다는 듯이 열쇠 꾸러미를 노무과장에게 건네주었다. 노무과장은 먼저 커다란 다이얼을 이리저리 복잡한 순서로 맞추더니, 열쇠 꾸러미에서 열쇠 하나를 골라 다이얼 옆의 작은 구멍으로 밀어 넣었다. 그리고 문을 열었다. 그 안에는 또 하나의 목재문이 있었다. 그러나 노무과장은 그냥 서 있었다. 허남보가 다시 한 번 몽둥이로 그의 어깨를 툭툭 내리쳤다. 그러자 옆에 서 있던 미야모토가 호주머니를 부시럭거리더니 열쇠 하나를 꺼내 노무과장에게 주었다. 허남보는 잠시 아뿔사! 했다. 강신귀 역시 행여나 싶어 미야모토를 데리고 왔는데, 이자가 또 하나의 열쇠를 가지고 있었다니! 노무과장이 두 번째 문도 열었다. 그러자 이번에는 마치 한약장의 서랍 같은 것들이 저마다의 열쇠구멍을 지니고 가지런히 꽂혀 있었다. 이제 노무과장은 허남보가 가만있어도 스스로 알맞은 열쇠를 찾아 서랍을 척척 열었다. 서랍 속에는 색깔도 선명한 깔깔한 지폐가 쌓여 있었다. 허남보는 지폐를 몽땅 꺼내게 했다. 그러나 그렇게 많은 액수는 못 되었고, 따라서 현금이 한 푼도 없다는 노무과장의 말은 크게 틀린 말이 아니었다. 그래도 다코베야에서 기다리고 있는 53명의 동료들이 고향으로 갈 수 있는 여비로는 충분할 것 같았다.

허남보 일행이 노무과장과 미야모토, 그리고 사무실을 지키고 있던 사환 소년까지 데리고 오자 모든 사람들이 환성을 터뜨렸다. 잡혀 있던 일본인조차도 이제 풀려나게 되었다는 안도감에서 미소를 띠며 반가워했다.

허남보와 강신귀 그리고 몇몇 노무자 대표들이 앞으로 나와, 가지고 온 돈을 공평하게 분배했다. 약 3개월치의 노임을 현금으로 한꺼번에 손에 쥐게 되었다. 모두들 반분이나 풀렸다는 표정들을 짓고 있었다.

다코베야의 감독 오가와가 조심스럽게 입을 떼었다.

"이제 저희들은 돌아가도 되겠습니까? 특히 저는 아내가 위독해서…."

그러자 뒤에서 누가 일본말로 소리쳤다. 정 씨였다.

"몰염치한 놈! 제 놈 손에 수많은 인명이 희생됐는데도 여편네가 아프니 보내달라고?"

사실 허남보는 약속대로 얼마간이라도 수중에 돈만 넣을 수 있다면 이자들을 풀어줄 생각이었다. 그런데 그 반대 의사를 갖고 있는 이가 강신귀였다. 강신귀는 처음부터 일본인들을 그냥 보낼 수는 없다고 했던 것이다.

강신귀가 동료들을 향해 자기 의견을 제시했다.

"여러분, 이놈들은 우리가 여게서 어떤 밥을 묵고 어떤 자리에서 자는지 모르는 놈들입니다. 그래서 이 왜놈들을 우리캉 같이 하룻밤 재우면서 같은 임석(음식)을 두 끼만이라도 멕여 보입시더."

뒤에서 여러 사람이 그 의견에 찬성했다.

"그것 참 좋은 생각이다."

"그래 하룻밤만 같이 자고 우리가 먹는 밥을 먹어 봐야만 제놈들의 죄악을 알 꺼다."

강신귀가 결심한 듯 허남보를 향해 동의하느냐는 눈짓을 보내왔다. 허남보도 어쩔 수 없이 찬성했다.

21

다코베야의 조선 사람들은 인질로 납치해 온 일본 사람들과 함께 저녁 식사를 했다. 거의 썩은 좁쌀에 콩깻묵이 범벅처럼 뒤섞인 밥에다 뜨물보다 묽은 이름만의 된장국에 배추 잎을 둥둥 띄운 것이 반찬의 전부였다. 그나마 여느 때와 같이 양도 차지 않은 조선 사람들은, 도무지 입에 대지도 못하고 있는 일본 사람들의 밥을 서로 가져다 나누어 먹어버렸다.

밥을 먹고는 이내 방으로 들어가 마치 짐짝 포개지듯 방 안쪽에서부터 차근차근 들어앉았다. 53명의 본 식구만도 발 하나 뻗을 수가 없는 형편이었는데, 8명의 일본 사람까지 보태 놓으니 그야말로 콩나물 시루였다. 허남보와 강신귀가 의논하여 노무과장의 아내는 돌려보내려고 했으나, 그녀는 집에 가도 혼자서는 무서워 못 잔다고 그 밤을 함께 새웠다. 방에서는 온갖 역한 냄새가 코를 찔렀고, 초저녁까지만 해도 후끈거리던 실내는 새벽이 가까워오자, 추워서 견딜 수가 없을 지경이었다. 그러자 선반에 얹어둔 담요를 내려 덮었다. 아까부터 온 방안을 채우던 그 악취의 진원지가 바로 담요였다. 도무지 사람이 덮을 수 있는 물건이 아니었다.

이 다코베야의 감독 오가와는 처음으로 스스로를 뉘우쳤다. 그런 대로 배급되는 먹을 만한 양곡은 전부 빼돌려 암시장에다 팔아 온 오가와였다. 그러나 오가와는 평소에 자기만 그러는 게 아니라는 이유 하나로 조금도 양심의 가책을 느끼지 않았다. 사실 각 합숙소에 배속되어 있는 일본인 노무계원 모두가 그런 식으로 사리사욕을 채우고 있었다. 본래부터 배급 자체가 일본인 노무자 합숙소와 조선인 노무자 합숙소는 엄청나게 큰 차이가 있었다. 그런데다 합숙소의 노무계원들이 양곡이고 부식이고, 돈이 될 만한 것은 모두 암시장에 내다 팔았다. 사할린 전역의 탄광 합숙소는 모두 대동소이한 형편이었고, 그러므로 일본인 노무계원들은 자기들 일본인 노무자 합숙소에 배속되는 것을 꺼렸다. 일본인 노무자 합숙소에서는 그런 짓을 할 수가 없었기 때문이었다.

이래서 오가와는 자기만 그러는 게 아니라는 이유를 내세워 당당하게 착취를 했고, 조선인 노무자들, 특히 다코베야에까지 쫓겨온 인간 쓰레기들은 마음대로 짓밟고 휘갈기고 죽여도 된다고 생각해 왔다. 또 그렇게 해도 그 누구의 제재나 간섭도 받지 않았다. 그런데 실제 한 끼 밥을 함께 먹고, 하룻밤 잠을 함께 자 보니, 여기야 말로 지옥이란 생각이 들었다. 그 지옥을 지키는 자기는 뭔가? 바로 지옥 사자가 아니었던가!

그러나 조선인 노무자들은 서로 얽히고설켜 그야말로 문어처럼 한데 칭칭 엉켜 잘도 잠을 잤다. 강신귀, 허남보 등 몇 사람만 자기들을 지키고 있었다. 조선 사람들은 자면서 입맛을 쩝쩝 다시는가 하면, 뭔가 알아듣지 못할 조선말 잠꼬대를 하기도 했고, 어금니를 뿌드득뿌드득 가는 사람도 있었다. 밤새도록 한잠도 못 자고 뜬눈으로 새우고 있는 오가와에게는 역한 냄새보다도 잠꼬대와 이 가는 소리가 더 무서웠다. 모두들 자기를 향해 저주하는 소리 같았기 때문이다.

오가와는 다코베야로 배급되는 양곡과 부식을 팔아, 아픈 아내를 둔 채, 이틀이 멀다 하고 간부 전용 휴식소(위안소)를 드나들었던 것이다. 술 마시고 조선인 위안부를 찾아 쾌락에 빠졌던 그 많은 비용은 모두 다코베야로 배급되는 주 부식을 팔아 충당했었다. 월급을 가지고서는 본토에 있는 아이들의 생활비나 교육비, 아내의 약값 대기에도 빠듯했다. 오가와는 이때가 그에게 있어서는 전성시대였다.

이튿날 아침, 어제 저녁과 똑 같은 메뉴의 식사를 끝내자, 강신귀가 오가와에게 물었다.

"당신이 감독하는 이곳의 식사가 어떻던가?"

오가와가 겨우 답했다.

"죄송합니다."

뒤에서 누가 고함쳤다.

"식사가 어떻더냐고 묻는데, 죄송하다니, 저 새끼 얼빠진 놈

아냐!"

다시 강신귀가 말했다.

"밥맛이 어떻더냐고 물었어."

"차마… 먹을 수가 없었습니다."

"그래? 당신들 일본 사람 식대로라면 이럴 때, 밥맛이 좋았습니다라고 할 때까지 사정없이 패는 게 옳지."

오가와는 고개를 숙인 채 눈물을 뚝뚝 흘리고 있었다. 강신귀가 물었다.

"잠자리는 어떻던가?"

"자기가 매우 힘들었습니다. 한잠도 못 잤습니다."

"정직하군. 그러나 너희놈들 방법으로 한다면 역시 잠자리가 좋았습니다라고 할 때까지 두들겨 패야 순서지."

강신귀가 다시 물었다. 이번에는 비꼬는 말이었다.

"여름이니까 새벽까지도 더웠지? 그리고 그 담요도 충분했을 뿐더러 냄새도 향기로웠지?"

"새벽에는 추웠습니다. 담요는 부족했고 냄새도 안 좋았습니다."

강신귀가 계속해서 비꼬았다.

"너희놈들 식으로라면 담요도 충분했고, 냄새도 좋다고 할 때까지 두들겨 패야 옳지. 그래서 병신이 되면 어떻게 했는가?"

오가와는, 병신처럼 입을 헤벌리고 눈에 초점을 잃고 지내던 이자들(강신귀, 허남보)이 이렇게 무서운 사람인 줄 몰랐다. 오가와는 다만 살기 위하여 빌었다.

"죄송합니다. 백 번 죽어 마땅합니다."

강신귀가 말했다.

"백 번이나 죽어 마땅하지만 한 번만 죽여줄까?"

이번에는 허남보가 보국합숙소의 노무계원 나가요에게 말했다.

"어이, 나가요! 이 오가와는 백 번 죽어도 마땅하다고 했어. 보국합숙소의 노무계원이었던 너는 몇 번 죽어야 마땅하다고 생각하나?"

나가요는 보국합숙소에서 허남보를 이곳 다코베야로 보낸 장본인이었고, 허남보로 하여금 견딜 수 없는 온갖 수모를 다 겪게 한 악질이었다. 허남보는 탈출하다 붙잡혀 와 옷을 모두 벗긴 채 천장에 거꾸로 매달린 기억, 장명수와 권투장갑을 끼고 싸움을 하게 한 나가요의 죄상들을 되살리고 있었던 것이다.

나가요가 고개를 숙인 채 말을 못 하자 허남보가 흥분을 참으려고 애쓰며 말했다.

"답해 보라니까. 너는 몇 번 죽으면 마땅하겠어?"

"죄송합니다. 한 번만 용서해 주십시오."

나가요가 부들부들 떨면서 고개도 못 들고 빌었다. 허남보가 다시 말했다.

"몇 번 죽어야 되느냐고 묻는데, 한 번만 용서해 달라니! 네 입에서 그런 말이 나오는가?"

강신귀가 허남보로부터 들었던 이야기, 허남보가 보국합숙소에서 이곳으로 올 때 나가요로부터 당했던 이야기를 허남보 대신 동료들에게 했다. 그러자 동료들 중의 또 한 사람이 제안했다. 역시 정 씨였다.

"좋은 생각이 있습니다. 저 오가와 놈도 심심하면 닭싸움 붙이듯 우리들끼리 치고받고 싸우게 해, 죽은 사람도 있지 않습니까. 오가와와 나가요를 싸우게 합시다."

그러자 모두들 좋아라고 손뼉을 쳤다. 그러나 허남보가 말했다.

"자 여러분, 지금 우리는 야만적인 왜놈들같이 왜놈끼리 싸움을 붙여놓고 구경이나 하면서 시간을 보낼 때가 아닙니다. 지난 9일 소련이 대일 선전포고를 했으니, 어쩌면 지금 곧 소련군이 여기까지 쳐들어올지 모릅니다. 그렇게 되면 우리는 더 곤경에 빠집니다. 소련군이 오기 전에 속히 떠나야 합니다. 이놈들도 스스로의 죄과를 아마 뉘우쳤으리라 생각합니다. 그러니 이놈들을 석방하고 우리도 우리의 갈 길을 가도록 합시다."

모두들 잠잠했다. 허남보의 말에 동의하는 것 같았다. 일본 사람들을 일어서게 했다. 그들은 몇 번씩이나 절을 하면서 다코베야의 그 험한 건물 밖으로 허리와 고개를 숙여 걸어 나갔다.

그들을 내보낸 후, 허남보가 우리 노무자들을 일일이 점호하지 않은 것이 실수였다. 허남보는 떠날 채비에 대하여 동료들과 의논하면서, 어떤 길을 따라 어디 어디에서 재집결하자고 의논들을 하고 있는데, 한 사람의 동료가 들어오면서 말했다.

"기어코 일을 저질렀구만. 하기는 지놈 입에서도 백 번 죽어 마땅하다고 했지만."

남보가 놀라 물었다.

"무슨 소립니까?"

그러자 나이 많은 그가 대답했다.

"강신귀가, 오늘 내일 생매장될 뻔했던 사람들 넷을 데리고 나가 몽둥이로 오가와 놈 골통을 깨 쥑여 뿌릿구만."

"아니, 뭐라고요?"

과연 신귀가 없었다. 남보가 의논하던 일을 멈추고 급히 뛰어나가 보니 사람을 죽인 조선 사람들이 더위에 숨을 헉헉거리며 올라오고 있었다. 신귀가 앞장서 올라왔다.

"무슨 짓들을 했소?"

그러자 맨 앞에 오던 신귀가 평소와는 다른 눈빛으로 남보마저 잡아 죽일 듯이 노려보며 내뱉었다.

"잘난 척하지 마라. 그놈 손에 죽은 조선 사람들을 생각해야 된대잇!"

다른 사람들도 모두 같은 눈빛이었다. 일본 사람들이 다코베야를 나가자 뿔뿔이 흩어져 각기의 집을 향해 지름길로 달려 가버린 것이 화근이라면 화근이었다. 오가와를 살해한 사람들은 일찍부터 그를 죽일 계획을 하고 있었던 것 같았다. 그들은 일본 사람들이 붙잡혀 와 있던 어제 낮부터 오가와를 해칠 모의를 했다고 훨씬 뒤에 허남보는 들었던 것이다. 허남보는 일이 벌어진 장소를 찾아 내려갔다. 개울가의 바위 위에 오가와는 쓰러져 있었다. 골이 깨져 두부같이 허연 것이 튀어나와 있었다. 허남보는 혀를 끌끌 차며 다른 사람들을 소집해서 그 근방 아무 데나 구덩이를 파고 오가와의 시체를 묻었다.

그리고 개울에 손을 씻고 올라가 바로 길을 떠났다. 1차 집결지는 도요하라(유즈노사할린스크) 기차역 대합실이고, 2차 집결지는 오토마리(코르사코프) 항구의 연락선 대합실이었다. 날짜는 도요하라가 8월 18일까지, 오토마리가 8월 20일까지였다.

하지만 그들은 그러한 약속이 얼마나 사정을 몰랐던 어리석은 짓이었던가를 도요하라에 와서야 깨달았다. 도요하라 역은 수만 명의 피난민 인파로 발 디딜 곳조차 없었던 것이다. 뿔뿔이 흩어져 출발한 그들은 도요하라에서의 실망을 오토마리 항구에서는 더욱 크게 느껴야만 했다. 그것은 실망이 아닌, 귀향 불가능의 좌절이었던 것이다. 조선인 노무자는 승선이 한 사람도 허락되지 않았던 것이다.

8장

모면한 대참사

22

나이부치(브이코프) 탄광. 1945년 8월 16일. 어수선한 시국치고
는 상쾌한 아침이었다. 박소분에게로 가끔씩 찾아와서 관계를 맺
곤 하던, 탄광의 일본인 간부가 아침 일찍 찾아왔다. 그는 소분의
방문 앞에서 활짝 열린 방 안을 들여다보았다. 소분은 막 세수를
끝내고 방을 훔치고 있었다. 이렇게 아침 일찍 찾아오는 남자 손
님은 별로 없었다. 많은 일인 남자들이 어린 소분을 상대했고, 같
은 값이면 소분과 시간을 보내려고 했다. 그러나 이렇게 이른 아
침에 찾아온 그 사람은 그중에서도 인정이 있고 이야기가 통하는
사람이었다. 가끔씩은 아주 귀한 설탕이나 쇠고기 통조림 같은 것
도 몰래 가져다주곤 했는데, 그것은 물론 전표는 전표대로 내고서
덤으로 그렇게 인심을 쓴 것이었다. 그래서 소분은 다른 사람 같
았으면 시간이 안 됐다고 쌀쌀하게 말했겠지만 그에게만은 싫은
표정을 보이지 않고 안으로 들어오라고 했다. 그러나 그는 문 밖
에서 선 채로 몸만 좀 숙여서 낮은 소리로 다급하게 말했다.

"아라이 소훈 상, 이러고 있을 때가 아니야. 지금 곧 옷을 갈아입

어요. 그리고 양식만 있는 대로 가지고 떠나요. 잘하면 광업소 간부들의 가족들이 타고 갈 자동차에 함께 탈 수도 있을 거야."

박소분은 무슨 소리를 하고 있는 건지 영문을 알 수가 없었다. 그래서 도로 물었다.

"아니, 왜, 어디로 가라는 말씀입니까?"

일본인이 주위를 한번 재빨리 휘둘러보더니 고개를 방 안까지 들이밀고 손가락 하나를 입에 갖다 대었다. 소분의 소리가 지나치게 컸던가 보았다. 그러고는 남자가 낮은 소리로 빠르게 말했다.

"일본이 전쟁에 졌어. 그러나 이것은 아직 절대 비밀이므로 입밖에 내어서는 안 돼!"

소분은 간이 쿵하고 떨어지는 것 같았다. 그러나 이내 그녀는 정신을 차릴 수 있었다. 소분이 정신을 차렸을 때 그 일본인은 그녀 곁을 떠나고 있었다. 소분은 그때 16살밖에 안 됐지만 얼른 생각해 보았다. 일본이 전쟁에서 졌다? 그렇다면 조선은? 조선이 해방되고 독립된다는 말이 아닌가. 따라서 모든 조선 사람들은 고향으로 돌아갈 수 있다는 말이 아닌가. 그녀는 뛰기 시작하는 가슴을 진정시키면서 이미 돌아가고 없는 그 일본인이 더없이 고마웠다. 그러나 절대로 비밀을 지키라고 했으므로 이 엄청난 소식을 아무에게나 떠벌일 수가 없었다. 다만 딱 한 번, 돌격대에 참가하여 그 포상으로 올 수 있었다면서 찾아왔던 그 젊은 남자, 와서도 몸조심하라며 전표만 주고 돌아간 가네무라 게이까이(김형개)란 조선 사람에게만은 이 기쁜 소식을 전하고 싶었다. 하지만 그 남자를 쉽게 만날 수는 없었다. 그녀는 한동안 우두커니 앉았다가, 정말 이러고 있을 때가 아니라는, 아까 그 일본인 남자의 말을 떠올리고는 허둥거리기 시작했다. 그러나 무엇을 어떻게 해야 할지 막막했고, 더군다나 한 번밖에 만나지 않은 사람이었지만 김형개란 남자를 여기 둔 채 혼자 떠날 수는 없다고 생각했다. 그러면서도 그녀는 누구랑 떠나든 떠난다면 꼭 챙겨두어야 할 물건들을 간추리기 시작했다.

그러다 가만히 생각해 보니 이곳 나이부치 광업소의 그 많은 일본인 간부들의 발걸음이 어제 오후부터 뚝 끊어진 이유도 이제 알 것 같았다. 저녁만 되면 술에 취한 일본 남자들이 특히 소분의 방 앞에서만 줄을 서서 기다리는 형편이었다. 그런데 이제 생각하니 어제는 아무도 오지 않았고 그 이유도 알 수 있었다.

한편 바로 그 시각. 광업소의 모든 일인 간부들은 회의실로 모여 심각한 얼굴로 의논을 하고 있었다. 광업소의 소장인 마쓰야마 (松山)가 울먹거리는 소리로 입을 열었다. 그의 큰 덩치에 비해 음성이 그렇게 나약해 보일 수가 없었다.

"여러분, 아시다시피 우리 대일본제국의 천황폐하께옵서는 어제 낮 정오에 이 전쟁을 중단한다는 중대 성명을 발표하셨습니다. 그것은 귀축영미 연합군이 무서워서가 아니고, 폐하의 적자들인 우리들 생령(生靈)의 희생을 한 사람이라도 더 줄여 보시자는 거룩한 뜻에 의한 것입니다. 따라서 이제 우리 광업소는 이곳에서의 임무가 중단된 것입니다. 이제 남은 일은 우리 모든 일본인들이 무사히 본국으로 귀환하는 일입니다. 아직까지 본국 대본영의 특별지시는 하달된 것이 없습니다만 이곳 가라후토 내의 전 광업소는 소장의 책임하에 독자적인 철수를 서둘러야 할 때가 온 것입니다."

마스야마 소장의 음성은 나약했지만 사뭇 떨리는 위에 살얼음을 딛는 긴장감을 담고 있었다. 그는 말을 하다 멈추고는 옆에 있는 물컵을 들어 물을 한 모금 마셨다. 그러고는 다시 계속했다

"문제는 이곳 나이부치 광업소 산하의 각 탄광에서는 조선인 노

동자가 3천 명이 훨씬 넘는다는 사실입니다. 만에 하나, 이 조선인들에게 어제 천황폐하의 성명 내용이 유포되었다가는 걷잡을 수 없는 소요가 일어날 것입니다. 아니 그것은 소요의 수준이 아니고 폭동이 될 것입니다. 일본인들의 수는 조선인들에 비하여 비교도 안 되는 열세에 있습니다. 게다가 우리들은 조선인 노무자의 임금을 적립이란 명목으로 한 푼도 지불하지 않고 있었습니다. 통장에는 그들 각자의 적립금 총액이 숫자만으로 기록되어 있을 뿐 지금 이곳에는 그 적금을 지불할 현금이 전무합니다. 이러한 상황에서 우리가 어떻게 무사히 일본으로 귀환할 수 있는가에 대하여 여러분들의 기탄없는 의견을 듣고자 하여 여기에 모이도록 했습니다."

그러나 아무도 쉽게 입을 열지 못했다. 모두들 침통한 얼굴로 고개만 숙이고 있었고, 계속 손수건을 눈으로 가져가는 사람도 있었는데, 물론 그는 패전을 슬퍼해서였다. 침묵은 예상외로 오래 계속되었다. 회의실의 천장 여기저기에서 빙글빙글 돌고 있는 프로펠러식 대형 선풍기만이 커다란 실내의 적막을 깨뜨리고 있었다. 소장이 다시 말했다.

"여러분, 한시가 급한 초미의 순간입니다. 무엇인가 결단을 내리지 않으면 안 될 위급한 이 시각에 이렇게들 무겁게 침묵만 지키고 있으면 어떻게 합니까?"

그러자 한 사람이 손을 들고 일어서서 부동자세로 의견을 말했다.

그는 하얀 얼굴에 호리호리한 몸이었다. 반소매 밑으로 드러난 팔은 무척이나 약해 보였다.

"천황폐하의 성전 중단 결심에 가없는 은총을 느끼기에 앞서, 우리는 맡은 바의 직무에 더 충실하지 못하고 황은에 보답하지 못한 데 대하여 깊은 죄책감을 느낍니다."

그러다가 그도 잠시 말을 잇지 못하며 손수건을 꺼내 눈물부터 닦았다. 그러고는 겨우 다시 말했다.

"천황폐하의 황은을 만분지 일이라도 갚는 길은 우리가 여기서 구차하게 본국으로 돌아갈 방책을 강구하기보다는… 모두 마지막으로… 천황폐하 만세를 부르며 옥쇄(玉碎)하는 것이 차라리 대일본제국 신민의 길임을 말씀드리고 싶습니다…. 더욱이나 지난 9일부터 가라후토에 육·해·공으로 침공을 감행해 온 소련군을 우리가 살아서 당해낼 가망은 없다고 봅니다… 일로 전쟁에 승리한 기억이 어제 같은 우리가 이제 와서… 그 야만인들 앞에 차마 무릎을 꿇을 수는 없다고 생각되기 때문입니다…."

이 말을 들은 소장은 눈을 감고 있다가 고개를 푹 숙이며 깊은 한숨만 거듭 내쉬었다. 그러자 한 사람이 일어나서 역시 부동자세로 말했다. 그는 음성이 탁한 데다 말이 몹시 빨랐으나, 똑똑 떨어지는 말솜씨를 가지고 있었다.

"이번 성전에서 옥쇄를 한 영예로운 사례는 많이 있습니다. 그러나 옥쇄란 하늘의 뜻에 따라 때와 장소가 선택되어야 하는 것입니다. 때란, 더는 도무지 살아날 가망이 없을 때를 말하는 것이요, 장소란 처자식들도 친척도 그 아무도 없는 전장의 한복판, 절해의 고도라거나 깊은 산속에서 포위되었을 때를 말하는 것입니다. 그러나 지금 우리는 얼마든지 살아날 가망도 있고, 그것보다도 처자식들을 거느리고 있습니다. 물론 독신자도 많습니다만, 본토에서 눈이 빠지게 자식과 남편과 아버지를 기다리고 있을 가족들을 생각하지 않을 수가 없는 것입니다. 결론적으로 저는 옥쇄를 두려워하는 비겁함에서가 아니라, 살아 돌아가서 가없는 황은, 그 못 다한 황은을 기어코 갚아야 한다고 믿습니다. 따라서 우리들의 새로운 결심과 새로운 용기를 주장하는 바입니다. 이상입니다."

이러자 소장은 무겁게 고개를 들었고, 회의장 안이 잠시 수런거리기 시작했다. 모두들 이 의견에 찬성한다는 분위기였다. 그때 다시 한 사람이 일어서서 방금 발언을 지지하는 내용의 이야기를 늘어놓았다. 준수한 얼굴에 음성도 좋았다.

"사실 그렇습니다. 한 번 죽기는 쉬워도 정의롭게 살아가기는 진실로 어려운 법임을 우리는 다 알고 있습니다. 사실 어제 낮, 천황폐하의 옥음을 받들어 듣는 순간, 우리들 중 누구가 더 살아남기를 바랐겠습니까. 문제는 대일본제국이 전쟁을 중단한다고 해서 그것이 그대로 유구한 황국 역사의 끝이 아닌 새로운 시작의 계기가 된다는 섭리를 우리는 깊이 인식해야 합니다. 그렇다면 옥쇄야말로 무모한 어리석음을 깨달아야 합니다. 우리는 지금 대혼란이 예견되는 이 난국을 어떻게 지혜롭게 수습하여 일본인 동포들을 무사히 귀환시켜야 하느냐가 눈앞의 과업인 줄로 압니다. 이 점에 초점을 맞추어 발언하시는 것이 보다 생산적인 일인 줄로 압니다. 따라서 여기에 모인 우리 간부들만이라도 일사불란, 소장님을 중심으로 대동 합심하지 않으면 안 될 것입니다. 이상 저의 소견을 말씀드립니다."

소장은 계속 침묵을 지키고 있었다. 자기가 섣불리 결정했다가 뒷날 무슨 책임 추궁이라도 받지 않기 위해서는 좌중의 발언을 탈없이 이끌어가는 것이 현명한 처신임을 노회한 그는 알고 있는 듯했다. 좌중은 그러한 소장의 뜻대로 흘러갔다. 이번에는 또 한 사람의 발언이 좀 색다른 방향으로 개진되었다. 그는 크고 긴 얼굴에 비해 키가 아주 작은 사람이었다. 그러나 음성만은 쳇소리를 내고 있었다.

"솔직하게 말씀드리면, 작금의 상황에 대하여 저는 이상하게 생각하고 있었습니다. 무슨 말씀이냐 하면, 때늦게 우리 황국에 선전포고를 한 소련이 지난 9일 가라후토에 첫 공습을 감행했을 때 그곳이 모두 어디였습니까? 조선인 노무자들이 일하고 있는 탄광이었습니까? 아니면, 조선인 노무자 가족들이 모여 사는 탄광촌 부근의 취락이었습니까? 아닙니다. 모두 군사 전략 기밀이 보관되어 있는 우리 황국의 요충이었습니다. 따라서 이곳에는 황군 고급 장교들이나 기술자들만 있었습니다. 그러한 곳을 한 곳도 아닌 여러 곳을 한꺼번에 공습할 수 있었던 소련 공군은 틀림없이 가라후토 내의 첩자의 정보에 의하지 않고서는 불가능한 일인 것입니다. 그리고 소련군 속에는, 일찍이 대일본황국의 통치에 반대, 소련으로 건너간 38만 조선인의 2세들이 부지기수로 섞여 있습니다. 사정이 이렇다면, 그렇게 엄청난 정보를 제공한 첩자는 누구였겠습니까? 본래부터 가라후토에서 대대로 살아왔던 아이누족이었을까요? 아이누족은 우리 대화족에 동화된 지 오래된 황국의 협조자입니다. 그러면 이 가라후토에서 살고 있는 러시아 민족이겠습니까? 러시아 민족은 우리 폐하께서 남가라후토를 다스리기 시작한 후, 너도나도 떼를 지어 북위 50도선을 넘어 그들이 오래 뿌리 내려 살고 있던 북가라후토에서 남가라후토 쪽으로 이주해 왔습니다. 천황폐하와 은총을 갈망해서였습니다. 그러한 러시아인들이 우리 황국을 배신할 까닭이 있습니까?"

그는 여기에서 잠시 말을 멈추고 의기양양한 표정으로 회의장을 천천히 훑어보았다. 그러고는 다시 이었다.

"가라후토 내에 분명히 황국의 배신자인 첩자가 있습니다. 우리는 본국으로 무사히 철수하기를 생각하기에 앞서 그 배신자를 가려내어 응징하는 것이 순서라고 생각합니다."

그러자 저쪽 구석자리에 앉아 있던, 언제 봐도 얼굴에 평화스러운 미소를 잃지 않고 있는 이시무라가 잔기침을 하면서 일어섰다. 그러나 그도 오늘만은 평소와는 달리 긴장된 표정이었다. 일본 노무자 합숙소 앞의 쓰레기통에서 건청어를 주워 먹었다고 일본 노무계원(나가요)에 의해 발목에 족쇄가 채여 밤이슬을 맞으며 몇 시간이고 고생한 김형개를 풀어준 전기 기술 책임자 이시무라였다. 그는 긴장된 표정이라고는 하나 평소의 인상에 알맞게 낮은 소리, 가라앉은 톤으로 말했다.

"여태까지 여러분들의 말씀을 잘 경청했습니다. 모두들 옳은 말씀을 하셨고 따라서 저는 감동받은 바가 큽니다. 제가 생각하기에도 조선인 노무자들에 의한 소요가 예상되는 이 시점에서, 우리는 어떻게 하면 그 소요를 진정시키면서 일본인들이 안전하게 본토로 돌아가야 하느냐 하는 과제로 오늘의 회의가 귀결되어야 할 것입니다."

그는 잠시 말을 멈추고 숨을 돌렸다. 그러다 곧 이었다.

"그러나 사람은 모두 제각기의 인권을 지닌 고귀한 자존적 존재입니다. 우리가 그동안 성전 완수를 위해 조선인 노무자를 좀 심하게 부린 것을 탓하고 싶지는 않습니다. 그것은 이미 지난 일이기 때문입니다. 그러나 앞으로 우리가 조선인을 대할 때는 어제와는 좀 달라져야 한다고 봅니다. 따라서 예상되는 조선인 노무자들의 소요를 진정시키자면 그들의 정당한 요구가 무엇인지, 진정한 희망이 무엇인지를 들어보고, 가능하다면 그 요구와 희망을 들어주고 충족시켜줘야 한다고 생각합니다. 여기 모인 우리 일본인 간부들이 가족들과 함께 본토로 돌아가는 것이 시급한 것과 같이, 조선인들도 그들의 고향으로 돌아가는 일이 시급합니다. 이 땅은 본래 소련 땅입니다. 우리 일본인들이 떠나면 이 땅을 우리 대신 차지할 소련 당국은 어쩌면 조선인들을 강제로 여기에 억류시켜 놓고 계속 노동력을 착취할지도 모릅니다. 물론 가상이지만, 만에 하나 이런 사태가 벌어지면 우리 일본은 더 큰 잘못을 저지르는 결과가 될 것입니다. 우리보다 먼저 조선인들을 여기에서 떠나보내야 합니다. 일본은 그 문제에 책임을 져야 한다고 저는 감히 말씀드립니다. 따라서 저는 조선인 노무자들의 문제를 어떻게 먼저 해결하느냐가 보다 중요하다고 생각합니다.

또 한 가지, 전쟁은 전쟁으로 시작되고 끝나는 것입니다. 전쟁 중의 특정 사건을 문제 삼아 그 문제에 매달리고 보면 본말을 전도시키는 우를 범하게 될 것입니다. 그러므로 이 자리에서 소련군 첩자 운운의 이야기는 새로운 비극이나 원한을 불러올지언정 문제 해결의 열쇠는 아니라는 것이 저의 의견임을 감히 말씀드리고자 합니다. 말씀이 좀 길어져서 죄송합니다."

그러자 여기저기에서 한꺼번에 야유와 힐책이 터져나왔다.

"뭐야! 조선놈들을 두둔하는 거야?"

"혼자 양심가인 척하지 말란 말이야!"

"조선놈들 가운데 소련군과 내통한 첩자가 있다는 증거도 있어!"

그러자 이시무라가 다시 한 번 벌떡 일어서서 아까와는 달리 높은 소리로 말했다. 결코 대세에 밀려 참고 있지만은 않겠다는 의지가 분명해 보였다.

"나는 절대로 조선인을 편드는 게 아닙니다. 다만 터무니없는 편견을 갖거나 오해를 해서는 안 된다는 것뿐입니다. 소련군 첩자가 조선인 가운데 있다고 하셨는데, 그 증거를 대어 보시오. 증거를 보인다면 내가 먼저 그 첩자를 처단하는 일에 앞장서겠소."

그러자 첩자 운운했던 사나이가 앉은 채로 소리쳤다. 그는 이시무라를, 평소에 일본인이면서도 완전한 일본인도, 조선인 편을 들면서도 그렇다고 조선인도 아닌 이상한 놈이라고 봐왔던 터였다. 그래서 회색분자로 치부하고 있었다.

"너 같은 회색분자에게는 그 증거를 못 보여 주겠어. 증거가 없다고 현실적으로 존재하는 것을 부정하는 너야말로 정체가 뭐야? 조선놈들 중에 소련군의 첩자가 있다는 것은 증거가 없어도, 가라후토의 일본인들은 다 알고 있는 일이야. 내 말 알아듣겠어? 증거가 없는 것도 아니야. 하지만 위급한 시점에서 태평스럽게 증거만 고집하다가는 모두들 돌이킬 수 없는 후회를 하게 된다는 사실을 명심해야 해!"

그러자 다른 한 사람이 벌떡 일어서서 소리 질렀다. 그는 도저히 앉아서는 말할 수 없는 분노를 느낀 듯 손을 마구 휘저으며 이시무라에게 따졌다.

"아니, 이시무라 씨는 조선인 노무자들의 정당한 요구조건을 들어주자고 했는데, 도대체 그게 무슨 의미를 지닌 소리요? 우리 일본인인들 여기에 오고 싶어 왔겠소? 그렇다면 우리 일본 사람들과 조선 사람들의 요구 조건 중 어느 쪽이 더 절박하다고 생각하오? 피는 물보다 진하다는 진부한 표현을 빌리지 않더라도, 일본 사람들의 시급하고도 중차대한 당면 문제를 외면하고서 조선 사람들의 요구를 들어주자고? 그게 당신의 양심이오? 나 정말 당신을 알다가도 모르겠소. 도대체 어찌해서 그런 엉뚱한 발상이 가능한지 모르겠단 말이오. 당신 혹시 부모 중 한쪽은 조선 피 아니오?"

그러자 여태까지의 심각하고도 엄숙하던 분위기가 일시에 뒤바뀌면서 한바탕 폭소가 터져나왔다. 그리고 사람들은 웅성대기 시작했다. 이시무라는 얼굴이 붉게 물들며 심한 모욕감을 느꼈지만 더 일어서서 말할 상황이 못 되었다. 그때야 소장이 책상을 치면서 나섰다.

"조용히 하세요! 조용히들 해요! 공식석상에서 개인에 대한 인

신공격은 있을 수 없어요. 이시무라 씨의 의견에 잘못된 점이 있다면 감정보다도 논리적으로 그것을 밝혀주기 바랍니다. 본인은 이시무라 씨의 의견을 전적으로 옳다고 보지 않지만, 그렇다고 완전히 틀렸다고도 보지 않습니다."

그러자 다른 한 사람이 벌떡 일어났다. 검은빛이 도는 얼굴에 키가 컸고 완력도 있어 보였다.

"우선 우리는 본국의 지시를 받지 못하고 있습니다. 조선인들의 요구라면 첫째는 밀린 임금의 지급일 것이고, 둘째는 조선으로 돌아갈 수 있도록 일본이 책임을 져 달라고 하는 것일 겝니다. 그 밖에 우려되는 바가 있다면 원한을 가진 몇몇 일본 간부들에게 폭행을 가해 올 염려도 없지는 않습니다. 그런데 문제는 노임을 지불할 현금이 이곳에는 없다는 것입니다. 그러니 지불하고 싶지 않아서가 아닌, 현실이 그렇다는 겁니다. 또 조선인을 조선으로 돌려보내는 의무와 책임, 옳은 말씀입니다. 그러나 조선인을 조선으로 귀환할 수송책임 역시 본국의 정부가 책임져야 할 차원의 문제이지, 이번 전쟁의 피해자들인, 즉 가라후토 광업소 현장 간부들인 우리가 책임질 성질의 것은 아니라는 것입니다. 하나 더 말씀드리고 싶은 것은, 이제 곧 진주해 올 소련군이, 노동력이 극히 부족한 이 시점에서 일본인들에게나마 과연 본토 귀환을 허락해 주느냐 하는 의문이고, 게다가 소련군이 진주했을 때에 조선인들은 해방군을 환영한다는 핑계로 우리 일본인들에 대하여 어떻게 나올지 모르겠다는 우려입니다. 말씀이 좀 길어졌지만 일언이폐지하고 솔직히 말씀드려서, 조선인 노무자들이 전쟁이 끝났음을 알기 전에 우리 일본인들만이라도 시간을 다투어 이곳을 떠나는 것이 가장 좋은 방법이란 것입니다."

그러자, 옳소! 하는 소리가 사방에서 터져 나왔다. 이시무라도 결국은 그 방법밖에 없을 것임을 알고 있었다. 다만 첩자를 색출한다고 무고한 조선인을 학살하겠다는 의견이 잠잠해진 것만도 다행이라 생각하면서 회의의 진행을 지켜보고 있었다.

그러나 아까부터 소련군에 대한 첩자를 먼저 처치하자던 자가 저만치에서 옆에 앉은 사람의 귀에다 손바닥을 세워 갖다 대고 뭐라고 빠른 소리로 속삭이고 있는 게 보였다. 이시무라는 그것을 불안한 마음으로 눈여겨보고 있었다. 아니나 다를까, 부추김을 당한 자가 일어섰다.

"여러분, 참 딱도 하십니다. 삼천 명이 넘는 조선인들의 귀는 귀가 아니라고 생각하십니까? 그들도 지금 뭔가 낌새를 채고 우리의 거동을 관찰하고 있을 겁니다. 소련 공군기가 공습을 감행해 온 것도 대개는 알고 있고, 어제 정오의 천황폐하의 옥음을 직접 청취하지는 못했겠지만 별다른 이유 없이 오늘 작업을 쉬게 한 것도 조선인들이 낌새를 알아차릴 수 있는 충분한 이유가 되지 않습니까. 지금 조선인들은 하나같이 긴장해서 우리 일본인 간부들의 일거일동을 주시하고 있는 줄을 똑똑히 알아야 합니다. 이런 판국에 우리 일본인끼리 몰래 이곳을 빠져나간다고요? 외람된 말씀입니다만 정말 천진난만들 하십니다. 본토에서는 전쟁이 끝났다고 하지만 가라후토에서는 지금부터 전쟁이란 걸 왜 모르십니까? 죽느냐 사느냐란 문제는 먼저 죽이느냐, 살려뒀다가 되려 죽음을 당하느냐란 문제, 바로 그것입니다 여러분들의 신중한 판단 있으시기를 거듭 앙망합니다."

이시무라는 일이 점점 불길하게 진전되어 감을 알면서도 속수무책이었다. 이제는 오히려 입을 닫고 있는 것이 상책이라 생각되었다. 만약을 위해서라도, 자기가 일본인들로부터 심한 감시와 더 큰 의심을 받게 되면 그것은 조선인을 위해서 더없는 불행이 되겠기 때문이었다. 기어코 조선인들에게 도끼란 별명으로 불리는 자가, 모든 사람이 바라고 있는 발언을 했다. 그는 평소에도 조선인 노무자들의 원성을 가장 많이 사고 있었으며, 탈주하다가 붙잡혀 온 노무자들을 전문적으로 고문하던 자였다. 그래서 별명조차 악독함의 상징인 도끼였다. 그의 손에 의해 병신이 되거나 죽은 조선 사람은 헤아릴 수 없었고, 따라서 그의 명령에 의해 폐갱에 집어던져져 생매장된 사람이나 다코베야로 보내진 조선 사람 수도 또한 부지기수였다. 그러나 그의 무기는 성격이 포악한 만큼 매사가 치밀하여 실수가 없었고, 소위 천황에 대한 충성심이 맹목적이다시피 강해서 소장도 그를 함부로 대하지는 못했다. 그런 그가 결정적인 발언을 한 것이었다. 그러나 그의 발언 뒤에는 더 무서운 흉계가 숨어 있었다. 다만 그는 그것을 우회적으로 미화해서 표현했을 따름이었다.

"여러분, 저도 여러분들의 많은 의견을 잘 듣고 깊이 생각했습니다. 특히 이제 막 말씀하신, 먼저 죽이느냐, 살려뒀다가 되려 죽임을 당하느냐 하는 말씀을 듣고 생각되는 바가 있어, 이것만은 꼭 말씀드리고 싶어 일어났습니다. 사실 우리는 조선인들을 두고 몰래 도망칠 수는 없습니다. 절대로 우리들에게 잘 가라고 손을 흔들어 줄 조선인들은 없을 겁니다. 반드시 우리 앞을 가로막고 온갖 행패를 부릴 것들이 바로 저 야만적인 조선인들입니다. 따라서 우리는 잠시 그들의 눈을 속여야 합니다. 그 방법은 전 노무자들을 어느 한곳에 집결시켜 놓는 일입니다. 그러나 노천에다 그렇게 할 수는 없습니다. 그렇게 넓은 장소도 없거니와 아무 명분도 없기 때문입니다. 따라서 방법은 그들의 일터인 탄광일 수밖에 없습니다. 주광(主鑛)인 쌍(雙)갱도에 모두 몰아넣는 것입니다. 왜 각 합숙소가 맡은 갱도가 아닌 한 곳으로만 투입하느냐고 물을 것입니다. 일이 급하게 되어 쌍굴 입구에서 2킬로미터 지점을 지상으로 뚫어, 이 갱을 군수물자 기지창화한다는 비밀 아닌 비밀을 유포시키는 겁니다. 그런 말을 몰래 퍼뜨릴 사람은 저에게 맡겨 두십시오. 일이 시급하니까 말씀드리는데, 사실 조선인 노무자 합숙소마다 우리에게 정보를 제공해 주는 착한 조선인들이 있고, 그 책임자가 조선인 야마다 겐키(山田鉉基)입니다. 그자에게 오늘 즉시 합숙소의 모든 협조자에게 이 비밀 아닌 비밀을 유포하라는 지령을 내리겠습니다. 우리들의 준비를 위해 시간이 필요하겠기에 내일 점심시간이 끝나는 오후 1시 정각에 조선인 전원을 그 쌍굴로 집합하도록 하겠습니다. 조선인 노무자들이 모두 갱 속으로 투입된 것이 확인되면 우리는 몰래 대기시켜 놓은 차에 분승, 떠나는 겁니다."

말을 다 들은 소장이 전체를 향해 물었다.

"자, 방금 이 의견이 어떻습니까?"

그러자 누가 다시 말했다. 그는 꽤 순진하고도 양심적인 50대의 사무직원이었다.

"우리 솔직히 말합시다. 조신인 노무자들을 갱 속에 몰아넣는 것은 좋은데, 설마 그 이상의 불행을 입히지는 않겠지요?"

아무도 답이 없었고, 그 악질 제안자 도끼만이 속으로 구시렁거렸다.

"병신 같은 자식 같으니라구. 내 이런 일이 있을 줄 알고 다이나 마이트까지 다 준비를 해 뒀는데, 그런 말까지 까밝힐까, 병신 같은 새끼!"

이시무라는 아까부터 도끼의 속셈을 알고는 치를 떨었다.

23

회의를 마치고 나왔을 때는 이미 점심시간이 지나 있었다. 이시 무라는 급히 정상봉의 합숙소로 걸어갔다. 자신은 사제직에 있다 가 이리로 온몸, 정상봉은 신학교에 다니다가 4학년 때 끌려온 사 람, 이런 사실을 이시무라는 김형개가 전해준 말(식사 때의 동작 등)로 알게 된 뒤로 정상봉과 가까워졌던 것이다. 가까워져도 그 냥 가까운 정도가 아니었다. 진실로 그들은 하느님의 지체로서 친 형제처럼 모든 것을 서로 숨김없이 터놓고 이야기해 온 사이였다. 상봉도 그랬다. 비록 동족은 아니라고 할지라도, 상봉은 이시무라 같은 양심적인 일본인, 그것도 신앙을 같이하는 이시무라가 그럴 수 없이 미더웠다. 그러나 물론 김형개에게조차도 이러한 일은 철 저히 비밀로 해 두었다.

이시무라도 마찬가지였다. 어쩐지 그(상봉)의 표정이며 눈매, 언동에 이르기까지 상봉의 모두가 평화 그 자체였다. 참으로 홀 륭한 인격자라고 생각하고 있던 참인데, 김형개가 상봉의 태도가 자기와 같음을 넌지시 귀띔해 주었던 것이다. 그래서 그는, 상봉 이 경성에서 신학교를 다니다, 납치돼 온 사실도 상봉에게서 직 접 듣고 알았다. 이시무라는 그를 같은 사제로 대우했고, 그에게 동족인 일본인으로부터 느끼는 우정 이상의 형제애를 느끼고 있 었다.

그는 정상봉의 합숙소로 가서 한국인 노무자 한 사람에게 말 했다.

"힝아시하라 쇼호(東園相鳳) 씨 없어요?"

모든 조선인 노무자들은 이시무라에게만은 언제나 선생이란 호 칭을 쓰면서 존경해 왔기 때문에, 그 노무자는 정성을 다해 정상봉을 찾았다. 그러나 정상봉 그는 숙사 안에 없었다. 점심식사를 막 끝낸 그는 아무도 모르게 늘 혼자 가는 곳에서 기도를 하고 있었던 것이다.

한편, 정상봉을 찾지 못하고 도로 나오던 이시무라는 그때 막 강에서 목욕을 하고 올라오던 김형개를 만났다. 형개가 상봉과 함께 폐갱에서 울려오는 원혼들의 비명소리를 들었던 그 다리 앞에 서였다. 정상봉을 못 만나고 지나치려던 이시무라는 김형개를 보자, 이 사람이라면! 하는 생각을 했다. 김형개 역시 이시무라가 여느 노무자들보다도 관심을 가지고 지켜봐온 청년이었고, 특히 그의 정직, 성실, 의리 같은 것을 이시무라는 인정하고 있었기 때문이었다. 그래서 그는 형개를 조용히 불러 세웠다

"가네무라 게이가이(金村炯介) 군!"

형개는 부동자세를 취하며

"하잇!"

하고 거수경례를 붙였다. 그렇게 하도록 되어 있었던 것이다. 이시무라가 얼른 주위를 한번 살펴보더니 빠르고도 낮은 목소리로 말했다. 단도직입적이었다.

"내 말 잘 듣게. 내일 오후 1시 주광(主鑛)인 쌍굴로 전원이 모이라는 명령이 하달될 것이다. 그러나 한 사람도 명령에 응하지 않도록 힝아시하라 쇼호 씨에게 전하게. 단, 이 말을 내가 하더라고 하면 나는 죽네. 내 말 알겠는가? 중대한 이야기여서 다시 강조하네. 방금 내가 한 말, 복창해 보게!"

형개는 떨리는 가슴을 진정하며

"내일 오후 1시 쌍굴로 모이라는 명령에 복종치 말 것. 이 말을 힝아시하라 쇼호 씨에게 전하고, 절대 비밀을 지킬 것."

형개가 복창한 말을 듣고 난 이시무라는 한참 동안이나 김형개

의 눈을 똑바로 응시했다. 그러고는 건너갔다. 어쩐지 어깨를 늘어
뜨린 그의 뒷모습이 너무 왜소해 보인다는 생각을 하며 형개는 돌
아섰다.

그 다리는 어느 사이에 다시 시커먼 석탄가루로 물들어 있었다.
지난봄 동경에서 황족이 휴양차 와서 백마를 타고 이 다리를 건너
게 되었는데, 다리가 석탄가루로 더러워 백마의 발굽을 버린다고
김형개 숙사의 모든 노무자들이 갱으로 들어가는 대신, 냇가에서
잘디잔 흰 자갈만 주워다가 그 다리에 깔았었다. 그런 다리가 어
느새 시꺼멓게 되어 있었다.

김형개는 바로 숙사로 돌아와 정상봉을 찾았다. 그러나 보이지
않았다. 형개는 상봉이 잘 가는 숙사 건물 뒤쪽의 바위께로 가봤
다. 상봉은 자주 혼자, 큰 나무 밑의 그 너럭바위에 앉아 눈을 감
고 있곤 했던 것이다. 상봉은 과연 그곳에 있었다. 바로 거기에서
형개는 이시무라 선생에게서 들은 이야기를 상봉에게 귀띔해 주
었다. 정상봉은 즉시 이시무라를 찾아가 일본인들의 음모를 확인
했다. 그러고는 조선인 합숙소의 모든 방장들에게 이 말을 몰래
전하도록 연락했다 사실, 조선인 노무자들 중에는 그때쯤, 이미
시국에 중대한 변화가 있음을 은근히 눈치챈 이들이 있었다. 그러
지 않고서야 어제까지 그렇게도 지독한 작업을 시키던 광업소 당
국이 하루 종일 아무 이유도 없이 작업을 시키지 않을 까닭이 없
었기 때문이었다.

충북 청주 출신의 한경복(韓慶福)이 놀고 있는 동료들에게 천천
히 말했다.

"아무래도 수상하다니까. 나는 오늘 작업을 쉬면서도 마음이 조
마조마한 게, 갱 속의 작업 때보다 더 긴장된다니까."

그러자 이현기가 어느 사이에 도끼란 별명을 지니고 있는 그 일

본인으로부터 받은 지령대로 말하고 있었다.

"내일 쌍굴 위로 구멍을 내는 중대작업을, 여기 전 노무자들이 하기로 돼 있다던데."

"아니, 그게 무슨 소리여?"

경복이 묻자 현기가 다시 낮은 소리로 경복에게만 귀띔하듯 흘렸다.

"쌍굴이 인제 탄광보다는 군수물자 저장 창고가 된다는 소문이야."

"그렇다고 쌍굴 위로 구멍을 뚫는다니, 그게 쉬운 일이여?"

"어려운 공사지. 쌍굴 위의 산을 깎아 평지를 만들고, 쌍굴 안에서 그 평지까지 위로 큰 구멍을 뚫어 낼 모양이야. 그러려면 우리도 좀 쉬어야 하거든. 그래서 오늘은 쉬게 하는 거겠지. 힘을 모아 두자 이거겠지."

현기의 이러한 말에 경복이 다시 물었다.

"그래서 뭘 하겠다는 거여?"

"허허, 군수물자 기지창이 된다는 거라니까."

"그렇다고 굴 위에 구멍은 왜 뚫어?"

"승강기를 설치해서 더 신속하게 군수품의 출납을 하겠다던가 뭐."

현기는 시킨 대로 말하고 있었다.

"좌우간 일본이 위급헌 모양이여."

그러자 현기는 다른 노무자들의 무리 속으로 옮겨갔다. 거기서도 같은 말을 하고 있었다.

김형개는 지금도 뛰는 가슴을 진정하며 이시무라 선생의 말을 곰곰이 되씹고 있었다. 이상하다, 아무래도 왜놈들이 조선 사람들을 모두 죽일 흉계를 꾸미고 있는 게 틀림없어. 일본인 간부들의 사택을 자세히 살펴보아도, 멀찍한 거리인데도 사람들이 평소와는 다르게 분주히 움직이고 있는 것도 수상쩍었다. 그는 다시 정상봉을 찾아갔다.

"형님, 뭐가 우찌 된 깁니꺼?"

정상봉이 말했다 그는 눈에 눈물까지 글썽이며 형개의 어깨를 감싸 안으며 말했다.

"우리 조선이 해방되었어. 일본이 전쟁에 지고, 지금 이곳의 왜놈들이 도망치고 있어. 문제는 우리 조선 사람들을 쌍굴로 모아 폭사시키려고 계획하고 있는 거야! 오오, 하느님!"

그는 처음으로 형개가 듣는 앞에서 하느님을 불렀다.

"아하, 그래서 이시무라 선생이 그런 말을 했구나."

"그래서 형개 니 말을 듣고 아까 내가 이시무라 선생을 찾아가 확인했지. 움직이지 말라는 연락이 각 합숙소 방장에게로 갔어."

그러고는 정상봉이 형개의 귀에 입을 바짝 대고 속삭였다.

"내 정말 놀랐어. 야마다 갱끼(이현기)란 놈이 여태까지 우리 동정을 왜놈들한테 일러바친 스파이였다니…."

"그래요오? 그놈의 언동이 늘 좀 수상타 캤더니."

"너도 그렇게 생각했나? 나도 늘 경계해 왔지만, 이시무라 선생으로부터 막상 듣고 보니 치가 떨리는구나."

이때 뜻밖에 한 여자가 형개를 찾아왔다. 아까부터 형개를 찾아온 숙사 안을 헤매던 박소분이었다. 그녀는 전날 형개가 알려준 합숙소의 이름 '협동합숙소'만 기억한 채 위안소를 빠져나와 얼마나 헤맸는지 몰랐다.

오늘은 박소분에게로 오는 손님(?)도, 일본인들의 감시도 없었다. 그 틈을 타서 형개를 찾아 나선 것이었다.

형개는 박소분을 이내 알아보았다. 절로 얼굴이 달아올랐다. 그는 밖으로 나와 아무도 없는 곳에서 박소분을 만났다. 소분이 먼저 물었다.

"저 알아보시겠어예?"

"그럼요. 기야마 소훈 씨리고 했지요? 경남 함안 출신의…."

"맞습니더. 바빠서 퍼뜩 알려만 드립니더. 일본이 전쟁에 지고 망했다고 합니더. 지보고도 빨리 떠나라고 하는데…."

형개가 말했다.

"나도 방금 들었습니다. 속히 이곳을 떠나야지요."

소분은 형개의 이 말을 듣고도 한참을 쭈뼛쭈뼛 망설이고 있었다. 그러다 얼굴을 붉히면서 결심한 듯 말했다. 음성이 떨리고 있었다.

"지는… 게이가이 씨랑 같이 가고 싶어서예."

잠시 말을 끊었다가 그녀는 다시 고개를 숙인 채 말했다.

"지 겉은 여자를 우찌 생각하실지 모르지만…."

"알았습니다. 지금 우리가 여기서 오래 이야기를 하면 이상하니까 돌아가이소. 저녁에 찾아가겠습니다."

형개는 다시 정상봉에게 가려다가 바로 숙사로 돌아갔다. 이 일 저 일로 가슴이 몹시 두근거렸다. 처음 볼 때보다 훨씬 성숙한 것 같은 하얀 모습의 소분이 자꾸만 눈앞에 떠올랐다. 말할 때 내보이던 하얀 치열, 부끄러워 고개를 숙일 때의 발그스레한 목덜미….

저녁 식사 후 형개는 몰래 빠져나와 소분을 찾아갔다.

이튿날 오전에 과연 광업소 본부에서 오후 1시 정각에 쌍굴로 모이라는 명령이 떨어졌다. 그러나 아무도 거기에 가지 않았다. 가지 않아도 별일이 없었다. 다른 때 같았으면 명령 불복종의 조선 사람들은 모두 말도 못할 고문을 당했을 텐데도.

그날 밤, 그러니까 8월 17일 밤도 무사히 지나갔다. 다만 아침에 일어나 보니 일본인들이 모두 떠나고 밤 사이에 일본인 마을은 폐가처럼 변해 있었다. 그런데 김형개도 흔적이 없었다. 정상봉은 정체가 탄로난 이현기를 살리기 위해 애를 썼고, 그러느라 사라진 김형개를 생각할 겨를이 없었다.

그날 오후 늦게 소련군이 진주하여 광업소 본부를 접수했고 조선인 노무자들에게는 금족령을 내렸다.

그러나 이때까지도 이시무라는 그곳을 떠나지 않고 산에 숨어 있었다. 그러다가 그다음 날에야 그도 소련군을 피해 탄광촌을 혼자 떠났다.

9장

별이 빛나는 밤

24

출도는 가라후토로 와서 그런대로 안심하고 일할 수 있었다. 동생 판도가 남양 군도로 징용 갔다가 무사히 집으로 돌아왔기 때문이었다. 아버지 어머니가 건강이 좋지 않으시지만 판도가 자기 대신 가사를 돌보리라는 생각은 장남인 출도에게는 참으로 큰 위안이 되었다.

판도와는 형제간의 우애도 남달리 깊었다. 살림이 빠듯해서 장남인 출도는 고향에서 보통학교를 겨우 마치고, 상급 학교 진학을 아예 포기하고는 농사를 짓기 시작했다. 그러나 동생 판도는 진주에까지 내보내 진주농림학교를 진학하게 했던 것이다. 판도보다 4살 위인 출도는 판도에게 해야 할 일을 아버지 대신 자신이 다 하고 있었다. 학비를 대주고, 만날 때마다 공부를 독려하고, 진주에서 어떻게 생활하고 있는지, 생활지도까지 착실히 했다. 출도는 마치 판도에게 아버지와 같은 역할을 했던 것이다.

출도는 판도의 학자금을 위해, 겨울 방학이 되어 집으로 온 판도를 데리고 나무를 하러 산으로 가곤 했다. 고향 거창군 가북면은 산에 둘러싸인 곳이었다. 경남의 서북부 최북단에 위치해 서쪽으로는 덕유산(德裕山) 줄기가 전북과 경계를 이루고 동쪽으로는 가야산(伽倻山) 줄기가 경북과 맞불려 있었다. 특히 그의 마을은 가야산 줄기의 험난한 산들에 둘러싸여 협곡을 이루고 있었다. 마을의 북쪽으로는 수도산(修道山)이 단지봉(丹芝峰)과 어깨를 나란히 하고, 동쪽으로는 이상봉(二上峰), 서쪽으로는 보해산(譜海山)이 솟아 있었다.

이러한 지형 속에 위치한 출도의 고향 마을은 높은 하늘 아래, 푸른 산에 둘러싸인 작은 마을이었다. 따라서 나무를 하러 가기에는 안성맞춤이었다. 그러나 빈농인 출도의 집안은 문중산(門中山)도 없었다. 그래서 언제나 나무를 해도 산주(山主)의 눈을 피해 가슴을 조이면서 해야 했고, 그런 불안에서 해방되기 위해서는 멀고 깊은 산으로 들어가지 않을 수 없었다. 산주가 있어도 너무 거리가 멀어 산을 돌아보기 힘든 그런 곳으로 가서 고사(枯死)한 나무를 톱으로 잘라 지게에다 지고 오곤 했었다. 깊은 산에는 고사목이 아주 많았다. 언제나 집을 떠나 산으로 가는 데만도 오전이 거의 다 지나버릴 만큼 먼 거리였다. 점심으로 도시락을 준비해 가기는 하나, 그 밥은 늘 고구마밥이거나 조밥이었다. 쌀은 양념처럼 섞여 있고, 보리쌀과 고구마가 거의 전부였다. 껍질을 벗겨 칼로 썰어 둔 고구마를 솥의 맨 밑바닥에다 깔고, 그 위에 삶아둔 보리쌀을 얹고, 맨 위에 한 줌 정도의 쌀을 놓는다. 이것이 고구마밥을 안치는 순서이다. 밥이 다 되었을 때, 쌀과 보리쌀을 반반 정도 섞어 아버지와 어머니의 밥을 뜬다. 그다음에는 보리쌀과 고구마를 섞되, 고구마를 더 많이 섞은 밥이 출도와 판도의 밥이었다. 그리고 맨 밑에 남은 고구마와 조금 남은 보리쌀을 한꺼번에 비벼서 뜬 밥이 출도의 아내와 누이동생이 먹는 밥이었다. 그러자니 산에 가져가는 도시락도 고구마가 많이 섞인 밥일 수밖에 없었다. 쌀농사를 짓기는 해도 판도의 학자(學資)를 마련키 위해 장으로 가서 돈으로 바꿔야 했기 때문에, 가을걷이 때 말고는 쌀밥을 잘 먹지 못했다. 그나마 일제의 공출이 심해지면서는 아예 쌀은 구경도 못하게 되었고, 제사 때나 명절 때를 위해 몇 됫박의 쌀을 숨겨두곤 했는데, 이를 생미(상미 · 上米)라고 했다.

조밥은 충분히 삶아서 잘 해놓으면 고구마밥보다는 좀 나았다. 그러나 먹기가 마뜩찮기는 고구마밥과 오십보백보였다. 출도와 판도 가족들은 그저 하얀 쌀밥에 고깃국을 원대로 먹어보는 것이 소원이었다. 그 위에 소원이 있다면 기와집에 비단옷까지 입어보면 더할 수 없는 호강이었다.

이런 고구마밥을 도시락으로 싸서 산으로 가 먹었다. 반찬은 생된장에 고춧가루를 넣어 비빈 것과 김치였다. 김치도 고추 잎사귀에 어쩌다 배춧잎이나 무뿌리가 드물게 보이는 시커먼 고추 잎사귀 김치였다. 형제가 맑은 물가에 앉아 이런 밥을 먹는 것은 그래도 꿀맛이었다. 배가 워낙 출출하기 때문이다. 밥을 먹고 개울에 엎드려 입을 물에다 대고는 맑은 물을 양껏 들이마신다. 속이 다 서느름해지면서 끄르륵 트림이 나온다. 담배 한 대를 종이에 말아 피운다. 누렇게 잘 뜬(발효가 된) 담뱃잎을 목침에다 놓고, 숫돌에 잘 갈아둔 칼로 총총히 썬 담배를 얇은 종이에 말아 부싯돌로 불을 당겨 피우곤 했다. 담배를 다 피우면 그때부터 톱으로 고사목을 베기 시작한다.

한 짐의 나무를 하는 데는 잠깐이면 되었다. 이것을 지게에다 지고 내려가는 것이 문제였다. 산길을 다니는 사람의 지게는 목발이 짧다. 바위 같은 데에 걸리지 않기 위해서다. 이렇게 짧은 목발인데도 지게질이 서툰 판도는 자주 목발이 가파른 산길의 돌에나 바위, 나뭇등걸에 걸려 나뒹굴어지곤 했다. 아주 위험했다. 지게에 졌던 나무둥치에 뒷골이라도 맞으면서 앞으로 자빠지면, 다치고 마는 정도가 아니라 목숨까지도 잃을 수 있기 때문이었다.

이렇게 애써 나뭇짐을 집에까지 지고 오면 또 적당한 길이로 다시 톱질해서 장작을 패야 한다. 이 장작이 비로소 돈이 되는 것이다.

장작을 지고 장으로 가면, 팔리기까지 종일 장터의 나뭇전 거리에서 지게를 받쳐 놓고 기다려야 했다. 어떤 때는 종일 기다려도 임자가 나서지 않는 날도 있었다. 그러나 요행히 일찍 팔리면 그 돈을 그대로 지니고 집으로 돌아온다. 국밥집의 김이 무럭무럭 나는 쇠고기국밥, 그 벌그스레한 양념 기름의 국물…. 그런 국밥에다 막걸리나 한 사발 마셨으면… 싫었지만 출도는 언제나 침을 삼키면서 외면했다. 그러다가 집으로 오는 장터 입구에 있는 탁주 도가에 들어가서 탁주를 바가지째 떠서 벌컥벌컥 마시고는 술통 옆의 소금 접시에서 손가락으로 소금을 조금 집어서 먹곤 했다. 이것이 점심 요기였다. 술값도 쌌다. 이렇게 해서 돈을 만들어 판도 공부를 시켰던 출도였다.

판도는 어릴 때부터 어려운 한자 같은 것도 한 번 보면 익히는 아이였다. 보통학교에 들어가서도 항상 반에서 1등만 해 왔다. 조행도 갑(甲)이었다.

그러나 출도는 4년제 가북보통학교를 마치고 다시 6년제 가조 공립 심상소학교 5학년에 편입해서 2년을 더 다녔지만 반에서 항상 중 정도의 성적이었다. 조행도 갑은 한두 번을 받아 봤고, 늘 을(乙)만 받아 왔다. 그래서 자기는 스스로 공부를 포기하고 뛰어난 동생을 자기 대신 공부시키기로 아버지와 의논했던 것이다. 하기는 성적이 출도보다 못한 아이라도 살기만 따뜻하면 상급학교에 갔지만, 출도의 집안 형편에 둘을 한꺼번에 공부시키는 것은 어림도 없었다.

그러나 아버지의 건강이 악화되자 판도의 공부 책임이 형인 출도에게만 지워졌던 것이고, 그래서 그는 겨울이면 판도와 함께 늘 나무를 하러 깊은 산으로 다니곤 했다. 나무를 장에 내다 파는 것이 유일한 부수입이었다.

그날은 아침부터 구름이 끼어 있었고, 그래서 그렇게 춥지는 않았다. 눈이 오기 전날의 날씨가 본래 이랬다. 그러나 판도가 와 있을 동안만이라도 나무를 더 많이 해 둬야 했다. 하루라도 그냥 놀 수가 없었다. 출도는 판도를 보며 물었다. 출도의 결혼 직후의 겨울이었다.

"판도야, 오늘 눈 안 오겠나?"

"모르겠소, 날씨가 궂기는 해도 푸근하네요. 이라다가 내일은 눈이 오겠네요."

"나무하로 가까?"

"형님이 가자몬 가야 안 되겠는교?"

사실 판도는 형님이 고맙기만 해서 하루를 쉬고 싶어도 쉬자는 말을 할 수가 없었다. 누구 때문에 해 나르는 나무인가.

이래서 이들은 산으로 갔다. 그러나 막 점심을 먹으려고 하자 내일쯤 올 거라고 예상했던 눈발이 날리기 시작했다. 눈송이가 작은 목화 송이만 했다. 형제는 얼른, 그것도 평소보다 훨씬 가볍게 나무를 해서 지게에다 얹었다. 새끼로 단단히 묶어 짊어지자 빠른 걸음으로 내려가기 시작했다. 그러나 눈이 어떻게나 무섭게 퍼붓던지 당장 길바닥이 보이지 않게 되었다. 형제는 거의 기다시피해서 하산 길을 재촉했다. 그러나 평소에 비해 엄청나게 더딘 속도였다. 아무리 빨리 자국을 옮기려 해도 발밑이 미끄러워 무릎 아래가 사시나무처럼 떨리기만 했다. 특히 판도는 형 출도의 뒤에서 형의 발자국을 따라 걸음을 옮기면서도 자꾸 처졌다.

눈이야 오고 있었지만 길이 환해 좋긴 했다. 정 안 되면 나무를 내려놓고 빈 지게만 지고 가도 안 될 것은 없었다. 그런데도 어쩐지 좀 불안했다. 형제가 모두 그랬다. 드디어 판도가 말했다.

"형님, 그만 나무를 내려놓고 가입시더."

"되재(힘들지)? 좀 쉬자."

출도는 여기까지 지고 온 나무가 아까워 그냥 좀 쉬자고만 했다. 형제는 잠시 지게를 받쳐 놓고 숨을 돌렸다. 나뭇짐 위에 눈이 수북하게 쌓여 있었다. 그들은 그 눈을 대강 털어내었다. 좀 쉰 그들은 다시 지게를 지고 걷기 시작했다. 이마에서는 눈 녹은 물이 땀과 섞여 온 얼굴을 적셨고, 목에서는 홧홧 뜨거운 기운이 쉴 새 없이 토해져 나왔다.

이제 길은 발목이 폭폭 빠졌고, 눈이 아니라도 길과 산을 분간할 수도 없게 되었다. 어두워져서 열 발 앞이 안 보일 정도였다. 그러나 형제는 서로 의지해가며 천천히 지게 작대기로 발 앞을 짚으면서 한 발 한 발 조심스럽게 내려오고 있었다. 쏟아지는 눈송이가 머리와 얼굴에서 녹아 연방 땀과 섞여, 훔쳐내도 훔쳐내도 목덜미를 적시고 있었다. 그때였다. 앞장서 걷고 있는 출도의 머리 위로 한 바가지의 눈이 확 덮여왔다. 처음 출도는 나뭇짐에서 떨어지는 눈으로 착각했다. 잠시 뒤 또 그런 현상이 일어났다. 출도는 이상한 예감과 함께 머리끝이 하늘로 쭈뼛 치솟는 듯한 무섬증을 느끼며 그 자리에서 멈춰 섰다. 따라오던 판도가 말했다.

"와 그라요, 형님?"

바로 그 순간이었다. 판도도 한 바가지의 눈을 덮어썼다. 그때 출도는 봤던 것이다. 저만치 가까운 언덕 위의 화등잔 같은 불빛을. 그러나 그것은 붉은 빛이 아닌, 시퍼런 불빛이었다. 밤중에 소를 둘러보기 위해 외양간으로 가 보면 소도 그런 눈빛[眼光]을 갖고 있었다. 그러나 작고 약한 눈빛이었다. 개도 고양이도 모두 밤만 되면 그런 눈빛을 갖고 있었다. 그런데 언덕 위의 눈빛은 엄청나게 크기도 했지만, 그 푸른빛이 너무나 강했던 것이다.

출도는 침착하게 나뭇짐을 내려 작대기로 받쳤다. 이때쯤 판도도 그 불빛을 보고는 말없이 형을 따라 나뭇짐을 내려, 지게 작대기로 받쳤다. 형제는 꼼짝도 못할 만큼 단번에 사지가 오그라드는 듯한 무서움증에 휩싸였다. 출도가 속삭였다.

"큰짐승이다!"

큰짐승이란 호랑이를 두고 쓰는 말이었다. 옛날부터 호환을 당해 온 동네 사람들은 호랑이 혹은 범이란 말을 금기시해 왔다. 마을로 내려온 호랑이를 산손님, 혹은 산주(山主), 어떤 사람은 산신령이라고 부르기까지 했다 그러나 일반적으로 호랑이를 가리킬 때는 그냥 '큰짐승'이라고 했던 것이다. 출도는 부싯돌을 꺼내, 말린 쑥을 비벼 솜처럼 만든 것과 쇠를 함께 싸잡고 힘껏 마주쳤다. 딱, 하는 소리와 함께 불빛이 반짝했다. 이내 쑥 타는 냄새와 함께 불이 빨갛게 번졌다. 담뱃불을 붙일 때 쓰는 것이었다. 출도는 쑥솜을 있는 대로 내어 불을 붙여 판도에게 주며 속삭였다.

"나뭇짐에서 눈이 안 묻은 나무 껍데기나 잔가지를 좀 빼내라!"

판도는 형의 의도를 알고 있었다, 모든 동물은 불을 겁낸다. 특히 호랑이는 본능적으로 불을 겁낸다. 그래서 불빛을 내어 호랑이를 쫓자는 생각이었다. 판도가 출도로부터 받은 불 붙은 쑥솜을 얇은 나무껍질과 함께 잡고 휘휘 돌렸다. 이내 불빛이 커지면서 환하게 빛났다. 그러자 잠시 뒤 언덕 위의 불빛은 소리도 없이, 발자국 소리 하나 안 내고 사라져 갔다. 그들은 다시 각자의 지게에서 나무껍질을 벗겼다. 손톱이 떨어질 지경으로 아팠다. 고사목은 아예 껍질이 벗겨지고 없거나, 있어도 나무둥치에서 벌름하니 떨어져 있어 벗겨내기가 쉬웠다. 하지만 맨손톱으로 벗기기에는 힘이 들었다. 그들은 나무껍질에다 불을 붙여 아예 횃불처럼 쳐들고 빈 지게를 지고 산을 내려가 집에 닿았다.

온 가족이 저녁도 먹지 않고 그들을 기다리고 있었다. 판도는 등잔만 한 불을 두고 항아리만 하더라고 했다. 판도의 과장이 심한 말을 듣고도 출도는 고치지 않았다. 아버지가 말했다.

"제 고을 짐승은 사람을 해치지는 않느니라."

어머니가 아들들의 두 손을 잡으며 말했다.

"아이구, 하느님이 돌보셨고 조상님이 돌보셨구나. 이 귀한 내 자슥들을… 쯧쯧….."

어머니는 눈물을 글썽거렸다. 이내 코도 풀었다.

아버지가 다시 말했다.

"그래도 산에는 산짐승이 있어야 하는 기다. 그런데 근년에는 왜놈들이 총질로 산짐승이란 산짐승은 씨를 몰랴고(말리고) 있으니 이 일대 산에서도 왜놈들은 해마장(해마다) 범이나 표범, 곰 겉은 짐승을 수도 없이 잡아 껍데기를 벗겨 일본으로 가져가고 있으니….."

"그런데도 큰짐승이 안죽(아직) 남아 있으니 다행이다. 불빛이 항아리만 했다니께 큰짐승 중에서도 큰짐승이었구나."

판도는 호랑이의 눈빛이 내는 불을 항아리만 하더라고 했던 것이다. 출도는 판도를 생각할 때마다 이런 오랜 기억들이 함께 되살아나곤 했었다. 재주 있고, 입담 좋고, 인정 많은 내 동생….

판도가 남양군도로 징용을 떠날 때는 아버지 어머니보다 출도가 더 애석해했다. 이유는 형제간의 깊은 우애도 있었지만, 출도가 그렇게 고생해 가면서 판도의 학비를 마련해 주고 있었기 때문이다. 그런 동생이 한 번 떠나면 살아서 돌아온다고 어찌 장담하겠는가.

25

판도가 징용으로 끌려간 지 2년이 가까워 왔을 무렵인 43년 8월에 어처구니없게도 속아서 그만 출도 자신도 사할린으로 왔다. '모집'에 속았던 것이다. '報國隊募集'이란 완장을 두른 일본 사람과 면서기가 함께 왔었다. 일도 농사보다는 수월할뿐더러 건축공사장 같은 데서 잡역부 노릇만 하는 데도 일급(일당) 5원을 준다고 했다. 따라서 숙식비를 빼고서도 한 달에 130원을 모을 수 있고, 1년이면 1500원의 저금은 거뜬하다고 했다. 그러면서 계약서에 날인을 하라고 했다. 계약 기간은 1년, 2년, 3년, 세 가지가 있었다. 아버지는 아무 말도 안 했고, 어머니는 말렸고, 아내는 눈물만 흘리고 있었다. 그는 '2년'에다 도장을 찍고, 3000원이란 거금을 손에 쥘 희망에 부풀어 스스로 집을 떠났던 것이다,

떠나기는 했지만 가라후토에 와서도 쉽사리 일이 손에 잡히지 않았다. 단시일에 돈을 벌어 거금을 쥐려고 했던 욕심이 아무래도 분수에 넘치는 것 같았고, 그것보다도 농사일을 못 하시는 부모님만 두고 왔으니, 내가 눈이 뒤집혔던 게 아닌가, 하는 생각이 떠나지를 않았기 때문이다. 바로 그 무렵, 판도의 편지가 왔었다. 무사히 고향으로 돌아왔다는 것이다. 그는 크게 안도의 한숨을 쉬었다. 지난날 자기의 수고가 결코 헛되지 않도록 하기 위해 판도가 돌아온 것이라 생각했다. 얼마나 다행한 일인가…. 그런데 한참 뒤집에서 온 누이동생의 편지에 의하면 판도 오빠가 새벽에 모집 계

원들에 의해 끌려 나갔는데, 아마 가라후토로 간 것 같다는 내용이었다. 아버지 어머니가 일어를 못했기 때문에 어린 누이동생이 직접 써 보낸 편지였다. 기가 차서 말이 안 나왔다. 한동안 넋이 빠졌다.

그러나 출도는 판도가 있는 곳을 알지 못했다. 찾을 수도 없었다. 집으로 판도가 있는 곳을 알려달라는 편지를 보내도 답이 없었다. 정말 미칠 지경이었다.

출도는 처음 얼마간은 조선에서의 약속대로 코르사코프에서 일본인 사택 건축공사장 같은 곳에서 잡역부 노릇을 했다. 그러나 일당은 5원이 아닌 2원 80전이었고, 그것도 비가 오거나 눈이 오면 일을 쉬어야 했기 때문에 한 달에 20일 일하기가 힘들었다. 게다가 합숙비며 피복비 등을 떼고 나면 저축이 거의 되지 않는 상태였다. 그래서 그는 한 달 내내 안 쉬고 꼬박 일할 수 있는 탄광으로 가려고 했었다. 그런데 탄광에서 오래전에 퇴직하고 나온, 나이 꽤 든 사람(초기에는 탄광 인부도 자의로 퇴직이 가능했음)이 말했다. 그는 사할린으로 가족을 데리고 와 살림을 하고 있었다.

"작기(적게) 묵고 가는 똥 싸게. 많이 묵고 굵은 똥 쌀라 카다가 지리(지레) 죽는 벱이네. 탄광이란 데가 그리 숩게 돈만 벌리는 데가 아니라네."

이래서 탄광에도 가지 않고 비교적 자유롭게 여기저기 날품팔이를 하고 돌아다녔다. 교량 건설 공사장, 군용 비행장 건설 공사장, 도로 건설 공사장…. 사할린 전역을 자기와 같은 형편의 조선인들과 함께 마치 꿀벌이 꽃을 찾아 몰려다니듯 떼를 지어 일을 찾아 다녔다. 그러나 45년으로 접어들자 일만 시키고 노임을 지불하지 않는 수가 생겼다. 보통 열흘에 한 번씩, 길어도 보름이면 지불하던 노임을 한 달이 지나도록 안 주는 바람에 결국 받지 못하고 떼인 일이 여러 번 있었다.

　그러다 찾아간 곳이 시스카(포로나이스크)였다. 그곳은 북위 50
도의 국경선이 가까운 북쪽이었다. 그리고 동해안을 따라 뻗쳐 있
는 외줄기 철도선의 최종착지였다. 에스토루(우글레고르스크)가
서북부의 조선 사람들의 집결지라면, 이 시스카(포로나이스크)는
동북부의 조선 사람들이 떼지어 모여 사는 최북단이었다. 출도는
거기로 45년 1월에 올라갔던 것이다. 그리로 가면서 겪은 일인데,
눈이 너무 많이 내려 기차가 며칠이나 철로 위에서 오도 가도 못
한 일이 있었다. 바로 시루도루(마카로프) 역을 지나서 얼마 북상
하지 않아 있었던 일이다. 바다 쪽에서는 무서운 파도가 산더미처
럼 밀려와 쉴 새 없이 해안선을 물어 씹었다. 이곳의 바다는, 바다
도 사막처럼 황량했다. 망망대해에 배 한 척이 안 보였고, 그 흔한
갈매기조차 한 마리도 볼 수 없었다. 철도에서 얼마 멀지 않은 곳
이 해안선이어서 출도는 일행들과 함께 그런 황량한 바다를 차창
을 통해 내다보고 있었다. 바깥 날씨는 무섭게 추웠다. 서서 소변
을 보면 소변 줄기가 무지개처럼 곡선을 그리며 얼어붙었다. 잘못
하면 소변보는 중요 부위가 동상에 걸릴 지경이었다. 그러나 기차
안의 난방은 그런대로 견딜 만한 게 천만다행이었다. 석탄이 흔한
곳이어서 기관차에 석탄은 충분했다. 하지만 먹을 것이 문제였다.
그들은 보따리에서 먹을 만한 것은 모두 꺼내 나누어 먹었다. 바
람이 무섭게 몰아치는 데도 열차 문을 열고 나가 눈을 뭉쳐 들어
오면 그것을 식수 삼아 입안에다 마구 쑤셔 넣었다.

　눈이 그치자 기차는 움직였다. 그러나 기차에 탔던 조선 사람들
이 모두 내려 기관차 앞에 산더미처럼 밀린 눈을 일일이 치워 줘야
만 했다. 그럴 때도 일본 사람들은 당연한 듯이 그런 모습을 멀거
니 보고 있었다. 고향에서 머슴이나 살던 조선 사람들은 그런 일

쯤은 누가 안 시켜도 스스로 했던 것이다.

이렇게 해서 찾아간 곳이 시스카(포로나이스크)였다. 그러나 그곳에서는 기다리는 사람도 없었고, 노임이 후한 일자리도 마땅치 않았다. 그래도 출도는 매월 자기 손으로 꼭꼭 고향에다 얼마씩 송금을 해왔었고, 통장에는 항상 700여 원의 잔고를 두고 있었다. 그러나 이곳으로 오기 전에 모두 인출, 고향으로 한꺼번에 송금해버려, 수중에는 비상금 50원이 남았을 뿐이었다. 돈이 떨어지기 전에 어딘가 일자리를 찾아야 했다. 그래서 찾은 일이 벌목작업이었다. 산마다 무진장으로 들어서 있는 나무를 베어 시스카(포로나이스크)역까지 운반해놓으면, 역에서 무개화차가 그것을 싣고 남으로 내려갔다. 펄프공장으로도 갔고, 탄광의 갱목으로도 쓰인다고 했다. 노임은 박했다. 하루하루 먹고 자면 남는 게 거의 없었으나 계약기간이 8월 말에 끝나므로, 그 기간만 채우면 고향으로 돌아갈 생각이었다. 그런데 8월로 접어들자 하루가 다르게 공기가 바뀌어 갔다.

8월 10일, 이날은 1년에 한 번 있는 축제일이었다. 이곳 원주민들인 길야크족과 오롯크족의 뱃놀이 경기가 호르나이스강에서 벌어지는 즐거운 날이었다. 따라서 시스카의 모든 주민들의 잔칫날이어서 아침부터 들떠 있었다. 그런데 느닷없이 나타난 폭격기가 포로나이스크의 일인 마을을 공습해서 모두 불타버렸다. 소련군의 비행기라고 했다. 그것만도 아니었다. 국경선에서 얼마 안 되는 이곳으로 소련군이 전차를 몰고 쳐내려오고 있다고 했다. 소련군 탱크에서 터져 나오는 은은한 포성이 점점 가까워지면서 이곳의 모든 사람들을 공포에 떨게 했다. 드디어 포성이 바로 곁에서 울려오기 시작했고, 포탄 터지는 소리에 가옥의 유리창이 한꺼번에 와장창 부서져 내리기도 했다. 사람들은 너도 나도 맨몸으로 피난을 떠나기 시작했다. 출도도 산으로 가는 대신 동료들과 기차역으로 나갔다.

동료들 중에는 그때 혼자 이곳으로 와 있던 일인 벌목감독 오스카(大塚)도 끼여 있었다. 그는 사람이 무척 좋아, 조선인 노무자와 항상 잘 어울리는 보기 드문 호인이었다. 그래서 정말 동포 동료라는 착각이 들 정도였다.

그러나 역에는 피난민들로 북새통을 이루고 있었다. 부모를 잃고 우는 아이에, 가족들의 버림을 받은 늙은 노인들은 그냥 아무데나 기대 앉아 있거나 드러누워 있었다. 입을 벌리고 있지 않으면 눈들을 감고 있었다.

이미 열차는 차량마다 피난민들로 꽉꽉 찼고, 차의 지붕에도 사람들로 넘쳐났다. 마지막 기차라고 했다. 기차는 막 출발하려고 목이 쉰 듯한 기적소리를 몇 번이고 울려대고 있었다. 그러다 이내 치익치익, 기관차 옆구리에서 하얀 김을 힘차게 뿜어내며 출발했다. 출도 일행은 그런 광경을 역의 플랫폼 멀찍이서 지켜보고 있었다. 기차에 올라탈 마음을 진작 포기한 채였다. 마지막 기차를 타지 못하는 안타까움이야 컸지만, 그렇다고 땅에 퍼질러 앉아 발버둥을 칠 수도 없는 노릇이었다.

그때였다. 20여 명의 여자들이 이제 막 출발한 기차를 향해 저만치서 뛰어오고 있었다. 여자들은 떼를 지어 기관차를 향해 달려오면서, 모자 테를 내려 턱에다 걸고 있는 기관사에게 절망에 찬 소리로 울부짖었다. 기차를 세워 달라고 소리소리 지르고 있었다. 그러나 기차는 서서히 속력을 내어 달려올 뿐, 멈추지 않았다. 드디어 여자들이 기차를 따라잡아, 여름의 햇빛을 받아 빛나는 선로의 궤도 안으로 들어섰다. 기차가 요란하게 연속적으로 기적을 울렸다. 그러나 여자들은 기관차 앞에서, 기관차와 같은 방향으로

뛰면서 뒤를 돌아보고 필사적으로 세워 주세요! 하고 울부짖었다
그러다 지쳐서 선로에 쓰러지는 여자도 있었고, 선로 옆으로 퉁겨
져 나온 여자도 있었다. 기차는 넘어진 여자들을 가르며 쏜살같이
달려 나갔다. 무서운 단말마의 비명이 기차 소리 속에 섞여 들렸
고, 피가 사방으로 튀었다. 선로 위에는 피로 범벅이 된 살덩어리
가 흩어졌다. 잠깐 사이에 생긴 비극이었다.

　살아남은 4, 5명의 여자들은 동료들의 시체들을 망연히 바라볼
뿐, 아무 소리도 하지 못하다가 그 자리에 풀썩풀썩 주저앉았다.
그때까지 조선인 노무자들은 그 여자들이 누구인지를 몰랐다. 알
까닭이 없었다. 출도는 이 엄청난 비극에 부르르 몸을 떨며 눈을
돌렸다. 그리고 혀를 끌끌 찼다. 그때야 숨을 죽이고 있던 오스카
감독이 죄인처럼 풀이 죽은 목소리로 말했다.

　"시스카(포로나이스크) 거주 일본인들을 상대로 살아온 홍등가
의 여자들입니다."

　"홍등가의 여자들이라면?"

　"몸을 팔아서 대일본제국의 생산에 봉사하던 데이신따이(정신
대) 출신 여자들입니다."

　"데이신따이 출신 여자들?"

　"데이신따이로 이곳까지 끌려왔다, 운이 좋으면 민간인 경영의
홍등가로 빠져나올 수도 있지요."

　"그럼 조선 여자란 말 아닙니까?"

　그러나 그는 대답도 없이 돌아서 터덜터덜 걸어갔다.

　이 여자들도 모두 조선에서 후한 임금을 준다는 날강도 놈들의
감언이설에 속아서 왔을 것이다…. 출도는 가슴 밑바닥에서 치밀
어 오르는 분노를 짓씹으며 동료들과 함께 철로에 흩어진 살덩이
를 수습하여 근처의 산에다 대강 묻어 주었다. 그러나 이런 선행

또한 크게 잘못한 일이었다.

이때부터 이곳 포로나이스크의 조선인들에게 위험이 몰아치고 있었다. 그것은 어쩌면 1923년 일본의 관동 대지진 때의 상황과 똑같은 것이었다.

소련의 타슈켄트에는 38만 명이나 되는 조선인이 살고 있었다. 이번에 국경을 넘어 침공한 소련군들의 상당수가 그 조선인의 2세이다. 따라서 이곳의 조선인과 소련군은 내통이 돼 있다…, 하는 유언비어가 자고 나면 눈덩이처럼 부풀어 온 일본인들을 들쑤시고 퍼져 나갔다. 인심은 흉흉해지고 조선 사람들을 보는 모든 일본 사람들의 눈빛에는 살기가 돌고 있었다. 이렇게 되자 처음엔 박출도 등, 조선 사람들과 함께 일하며 조선 사람들을 동정하던 오스카도 생명에 위험을 느꼈는지 아예 나타나지도 않았다.

관동 대지진 때, 조선 사람이 우물에 독약을 넣었다, 방화를 했다는 유언비어 때문에 일본 사람들이 자경단(自警團)을 조직하여 무고한 조선 사람들을 학살했듯이, 이곳도 바로 그런 분위기가 조성되어 갔다. 남하해 온 소련군과 호응하여 조선인이 폭동을 일으켜 일본 사람을 해친다고 한다….

이러한 유언비어는 국경인 북위 50도선을 넘어 남사할린을 침공한 소련군이 포로나이스크 가까이로 왔을 때는, 기정사실처럼 굳어졌다. 소련군이 일본 항복일인 8월 15일이 지나도 계속 전투를 멈추지 않고 남하해 오자 그 불안은 절정에 달하였다. 드디어 일본군 1개 중대가 특공대를 조직하여 소련군에 돌진, 모두 전멸했다는 소문과 함께 소련군이 포로나이스크의 바로 눈앞까지 밀고 내려왔을 때, 비극은 터졌다.

포로나이스크 경찰서에서는 소련군의 첩자를 제거한다는 명목으로 조선인 노무자 18명을 유치장으로 잡아들였다. 기관차에 치여 죽은 조선인 여자들의 시체를 수습, 묻어준 박출도 일행이 모두 그 일 하나로 첩자의 혐의를 받고 붙들렸던 것이다. 이들이 결코 첩자가 아니라는 사실을 알고 있는 오스카 감독 혼자만의 구명 운동은 계란으로 바위치기였다. 아무런 힘도 안 되었다.

8월 18일 오후, 일본 경찰은 소련군이 진주해 오기 직전 박출도 외 17명을 유치장에 가둔 채 총살했다. 그러고는 증거인멸을 위해 유치장에 불을 질러 사체까지 태워버렸다.

이리하여 박출도는 한 많은 짧은 인생을 원한 속에 끝마쳤다. 그는 그때 29살이었다. 1945년 8월 18일이었다.

오스카는 자기가 데리고 있던 조선인 18명이 모두 총살당했다는 사실을 그 뒤에 알아내었고, 그는 종전 후에도 그의 조국으로 돌아가기를 거부했다. 그는 사할린에 남아 소련군 점령하에서 토목 감독관으로 20년을 일하다 1965년 9월에 귀국, '재일 사할린 억류 귀환 한국인회'에서 이런 사실을 회고했다.

26

학살 사건은 또 있었다. 포로나이스크의 사건이 사할린의 최북단이라면, 이번에는 사할린의 최남단, 바다에서 얼마 멀지 않은 곳에서 벌어졌고, 그것도 포로나이스크와 거의 같은 무렵인 8월 19일의 일이었다.

최해술(崔海述)은 1945년 8월 18일까지도 사할린 최남단 아니바(일본지명 루다카)에서 가스드로스카야(일본지명 고노토로)까지의 150km 도로 공사에 투입되어 일하고 있었다. 그의 조가 맡은 공구가 가장 공사 진척이 더디다고 일인 감독들은 호된 채찍을 가했다. 물론 노무자는 전원 조선 사람이었고, 최해술이 소속된 조의 공구에도 36명이 순전히 곡괭이와 삽으로만 바위를 들어내고 흙을 파내는 고된 작업을 하고 있었다. 미처 완공되지도 못한 형태만의 도로 위로 8월 16일부터 갑작스럽게 많은 차량들이 코르사코프 쪽으로 질주해 가기 시작했다. 이상스럽게도 트럭 위에는 일본 여자들과 아이들도 탔고, 더러는 키우던 개까지 실려 가고 있었다. 그러나 조선인 노무자들은 잠깐씩 그들을 부러운 눈초리로 바라봤고, 일본인 감독들은 그때마다 가죽 채찍을 휘둘렀다. 그러다 그날 18일 저녁에야 일본이 전쟁에서 손을 든 것을 알았다. 그런데도 일본인 감독들은 왜 죽자고 일을 시켰을까. 그것은 그 길이 일본 사람들이 본국으로 철수하기 위해 코르사코프 항구로 가는 요긴한 통로가 되었기 때문이다. 처음에는 코르사코프에서 새로 건설된 군용 비행장으로 통하게 하려는 도로였지만, 전쟁에 지자 일본인들의 피난 전용 도로처럼 되었기 때문에 그때까지도 죽자 살자 그 마지막 공구를 완공하려고 했던 것이다. 일본인 노무 감독들은 가죽 채찍을 든 5, 6명에 불과했다. 조선인 노무자들은 합숙소에서 비밀회의를 열었다. 내일 아침 공사장에 닿는 즉시 왜놈들을 처치해 버리고 우리도 코르사코프로 가자! 부모 형제가 기다리는 고향 땅으로 가자! 그러나 이 계획은 불행히도 일본인 감독들에게 사전에 탄로나고 말았다. 어떻게 그러한 극비 사항이 일본인들 귀에 들어갔는지는 아무도 모른다. 그 속에도 첩자가 있었을 거라고 짐작은 할 수 있지만 그 밖에는 그 어떤 것도 알 수 없다.

그들은 19일 아침, 공사 현장에 나가자마자 5, 6명이 한 패가 되어 일본인 감독 하나씩을 처치하자고 했던 것인데, 이상하게도 합숙소에서부터 공사 현장까지 무장을 한 일본 군인들이 보초를 서듯 길가에 도열해 있다가 그들과 함께 이동했다. 얼핏 보면 조선인 노무자들의 신변보호 같기도 했다. 이상한 낌새를 챈 최해술이 일본인 감독에게 물었다.

"오늘 무슨 일이 있습니까?"

"비행장 건설공사 완공을 둘러보기 위해 본토에서 직접 공군 소장이 와서, 이 도로의 최종 공구인 이곳도 보러 온다는군."

그 말을 듣고 일단 안심을 한 최해술은 얼른 그 공군 소장이 이 도로를 통과하기를 기다렸다. 그러나 온다던 공군 소장은 오지 않았다. 거의 완공된 도로 위로는 수많은 자동차만 사람들을 가득 싣고 오직 코르사코프 쪽으로만 달리고 있었다. 이날은 점심도 주지 않았다. 그때야 최해술은 자기들의 계획이 탄로났음을 알아차렸고, 눈앞이 캄캄해지기 시작했다. 36명의 조선인 노무자들은 점심도 굶은 데다 불안과 공포로 모두들 제 모습이 아니었다. 일을 하면서도 서로 눈짓으로 절망감을 교환했다. 그러나 그들은 이제 곧 일이 끝나면, 다른 곳으로 데려가 주동자를 색출하는 매질에다, 더 무서운 고문을 받게 될 것이라고만 짐작하고 있었다.

해가 졌다. 일을 끝낼 시간도 지났고 더 할 일도 없었다. 그러나 일인 감독들은 길바닥 위에 잔돌 하나 없이 줍게 하고는 그 일도 끝나자 5열 종대로 세워 길을 발로 다져라는 명령까지 했다. 차들은 계속 같은 방향으로 지나갔다. 이제 차들은 모두 전조등을 켜고 지나갔다. 캄캄하게 어두워져서 서로 옆 사람도 분간할 수 없게 되었을 때야 그들에게 동작을 멈추게 했다. 그러더니 이번에는 다시 연장인 곡괭이와 삽을 챙겨 들게 했다. 1열 종대로 세우더니 큰길에서 벗어나 산길로 몰아넣었다. 무장 군인들이 '앞에 총'의 자세로 조선인 노무자들을 앞뒤에서 에워싸고 따라갔다. 30분 이상을 걸어 올라갔다.

도로공사장이나 인가와는 거리가 아주 먼 외딴 곳이었다. 깊은 산골의 골짜기와 골짜기의 낮은 곳으로만 새 도로를 건설하다 보니 인가와는 멀지 않을 수 없었다. 그런데 이 산길을 걸어 올라와 고갯마루에 오르자, 먼 곳의 전등 불빛이 꿈속처럼 까마득하게 보였다. 저기는 어디쯤 되는 곳일까. 그러나 그렇게 오래 돌아보고 있을 여유도 없었다. 군인들이 총대로 쿡쿡 쥐어박으며 걸음을 재촉했기 때문이었다. 고개를 넘어 다시 골짜기로 내려갔다. 불빛이 안 보이게 된 대신 개울물 소리가 들려왔다

조선인 노무자들은 걷다가 걸핏하면 앞으로 고꾸라지기도 했다. 그것은 종일 굶어 기진맥진해서이기도 했지만, 다리가 무섭게 떨리고 있었기 때문이다. 아무래도 살아 나가기는 틀린 것만 같은 사태를 직감한 조선 사람들은 엄습하는 공포를 감당할 수 없었다.

이윽고 군인들은 산길을 벗어나 길도 없는 수풀 속으로 몰아넣었다. 어두워서 서로 손을 잡기도 하고 발로 땅바닥을 더듬듯이 걸었다. 조금 걸어 들어가니 물이 고인 커다란 웅덩이가 나타났다. 물 위에는 수많은 별들이 깜박거리고 있었다. 웅덩이는 지름이 6, 7m 정도는 되어 보였다. 흘러오는 개울물을 받아 모았다가 아래쪽 개울로 연결하고 있었다. 물빛이 광목처럼 희었다.

군인 중의 한 사람이 명령했다.

"자, 이 웅덩이 옆으로 새로운 개울을 만든다. 위쪽의 개울과 아래쪽의 개울을 직접 연결하는 작업이다. 작업 시작!"

조선 사람들은 새로운 작업 지시에 일말의 희망을 품기도 했다. 그럼 그렇지, 설마 죄 없는 우리를 몽땅 쏘아 죽이기야 하려고….

작업은 쉽게 끝났다. 이제 웅덩이는 개울물과는 상관없는 것이 되었다. 작업을 명령한 군인은 생각했다. 36명이 웅덩이 안에서 피를 쏟아도 이제 개울로 흘러내릴 염려는 없겠다. 그리고 물은 내일부턴 뜨거운 태양 아래 말라들 것이다. 조선놈들의 시체도 마르

는 물과 함께 썩을 것이다. 나쁜 놈들, 대일본 국민을 죽이려고 하다니!

그 군인은 다시 소리쳤다. 카랑카랑한 그의 음성은 개울물 소리와 어울려 캄캄한 밤공기 속을 휘저으며 퍼져 나갔다.

"자, 이제 모든 작업은 끝났다. 휴식을 취한다. 모두들 웅덩이 가로 둘러서라!"

최해술은 역시 죽이려는구나, 하고 직감하면서 군인의 다음 말을 기다렸다. 그러는 동안 무장 군인들은 두어 발씩 떨어져 조선 사람들을 에워쌌다. 찰가닥찰가닥, 총탄을 장전(裝塡)하는 금속성이 모든 조선 사람들의 넋을 빼었다. 군인이 다시 소리쳤다.

"내가 하나 둘 셋, 하고 헤아리면 바로 물속으로 뛰어든다. 땀투성이 몸을 식히는 것이다."

그때 다급한 목소리로 누가 항의했다. 최해술이 먼저 무슨 말인가 하려던 참이었는데, 기회를 그가 먼저 뺏은 것이다.

"대관절 우리들을 어떻게 하자고 이러는 겁니까?"

물론 정확한 일본어였다. 그러나 그 말이 떨어지기가 무섭게 탕! 총 소리가 나면서 그는 풍덩 물속으로 꼬꾸라졌다. 수많은 별들이 물속에서 한차례 자맥질하며 춤을 추었다. 명령했던 군인이 다시 말했다.

"하나 둘 셋 하면 물속으로 뛰어든다. 자아!"

그러나 그때 노무자들은 물속으로 뛰어드는 사람보다도 약속이라도 해둔 듯 잽싸게 도망치는 사람이 더 많았다. 이래 죽으나 저래 죽으나 죽기는 일반이다. 그렇다면 일단은 튀어보자, 하는 생각을 했던 것이다. 탕탕탕, 무서운 총소리의 연발음을 들으면서 최해술도 마구 뛰었다. 그러나 발에 무엇인가가 걸려 이내 앞으로 엎어지고 말았다. 한동안 계속해서 총소리가 울렸다. 최해술은 까

무륵히 정신을 잃고 말았다.

최해술이 정신을 잃은 뒤에도 총소리는 콩을 볶듯 울리다가 이윽고 잠잠해졌다. 총소리가 울리는 동안, 총소리에 섞여 여기저기에서 억, 앗, 하는 단말마의 비명이 처절하게 울렸다. 명령하던 군인이 아까보다 더 흥분한 소리로 고함쳤다. 마치 실성한 사람처럼 쇳소리를 내었다.

"한 놈이라도 살려 보냈다가는 너희들이 죽는 줄 알아!"

그러자 또 몇 방의 총소리가 산발적으로 탕! 탕! 밤공기를 찢으며 퍼져 나갔다.

명령하던 군인이 다시 소리쳤다.

"이제 시체를 확인해 봐!"

잠시 동안의 시간이 지나자, 누군가가 말했다

"웅덩이 속에 8명입니다."

"그럼 28명의 시체를 확인해 봐!"

군인들은 총끝으로 주변을 돌면서 일일이 시체를 확인하며 세고 있었다.

"스물여섯, 스물일곱… 한 놈이 없는데요?"

"이 일대를 샅샅이 뒤져!"

최해술이 기절한 채 엎어져 있는 곳으로 구두 발자국 소리를 저벅 저벅 내며 군인 한 사람이 다가왔다. 최해술의 옆에까지 온 놈은 구둣발을 최해술의 배 밑으로 넣어, 해술을 뒤집었다. 놈이 회중전등이라도 가지고 있었더라면 최해술의 말짱한 몸둥이를 보고 확인 사살이라도 하고 말았을 것이다. 그러나 그는

"여기 한 놈 있습니다. 스물여덟 놈 맞습니다."

하고 돌아섰다.

"그래, 내려가자!"

그들이 산을 내려간 뒤에도 해술은 깨어나지 못했다.

1945년 8월 19일 밤 9시 반쯤의 시각, 조선인 노무자들 35명이 이날 학살되었던 것이다.

이윽고 눈을 뜬 해술은 자신이 살아 있음에 스스로 놀랐다. 캄캄한 어둠 속에서 맨 먼저 그의 귀에 들려온 것은 낭자한 풀벌레 소리였다. 아니 그는 풀벌레 소리 때문에 깨어났는지 모른다.

해술은 가만히 누운 채 하늘을 봤다. 별도 많았다. 그러나 해술의 가슴은 그때부터 펄쩍펄쩍 뛰기 시작했다. 뛰고 있는 가슴을 진정시킬 수가 없었다. 혹시 자기처럼 목숨을 구한 사람이 있는가를 살폈으나 풀벌레 소리만 요란했을 뿐, 주위는 적막하기만 했다.

최해술은 산에서 밤을 새우고는 이튿날 새벽에야 방향을 찾을 수 있었다. 그러고는 산으로 산으로만 걸어 코르사코프로 향했다. 목도 마르고 허기가 져 도무지 더 걸을 수가 없었지만 고향 산천과 가족들의 얼굴을 떠올리며 이를 악물고 걸었다. 마침 계곡을 만나 얼굴을 물에 담근 채 실컷 물을 마셨다. 물을 마시고 고개를 드니 개구리 한 마리가 바로 앞에서 눈을 디룩거리며 어디론가 뛸 채비를 하고 있었다. 그는 잽싸게 개구리를 잡았다. 뒷다리를 들어 태질을 하자 이내 죽었다. 그는 그런 식으로 계곡을 오르내리며 열 마리 이상의 개구리를 잡아 모았다. 성냥을 지니고 있었던 게 천만다행이었다. 마른 나뭇가지를 주워 모아 불을 지피고는 개구리를 구웠다. 구워진 개구리는 처음 배가 부풀다가 픽 하고 터졌고, 그는 개구리의 양 다리를 찢어 속만 훑어내고는 먹었다. 소금이 그럴 수 없이 아쉬웠으나 그런 것을 찾을 계제가 아니었다.

그는 그때 나이 서른다섯이나 되었다. 경남 합천 출신이었다. 그런 그가 왜 붙들려 왔을까. 일제 말엽 합천 경찰서장 다케우라(竹

浦)가 해인사 홍제암에 있는 사명대사의 비석을 뽑아 여섯 동강을 내어 버렸다. 이 비석이 승려들에게는 물론이고, 조선 백성들에게 독립 사상을 고취한다는 이유 때문이었다.

당시 해인사 출신의 승려들은 만해(萬海) 한용운(韓龍雲)의 영향을 받아 민족주의에 입각한 독립 사상을 강하게 지닌 이가 많았다. 그러한 승려들은 자연히 함께 모여 조국의 독립과 민족의 앞날에 대하여 많은 이야기를 나누곤 했다. 승려가 아닌 사람들과도 이번 일로 자주 만났다. 그러나 이런 일을 왜경에게 밀고, 투서를 한 조선 사람이 있었다. 그가 누구인지는 끝내 밝혀지지 않았다. 마침 그때 새로 합천 경찰서장으로 부임해 온 일본인 서장 다케우라는 이들 위험 분자들을 일망타진함으로써 상부로부터 자기의 공로를 인정받고 싶었다. 이래서 잡혀 고문을 당한 사람들은 최범술(崔凡述), 김법린(金法麟), 김범부(金凡夫), 임환경(林幻鏡), 이고경(李古鏡), 민동선(閔東禪), 이윤구(李允九), 박인봉(朴印峯), 최성관(崔性寬), 서봉(西峯) 등 11명이나 되었다. 뒤에 추가로 오제봉(吳濟峯)도 붙들려 들어갔다. 이들은 왜경으로부터 모진 고문을 받으면서 온갖 고통을 당했다. 한용운과는 무슨 모의를 했느냐는 등의 문초를 받았다. 그러나 실제로 무슨 모의를 한 사실은 없었으므로 답을 할 말이 없었다. 그러자 일본 서장은 너희 놈들의 그 악질적인 불온사상이 모두 사명대사의 비석 때문이라면서 그 비석을 훼손해 버렸던 것이다. 최해술의 부친은 이때 직접 붙잡혀 가지는 않았다. 그러나 역시 같은 생각을 가지고 있었던 지사(志士)였다. 그래서 유치장에 갇혀 있는 동지들을 위해 밖에서 갖은 애를 다 썼다. 매일 사식을 넣어주는가 하면, 추운 겨울이어서 솜옷을 몇 벌씩이나 장만하여 들여 넣었다. 그러다 그의 부친마저 결국에는 왜경들의 의심을 받고는, 기어코 가택수색을 당하게 되었다. 불행히도 그의 아버지 방에서 위에 든 인물들과 주고받은 몇 통의 서찰들이 발견되었고, 그것이 문제가 되어 왜경들은 그의 부친마저 경찰서로 연행하려 하였다. 그러나 그의 부친은 특히 건강이 좋지 못했다. 언제나 감기를 달고 있었고, 신경통이 심하여 평소에도 좋다는 약을 최해술이 다 구해 드리곤 하던 판이었다. 그런 그의 부친이 경찰서로 끌려가 고문이라도 받게 되면 당장 목숨을 잃고 말 터였다. 당시 큰 물방앗간을 경영하던 최해술은 아는 사람을 사이에 넣어 아버지를 무사히 빼낼 수 있는 방법을 모색했다.

마침 그때 합천에 할당된 징용 인원이 아무리 모집해도 한 사람이 모자랐지만 더 뽑아낼 재주가 없다고 걱정하더라는 말을 그 아는 사람으로부터 전해 들었다. 온 고을의 청년들을 거의 징용으로 뽑아 갔기 때문에 더 데려갈 사람이 없었다. 최해술은, 경찰서를 오가며 일을 봐 주는 사람에게 제의했다.

"그러니까, 그 할당된 징용인원수만 채워주면 우리 가친께서는 무사하시겠다는 건가?"

"서장은 그런 뜻으로 말하더라마는 자네 집에 징용 갈 사람이 누가 있는가? 금년에 진주사범에 입학한 아들은 겨우 14살 아닌가?"

"그 아이를 보낼 수야 없지. 나이 좀 들기는 했지만 내가 떠나겠네. 그렇게 전해주게."

이래서 최해술은 아버지를 위해서 사할린까지 오게 되었다. 1945년 2월의 일이었다.

10장

떠난 사람, 남은 사람

27

1945년 8월 22일 코르사코프 부두.

망망한 바다는 끝이 보이지 않았다. 그 쪽빛의 바다는 배 한 척 없이 텅 비어 있었다. 그러나 바다를 제외한 온 코르사코프 땅은 일본으로 가기 위해 사할린 각지에서 모여든 피난민들로 와글거리고 있었다.

유즈노사할린스크에서 코르사코프로 들어오는 길이란 길은 모두 피난민들로 메워져 있었고, 코르사코프가 가까운 곳에서부터 피난민들은 길가나 야산 어디서든 진을 치고 눕거나 앉아 있었다. 소련군이 오기 전에 사할린을 떠나지 않으면 일본 사람은 모두 붙잡혀서 시베리아로 보내진다는 유언비어도 나돌았다. 조선 사람들은 그냥 두고, 특히 일본 사람들만 모두 시베리아로 끌려간다고 했다.

아마 일본 사람들을 먼저 승선시키려는 목적으로 이런 말을 퍼뜨렸는지 모른다. 조선 사람들도 일본까지는 책임지고 보내준다. 그러니 조선 사람들은 시베리아로 끌려가게 되어 있는 일본 사람들보다는 바쁘지 않다…. 조선 사람들 너무 서두르지 말아라….

사할린 각지에서 코르사코프로 들어오는 큰 길은 하나뿐이었다. 그러나 그 길은 코르사코프에 들어와서 두 갈래로 갈라진다. 부두로 내려가는 길과 비스듬하게 올라가는 경사진 길이었다. 이 경사진 길로 들어가면 코르사코프 번화가, 각 관청이나 민가가 있는 곳으로 통한다. 그런데 그 관청의 마당이나 민가마다 피난민들로 북적대었다.

번화가에서 좀 떨어진 곳에 널찍한 광장이 있었다. 잡초가 무성한 유휴지였다. 이 잡초 투성이의 광장은 바다를 한눈 아래로 내려다볼 수 있는 곳이었다. 이곳에도 피난민이 구더기처럼 들끓었다. 아니, 이곳이야말로 항구로 피난민 수송선이 들어오고 나가는 것을 지켜보기에 안성맞춤인 피난민 대기소였다. 모든 정보를 얻어 들을 수 있는 곳이기도 했다.

수평선까지 쪽배 한 척 없는 바다와는 달리 부두에는 커다란 배가 몇 척이나 정박해 있었다.

한 무리의 일본인들이 모여 통곡을 하고 있었다. 어제 떠난 다이토호와 오가사하라호가 북해도를 눈앞에 두고 소련 잠수함의 공격으로 파선했는데, 통곡하고 있는 사람들은 그 배에 가족을 먼저 태워 보낸 사람들이라고 했다.

최숙경과 김말숙은 다시 한 번 자신들이 그 배에 타지 않았음을 다행으로 여기면서 울고 있는 사람들의 모습을 보고 있었다. 최숙경이 말했다.

"남의 일 같지가 않아…."

김말숙이 받았다.

"아까도 니가 말했지만, 참말로 내가 잘 아팠다, 그쟈?"

"그렇다니까 글쎄."

그때 어떤 남자 하나가 끼어들었다. 조선 노무자들 치고 안 야윈 사람이 없었지만 그는 특히 중환자처럼 눈이 퀭하니 들어가 있었고, 피부도 무섭게 그을려 있었다. 단지 눈만은 빛이 살아 있었다.

"듣자 하니, 파선한 배를 탈라고 했다가 안 탄 모양이지예?"

숙경과 말숙이 동시에 그를 돌아봤다. 말숙이 반가운 듯 말했다.

"고향이 경상도인 모양이지예? 어뎁니꺼?"

"경남 합천입니다. 나도 그 배에 탔다가 조선 사람이라고 도로 쫓겨난 사람이지예."

숙경이 탄성을 질렀다.

"어마나, 어쩌면!"

그 남자는 옷만은 제법 말쑥한, 푸른색의 셔츠를 입고 있었다. 신발도 지까다비가 아닌 깨끗한 운동화였다. 남자가 다시 말했다.

"오늘 저녁에 배 한 척이 또 뜬답니다. 거기에 한 번 더 타보고 안 되면 포기해야지예."

최숙경이 눈을 빛내며 물었다.

"오늘 저녁에 배가 뜬다구요? 몇 신지 혹시…?"

"시간은 정확하게 모릅니다…."

남자의 말을 받아 말숙이 말했다.

"꼭 같이 가서야 될 낀데예."

"그래 말입니다."

그러더니 남자가 호주머니에서 종이를 꺼내 뭣인가 썼다. 그러고는 쓴 것을 말숙에게 맡기며 말했다.

"저는 십중팔구 또 배에서 쫓겨날 겁니다. 그래서 조선으로 가시면 이 주소대로 편지라도 좀 해 주이소, 지가 잘 있더라고…."

말숙이 쪽지를 받았으나 순 한문으로 쓴 것이어서, 그것을 숙경에게 보였다.

慶南 陜川郡 伽倻面 治仁里 崔海述

이렇게 쓰여 있었다. 숙경이 물었다.

"최해술 씨는 그럼…?"

"예. 제 이름입니다."

"그러세요? 저도 최가거든요. 경주 최가예요."

"아이구, 그라모 일가네요. 반갑습니다."

최해술이 숙경과 말숙을 동시에 보면서 물었다. 혹시 정신대로 나온 여자들은 아닌가 하는 의문이 스쳤던 것이다.

"여성의 몸으로 우짜다가 이런 데꺼정 오셨습니까?"

말숙은 고개를 숙였고, 숙경이 한참 뜸을 들이다가 자기의 내력을 비교적 소상하게 말했다. 물론 남편의 이름이 이문근이란 것도 밝혔다. 그러자 최해술도 아버지를 구해내기 위해 지난 2월에 이리로 왔다고 했다. 최해술은 도로공사를 하던 일행 35명이 밤중에 산골짜기로 끌려가 웅덩이 근방에서 학살된 이야기는 하지 않았다. 그러나 그 끔찍한 일을 잠시 떠올렸다. 그는 개구리를 잡아 구워 먹고는 바로 산을 내려왔는데 피난가고 없는 일본 사람의 빈집을 발견, 마침 일본인들이 두고 간 옷을 갈아입고 신발도 바꿔 신었다. 그러나 먹을 것은 아무것도 없었다. 그는 굶은 채 유즈노사할린스크를 거쳐 어제 코르사코프에 닿았던 것이다. 최숙경이 말숙을 가리키며 말했다.

"얘는 고향이 경북 의성인데, 일본 방직공장에 다니다 여기가 돈이 잘 벌린다는 말을 듣고…."

"고생이 많았겠습니다. 아녀자는 승선이 허락된다니 다행입니다. 꼭 고향으로 잘 돌아가이소. 그리고 부군 되시는 이문근 씨한 테도 언젠가 한번 만나 뵙겠다고 전해 주이소. 함안이면 합천 갈 때 지나가는 길에 있습니다. 설마 우리 남자들도 이번에 못 간다 그 말이지, 평생 여게다 붙잡아 두겠습니까. 왜놈들이 송환 책임을 안 질라고 하면, 독립이 되는 조선 정부가 그냥 있겠습니까?"

"그럼요. 꼭 돌아가셔야죠."

그들은 저녁밥으로 숙경과 말숙이 준비해 온 주먹밥을 나누어 먹었다. 최해술은 몇 번이고 고맙다는 인사를 했다. 얼마 만에 먹어 보는 밥인가.

이윽고 그들은 커다란 배가 닿아 있는 부두로 내려갔다. 부두에는 '本土歸還準備委員'이란 가슴 띠를 두른 일본인들이 여기저기 눈에 불을 켜고 설치며 다녔다.

그들은 마분지로 나팔처럼 만든 것을 입에 대고 곳곳에서 소리치고 있었다.

"이번 배는 노약자와 아녀자만 승선시킵니다. 그러므로 남자들은 다음 배를 이용하시기 바랍니다!"

그러나 승선 입구의 트랩에는 이러한 외침에 아랑곳없이 사람들이 몰려들어 아비규환의 수라장을 이루고 있었다. 숙경과 말숙은 그런 사람들 속을 비집고 들어갈 엄두도 못 내고 있었다. 그러나 최해술이 앞장서 사람들을 헤집고 그녀들을 데리고 트랩 쪽으로 다가갔다. 사람과 사람의 장벽으로 서로 밀고 밀리는 난장판이었다.

그때 또 한 사람의 젊은 남자가 최해술을 도와 사람들을 헤집고 길을 틔워 주었다. 숙경과 말숙이 그를 보고 반색을 했다. 그는 보국합숙소에서 다코베야로 보내졌던 허남보였다. 최숙경이 조선말로 소리쳤다.

"아이구, 살아 있었군요."

최숙경이 얼른 최해술에게 허남보를 소개했다. 최해술이 허남보에게 말했다.

"조선 어디가 고향이오?"

"경남 하동입니다."

"나는 합천이오."

그들은 일본 사람들 속에서 마음 놓고 큰 소리로 조선말을 했다. 최숙경이 허남보를 보고 말했다.

"무사하시니 다행이에요."

"고맙습니다. 그런데 이 배도 조선 남자들은 못 탄다고 하던데… 일본인 부부는 되고…."

"…."

최해술이 반문했다.

"일본인 부부는 된다고?"

그러자 남보가 배에다 사람을 태우고 있는 저쪽의 트랩을 가리키며 말했다.

"저기 보이소! 아녀자와 노약자를 보호하는 일본인 부부는 통과시키는 거."

과연 그런 것 같았다.

숙경이 말했다.

"우리 둘은 여자로 중환잡니다. 우리도 부부로 가장하십시다. 제가 최해술 선생님과 부부가 되고, 말숙이는 이분과…."

그들은 지체 없이 그렇게 하기로 합의했다. 밑져야 본전이었다. 무슨 꾀를 못 낼 것인가. 그러다 최숙경은 아무리 임시 부부라도 같은 최가 끼리란 게 마음에 걸렸다. 더군다나 말숙이는 자기보다 훨씬 나이가 들어 보였으므로, 최해술과 말숙이가 부부가 되었으면 싶었으나, 그런 걸 설명하고 자시고 할 시간도 없었다.

말숙이 부부가 되기로 한 남보의 팔을 붙잡으며 물었다.

"박판도 감독님은 어데로 갔습니꺼?"

"그걸 내가 우째 알겠습니꺼?"

"참, 그렇지. 거기는 다코베야로 갔으니….''

가와카미 탄광의 다코베야에서 곧장 이곳으로 와 몇 번이나 승선에 실패한 허남보였다. 이윽고 그들 즉석 부부도 트랩까지 와서 '본토귀환준비위원' 앞에 섰다.

숙경이 죽는 시늉을 하며 유창한 일본말로 했다.

"저희들은 모두 간염환자입니다. 이분들은 저희들 남편이고요."

일본인이 날카로운 눈초리로 이들을 한참씩이나 훑어보더니 말했다.

"조선인들 아니오!"

숙경이 다시 애원했다.

"저희들은 중환자라서 남편의 보호가 있어야 합니다. 제발 편의를 좀 봐 주십시오."

"그것은 우리들 권한 밖의 일이오!"

그러면서 숙경과 말숙이만 들여보내고 최해술과 허남보의 승선을 완강히 막았다. 뒤에서는 연방 사람들의 고함 소리가 들려왔다. 모두 일본사람들이었다.

"다음 배를 타면 되잖아! 이 배는 노약자나 아녀자들만 탄다는데도!"

허남보가 돌아보고 소리쳤다.

"당신들만 부부요? 우리도 부부란 말이오!"

본토귀환준비위원이 내뱉었다.

"부부면 같은 부분가? 조선인들은 기다리라는데 무슨 말이 그리 많아!"

그들은 끝내 본토귀환준비위원이란 일인으로부터 가슴을 맞고 뒤로 밀려나고 말았다. 숙경과 말숙은 안타까운 듯 뒤를 돌아보며 사람들에게 밀려 안으로 들어갔다.

1945년 8월 22일의 이 배가 사할린에서 일본으로 피난민을 수송한 배로는 당분간은 마지막 배였다. 이 배를 타지 못한 사람들은 다시 살던 곳으로 되돌아갔다. 일본 사람들도 모두 살던 곳으로 돌아가야 했다.

이 이후에는 1946년 12월에 다시 일본인들을 귀국시키기 시작했는데, 그것은 '미·소 귀환 협정'에 의한 것이었다. 이때부터 49년 7월까지 총 311,452명이 일본으로 귀환할 수 있었다. 이 중에는 일본인과 결혼한 조선인 여자나 남자 소수도 포함되어 있었다.

코르사코프에서 만난 최해술과 허남보는 동행이 되어 다시 유즈노사할린스크로 걸어 올라갔다. 일본 사람들은 살던 집이라도 있었지만 조선 사람들은 갈 곳이 없었다. 허남보는 그 악몽 같은 다코베야를 벗어난 몸, 최해술은 35명이나 학살당한 그 산골짜기의 지옥에서 살아남은 사람….

그 무렵, 8월 22일에는 소련군과 일본군의 정전 교섭이 성립되었다. 일본왕이 항복성명을 했는데도, 그사이 소련군은 일본 군인들을 닥치는 대로 공격하고 있었던 것이다. 일본군부대의 막사나 관청에서는 모두들 백기를 하늘 높이 게양해서 소련공군의 저공비행에 의한 폭격을 피하려고 했다. 그러나 아무 소용이 없었다. 소련공군기는 닥치는 대로 폭격을 했다.

최해술과 허남보는 올 데 갈 데도 없었으므로 유즈노사할린스크 기차역 대합실 구석에 누워 있었다. 최숙경과 김말숙을 떠나보내고 바로 밤길을 걸었던 그들이다. 낮보다 시원해서 좋았다. 차도 없어 먼지도 일지 않았다. 그들은 걷다가 쉬고, 또 걷다가 쉬고 해서 이튿날 새벽녘에야 유즈노사할린스크의 기차역에 닿았고, 닿자마자 대합실에 쓰러졌다. 8월 23일이었다. 기차역사에도 백기를 내걸어 놓고 있었다. 두 사람은 단잠이 들었다.

얼마쯤 잤을까. 갑자기 주위가 소란스러워졌고 비명도 들렸다. 이내, 비행기 소리가 엄청나게 크게 들려오고 있었다. 후닥닥 일어난 그들은 미처 역사 밖으로 나갈 겨를도 없었다. 비행기는 무서운 기총소사와 함께 폭탄을 떨어뜨리며, 마치 스키장에서의 스키 활강같이 매끄럽게 낮은 공중을 지나갔다.

역사 안팎의 사람들이 혼비백산해서 비명을 지르며 사방으로 달아났다. 그러나 두 대의 비행기는 다시 돌아와 똑같은 저공으로 기총소사와 함께 폭탄을 떨어뜨렸다. 최해술이나 허남보는 다 같이 비행기 공습을 처음 당했다. 두 사람은 그냥 역사의 구석 벽에다 몸을 붙인 채 납작하게 엎드려 있었다.

한바탕 하늘에서 불바람을 일으키던 비행기는 곧 사라져 갔고, 역사는 반쯤이나 허물어져 내려앉았다. 바깥의 광장에도 여기저기에 사람이 쓰러져 피를 흘리고 있었다. 이날 죽은 사람은 일본인 조선인을 합해 모두 100여 명이나 되었다.

최해술은 마침 허남보가 꽤 많은 돈을 지니고 있어, 끼니마다 밥은 굶지 않았다. 최해술은 몸에 돈 한 푼 지닌 게 없었지만, 허남보는 가와카미 광업소의 일인 노무과장으로부터 많은 돈을 뺏어 50여 명의 조선인 동료들에게 분배해 준 사람이었다.

그들은 조선으로 돌아가기 위해서는 가장 큰 도시인 이곳 유즈노사할린스크에 남아 있어야 한다고 생각했던 것이다.

28

8월 23일, 한바탕의 공습이 있은 후인 한낮, 처음으로 유지노사할린스크에 소련군이 진주해 왔다. 선발부대였다.

4일 뒤인 27일에는 유즈노사할린스크 시 경무사령관인 아리모푸 소장이 도착했다. 그는 일본인 오츠카 사할린청 장관과 회견하고, 각종 명령을 발표하기 시작했다. 최초의 명령은 28일에 발표됐는데 다음과 같았다.

사할린 소련군 최고사령관 명령

1. 광·공·농·임·수산업을 포함한 생산 사업은 종전보다 배 이상의 생산력을 높일 것.
2. 각 공장의 종업원으로서 현재 직장을 이탈한 자는 즉각 복귀하여 직장을 지킬 것. 특히 탄광에 있어서는 생산 증가에 노력하고, 각 공장은 원료와 연료를 확보할 것.
3. 노동임금은 종전대로 유지할 것.
4. 각 종합 배급소는 종전대로 계속할 것. 그 개소시간은 추후 다시 명령하겠지만 현재는 종전대로 낮 동안만 열 것.

이 명령이 발표되자 사람들은 한동안 다시 갈팡질팡하게 되었다. 왜냐하면 조선 사람들은 조선으로 돌아가기 위해 수도인 유즈노사할린스크에 남아 얼씬거리고 있었는데 다시 직장으로 복귀하라니!

그러나 명령은 무서웠다. 길거리에서 소련 군인들은 아무에게나 불심검문을 하였다. 말도 안 통했다, 만도린처럼 생긴 자동소총으로 가슴이나 배를 찔리기가 예사였다.

허남보는 죽어도 가와카미 탄광으로는 돌아가기 싫었다. 최해술은 동료가 몽땅 살해당했고, 자기도 이미 죽은 사람으로 돼 있기 때문에 본래의 합숙소로는 돌아갈 필요가 없었다. 그러나 다른 조선 사람들과 일본 사람들은 본래 있던 곳의 지구별로 모여 단체로 돌아가고 있었다. 하지만 허남보와 최해술은 유즈노사할린스크 변두리 빈집에 숨어서 정세를 관망하고 있었다.

9월 1일에는 경무사령관인 아리모푸 소장의 명령 제1호가 다시 발표되었다.

유즈노사할린스크 시민에게 고함

시 경무사령관은 시정(市政)에 관한 일체의 권한을 갖는다.
1. 각종 공장, 회사, 관청, 학교, 병원 등의 장급과 사무원은 속히 자기 직장에 복귀하여 고도의 사무능력을 발휘하라.
2. 시에 속한 모든 시설, 모든 기관은 직무 수행에 완벽을 기하라.
3. 시에 속한 각종 자동차(버스 오토바이, 3륜차, 트럭 포함)는 관·공·사용(私用)을 불문하고 9월 3일까지 경무사령관에게 보고하라.
4. 일반시민의 거리 통행은 오전 5시부터 오후 9시까지로 한다.
5. 근무자 및 일반시민의 식량은 모두 관가, 공장, 회사, 제기관의 요구에 따라 본관의 허가를 얻어 공급해야 한다.
6. 종래의 좌측통행을 개정하여 우측통행으로 한다.

모든 것이 무섭게 변해갔다. 정체(政體)는 우익에서 좌익으로 변했지만 도로 통행은 좌측에서 우측통행으로 변했다.

다음 날인 9월 2일에는 명령 제2호가 발표됐다.

유즈노사할린스크 시민에게 고함

질서 회복을 위해 다음과 같은 명령을 내린다.
1. 시(市) 및 시외 거주자는 9월 3일부터 5일 저녁까지 시의 복구 작업을 실시하니 활동 가능자는 모두 참여해야 한다.
2. 폭행, 약탈 행위자가 있을 때는 현장을 그대로 보존해 두고, 즉각 시장에게 신고해야 한다.
3. 일반 시민으로서 일본 탈주병을 은닉시킨 자는 엄중 처벌한다.
4. 개인이 소유한 모든 라디오는 본관(本官)에게 보관시키고, 공공건물의 라디오도 본관의 허락 없이는 청취를 금지한다.

그러나 약탈자는 소련 군인들이었고, 사실 조선 사람들은 약탈당할 만한 아무것도 가지고 있지 않았다. 통금시간의 실시도 조선 사람들에게는 전혀 불편을 주지 않았고, 라디오 같은 것은 아예 그 누구도 가지고 있지 않았다.

9월 16일부터 23일 사이에는 프레포스카(신분증)를 교부한다고 모두 시청으로 출두하여 등록하라는 명령이 내렸다. 최해술과 허남보는 시청으로 등록을 하러 갔다. 거기에서 허남보는 박판도를 만났다. 박판도도 그 지긋지긋한 가와카미 탄광으로는 복귀하지 않고 있었다. 둘은 서로 얼싸안다시피 해서 반가워 어쩔 줄을 몰랐다. 특히 박판도는 허남보의 은인이라고 해도 틀린 말이 아니었다. 나가요란 일본인 노무계원이 자기 대신 박판도로 하여금 허남보를 때리게 했으나, 슬쩍 때렸다. 이에 화가 난 나가요는 목도로 박판도의 목을 때려 기절까지 시켰던 것이다. 순전히 탈출을 시도했던 허남보 때문에 빚어진 일이었다.

최해술과 허남보는 프레포스카의 기재란이 모두 소련어로 되어 있어 어리둥절해 있다가 박판도에게 물었다.

박판도는 진주 농림학교를 다녔기 때문에 좀 나으리라 생각해서였다. 그러나 박판도도 난생 처음 보는 글자들 앞에서는 속수무책이었다. 영어의 N자를 거꾸로 해 놓은 것, R자를 뒤집어 놓은 것, 한문의 中자처럼 생긴 것 등…. 우선 글자를 몰랐다. 결국 세 사람은 사무 취급을 하는 소련 군인에게 물어보고 싶었으나, 말 한 마디도 할 줄을 몰랐다. 그래서 다른 사람들이 쓰는 것을 보고 쓰기도 하고, 어림짐작으로 대강 써 넣었다. 그러나 애매한 난이 많았다. 어떤 난은 '민족'인지 '국적'인지 알 수 없어 그냥 '조선인'이라고 기입했다. 그러다 카드 뒷면을 보니까 일본어로 '조선인도 최종 국적은 일본이라 쓸 것'이라 해 두었다. 그래서 '조선인'이라 쓴 것을 지우고 다시 '일본'이라 고쳐 써 넣었다. 기분이 착잡했지만, 일본 국적이라 쓴 것이 조국으로의 송환에 있어서는 일본인과 조선인의 구별을 하지 않겠다는 암시 같기도 해서 착잡한 마음을 달래었다.

박판도는 가와카미 탄광으로 돌아갔다가 다시 떠나와 버렸다고 귀띔했다. 판도의 말에 의하면, 해방되던 날까지 가와카미 탄광의 각 합숙소에 수용돼 있던 조선인 노무자 수는 2000명이 넘었으나, 지금은 1000명도 안 남아 있을 거라고 했다. 모두들 다른 곳으로 흩어져 가버렸는데 다들 어디에서 어떻게 지내고 있는지 걱정이라고 했다. 판도는 말했다.

"그놈의 땅 밑 굴속으로 들어가는 거는 두 번 다시 생각도 하고 싶지 않거마는. 두지기(두더지) 생활 그만큼 했으면 됐지, 와 또 우리가 탄광에서 일해야 하노 말이다. 조선으로 돌아갈라몬 대처(大處)에 있어야만 되겠다 싶어 이리로 나왔지."

판도의 생각도 허남보나 최해술과 같았다. 판도가, 인사를 나눈 최해술에게 물었다. 그는 최해술을 대뜸 형님이라 불렀다.

"형님 계시는 데는 어떤 뎁니꺼?"

최해술이 웃으면서 허남보를 가리키며 말했다.

"허군한테 물어보라모."

판도가 다시 허남보를 돌아보자, 허남보가 말했다.

"박형, 있을 데가 마땅찮으몬 우리랑 같이 갑시더."

"아따, 다코베야 출신이 얼마나 좋은 데서 산다고 그러쌓노?"

판도가 솔깃하면서도 농담처럼 말하자,

"가와카미 탄광 다코베야 출신 치고 시방 돈푼 안 가진 사람은 아무도 없을 끼요."

"허형도 돈이 있다 이 말이가?"

"마, 시끄럽소! 우리캉 같이 갈라몬 가고, 말라몬 말 일이지, 멀끄딩이(머리카락) 홈 파듯 캐묻기는…."

이래서 판도는 미련 없이 허남보를 따라붙었다. 얼마나 잘 된 일인가.

그때 최해술은 35살, 박판도는 25살, 남보는 판도보다 더 어린 22살이었다. 허남보는 길을 걸으면서 다코베야 감독과 가와카미 광업소 노무과장, 보국합숙소의 노무계원 나가요 들을 잡아다가 혼내 준 이야기며, 노무과장을 데리고 가서 광업소 사무실의 금고에서 돈을 털어 3개월치의 노임을 동료들에게 분배한 이야기들을 해 주었다. 박판도는 통쾌함을 금치 못해서 몇 번이나

"와! 그랬구나!"

하면서 탄성을 질렀다. 강신귀가 결국 다코베야의 감독 오가와

를 때려죽인 이야기도 했다. 그러나 박판도는 강신귀를 본 적이 없었다.

이렇게 이야기를 하고 있는 사이에 그들은 산 밑의 어떤 허름한 집에까지 닿았다. 집 앞에는 커다란 상수도 정수장이 있었고, 전기 변전소 같은 시설도 있었으나, 일본 사람들의 집은 모두 비어 있었다. 그중 가장 허름한 집이 있었는데, 그 집은 조선 사람의 집이었다. 된장, 간장독이 있었고, 고추장 단지도 있었다. 허남보와 최해술은 조선 사람의 집에 임시로 거처를 정해 있던 차에, 박판도를 이 집으로 데리고 온 것이다.

박판도는 가와카미 광업소의 자재창고를 털어 합숙소 동료들과 이별의 술파티를 열고, 새벽에는 모두들 제 갈 길로 쫓아 보냈다. 그리고 마지막으로 최숙경과 김말숙을 얼른 떠나라고 재촉하고는 총총히 걸어 나가, 그 길로 유즈노사할린스크까지 내려갔다. 그러나 거기에서 그는 조선인은 승선이 안 된다는 소문을 듣고, 그냥 유즈노사할린스크에서 어물거리고 있던 참이었다. 마땅히 있을 곳도 없어 기차역 대합실에서도 잤다고 했다. 따라서 소련기의 폭격 때도 죽을 뻔했노라고 말했다. 기차역의 역사가 공습으로 파괴되자, 그는 있을 곳이 없어 아는 사람을 만나려고 며칠을 두고 시내를 쏘다니던 중이라고 했다. 그런 말을 듣고 난 허남보가 판도를 놀리듯 말했다.

"그래도 보국합숙소의 지도자 박감독이 거지 신세가 됐다니!"

"그거야 안 잊어삐리지. 그건 그렇고⋯."

허남보가 의미심장한 얼굴로 판도를 바라봤다. 그러나 판도는 계속 장난으로 받았다.

"혹시 코르사코프까지 가가지고 배는 못 타고, 불알이라도 하나 널짜고(떨어뜨리고) 왔나?"

최해술은 나이도 훨씬 들었으므로 그들의 이야기를 듣고 싱긋이 웃고만 있었다. 허남보가 다시 말했다.

"김말숙 씨 알지요? 최숙경 씨하고 김말숙 씨를 부두에서 만나 배에 태워 주었는데, 우리도 같이 배에 타보겠다고 시바이(연극)한 것 생각하몬…."

"시바이랑이? 그리고 그 여자들이 무사히 배를 탔단 말이오? 아 참, 다행이다!"

"부부로 가장했지, 배를 타겠다고. 이 아재캉 최숙경 씨가 부부, 내캉 김말숙 씨가 부부…."

"재미있는데? 그래도 배를 못 타고 말았단 말이지, 조선 사람이라고…."

"그러나 내가 박형한테 하고 싶은 이야기는 그런 기 앙이고…."

"또 뭐라 말이고, 그라모?"

"김말숙 씨가 정색을 해 가지고 박형 행방을 묻는데, 내가 우째 아노 말이다. 참 딱해서…."

박판도는 입을 다물고 말았다. 위안부로 전락해 있는 말숙을 온 갖 힘을 다 써서 구해낸 것이 판도였거니와, 며칠 전 가와카미 합숙소에서 헤어질 때를 생각하니 판도는 가슴이 쩡해왔기 때문이다. 그러나 모두들 배를 탔다고 하니 정말 그렇게 반가울 수가 없었다.

이날 저녁에는 허남보가 나가서 일본 소주 몇 병을 사 왔다. 돈을 아껴야 했지만 한 잔 안 할 수가 없었다. 더군다나 최해술의, 죽다가 살아난 이야기를 듣고는, 더욱 술이라도 한 잔 해야만 분을 삭일 수 있을 것만 같아서였다.

28일부터는 프레포스카(신분증)를 휴대하고 다녀야 했다. 어디로 가든 이것을 지니고 다니지 않았다가는 면허증 없이 운전을 하다 들킨 것만큼이나 호된 곤욕을 치러야만 했다.

다시 한 달쯤 지나자 그 프레포스카의 사진 부착 난에 증명사진을 붙이도록 해서 완전한 신분증 구실을 하게 했다. 엽서 크기의 카드여서 지니고 다니기에도 매우 불편했다.

곧이어 주거지(면 단위) 밖으로 나갈 때는 따로 여행 허가서도 받고 다녀야만 했고, 여행 허가서에는 여행 목적, 행선지, 기간 등을 써 가지고 경찰서에까지 가서 허가를 받아야 했다.

29

1945년 8월 15일 오후부터 브이코프(일본지명 나이부치) 탄광촌을 떠나기 시작한 일본인들은 8월 27일이 지나자 속속 돌아오기 시작했다. 유즈노사할린스크시 경무사령관인 아리모푸 소장의 명령에 의해서였다.

돌아온 일본 사람들은 8월 15일 전과는 판이하게 조선 사람들을 대했다.

브이코프에는 탄광의 채탄 작업에 종사하면서 합숙소에서 군대 생활처럼 살아온 독신 노무자만 약 3500명이 있었다. 그러나 조선에서의 강제연행이나 납치가 아닌, 그 이전의 자유 이주에 의한 조선인들(이들은 모두 가족과 함께 와서 살았음) 수를 모두 합치면 약 1만 명이 브이코프에서 살고 있었다. 하지만 8월 27일의 아리모푸 소장의 명령이 있은 이후에도 탄광촌으로 돌아온 조선 사람은 5000명도 안 되었다. 모두들 코르사코프나 유즈노사할린스크로 흩어져 가서, 조선으로 돌아갈 기회만 엿보고 있었다. 하지만 그들은 단 한 사람도 조선으로 돌아가지 못했다.

앞에서도 잠시 언급했지만, '소련지구 거주 일본인 귀환에 관한

미·소 협정'(줄여서, 미소귀환협정)은 1946년 3월 16일 처음 나왔다. 그러다 두 달이 가까운 5월 7일에는 두 번째의 문서가 발표되었으나 그 진척은 지지부진했다. 11월 27일에야 '미·소 잠정 협정'이 성립되었다. 그리고 12월 19일에 본 협정으로 결실을 보았으니 무려 9개월이나 끌어왔다.

이것을 다시 구체적으로 살펴보면, 최초의 각서(SCAPIN 822)에 이미 다음과 같은 구절이 있었다.

구일본인 점령지의 일본인 귀환 및 일본으로부터의 비일본인 귀환, 소비에트 사회주의 공화국 연방 및 동국의 지배하에 있는 영토로부터의 일본인 포로 및 일반 일본인의 귀환과 더불어 북위 38도 이북의 북조선 재일 조선인의 귀환에 관하여 본 협정을 체결한다.

이러한 협정을 보면 사할린에 있는 조선인의 귀환은 처음부터 귀환대상에서 제외돼 있다. 게다가 소련 지배하의 사할린 여러 항구에서 일본 귀국선에 승선시키는 일체의 권한과 책임은 소련관헌에게 있었다. 일본의 강제연행에 의해 사할린까지 끌려온 수많은 조선인들은 당연히 일본 정부가 책임을 지고 조선에까지 귀국시켜야 함에도 일본은 이를 깨끗이 외면했다. 패전 전까지만 해도 조선인을 법적으로는 일본인과 같이 보았고, 국적은 말할 것도 없이 일본이었다. 그것뿐인가. 종전 직후 사할린의 조선인들은 연합군 총사령부로 부터 '일본 국적을 가진 비일본인'으로 취급되어 전범자로 처벌된 사례까지 있었다. 그러니 당시의 조선인은 이리 걸면 벌받아야 할 일본인이었고, 저리 걸면 절대로 귀국 대열에 끼지도 못하는 '특수 일본인'이었다.

종전 직후 일본 정부는 승전국인 연합군에 대하여 사할린에 억류돼 있는 조선인의 송환을 요구할 수도 없는 입장이라고, 백 보를 양보해서 생각해 보자. 그렇더라도 연합군이 당연히 검토해야 할 사할린의 조선인 관계 자료만은 연합군에게 제출했어야 했다. 그런데 일본은 그것을 감추어 두고 있었던 것이다. 따라서 그런 사료(史料)는 미군 당국에 전무했던 것이다. 이것이 미군이 사할린의 조선인을 팽개쳐 두게 된 중요한 원인이 되기도 했다.

당시 조선은 남북으로 분단되려는 찰나였고, 북은 북대로 남은 남대로 극도의 분열과 혼란에 빠져 있었다. 게다가 뜻있는 정치 지도자들은 우선 분단의 위기에 있는 조국을 분단으로부터 구해 내려는 일에만 정신을 쏟고 있었다. 김구, 김규식, 여운형 등이 그들이었다. 자연히 사할린 동포 문제 따위는 생각할 겨를이 없었다.

정상봉과 이시무라가 다시 만난 것은 1945년 8월 그믐께였다. 브이코프 광업소 산하의 모든 일본인들이 일왕 항복 소식을 듣고 모두 탄광촌을 빠져나간 것은 8월 17일 밤이었다. 그러나 그들도 별 수 없이 브이코프로 돌아왔다. 하지만 역시 많은 일인들은 돌아오지 않았다. 특히 8월 16일 오전의 광업소 간부회의에서 조선인 노무자들을 탄광의 주광인 쌍굴에 가두자고 주장한 일본 사람들은 돌아올 수 없었다. 그냥 쌍굴에 가두고 말 계산이 아니었다. 다이나마이트로 갱의 입구를 폭파시킴으로써 조선인 노무자 3500여 명을 몰살시키고, 일본인들끼리 안전하게 도망칠 계획을 세웠던 도끼라는 별명 외의 몇몇 일본인들은 유즈노사할린스크의 소련군 경무사령관 아리모푸 소장의, '원 직장 귀환 명령'을 따를 수가 없었다. 브이코프로 돌아왔다가는 어떤 변을 당할지 몰랐기 때문이다.

8월 18일, 일본인 간부들이 밤사이에 거의 자취를 감추고 사라지자, 조선인 노무자들은 한때 어리둥절했었다. 하기는 쌍굴로 모이라는 연락을 받고도 아무도 거기에 가지 않았었고, 그래도 주동자 색출 같은 일은커녕 아무 일도 없었을 때부터 어리둥절했었다. 그러다 조선인 노무자들도 정신을 차리고는 대책을 강구하기 시작했다. 일본이 전쟁에 지고, 조선인들에게는 노임해결도, 귀국조치도 취해주지 않고 자기들끼리 사라져 버린 게 너무 괘씸한 나머지 조선인들은 모여서 눈앞에 없는 일본인들만 성토했다. 그러다가 이현기 등 합숙소마다 배치돼 있는 밀정을 색출하는 작업에 들어갔다. 그러나 이현기만 정체가 노출됐을 뿐 다른 합숙소의 밀정들은 찾아내지도 못했다. 그러는 사이 조선인들은 삼삼오오 떼를 지어, 혹은 개개인이 한 사람 씩 브이코프를 떠나기 시작했다. 말릴 수도 없었고 말릴 일도 아니었다. 그중 가장 먼저 사라진 사람이 김형개였다.

이현기는 그날 동료 노무자들 앞에 꿇어앉아 울고 있었다. 이미 많은 사람들이 그에게 한 차례씩 발길질도 하고 주먹질도 한 뒤였다. 어떤 사람은 주먹질 대신 현기의 얼굴에 침을 뱉고 눈만 무섭게 흘기기도 했다. 더러워서 말이 안 나온다는 뜻이었다.

현기가 이만 되고 만 것도 정상봉의 덕택이었다. 정상봉이 아니었으면 그는 어쩌면 그 자리에서 죽었을지도 몰랐다. 이현기 그 더러운 자식이 왜놈의 앞잡이가 되어 어제 오후에 우리가 쌍굴로 집합해야 하는 이유를 흘리고 다녔어. 알고 보니 그게 모두 악질 도끼 놈이 시킨 지령이었다는 거야!

정상봉의 입에서 나오지 않으면 아무도 모를 이러한 비밀이 온 합숙소 내에 좌악 퍼져 있었다. 그러나 정상봉은 끝내 그런 말을 한 적이 없었다. 다만 정상봉은, 사라지고 없는 김형개가 아마 이것을 퍼뜨린 게 아닌가 생각해 봤으나 본인이 없는 마당에 그것을 확인할 재주는 없었다. 설령 김형개가 그런 말을 퍼뜨리지 않았어도 이현기의 그런 비밀은 영원히 보장될 일도 아니었지만.

조선인 노무자들은 밀정행위를 완강히 부정하는 이현기를 우격다짐으로 끌고 와 사람들 앞에다 꿇어앉혔다. 그리고 묻기 시작했다.

"쌍굴을 개조해서 군수품 저장창고로 만든다고 니놈이 맨 먼저 말했는데, 누구한테서 들은 소리고?"

그러나 그는 당당하게 말했다.

"그런 기밀을 누가 내한테 말해 주겠소? 내가 '아매 그럴 끼라'고 한 기지!"

"좋다, 아매 그럴 끼라고 한 짐작은 우째 하게 됐노?

"모든 조선인 노무자들을 쌍굴에 다 모이라고 할 때는 그런 큰 공사가 있기 때민에 모이라고 한 거 아니겠소?"

그러자 한 사람이 번개처럼 뛰어나가 그의 얼굴을 걷어찼다. 그리고 말했다.

"이 더러운 놈의 종자야! 그기 말이나 되는 소리가? 끝까지 변명을 해?"

그러자 사람들은 다투어 나가서 그를 짓밟고 때렸다. 도무지 끓어오르는 분을 참을 수가 없었다. 대번에 그는 피투성이가 되어 쓰러졌다. 피를 본 사람들은

"저런 거는 없애버려야 한다!"

"동족을 배신한 쓸개도 오줄도 없는 쓰레기 같은 놈!"

하면서 이번에는 한 사람이 곡괭이 자루를 들고 나왔다. 거의 초죽음이 된 현기에게는 곡괭이 자루 한 대면 숨이 끊어지고 말 터였다. 합숙소 뒤쪽의 숲속에서였다.

이때, 여태까지의 광경을 지켜보고 있던 정상봉이 얼른 일어나 그 사람을 막아섰다. 바람 한 자락이 획 불고 지나갔다. 그가 눈을 부라리며 상봉에게 쏘아 붙였다.

"니는 뭐꼬?"

"잠시만! 저놈이 죽어버리면 뒷감당은 어쩔 것인가? 나는 결코 저놈 편을 드는 게 아니고 우리 전체를 위해서 이러는 거야!"

그러고는 얼른 동료들을 둘러보면서 정상봉이 소리쳤다. 여태 한 번도 맨 앞에 나서 말을 한 적이 없는 상봉이었다. 그리고 모든 사람들은 그를 특이한 사람, 어떤 이는 도사라고 부르기도 했으므로, 일단 정상봉의 말에 귀를 기울였다.

"여러분, 저도 여러분과 똑같이 저놈을 미워합니다. 아니 죽여버리고 싶습니다. 그리고 저놈은 거의 죽어 있습니다. 그러나 마저 죽여 버려서는 안 됩니다. 저런 놈일수록 살려두었다가 고국에 가서 심판을 받게 하고 그 죗값으로 죽여야 합니다. 우리는 곧 조선으로 돌아갈 몸들입니다. 살인을 했다는 오명을 지니고 고향으로 가서는 안 됩니다!"

정상봉은 동료들의 험악한 공기를 알고 있었으므로 일부러 현기를 죽여 버리고 싶다, 죽여야 한다는 말을 강조했다. 그러자 누가 앉은 채 물었다.

"조선에 가서 누가 저놈이 왜놈의 앞잡이 노릇을 했다고 증언하나?"

정상봉이 자신 있게 말했다.

"우리 모두가 해야 합니다. 해야 할 의무가 있고 권리도 있습니다. 우리는 최소한도 그만한 정의감은 갖고 있습니다. 그 정의감 때문에 여러분은 오늘 이놈을 혼내 준 겁니다."

"조선에 가몬 뿔뿔이 흩어져 삘 낀데 우애(어찌) 단체 증언이 되노?"

정상봉이 받았다.

"흩어지다니요? 물론 각자의 고향으로는 일단 가야겠지요. 그러나 이 더러운 곳에서 생사고락을 함께 한 우리가 그냥 흩어져서야 되겠습니까? 저는 여러분들을 영원한 형제로 생각합니다. 따라서 우리는 친목회 같은 걸 조직해야 합니다. 그리고 이 배신자 놈은 그 친목회의 이름으로 고발하고 그 죄상을 증거해야 합니다."

그러자 또 한 사람이 정상봉의 가장 아픈 곳을 찔렀다. 정상봉은 이현기의 출생지가 조선이 아니고 일본임을 진작부터 알고 있었다. 그러나 그를 살려주려고 이런 말을 하고 있었던 것이다.

"저놈은 조선에 고향이 없어. 조선에 고향도 없는 놈을 데리고 가?"

정상봉이 받았다.

"죄인이 감옥에 가고 싶어 갑니까? 저놈은 죄인이기 때문에 우리가 조선으로 압송을 해 가야 합니다. 그게 여의찮으면 우리는 내일이라도 이놈을 소련군에 넘기면 됩니다."

"에나(차라리) 그게 낫지. 우리가 저놈을 쥑여 뒷감당이 에럽다 몬(어렵다면) 저놈을 소련군한테 넘기자!"

정상봉이 쾌히 답했다.

"그럼, 그럽시다."

그러고는 이현기 앞으로 다가가 엄중하게 명령했다.

"일어나!"

현기가 겨우 쓰러졌던 몸을 일으켜 꿇어앉았다. 정상봉이 동료들을 보고 물었다.

"지금부터 이놈을 어떻게 하면 좋겠습니까?"

"다 죽어가는 놈 그냥 두지, 병원에 모시까(모셔야 할까)!"

이래서 이현기는 일단 위기를 모면하고 목숨을 건졌다.

그날 오후 늦게 소련군이 광업소 본부를 접수했고, 조선인 노무자들의 금족령를 내렸다.

열흘쯤 뒤 이시무라가 정상봉을 찾아왔던 것이다. 그도 코르사코프까지 갔다가 되돌아왔다고 했다. 그들은 상봉이 늘 혼자 가는 너럭바위로 갔다. 이시무라가 상봉에게 말했다.

"인사도 못하고 떠났다가 다시 와서 만나니 면목이 없습니다."

"아닙니다. 피차 경황이 없었으니까요."

"그날, 지난 18일 오후의 일은 참 잘 처리하셨습니다."

"무슨 말씀이신지요?"

"야마다 겐키(이현기) 군을 살린 일 말입니다."

"아니, 그걸 어떻게…?"

"실은 그날 제가 산에 숨어서 모든 걸 지켜보았지요."

그들이 현기를 끌고 가 매질을 하고 굿을 피운 곳이 바로 합숙소 뒤의 숲속이었으니 가능한 일일 터였다. 정상봉이 말했다.

"그가 한 행위야 밉지만 어쩝니까? 이시무라 선생님도 기억하시겠지요? 너희가 진심으로 형제들을 용서하지 않으면 하늘에 계신 내 아버지께서도 너희에게 이와 같이 하실 것이다…. 마태오복음 18장에 있는 말씀이던가요?"

"네, 35절이라고 생각됩니다. 그 말씀 앞에 이런 말씀도 있지 않습니까. 일곱 번뿐 아니라 일곱 번씩 일흔 번이라도 용서하여라, 라는 말씀은 마태오복음 18장 22절이지요."

그러고는 잠시 사이를 두었다가 이시무라가 정상봉의 손을 자기의 두 손으로 잡고는 눈물까지 글썽거리며 말했다.

"힝아시하라 씨. 일본이 조선에 행한 죄악을 용서하십시오."

정상봉은 처음으로 그에게 신부라고 부르며 말했다.

"신부님, 신부님 같은…."

그러는데 이시무라가 손으로 정상봉의 입을 막으며 말했다.

"저는 사제의 자격을 잃은 지 이미 오랩니다. 그렇게 부르지 마십시오. 그리고 선생이란 호칭도 과분합니다. 그냥 이시무라라고 만 불러 주십시오."

"좋습니다. 이시무라 선생님, 제가 드리고 싶은 말씀은 일본에 이시무라 선생님 같은 양심을 가진 분이 계시는 한 하느님께서는 결코 일본을 영원히 버리시지 않을 거라는 것입니다. 반드시 오늘의 좌절을 딛고 다시 회생하리라 믿습니다."

이것은 정상봉의 진심이었다.

"고마운 말씀, 이 시점에서 일본인을 위로하는 조선인이 몇 분이나 될까요."

이시무라는 고개를 깊이 숙였다. 그러다 잠시 뒤 다시 말했다.

"오늘 제가 찾아온 것은, 일전의 그 일은 영원한 비밀로 감춰달라는 부탁을 하기 위해섭니다."

일전의 그 일이란 조선인들을 쌍굴에 모아 학살하려던 비밀을 형개를 통해 상봉에게 알려 준 일이다. 이시무라가 계속했다.

"일본인들이 지금 속속 돌아오고 있는 마당에, 조선인끼리에게라도 그게 밝혀지면, 결국 일본인들의 귀에도 들어갈 것입니다. 그렇게 되면 제 입장이 아주 난처해지니까요."

"알았습니다. 저는 틀림없이 약속을 지키겠습니다만 가네무라 게이가이(김형개) 군이 알고 있지 않습니까?"

"아 참, 가네무라 군을 제가 도요하라(유즈노사할린스크)에서 만났습니다."

"그래요? 잘 떠났지요. 저는 어딜 갔나 했더니…."

이시무라가 잠시 망설이는 것 같더니 말했다.

"간부전용 휴게소에 있던 조선인 여자… 기야마 소훈 아가씨랑 같이 있는 걸 만났습니다. 그래서 가네무라 군에게도 같은 부탁을 했습니다만…."

"그래요? 그럼 안심하셔도 되겠군요."

말하고 나서 정상봉은 생각했다. 곧 조선으로 돌아가면 처녀가 얼마든지 있을 텐데….

이시무라가 다시 말했다.

"저의 이 말씀은 일본인으로서 조선인에게 드리는 말씀은 아닙니다. 성서의 구절을 기억하는 사람이, 그것을 이해하시는 다른 형제에게 드리는 말씀입니다. 기억이 확실치는 않지만 누가복음 6장이라고 생각됩니다…. 너희는 원수를 사랑하여라. 너희를 미워하는 사람들에게 잘 해주고 그들을 위해 축복해 주어라. 너희를 학대하는 사람들을 위해 기도해주어라. 누가 뺨을 치거든 다른 뺨마저 대주고 겉옷을 빼앗거든 속옷마저 내주어라. 달라는 사람에게는 주고…."

정상봉은 듣고만 있었다. 성서 구절이 기억나지 않았기 때문이다. 그러나 그러는 사이에 정상봉은 무슨 까닭인지 눈물이 나왔다.

이시무라도 흐느끼며 말했다.

"힝아시하라 형제님! 이스라엘 민족이 애굽을 탈출하여 하느님께서 약속하신 땅으로 가기 위해서 황야에서 40년을 방황하지 않았습니까? 하느님께서 이스라엘 백성을 사랑하셨기 때문에 내리신 시련이었습니다. 조선이 일본의 속박에서 신음한 것이 꼭 만 35년이지만 그 이전의 을사보호조약부터 치면 40년이 되지요. 성경에서는, 잘 아시겠지만 40년이란 숫자는 매우 뜻이 깊습니다. 그런데 그 뜻깊은 40년을 채우고 조선이 독립하게 되었으니 이것은 분명히 하느님의 섭리가 아니겠습니까. 조선의 발전과 번영을 위해 이 목숨이 다하는 날까지, 전 일본 국민을 대신해서 속죄하는 마음으로 기도하겠습니다. 힝아시하라 형제님도 고향으로 가시면 좋은 사제가 되십시오."

"고맙습니다. 신부님….'

이들은 그때까지만 해도 조선 사람이 곧 귀국하게 되리라 믿고 있었다. 숙사로 돌아온 정상봉은 맞아서 초죽음이 돼 있는 이현기를 몰래 찾아가 속삭였다.

"유서 같은 걸 써 놓고 내일 날이 새기 전에 도망치게나."

이튿날, 사람들은 이현기의 유서를 보고

"자식, 보기보다는 마음이 여린 놈이었네!"

"소련군에 넘겨지기 전에 잘 했지 뭐."

"백 번 죽어 싼 놈이야."

그러면서 한 마디씩 내뱉었다.

그는 홍등가를 운영하던 아버지와 함께 브이코프에서 자취를 감추었던 것이다.

정상봉과 이시무라는 그 뒤로도 자주 만나 서로 격려하면서 신앙을 다져갔다. 함께 기도하고, 오랜 시간 묵상도 함께했다. 두 사람은 깊은 형제애를 쌓았다. 그러다 이시무라는 47년 2월에 귀국했다. 그러고는 소식을 끊었다.

11장

해방이 가져다준 것

30

해방이 된 지도 2년이 지났다. 문근은 경성사범을 졸업하고 고향 함안으로 와서 교편을 잡고 있었다.

하지만 어수선한 시국 탓이 아니라도 문근의 마음은 기댈 데가 없었다. 화태(사할린)로 간 아내 숙경으로부터는 편지가 끊긴 지도 2년이 넘었다. 답답해서 먼저 주소대로 몇 번이나 소식을 보냈지만 통 회답이 없었다. 화태가 다시 소련 땅이 되면서 그곳의 일본인들은 모두 제 나라로 돌아오고 있다고 했다. 그런데 조선 사람은 왜 계속 억류돼 있어야 하나. 일본은 책임을 지기는커녕, 강제로 끌고 간 조선 사람들을 쳐다보지도 않고 자기네들만 제 나라로 돌아가고 있다니, 이런 법이 있는가. 문근은 몰염치하고 치사한 일본의 처사에 치가 떨렸다.

밤마다 문근은 아내가 그리워 몸부림치면서 아내의 환상을 안고 잠을 청하곤 했다. 그러나 아내가 보고 싶고 그리울수록 처가에 대한 죄스러움도 정비례했다.

처가라고는 했지만 아직 한 번도 가보지도, 장인 장모를 만나보지도 못한 처지였다.

해방 전 서울에서 학교에 다닐 때 문근은 학교로 오가는 길에서, 아침마다 같은 장소 같은 시간에 여학생 하나를 만나곤 했다.

많은 여학생을 봐왔지만 이 여학생한테서는 어쩐지 자신의 전부를 맡겨도 좋겠다는 생각이 무슨 계시처럼 마음속 깊은 곳에 자리 잡아가고 있었다. 그러나 그 마음이 일시적인 것인지 아닌지 자신이 없었다. 여자를 보고 생기는 마음에는 세 가지가 있다고 문근은 생각하고 있었다. 첫째, 보자마자 용솟음치는 성충동을 주는 여자, 둘째, 장난삼아 좀 데리고 놀면서 가까이했으면 싶다는 여자, 셋째, 평생을 함께 해도 좋다고 생각되는 여자….

보자마자 성충동을 강하게 느끼게 하는 여자라고 그 여자를 당장 성욕의 대상으로 삼을 수는 없을 것이다. 정 견디기 어려우면 하다못해 유곽에라도 가서 해소하면 될 것이다. 그러나 문근은 아직 그런 곳에는 가 본 일이 없었다. 좀 데리고 놀면서 가까이하고 싶은 여자라면 아마 요정이나 술집의 기생쯤 될 것이다. 꼭 그런 여자가 아니라도 그렇게 가까이하고 싶은 여자가 없지는 않을 것이다. 그러나 이 경우는 기혼자의 권태기에 일어나는 현상이 아닐까. 특히 물질적으로 어느 정도 여유가 있을 때 그것이 가능할 것이다. 축첩의 경우가 이에 속하기도 할 것이다. 그러나 미혼 남자가 미혼 여자를 보고 일으키는 성충동 같은 순간적인 것만으로써 그 여자를 결혼의 대상으로 봐서는 안 될 것이다. 성충동 같은 순간적인 것이 아니라고 해도, 유동적이고 모호한 마음이어서도 안 된다. 확고하고 신념적인, 변함없는 진실이 아니면 안 된다. 문근은 매일 아침 만나는 여학생에게 가지는 자신의 감정이 확고부동한 신념적인 것, 불변의 진실인지 아닌지 아직 자신이 없었던 것이다. 그렇게 만나기를 반년이나 지난 뒤에야 그는 제 마음이 진실임을 확신하고 그 여학생에게 운명적이라 할 장문의 편지를 썼다. 일주일 이상이 걸려 쓴 일생일대의 거사라고 생각되는 편지였다. 편지를 직접 전해 주던 날의 그 여학생의 표정을 지금도 잊을 수가 없다. 그녀는 문근이 불쑥 다가서자, 마치 얼굴이 익은 양순한 개가 어느 날 갑자기 허연 이빨을 드러내는 것을 보기라도 한 표정이었다. 그러나 그 놀라는 표정에서 문근은 다시 한 번, '맞아, 이런 여성이야!' 하는 생각을 했다. 그렇게 어색하게 편지를 전하고 문근은 일주일을 내내 마음 졸이며 같은 길을 다니다, 드디어 절망하고 말았다. 처음 한 이틀 정도야 그녀도 그 길을 피할 수 있었을 것이다.

그러나 일주일이 넘게 그 길에서 다시는 그녀를 만날 수 없었기 때문이다. 그러다 아흐레째 되는 날에야 그는 그 여학생을 다시 만날 수 있었고, 그리고 답장까지 받았던 것이다. 답장에는 다음과 같은 내용이 적혀 있었다.

저같이 보잘것없는 사람에게 그렇게 오랜 기간 자신의 감정을 시험하면서 어떤 확신 끝에 보내주신 편지는 솔직히 저를 감동시킨 바 있었습니다. 그러나 저는 저대로 일방적으로 당했다는 생각이 들지 않을 수가 없군요. 왜냐하면 저도 자신의 일생의 반려자에 대해서는 문근 씨만큼 깊이 생각해 봐야 하는데, 저는 문근 씨를 한 번도 그런 대상으로는 생각해 보지 않았기 때문입니다. 사실 저는 매일 아침 만나 뵙는 문근 씨에게 아주 성실하고 정직해 뵌다는 인상 때문에 호감을 가지고 있었기는 했습니다. 그러나 저에게 일생을 함께할 사람이라고 하신 말씀에는 당황하지 않을 수가 없습니다. 저는 아직 나이 어리기도 하지만, 그것보다는 문근 씨에게는 너무 부족한 여자라는 생각 때문입니다. 혹시 저의 이러한 말씀을 겸양이라고는 생각지 마시고, 더 널리 세상을 보시고 더 많은 여자를 찾아보시기 바랍니다.

그때는 틀림없이 문근 씨의 마음에 변화가 있을 겁니다. 그런 연후에도 현재의 마음이 움직이지 않는다면, 그때 가서는 이제 제 쪽에서 문근 씨에 대하여 생각해 볼 차례가 아니겠습니까.

외람되오나 열심히 공부하실 때이므로 학업에 전념하시기를 바라오며 이만 줄입니다.

그녀가 숙경이었다. 그게 숙경이 고등여학교 1학년 때였다. 문근은 이런 답장을 받은 지 보름쯤 지나고부터 하굣길에 숙경을 다시 만날 수 있었다. 숙경도 어떤 결심이 선 모양이었다. 그런 만남이 있은 다음부터 문근은 숙경을 드문드문 만나고 있었다. 주로 토요일 오후였다. 문근은 숙경과의 만남을 위해 엄청난 독서를 해서 만날 때마다 다른 화제로써 숙경을 사로잡으려 했고, 그의 그러한 피나는 노력은 조금씩 결실을 거두어 갔다. 돈이 없는 문근은 언제나 숙경을 데리고 남의 눈이 미치지 않는 서울 근교의 들판이나 산길을 거닐면서 끝없는 대화를 나누었다. 그럴 때면 문근과 숙경은 모두 학교의 배지를 떼어 버렸고, 문근은 교모를 벗어 버리기도 했다. 그러다 그녀가 고등여학교 2학년 때 문근은 대단히 조심스럽게, 그러나 어쩌면 너무나 당돌하게도 청혼을 했던 것이다. 그때 문근은 관립경성사범학교 예과 3학년이었다. 숙경은 고개를 들지 못하고 얼굴만 붉혔다. 아무 말도 하지 못했다. 그런데도 문근이 다시 확인하듯 물었다. 마치 기정사실을 재확인이라도 하는 것 같았다.

"결혼해 주시는 거죠?"

숙경이 조용히, 그리고 침착한 어조로 말했다.

"졸업도 아직 하지 않았고, 부모님의 승낙도 받지 못했는걸요? 너무 성급하신 게 아닌지 모르겠군요."

"고등여학교 2학년이면 됐지요. 꼭 졸업을 해야 합니까. 사실 실력을 얻으려고 학교에 다니지, 졸업장을 손에 쥐려고 학교에 다니는 건 아니잖습니까? 다만 부모님의 허락이 문젠데, 그건 시일을 두고 받아 보십시오."

숙경이 한참 동안 침묵을 지키다 어렵게 답했다.

"시일을 두고 노력은 해보겠지만, 결혼허락이 맡겨 놓은 물건이 아닌 이상… 그렇다고 제가 문근 씨를 싫어하는 건 아닙니다만."

생각하면 숙경의 말에는 틀린 대목이 하나도 없었다. 그런데도 문근은 기분이 상했다. 하지만 마음을 가라앉히고는 다시 차분하게 설득했다.

"그건 숙경 씨 말씀이 옳습니다. 어른들의 결혼 승낙이 그렇게 쉽지 않은 걸 제가 몰라서 그랬겠습니까? 어떤 시련과 난관이 있어도 숙경 씨와의 결혼은 꼭 하고 말겠다는 저의 의지를 그렇게 나타낸 것이니까 오해는 하지 마십시오."

숙경이 다시 어린애를 달래듯 부드럽게 타일렀다.

"그것도 알아요. 그래서 저도 최선의 노력을 다하겠습니다. 하지만 문근 씨의 말씀은 문근 씨의 혼자 생각이지, 문근 씨가 갖춘 객관적인 결혼 조건은 못 되거든요. 결혼을 흔히 인간 대사라고 하지 않아요? 결혼에는 당사자들의 사랑이 절대 조건이긴 하지만, 어른들 생각은 꼭 그렇지만은 않으니까요. 어른들은 흔히 당사자들의 사랑 같은 건 무시하시기 일쑤죠. 잘못하면 불순하다고 얼마나 나쁘게 보시기까지 합니까? 아마 앞으로 몇십 년이 더 지나면 결혼 당사자들의 사랑만으로 결혼이 가능한 시대가 오긴 올 겁니다만… 어쨌든, 자녀들의 결혼만큼 큰 대사가 없다고 어른들은 생각하시잖아요?"

문근이 투정부리듯 말했다.

"그 말씀도 알아요. 하지만 결혼 조건 결혼 조건, 하면 난 할 말이 없습니다. 시골 출신에 빈농의 아들에…. 다만 나는 숙경 씨를 이 세상에서 가장 사랑한다, 다른 누구보다도 내가 숙경 씨를 가장 아끼고 사랑한다는 것만이 나의 전붑니다."

그러고 고개를 돌렸다. 화가 난 표정이었다.

"알아요."

숙경이 짧게 말하면서 그러는 문근의 마음을 풀어주려는 듯 문근의 손을 꼭 잡아 주었다. 문근이 자신의 가정환경 같은 걸 내비치자 숙경은 갑자기 그런 소리를 하는 문근이 안타까웠던 것이다. 아무도 없는 산속, 가끔 산새 소리가 청아하게 허공을 수놓을 뿐이었다. 문근은 조용히 숙경을 옆으로 껴안았다. 숙경이 문근의 가슴에 얼굴을 묻으며 속삭였다.

"걱정 마세요. 우리의 사랑은 그 어떤 시련이나 난관도 극복할 수 있을 거예요. 틀림없이 문근 씨는 그럴 수 있는 분이라고 저는 믿어요."

"고마워, 고마워 숙경이!"

문근은 감격에 북받쳐 숙경의 볼에다 마구 자기의 볼을 비비다가 뜨거운 숨결을 그녀의 입술에 퍼부었다. 문근의 입에다 자기 입을 맡기고 있는 숙경은 눈을 꼭 감고 있었다. 잠시 뒤 감은 눈꼬리에서는 물기가 내비쳤다. 그 물기가 이내 굵은 방울이 되어 볼을 타고 흘러 내렸다. 문근이 한참 동안의 포옹을 풀어주면서 말했다.

"이제 내려갑시다."

숙경이 말없이 따라 일어나 문근의 엉덩이를 털어 주었다. 문근도 숙경의 옷에 묻은 티끌을 털어 주었다. 그들은 처음으로 입맞춤을 했고, 이제는 하늘이 무너져도 어쩔 수 없을 것이라는 생각들을 하고 있었다.

산을 내려오는 길에서 문근이 숙경의 손을 잡으며 장난삼아 말했다.

"숙경이 끝내 나의 청을 거절했다면 난 오늘 숙경이 앞에서 죽어버릴 생각을 했었지."

숙경이 문근을 말끄러미 바라봤다. 그런 눈길은 처음이었다.

"자살 흉내겠죠!"

"천만에. 그러나 동반 자살은 생각하지 않았어."

"왜요? 같이 죽어야죠."

숙경이 농담 섞어 말했다. 그러나 문근은

"아니지, 혼자 죽는 것도 실은 무서운 죄악인데…. 숙경 씨는 얼마든지 좋은 조건 갖춘 남자랑 살아야지, 내가 왜 데리고 같이 죽나."

조금은 자조적인 말투였다. 그래서 숙경이 뾰로통한 표정을 지으며 말했다.

"이제 조건조건, 하지 마세요!"

"그래, 다시는!"

그러나 숙경은 집으로 돌아와서도 좀처럼 문근의 얘기를 할 수가 없었다.

그 뒤 두고두고 아무리 기회를 엿보고 기다려도 아예 그럴 계제가 못되었다. 아버지가 워낙 완고하기도 했지만, 그는 술이 취해 기분만 거나해지면 숙경일 불러 앉히고는 이렇게 말하곤 했기 때문이다.

"우리 숙경이는 고등문관한테 시집을 보내야지. 고등문관 시험에 붙은 인재라야 내 사위가 될 수 있다구!"

숙경이 아버지를 떠보느라고 넌지시 말했다.

"고등문관이 다예요? 사람이 사람다워야죠."

"옳은 말이군. 그러나 사람다운 사람이 누구겠냐? 자고로 신언서판(身言書判)이 사람의 값어치를 결정하는 법이지만, 고등문관이면 신언서판에 있어서도 맨 윗자리가 되거든!"

실제로 조선 청년들 중에는 고등문관 시험에 합격한 사람이 많았고, 아버지는 그런 사람을 사위로 삼겠다고 벌써부터 벼르고 있었던 것이다. 그래서 생각다 못해 어머니에게 슬쩍 운을 떼 봤다.

"어머니, 제가 사귀는 남학생이 있는데요…."

"뭐라구! 네가 벌써 다 자랐구나! 어떤 남자냐!"

"경성사범에 다니는…."

"경성사범? 경성사범이라면 교육자가 될 사람이지, 고등문관 시험 칠 사람은 아니지 않니?"

"어머니두… 아버지의 그 말씀을 꼭 지켜야 해요?"

"아니야, 네 아버지의 고집을 꺾을 사람은 세상에 없어. 그리구 그건 네 아버지의 유일한 희망이기두 하구…."

"제가 뭐 꼭 아버지의 희망대로만 살아야 하나요?"

"그래도 네가 뭐가 부족하니? 우리 집이 남보다 못한 게 뭐가 있니? 그런 네가 고등문관한테 시집 못 갈 게 뭐냔 말이야!"

숙경이 괜히 말을 꺼냈다고 후회하며 말했다.

"어머니만 그냥 알고 계세요. 아버지껜 아직 말씀드리지 말구요."

"그래, 알았다만 너 괜히 섣부른 언동일랑 주의해야 한다!"

숙경은 한숨이 나왔다. 어머니마저 이렇게 철저하게 아버지 편을 들 줄은 몰랐다. 문근과의 결합에는 파란이 있으리라. 그래도 하는 수 없지….

몇 달이 후딱 지났다. 그동안 문근은 시골 부모님들로부터 모든 허락을 다 받아놓고 있었다. 다만 문근의 부친은, 규수의 부모가 이쪽을 탐탁찮게 여기는 눈치가 좀 기분이 상하긴 했지만 그만한 가문의 규수를 며느리로 맞이하는 데야, 하면서 참고 넘겼다. 그러나 숙경은 전혀 진전이 없었다. 이제 오히려 숙경 쪽에서 이렇게 문근을 위로했다.

"제가 졸업만 하면 그냥 집을 나와 버릴게요."

"졸업을 하자면 아직 2년 가까이나 남았어. 그동안 꾸준히 부모님을 설득시켜 봐요. 내가 한 번 가 뵐까?"

"아니, 그건 더 위험해요. 어머니까진 몰라두 아버진 저의 이런 행동을 아시면 당장 쫓아내신다구요."

"그것 잘됐잖아. 스스로 도망쳐 나올 결심까지 하는 판인데, 쫓아내면 얼마나 편하게 나올 수 있어?"

"아이, 농담이 아니라니까요."

그러면서 숙경이 밉지 않은 눈을 흘겼다.

숙경이 2학년에 진급한 3월의 토요일이었다. 양지바른 곳에서는 개나리가 노란 꽃잎을 내밀 준비를 하고 있었다. 아침부터 해가 구름 속으로 숨바꼭질을 하고 있었다. 이날도 학교를 마치자 숙경이 문근의 자취방으로 찾아왔다. 아니, 그녀는 자신의 하숙집으로 가서 아예 책가방도 두고, 옷도 사복으로 갈아입고 왔다. 문근이 2년 늦게 학교를 다닌 것과 마찬가지로 숙경도 2년 늦은 나이였다. 문근은 집안이 어려워 2년이나 늦게 학교에 들어갔지만, 숙경은 어릴 때 병치레를 하느라고 2년이나 늦었다고 했다. 그래서 고등여학교 2학년이라고 했지만 19살, 문근은 관립경성사범학교 예과 4학년으로 22살이었다. 숙경은 화사한 봄옷을 입고 있었다. 옅은 감색에 가로세로 빨간 줄이 쳐진 투피스, 그런 옷을 장만

해 두고 있었다니! 그러나 처음 보는 그런 옷이 놀랍다기보다는 그런 옷을 입은 숙경이 너무 어른스러워 보여 놀라웠다. 그녀가 말했다.

"예고 없는 방문이어서 그러세요?"

"아니, 내가 어쨌기에?"

"왜 그렇게 놀란 눈으로 바라보세요?"

"숙경이 너무 어른스럽고 예쁘고 탐스러워서….."

"고맙군요. 그러나 탐스럽단 말씀은 조금 불순한데요."

"미안해. 그나저나 들어오든지, 나오라고 하든지 해야지!"

"어마! 누가 할 소리예요? 주인이 손님에게 들어오라시든지, 아님, 같이 나가시자든지 해야죠."

"누추하고 냄새나는 방에 이렇게 말쑥한 숙녀를 들어오시게 한다는 건 나의 무례한 과욕일 테고, 나갑시다."

그들은 밖으로 나와 천천히 걸었다. 하늘은 구름이 잔뜩 끼어 있었지만 숙경의 화사한 의상이 햇살보다 밝아 보였다. 둘 다 학생복이 아니어서 한결 덜 부담스러웠다. 구름 때문에 해가 어디쯤에 있는지를 몰랐다. 시계가 없는 문근은 숙경에게 물었다.

"지금 몇 시나 됐을까?"

"2시 20분이군요."

"그럼 우리 오늘도 산으로 갈까?"

"그러세요. 사람들이 많은 곳은 저도 싫어요."

"왜?"

"개성 사람들이 얼마나 많이 서울에 나다닌다구요. 혹시 아버지라도 불시에 만나 뵈면 어떻게 되죠? 아버지가 아니라도 아버지 친구 분들은 대개는 저를 어릴 때부터 알고 있다구요. 어디에서 어떤 분을 만날지 모른다니까요."

"난 그런 이유 때문에 산으로 가고 싶은 건 아닌데…."

"허긴 문근 씨는 남자니까요."

문근은 더 이상 말하지 않았다. 그가 산이나 들로 나가려는 것은 비용이 안 들어서였다. 그러나 그런 말을 어떻게 하랴.

31

그들은 천천히 걸어서 교외로 빠져나왔다. 아직은 바람 끝이 차가웠지만 길가에는 벌써 풀잎의 새싹이 돋아나고 대지에 새 생명이 약동하고 있었다. 그러나 새 생명이 약동하지 않아도 이들 남녀는 만나면 언제나 기뻤고 힘이 넘쳤고 마냥 희망에 가슴이 부풀었다. 이들은 나란히 손을 잡고 필요 이상으로 손을 흔들기도 하고, 군인들처럼 발을 맞춰 오른발 왼발 하면서 걷기도 했다. 보릿논 사이로 트인 오솔길과 밭 언덕길을 지나 산으로 들어섰다. 산에도 길이 나 있었다. 여기저기에 돌복숭아꽃인지 살구꽃인지가 화사하게 피어 있었다.

길은 도랑이 패인 곳으로도 나 있었고 도랑 뒤의 언덕으로도 나 있어 두 사람은 손을 잡았다 놓았다 하며 걸어야 했다. 언덕 위 길섶에는 새파란 쑥이 빼쪽빼쪽 돋고 있었다. 문근은 생각했다. 초봄의 쑥국이 얼마나 맛있는 것인가. 이 쑥을 캐어다가 국을 끓여 먹었으면. 그러나 그는 말도 안 되는 스스로의 생각에 고개를 흔들었다. 이 시간이, 이 길이 누구와 걷는 것인데 쑥을 캐다니. 또 캐어 간다 한들 쑥국에는 들깨가루 같은 것도 들어야 하는데 어떻게 혼자 국을 끓여 먹는단 말인가. 문근이 엉뚱한 생각을 잠시 한 것처럼 이번에는 숙경이 엉뚱한 말을 했다.

"우리 아버진 말이죠. 우리 앞에선 어머니에게 경어를 쓰시지만 우리만 없으면 어머니 이름을 부른다니까요. 맹순이 맹순이, 이런다니까요."

"재미있는데?"

"우리 아버지 재미있는 분이시죠?"

"아니!"

"그럼 뭐가 재미있다는 말씀이예요?"

"어머니 이름이."

"어머니 이름이 왜요?"

"사납고(猛)도 순(順)하니까. 그래서 어머니가 사나울 땐 겁이 나서 아버지가 여보, 그러다가 순해지면 마음 놓고 이름을 부르는 거겠지."

문근의 이러한 농담에 숙경이 되받았다.

"어머니의 이름자의 맹자는 사나울 맹이 아니고 맏맹(孟)이에요. 정말 우리 아버지 어머니의 금실은 온 대소가에서도 알아준다니까요. 그런데…."

"그런데?"

"막내둥이 동생은 지금도 꼭 아버지 어머니 사이에 끼어 자겠다고 밤마다 성화거든요."

"난 지금도 아버지 어머니 새에서 자는데? 내 방이 없거든…."

이래도 숙경은 진지하게 받는다.

"문근 씨 부모님은 연세가 드셨으니까 그래도 괜찮죠."

"부부가 나이 젊으면 왜 같은 방에 아이가 끼어 자는 게 귀찮을까?"

그제야 숙경이 얼굴을 붉히며 문근에게 눈을 흘긴다. 그러다 잊었다는 듯이 그녀가 말했다.

"저 바로 밑에 동생 인준이가 우리 사이를 눈치 챈 것 같아요."

"인준이라? 그런 남동생이 있었어요? 눈치 챘으면 어때요?"

"자꾸 저를 놀리잖아요."

"괜찮아요. 장래 어떤 일이든 우리들에게 도움이 될 가족인데."

문근은 예사롭게 말했지만 실제로 인준이가 훗날 문근에게 어떠한 도움을 줄지는 알 수 없었다. 맑던 하늘이 흐려지면서 짙은 구름이 끼고 있었다.

이런 가벼운 이야기를 하면서 길을 따라 산을 한참이나 오르자 작은 절이 하나 있었다. 그들은 대웅전 앞으로 가 문 밖에서 부처님께 합장하며 절을 했다. 절에도 활짝 핀 복숭아꽃 나무가 있었고, 그 옆에 석간수를 받아 마시는, 대[竹]로 된 홈통이 보였다. 석간수를 쪽박으로 받아서 교대로 마셨다. 물맛이 참 좋았다. 그러는데 석간수 받아 놓은 물통 위에 파문이 일었다. 하늘을 향해 손바닥을 펴봤다. 빗방울이었다. 이를 어쩌면 좋은가. 문근이 물었다.

"몇 시지?"

"5시 반이군요."

"비가 안 와도 바로 내려가야 할 시간인데."

그러는데 비는 금세 뚜둑뚜둑 제법 마당의 먼지를 일으키며 떨어졌다. 봄에 소나기가 오는 건가. 그들은 절 아래채의 처마 밑으로 갔다. 인기척에 아까부터 이들의 모양을 지켜보고 있던 노파한 사람이 방 안에서 천천히 말했다.

"서 있지들 말구 마루에 앉아요. 신혼부부 같구려?"

문근은 그냥 웃었고, 숙경은 얼굴만 붉혔다. 비는 점점 거세어졌다. 하늘을 보니 구름이 아까보다 더 짙게 끼어 있어 쉽게 그칠 비가 아니었다. 문근과 숙경은 낭패스런 얼굴로 하늘만 멍하니 보고 있었다. 침묵이 길었다. 괜히 여기까지 왔구나. 문근은 이렇게 속으로 자신을 나무라고 있었다. 그때 노파가 또 말했다.

"추운데 밖에만 있지 말고 방으로 좀 들어오구려."

아닌 게 아니라 제법 춥기도 했다. 그러나 그들은 사양했고, 노파는 문을 닫으며 혼자 고시랑거렸다.

"금년 봄은 웬 비가 이리 흔한지, 원. 소 고삐 긴 것, 강담 배부른 것, 며느리 손 큰 것, 처녀 애 밴 것, 봄비 잦은 것 이런 건 모두 아무짝에두 쓸모가 없다는데…."

노파의 이런 소리가 우스워 숙경은 쿡쿡 웃었고, 문근은 그것을 다시 외어봤다. 소 고삐 긴 것, 강담 배부른 것, 며느리 손 큰 것, 봄비 잦은 것….

분명히 다섯 가지던데 뭐더라? 하나는 뭐더라?

사실 그랬다. 소의 고삐가 너무 길면 아무 데나 걸려 감기기 쉽고, 진흙이 묻어 엉망이 되는 것을, 농촌에서 소를 먹이러 다닌 문근은 잘 알고 있었다. 강담 배부른 것. 순전히 돌로만 쌓은 담이 강담인데, 배가 부르다는 것은 무너질 징조이니 위험할 것이다. 며느리 손 큰 것도 마찬가지다. 없는 살림이든 있는 살림이든 며느리로 들어온 여자는 어쨌든 모든 것을 아낄 줄 알고 요령껏 써야지, 손이 커서 풍덩 풍덩 함부로 축내버리면 가산을 지탱하지 못한다. 문근이 그 형편에 서울까지 와서 공부를 할 수 있는 것도 솔직히 어머니의 그 절약과 또 절약, 모든 것을 아낄 줄 아는 솜씨 덕분이 아닌가. 봄비는 자주 올 필요가 전혀 없다. 농사 준비에도 막대한 지장을 줄 뿐 아니라, 잘못하면 보리나 밀 등의 농작물에 피해도 입힌다. 농작물이 녹아버리기 때문이다.

그런데 한 가지가 더 있었는데….

비는 점점 더 세차게 쏟아졌고, 이제 비가 그친다고 해도 돌아가기는 틀렸다.

비구름 때문이기도 했지만 벌써 사방이 어두워지고 있었다. 그때까지도 그들은 마루에 걸터앉아 있었다. 그사이 문을 닫고 있던 노파가 다시 문을 열고는 말했다.

"어떻게 하시겠수? 젊은 부부?"

"예?"

문근이 돌아보며 되물었다.

"지금이라두 비어 있는 방에 불을 지필까? 어차피 하산하시긴 글렀구, 공양 시간이 가까워 오니 준비두 해야 한다우."

문근은 얼른 숙경을 봤다.

숙경은 고개를 숙이고 있었다. 그런 그녀의 귓볼이며 목덜미까지가 분홍색으로 물들어 있었다. 숙경의 얼굴 전체가 복사꽃 빛이었다. 문근이 노파를 돌아보며 말했다.

"보살님, 이거 죄송해서…."

"아니우, 죄송허긴…. 절간에도 사람이 살지 부처님만 계신 건 아닌데 뭘."

그러면서 방을 나와, 그 아래채의 뒤를 돌아갔다. 그는 노파를 따라가며 말했다.

"보살님, 제가 군불을 넣겠습니다. 공양 준비 하시지요."

"그래 주시겠수? 고마워라. 복 받을 양반이우. 색시도 어쩜 그리 고운 사람을 얻었는지…."

그러면서 장작을 한 아름 안아다 주었다. 불쏘시개가 될 나무는 아궁이 앞에 있었다. 노파가 한 손을 뒤로 하고 허리를 톡톡 두드리며 다시 말했다.

"방을 닦아야 할 텐데. 그건 색시가 좀 해 주실까. 아이구, 이놈의 허리 신경통 때문에 비만 오면 죽는다우, 허리가 아파서…."

그러면서 문근을 바라본다.

"그럼요, 방청소 그런 건 걱정 마십시오, 보살님."

그러자 노파가 이가 빠진 입을 오물거리며 돌아나갔다.

숙경이 방을 쓸고 닦았다. 장작불을 지핀 방은 구들목부터 따뜻해지더니 이내 온방으로 온기가 퍼져 나갔다.

시렁 위에는 비교적 정결한 요이불도 얌전히 개켜져 있었다.

그러나 베개는 하나뿐이었다. 방 한쪽 구석에 하얀 사기 호롱불이 얹힌 등잔이 있었고, 그 밑에 염주와 목탁이 가지런히 놓여 있었다. 나그네 스님이 오면 거처하는 방인 것 같았다.

방 안이 어두웠으므로 문근이 호롱불에 불을 밝혔다.

숙경은 두 무릎을 세운 불안한 자세로 벽에 기대 앉아 있었다. 문근도 벽에 기대어 두 다리를 뻗고 눈을 감았다 떴다 하면서 무엇인가 골똘한 생각을 하고 있었다. 그러다 문근이 낮은 소리로 말했다.

"숙경이, 미안해."

"제가 미안해요."

"숙경이가 어쨌기에?"

"문근씨 자취방으로 찾아온 것두, 그리고 나오라고 한 것두 저였으니까요."

"어쨌든, 이렇게 비가 오시는 건 우리들 뜻이 아니잖아."

"그럼요, 어쩜 대자대비하신 부처님께서 우리들 앞길을 열어 주시려는 축복 같은데요."

숙경은 오래전부터 문근과의 결혼을 결심하고 있었다. 그러나 아버지에게는 그 의견조차 꺼내지 못하고 있었던 터였다. 어머니에게 슬쩍 비췄다가 어머니마저도 철저히 아버지 편임을 깨달은 순간부터 그녀는 문근과의 결합에는 일대 파란이 있을 것임을 예견했었다. 파란이란 정상적인 결혼 방법이 아닌, 비정상적인 방법으로 결혼하는 것이라고 그녀는 오래전부터 생각하고 있었다. 비정상적인 결혼 방법이란 어떤 것일까. 어차피 집을 뛰쳐나오는 불효를 생각하지 않을 수 없었다. 그렇게 해서 어떻게 할 것인가. 또 언제 그렇게 할 것인가. 그 방법과 시기는 도무지 구체적이거나 명확할 수가 없었다. 그저 막연히 그런 수단밖에 없을 거라는 생각을 가슴속에 간직하면서 오늘에 이르렀던 것인데, 그게 바로 이날임을 그녀는 생각하고 있었다. 그런데도 문근은 오히려 대죄나 지은 사람처럼 기어드는 소리로 미안하다니, 착한 남자…. 문근은 방금 숙경의, 부처님께서 우리들의 앞길을 열어 주시려는 축복 같다는 말에 안심한 듯 숙경을 보고 말했다. 좀 전과는 다르게 큰소리였다.

"그래, 숙경이도 그런 생각을 하고 있었구나. 실은 나도…."

문근이 이 방으로 들어와 벽에 기댄 채 무엇인가 골똘히 생각하고 있었던 것도 바로 이 문제였다. 어차피 숙경이 부모님들로부터 결혼 승낙을 얻어내지 못할 것은 뻔하다. 그렇다고 언제까지나 무작정 그 승낙이 떨어지기를 기다린다는 건 어리석은 노릇이다. 숙경의 마음이 아무리 굳다 해도 좋은 자리가 나서면 부모님들은 강제로 결혼을 시켜 버릴 수도 있는 법.

그러나 그렇더라도 결코 숙경을 빼앗길 수는 없다. 그렇다면 이쪽에서 선수를 치는 수뿐. 그냥 당사자들끼리 식을 올려버리는 방법밖에 없지 않을까. 내일 당장 이 절에서 스님을 모시고….

그러나 숙경이가 여기에 동의할까. 그게 의문이었던 것인데, 오히려 숙경이 먼저 그런 뜻을 내비치다니.

문근은 호롱불빛의 침침한 방 안이 일시에 대낮같이 밝아지는 환희와 감격에 몸이 공중으로 부웅 뜨는 것 같았다.

그는 숙경의 곁으로 다가가 숙경의 두 손을 마주잡고 앞으로 끌어당겼다. 그러고는 뜨겁게 끌어안았다. 아무 말도 하지 않은 채. 말이 필요 없었다.

숙경이가 없는 세상이라면 나는 살고 싶지도 않아. 이런 말을 속으로만 뇌었다. 숙경도 말없이 문근의 가슴에 안겼다가 잠시 뒤 두 팔을 뻗어 문근의 목에다 둘렀다.

문 밖에서는 비가 얼마나 거세게 내리는지 처마 끝에서 빗방울 떨어지는 소리가 마치 아주 빠른 속도로 소고를 치는 것처럼 들려오고 있었다. 처마 밑으로는 빙 둘러가며 빗방울이 떨어지면서 마당이 파이는 것을 막느라고 좁고 긴 판자를 받쳐 놓았던 것이다.

숙경은 오랫동안 그렇게 문근의 가슴에 얼굴을 대고 있다가 나직나직한 소리로 말했다.

"사랑을 위해 자신의 전부를 던지려는 저를 부처님은 어떻게 보실까요?"

"축복하실 거라고 숙경이 말했잖아?"

"그래도….."

그녀는 말을 잇지 못했다. 목이 멘 듯했다. 이내 커다란 두 눈에 눈물이 가득 고였다가 주루룩 흘렀다.

그때 밖에서 인기척이 났다. 노파였다.

"저녁 공양하러 오시구려!"

"네."

그들은 동시에 답하면서 밖으로 나왔다.

노파를 따라 대웅전에 딸린 옆방으로 올라갔다.

밥상이 차려져 있었고, 60이 넘어 뵈는 깨끗하고 맑은 얼굴의 스님이 밥상머리에 앉아 있었다.

"어서들 오시오."

스님이 미소를 띠며 말했다.

그들은 합장을 하며 공손히 허리를 굽혔다.

스님이 다시 말했다.

"자, 절 음식이 본시 이런 거니까… 드시오."

"스님, 말씀을 낮추십시오."

"허허허, 불자는 누구에게나 말씀을 함부로 하지 않는 법."

그들은 조심스럽게 스님과 한상에서 밥을 먹었다.

보리쌀과 쌀이 반반으로 섞인 밥, 오이장아찌, 고춧가루가 거의 안든 김치, 된장국, 미역구이, 도라지나물 이런 반찬이 정갈했다. 노파는 음식 솜씨가 깨끗했다.

식사를 끝내자 스님이 말했다.

"좋은 사이군. 아주 좋은…."

노파가 끼어들었다.

"스님, 신혼부분데 그럼 좀 좋은 때겠어요?"

"허허허."

스님은 껄껄 웃기만 했다.

그들은 스님께 다시 공손히 절하고 방을 물러나와 아까 그 방으로 내려왔다.

숙경이 말했다.

"스님은 우리가 부부가 아닌 줄 아시는 것 같던데요?"

"곧 부부가 된다는 것도 아시겠지."

한참 뒤 다시 문근이 무겁게 입을 열었다.

"숙경 씨, 우리 집은 시골의 가난한 집이오. 사실 숙경 씨 같은 사람은 우리 동네, 우리 집에서는 좀 버거운 사람이지. 그러나 난 자신이 있어. 절대로 숙경 씨를 실망시키지 않을 거요. 숙경 씨를 내 생애의 훌륭한 동반자로, 영원한 친구로, 냉엄한 충고와 조언자로 생각하고 함께 한 세상 깨끗하고 아름답게 살아가고 싶어. 신께서 축복해 주실 수 있는 그런 모습으로 깨끗하고 아름답게…."

"그래서 저도 문근 씨의 그런 삶에 동참하려는 거죠. 누가 어디에 안 어울린다, 버겁다는 말씀은 듣기가 거북해요. 전 문근 씨를 위해 우리 부모님도 형제자매도 얼마 동안은 모두 잊어버리기로 했으니까요."

"고마워…."

32

밤이 깊었다. 그렇게 세차게 내리던 빗소리도 어느새 멈추었다.

문근은 이불을 걷어낸 채 누워 있었다.

숙경이 그러한 문근의 온몸에 밴 땀을 닦아주고 있었다. 몸과 몸의 접합이 아닌, 영혼과 영혼의 결합이었다. 땀을 닦아 주고 있는 숙경을 문근이 다시 세차게 끌어안으며 말했다. 오랫동안 생각해온 말이었다.

"날이 밝으면 스님을 모시고…."

숙경이 문근의 말을 맺었다.

"식을 올려요. 저도 벌써부터 그런 생각을 해 왔어요."

"그래, 숙경은 우리가 결혼식도 올리기 전에…."

"결혼식도 올리기 전에 몸을 허락했다구요?"

"무슨 말을 그렇게 해? 숙경이 몸을 허락하기 전에 내가 **뺏었**는데…."

잠시 문근의 품속에 안겨 숨결을 고르던 숙경이 다시 물었다.

"그럼, 결혼식도 올리기 전에 뭔가요?"

"내 말을 숙경이 너무 잘 알아듣고 따른다고나 할까. '내가 스님

을 모시고' 하니까 숙경이 '식을 올려요' 했으니 말이야. 부창부수도 이쯤 되면 최상급인데….'

그러나 숙경이 말했다.

"지아비 부자와 지어미 부자의 순서를 바꾸어 부창부수(婦唱夫隨)로도 해석하고 싶군요."

문근이 숙경을 더욱 힘주어 안으며 말했다.

"좋아, 좋고말고. 난 숙경의 말이라면 뭐든지 믿고 따를 거야."

"정말요? 뭐든지 믿고 따른다고 하셨어요!"

"그럼, 정말이지 않고…."

"그럼 됐어요. 그 첫 번째 약속, 이제 우리 자요!"

"그래, 자야지. 자기 위해서…."

문근은 다시 숙경을 바로 눕혔다.

날이 새고 아침이 됐다. 어제 비온 뒤끝의 하늘은 쾌청했다. 식사 후 문근과 숙경은 스님 앞에 꿇어앉았다. 문근이 스님께 조심스럽게 입을 열었다.

"스님, 한 가지 어려운 청이 있사온데 말씀을 드려도 될는지…."

"어려운 청이라니, 얼마나 어려운 청인지 걱정이 되오만 산중 노승에게도 혹시 도울 수 있는 힘이 있을지 모르니 말씀해 보오."

"네, 저희들 오늘 스님을 모시고…."

문근이 스님을 잠시 우러러보다가 고개를 숙였다.

"혼례식을 거행하겠다는 말이로군!"

문근과 숙경은 놀라지 않을 수 없었다, 어쩌면 이렇게 알아맞혀 버릴까. 스님이 다시 말했다.

"그래야지, 나는 어제부터 그대들을 보고 사연을 알았지. 허나…."

말끝을 흐리며 상체를 좌우로 천천히 흔들었다. 한참을 그러더니 '나무관세음…' 하면서 일어섰다. 얼마 뒤 스님은 법의를 갈아

입고 법당으로 나왔다.

부처님 앞에서 부처님을 등지고 서더니 문근과 숙경을 자기 앞에다 나란히 세웠다.

스님이 먼저 목탁을 치면서 삼귀의례(三歸依禮)를 외었다.

귀의불, 귀의법, 귀의승, 그 음성이 낭랑했고 목탁소리는 쾌청한 날씨만큼 청아했다. 그런 다음 부처님께로 돌아서서는 고유문(告由文)을 낭독했다. 부처님께, 이들 남녀가 어떠어떠한 인연으로써 오늘 부부가 된다는 것을 고해 올리는 의례인 것 같았는데, 순한 문을 염불처럼 주욱주욱 빼어 고했다. 그러더니 이번에는 그 고유문의 내용인 듯한 말을 스님 뒤에 서 있는 문근과 숙경에게로 돌아서서 일러주었다.

"지금 비록 어른들의 허락을 받지 않고 부부의 연을 맺지만 차후 반드시 부모님을 찾아뵙고, 부모님의 상한 마음을 풀어 드리도록 하시오. 그리고 서로 참고 양보하면서 살아야 하는 법."

스님은 어쩌면 그렇게 문근과 숙경의 환경이며 처지를 꿰뚫고 있었는지 탄복을 넘어 두려울 지경이었다.

이윽고 스님은, 이번에는 두 사람의 맞절을 시켰다. 법당 바닥에 엎드려 큰절을 한 번씩만 하라고 명령했다.

"이 절은 평생에 한 번밖에 하지 않는 것, 서로 믿고 존경한다… 그렇게 믿고 존경하는 마음으로 지극히 사랑한다… 이런 생각으로 절을 하는 법…."

절을 하고 나자 스님은

"헌화나 신물(信物) 교환도 있었으면 좋겠으나 그대들 지극한 마음으로 헌화와 신물 교환을 대신하기로 하고."

하더니 이번에는 문근의 눈을 똑바로 바라보면서 물었다. 혼인 서약이었다.

"자처지족하야, 불구타녀부아(自妻知足 不求他女否)? 즉, 자기 아내에게 만족하고 다른 여자를 탐하지 않겠는가?"

이렇게 해석까지 해 주었다. 문근이 그만한 말을 못 알아들을 리는 없었겠지만 스님은 친절히 그렇게 풀어서 물었다.

문근이 조용히 예! 하고 답했다.

문근의 답을 들은 스님은 이내 숙경에게 해당되는 똑같은 질문을 했다.

다음은 숙경과 문근 모두에게 해당되는 질문인데도 문근만 보고 물었다.

"승순부모하야 불역기지부아(承順父母 不逆其旨否)? 즉 부모님 뜻에 순종하여 그 뜻을 거역치 않겠는가?"

그러더니 숙경을 보고는 낮은 소리로 속삭이듯 말했다.

"때가 되면 부모님을 뵙고 늦게라도 승낙을 얻어야 될 터!"

이 말은 조금 전에도 한 것이었다.

이번에는 남녀를 모두 번갈아 보면서

"형제 화목하고 가범정결부아(兄弟和睦 家範貞潔否)? 즉 형제끼리 화목하게 지내고 가정의 규범을 정결하게 하겠는가?"

했다. 그러고는 또

"근검저축하야 불핍의식부아(勤儉貯蓄 不乏衣食否)? 즉 근검저축하여 의식주를 궁핍하지 않게 하겠는가?"

하고 물었다.

그런 다음 주례사에 해당하는 법어를 했다. 주로 화엄경 십지품 (華嚴經十地品)에 의지한 부부의 인연, 부부가 지킬 도리들을 말했는데, 문근과 숙경에게는 이런 말이 특히 인상 깊었다.

"백년지약(百年之約)을 일일견고(日日堅固)히 하고, 불타사견(不墮邪見)하며, 제악막작(諸惡莫作)할지어다, 즉 한 평생을 같이할 약속을 날마다 굳게 하고 사악한 생각에 떨어지지 말 것이며, 그 어떤 죄악도 짓지 말라란 뜻이렸다."

그러나 문근과 숙경은 스님이 가장 강조한 말… 혹시 어떤 시련이나 불행이 있어도 굳은 마음으로 참고 견뎌야 한다는 말의 뜻을 현실적 시련쯤으로만 해석하고 있었다. 그러나 스님은 이들의 이별을 예견하고 있었던 듯했다.

결혼식을 끝내자 그들은 스님을 하직하고 산을 내려왔다. 그들의 뒷모습을 한참 동안이나 바라보면서 말 없는 배웅을 하고 있던 스님이 돌아서면서 혀를 끌끌 찼다. 그리고 나무관세음… 하고 혼자 중얼거렸다.

노파가 그런 스님을 보고 말했다.

"스님, 참 잘생긴 부부지요?"

스님이 말했다.

"그러나 10년을 함께 살지 못할 연(緣)인걸…."

노파가 놀라면서 물었다.

"아니, 스님 저 젊은 사람들이 10년을 함께 못 산다구요?"

"글쎄, 그렇게 보이는 걸 난들 어떡하오?"

노파는 스님을 따라 혼자 외었다.

"쯧쯧, 나무관세음 보살…."

이날 숙경은 하숙집으로 가서 가벼운 짐과 일기장 같은 중요한 책 몇 권만 대강 챙겨 문근과 함께 경남 함안의 오석골로 내려와 버렸던 것이다.

1937년의 일이었다. 문근이 지금 와서 생각하니 참으로 무모한 짓이었다. 그러나 문근은 그때까지만 해도 자신의 그러한 행위를 결코 후회하지 않았다. 언젠가는 떳떳한 남편이 되어 개선

장군처럼 개성의 처가로 가리라고 생각했기 때문이다. 금의환향이 아닌, 당당거보 처가행(堂堂巨步妻家行)이란 말을 생각하고 있었다. 그럴 자신이 있었고 패기가 있었다. 사실 뭐가 그리 크게 부족했던가.

그런데 일이 이렇게 꼬이고 뒤틀어지고 말다니! 정말 뵙지도 못한 장인 장모에게 죄스런 마음을 주체할 수가 없었다. 어찌 이 엄청난 잘못을 용서받을 수 있을 것인가.

해방이란 말을 처음 들었을 때는 모든 일이 잘 풀리리라 믿었다. 숙경이 말대로, 숙경은 손에 돈도 쥘 만큼은 쥐고 돌아오리라 믿었다. 그런데 돈을 벌어 오기는커녕 소식조차 끊어지고 말았으니, 이런 변이 도대체 어찌 있을 수 있는가. 이게, 이 꼬락서니가 뭔가. 이내 독립국이 되리라고 기대했던 것은 소견 없는 성급함이라 치더라도, 어째서 외지에 끌려간 동포들은 누구 하나 데려오려고도, 그런 노력도 하지 않는가. 일본의 부도덕을 나무라기에 앞서 정권 다툼이나 하고 있는 믿었던 정치 지도자들에 대한 실망과 환멸이 너무나 컸다.

생각하면, 자신의 불행은 혼자만의 불행이 아님에도 문근은 우리 민족 전체의 불운과 불행을 자기 혼자만의 것인 양 분해하고 개탄하면서, 가슴을 앓고 있었다. 아니 젊은 가슴에 한이 맺혀가고 있었다.

12장

혼돈의 계절

33

문근은 32살의 젊은 나이에 총각도 아니고 홀아비도 아니면서, 그렇다고 정상적으로 아내와 같이 살고 있는 생활도 아닌 나날을 보내고 있었다.

지금도 옛날 숙경과 같이 쓰던 방인 아버지의 사랑채에서 먹고 자고는 했으나, 요즘은 형과 형수의 눈치까지 살펴지는 걸 어쩔 수가 없었다.

그의 형은 숙경이 떠나던 날 잽싸게 뒷산으로 몸을 피해서 강제 연행을 피하고 그 뒤에도 몇 번이나 그런 위기를 모면하면서 끝까지 징용을 피했던 것이다.

숙경과 헤어진 게 몇 년째인가. 새삼스럽게 손가락을 꼽으며 헤아려 보니 벌써 5년이나 되었다. 아내도 29살이다. 아내의 덕택으로 그 흉하고 괴상한 피부병은 씻은 듯이 나았지만 자기의 건강과 아내를 바꾼 꼴이 되었으니, 두고두고 자신이 역겹고 한심스러웠다. 여름방학이어서 학교에는 나가 봐야 일도 없었다. 그러나 사랑채의 골방에 죽치고 있어 봐야 땀만 죽어라고 흘릴 것이 뻔해서 학교로 나왔다.

마침 동료 강화중(姜和中) 선생이 나와 있었다. 그는 담배를 문채 신문을 보고 있었다. 산간벽지여서 신문도 이틀이나 뒤에야 들어왔다.

"이거 살인강도가 이렇게 설쳐대서야 겁이 나서 온⋯."

강화중이 신문에다 눈을 둔 채 말했다. 살인강도 사건이 사흘이 멀다하고 일어나고 있었다. 문근이 제자리로 가 앉으며 받았다.

"나라가 무주공산(無主空山)이니까."

"글쎄 말이야. 주인이 있어도 시끄러울 판에 주인마저 없는 세상이니, 아니지, 나라의 주인이야 이제 우리 국민 아니겠소? 다만 정해진 치자(治者)가 없어서 탈이지."

"좌우간, 주인이나 치자나 그게 그거지, 왜냐하면 치자를 주인인 국민이 뽑을 테니까. 그런데 어쨌든 산에 호랑이가 없고 보니 너구리, 야시, 살쾡이 이런 게 모두 설쳐대는 세상이지 뭐요.

"다른 소식은 없소?"

"있지. 장택상 수도청장이 좌익분자를 전국적으로 검거하겠다고 하는데⋯."

"좌익분자를 검거하는 거야 좋지만 누가 좌익인지 어찌 구별할까? 나 좌익이요, 하고 이마나 가슴패기에 써 붙이고 다니는 것도 아니고⋯."

"글쎄, 애매한 백성이 또 많이 다치겠지. 아무튼 주의합시다, 우리."

1946년 5월 '조선정판사 위폐사건'이 공산당 자금조달의 방편으로 야기된 것이 드러나면서 서울의 소련 영사관이 철수했다. 이때부터 반공정책이 시작되었다고 볼 수 있다. 아니, 사실은 1945년 세모에서부터 이듬해 봄까지 내내 끌었던 신탁통치반대운동

때부터 반공정책은 두드러지기 시작했다.

1945년 12월 28일 AP통신은 모스크바에서 열렸던 미·영·소 3국 외상 회의에서 조선은 미·영·소·중 4개국의 신탁통치를 앞으로 5년 동안 받게 된다고 보도했다.

이 소식은 일제의 사슬에서 막 풀려나 자주독립의 희망에 부풀었던 온 겨레의 가슴에 노여움의 불을 질러 놓았다. 이러한 소식이 전해진 그날 조선공산당은 신탁통치는 절대 반대한다는 공식성명을 발표했다. 그런 조선공산당이 그 며칠 뒤에는 입장을 돌변했다. 많은 사람들이 공산당의 급선회의 저의를 몰라 고개를 갸우뚱했다.

그해 섣달 그믐날, 서울 시내는 신탁통치반대의 시위행렬로 넘쳤고 상가는 자진 철시했다. 여기까지는 남북의 뜻이 맞았다. 그런데 새해 1월 2일 조선공산당 중앙위는 '흥분만 한다고 해결될 수 없다'는 애매한 태도를 보이더니, 3일에는 박헌영을 통해 '신탁통치는 옳은 일이다'라면서 찬탁을 표명함으로써 처음의 뜻을 뒤집었던 것이다. 물론 소련의 입김에 의한 것이었다.

이러한 사실을 알고 있는 문근은 좌익에 대하여 처음부터 좋은 생각을 갖고 있지 않았다. 그러나 그 이상도 그 이하도 아니었다. 다만 어제까지도 일제의 앞잡이로서 수많은 동족의 가슴에다 한의 못을 박고, 돌이킬 수 없는 죄를 저질렀던 친일파들이 날이 갈수록 당당히 얼굴을 들고 행세하고 있는 일에 대해서는 참을 수가 없었다. 그런데 이상한 일은 이러한 친일파 분자들에 대하여 적개심을 가진 사람들을 모두 좌익이라고 의심하는 당국의 눈빛이었다. 방금 강화중이 '조심합시다, 우리.'라고 한 것도 다 그러한 공기를 염두에 두고 한 말인 것을 문근이 모를 리 없었다.

문근은 잠시 2년 전 해방의 소식에 접하던 날을 떠올렸다.

그날도 문근은 학교에 나와 있다가 강화중과 같이 해방의 소식을 들었다. 너무 감격한 나머지 이들 두 사람은 한참이나 서로 마주보다가 누가 먼저랄 것도 없이 와락 얼싸안고는 뜨거운 눈물을 흘렸다. 그리고 서툴게나마 태극기를 여러 장 그려 싸릿대 가지에다 붙였다. 그것을 학교로 모여든 동네 사람들에게 나누어 주며 조선독립만세를 마음껏 불렀다. 나라의 독립도 반갑지만, 화태에 가 있는 아내가 돌아오게 되었다는 게 더할 수 없이 기뻤던 것이다. 그런데 그날 오후부터 동네 사람들은, 아이고 어른이고 모두 무서운 사람들로 돌변해서 우선 학교의 토마토 밭을 결딴내었다. 허리 높이의 울타리를 짓밟고 탐스럽게 가꾸어 둔 토마토를 따먹는 굶주린 사람들을 어떻게 말릴 수 있으랴. 아이들은 노상 점심을 굶으면서도 토마토 밭으로 들어갔다가는 3일 동안 벌청소를 해야 했고, 동네 사람들도 아예 그것을 손대 볼 마음은 꿈에도 꿀 수 없는 일이었다. 그만큼 무서운 어제였다.

시골까지도 공출을 어떻게나 독하게 받아 가던지 언제나 배급으로 받은 썩은 콩깻묵과 초근목피로 연명하던 사람들이었다. 그래서 해방이 되었다고 함부로 남의 과일이나 채소 곡식에 손을 대는 건 옳은 일이 못 됨을 알면서도 말릴 수가 없었던 것이다.

그런데 동네 사람들은 그 길로 주재소로 몰려갔다. 그러나 일본 패전의 소식을 들은 순사들은 모두 피하고 없었다. 동네 사람들은 주재소의 유리창과 책상을 박살내고 미친 듯이 '쾌지나 칭칭'을 부르다가 사이사이에 조선독립만세를 후렴처럼 외쳤다. 그러다 해거름이 돼서는 순사의 집과 면사무소의 징용계('조오요 가가리'라고 했다) 직원의 집으로 몰려갔다. 사람들은 눈에 불을 켜고 설쳤다. 그날 동네 사람들이 찾아간 면서기의 집은 문근의 아내 숙경이와 동네 남자 셋이 붙잡혀 갈 때도 몽둥이를 휘두르며 일행을 지휘했던 사람의 집이었다. 박재규의 집으로도 가려다가, 딸 소분이 정신대로 끌려 나간 피해자라고 해서 참았다.

"내 동생을 화태로 보낸 원수 놈 나오이라!"

"우리 아들을 몽둥이로 때려 끌고 나간 놈을 그냥 뒤?"

"안 갈라고 그렇금이나 발버둥치는 남편을 잡아다 억지로 차에 태운 놈들 오데 갔노! 간을 빼서 씹어 묵을란다!"

이때 문근이 나섰다.

"여러분 진정하십시오. 우리가 이런 짓으로 보복해서는 조국광복의 진정한 뜻을 그르치게 됩니다."

그러자 화가 난 오석골의 한 노인이 고함쳤다.

"시끄럽다! 니 안사람은 제 발로 떠났다!"

그러나 문근은 물러서지 않았다.

"옳은 말씀입니다. 그러나 저도 피해자임에는 마찬가집니다."

그러자 강화중이 대신 나섰다.

"여러분, 여러분의 심정을 저희들인들 왜 모르겠습니까. 그러나 이런 식으로 사형(私刑)을 가하고 폭행을 해서는 우선 당장은 속이 시원할지 몰라도 이웃끼리 두고두고 마음 편치 못한 사이가 되고 원수가 됩니다."

"친일파하고는 이모(이미) 원수가 돼 있는 기 앙이고 뭐꼬?"

"아닙니다. 순사나 면서기도 크게 보면 피해자입니다. 그 사람들은 벌을 받아도 법으로 받아야지, 이런 식으로 사형(私刑)으로 벌을 주어서는 안 됩니다."

노인은 다시 삿대질을 하면서 앞으로 나섰다.

"느그가 시방 미쳤나, 걸쳤나? 죽은 사람 옆에 두고, 산 놈 염을 해도 분수가 있지. 이런 놈들을 그냥 두라 말이가?"

강화중이 물러서지 않고 설득했다.

"어르신, 안 그렇습니다. 반드시 죄지은 사람들은 벌을 받게 됩니다. 벌은 법이 내려야 합니다. 그러한 법이 곧 나올 겁니다. 그래서 사필귀정이란 말도 있고 인과응보란 말도 있지 않습니까?"

그러자 누군가 또 한 마디 했다.

"앗따, 배운 사람들 하는 말을 우리가 안 들으몬 우찌 되노? 이 선상(선생)들 말이 옳네. 법이 벌을 줘야제. 우리가 패 죽이서는 우리가 도로 벌을 받게 되네. 문딩이 죽이고 살인죄 받는다 안 쿠더나. 백지(백주에) 설치지 마세."

이렇게 해서 자칫하면 터질 뻔했던 그날의 불상사는 무마가 된 셈이었다.

그런데 아무 일도 없어 보이던 박재규의 집이 밤 사이에 원인 모를 불이 나 타버렸다. 동네 사람들은 무슨 일이냐고 쑥덕거렸다. 그러나 그 이상 별 말썽 없이 지나가 버렸다. 화재의 원인을 밝힌다고 법석을 떠는 일도 없었던 것이다.

그러나 날이 갈수록 해괴하고도 한심한 일만 생겼다. 법이 벌을 줄 거라고 친일파들에게 가하려는 사형(私刑)을 말렸는데, 법은 친일파들을 벌주기는 커녕 상을 주고 있었다. 있던 자리에서 모가지가 떨어지는 게 아니고 한 계급씩 더 승진이 되었다. 법은 제자리 승진이 아니면 더 좋은 자리로 등용하는, 도무지 이해 못할 짓을 하고 있었다.

당연히, 집이 불타는 불행은 당했지만 박재규는 당장 부면장이 되었고, 거꾸로 신용갑은 이유 없이 소사직에서도 해직이 되고 말았다. 그러나 사람들은 신용갑이 박재규의 집에다 불을 지른 일도 몰랐고, 박재규가 신용갑을 해직시킨 사실도 몰랐다. 세상은 이렇게 옳고 바른 것도 없었고, 죄악이 벌 받는 일도 없이 비빔밥처럼 두루뭉수리로 변해갔다. 고상한 표현으로 하면 그냥 어수선하

게 돌아가고 있었다. 지난봄에는 전직 순사와 면서기, 군서기 등이
대거 학교 선생이 되겠다고 서류를 내어 도청에서 그 심사를 한다
는 소문이 들리기도 했다. 교육자가 아무리 귀하기로서니, 어찌 왜
정 때의 순사가 교육계로 들어온단 말인가. 일제의 앞잡이이던 면
서기나 군서기가 도대체 어떤 신념으로 무엇을 가르치겠다는 것
인가! 이번에도 문근과 화중이 앞장서서 그것은 천만부당한 처사
라고 강경한 항의문을 작성하여, 같은 학교에 근무하는 여섯 사람
의 교사가 연명으로 날인, 도(道)에다 올렸다. 물론 그때는 반민특
위가 구성되기 전이었다. 그랬더니 엉뚱하게도 경찰서에서 그 학
교 선생을 몽땅 불러들이는 소동이 벌어졌다. 그러자 누구보다도,
갓 교장이 돼 부임해 온 작자의 태도가 수상쩍었다. 그 교장은 과
거에 국어(일어) 상용을 준수한다고, 집에서 제사를 모실 때 축문
도 일본말로 읽었다고 소문이 난 철저한 친일파였다. 그런데 그
교장이 경찰서로 와서 여섯 명 교사의 변호나 구명운동은 하지 않
고 서장실에서 장시간 박장대소를 하거나 귀엣말로 소곤거리기도
하다가 끝내는 붙잡혀 있는 선생들의 면회도 하지 않고 가버렸다.
교장이 왔다는 말을 유치장 안에서 들은 6명의 선생들은 모두들
보통 수상한 일이 아니라고 생각했다.

　경찰서에서는 당연히 주동자를 먼저 가려내었다. 그래서 다른
선생들은 풀어주고 문근과 화중에게만 며칠을 붙잡아 놓고 배후
를 대라고 했다. 어처구니가 없어 문근이 말했다.

　"배후가 어디 있어요, 배후가? 생각해 보십시오. 민족의 정기와
정통성을 바로잡아 새로운 민족의식을 고취하고 민족의 새 역사
를 창조하려는 이때에 아무나 신성한 교직으로 뛰어들어야 되겠
습니까?"

　그러자 신문하던 형사가 눈을 부라리며 따졌다.

"아무라니? 면서기 군서기 순사가 아무나야?"

"교육은 지식만 가지고 하는 게 아니라 그 말입니다."

"아니라면 뭐야?"

"그 민족의 정기, 즉 얼을 바로 심어서 그 나라 사람답게 가르치는 것이 참 교육입니다. 영국 사람은 영국 사람답게, 프랑스 사람은 프랑스 사람답게, 독일 사람은 독일 사람답게, 중국 사람도 중국 사람답게 가르치고 있습니다. 그런데 우리는 36년 동안이나 조선 사람이면서 일본 사람처럼 가르쳤고 배웠습니다. 엄청난 잘못을 저질러 온 겁니다. 이 오랜 기간에 길들여진 잘못을 시급히 바로 잡기 위해서는 옳은 교육자가 있어야 한다 이겁니다. 이런 사명감이 없으면 교단에 설 수 없단 말입니다. 이 시점이야말로 참 교육자가 진실로 필요하다 이겁니다. 즉…."

그렇게 말하는데 형사가 무섭게 눈을 부라리며 책상을 탕 쳤다.

"시끄러! 이 자식이? 누가 널 보고 지금 연설하라고 했어? 내가 니놈 설교 듣게 돼 있냐고?"

그러나 문근은 하려던 말을 마저 했다.

"조선 사람은 조선 사람답게 키우고 가르쳐야 합니다. 그게 저의 분명한 교육관입니다."

"교육과안? 보자보자 하니 이 자식 웃기는 놈 아냐? 아니지. 웃기는 놈이 아니고, 위험천만한 놈이군 그래. 니놈은 이제 보니 순전히 좌익분자란 말이야. 좌익이 늘 조선민족 조선민족 하지 누가 그런 말 하더냐?"

이 말에는 답할 수가 없었다. 무서운 선입관이고 엄청난 오해이며 말도 못하게 무식한 사람이 아닌가. 민족을 찾는데 왜 사상적 용어인 좌·우익이 나오는가. 하기는 해방 직후인 1946년 평양에 다녀온 바 있었던 여운형 선생이나, 또 본래부터 골수 공산주의자인 김두봉 같은 이가 민족을 강조하긴 했지만 문근이 보기엔 여운형 선생 같은 분은 결코 공산주의자가 아닌 것 같았다. 아니 민족주의자로 둘째가라면 서러워할 김구 선생이 민족을 강조한다고 공산주의자인가. 해방 직후 서울에서 조선공산당을 조직한 박헌영 같은 이는 오히려 민족보다도 공산주의 자체를 강조하지 않았던가. 문근은 정말 말이 통하지 않는 이 형사가 무서워졌다. 무식하다는 게 이렇게 무서울 줄이야! 그러나 형사가 이번에는 태도를 누그러뜨리며 부드러운 소리로 말했다.

"새로운 세상에 지난날의 원한은 깨끗이 잊어버리고 서로 화해하는 것도 좋은 거요. 이승만 박사께서도 뭉치면 살고 흩어지면 죽는다고 대동단결을 강조하시지 않았소? 이런 판국에 과거에 순사를 했으면 어떻고 면서기를 했으면 어떻소? 모두 시운에 떠밀려 본의 아니게 그런 직장을 잡은 게 탈이지, 목구멍이 포도청이란 말도 있지 않소? 그러니 본심이야 동포들을 괴롭히고 싶어서 괴롭혔겠소? 그나마 모두 개과천선해서 새 마음으로 서로 손잡고 새 출발을 해야 하는 이 마당에 너는 순사했으니 선생질 못한다아, 니는 면서기했으니 선생질 못한다아, 이런 생각이야 말로 너무 경직되고 편협한 사고방식이 아니겠소."

문근은 입을 닫고 있었다. 더 말하고 싶지 않아서였다. 그러나 속으로 말하고 있었다. 그것은 경직이나 편협이 아니라 시비곡직을 바로 가려 우리 역사에 다시는 그런 과오가 생겨나지 않도록 하기 위함이며, 교육자는 단순한 생업, 즉 일반 직업과는 구별되어야 할 천직이고, 천직에 종사하는 이는 과거에도 현재에도 미래에도 한 점 티끌도 없이 청정해야 되기 때문이라고.

어쨌든, 그때 다른 선생들은 모두 풀려나갔는데 이문근과 강화중만 주모자로 몰려 경찰서에서 며칠이고 붙잡혀 좌익이란 의심까지 받으면서 고초를 당했던 것이다.

34

세상은 어수선을 지나 날로 뒤숭숭해져 갔다. 시골에서도 살인 강도가 곳곳에서 일어났고 도시에서는 은행강도, 자동차강도 같은 강력사건이 꼬리를 물었다. 사람들은 모두들 밤이고 낮이고 공포에 질려 있었다. 게다가 정치테러 사건도 백주에 활개를 쳤다. 자질구레한 사건은 아예 거론할 겨를이 없을 만큼 굵직굵직한 사건이 연일 터져 나왔다. 그야말로 세상이 어떻게 돌아가고 있는지 정신을 차릴 수가 없었다.

정치적으로도 한 치 앞을 예측할 수 없는 상황이었다.

1946년 8월, 여운형, 장건상(張建相), 김규식(金圭植) 등과 박헌영 일파가 대좌한 좌우 합작은 쌍방의 요구조건이 상충하여 결국 파탄을 불러왔다.

좌우합작을 하겠다고 나섰던 박헌영의 남조선노동당은 합작 회의를 하는 일변, 뒤에서 파업을 부채질했다. 그래서 그해 9월 24일에 철도노조가 전국적 파업을 시작했고, 26일에는 인쇄노조, 29일에는 대구의 40개 공장 노동자들이 파업에 돌입했다. 10월 1일에는 서울의 전기노동자가 모두 파업에 들어가 직장을 이탈했다. 같은 날 급기야는 대구의 10·1 폭동의 유혈사태까지 발생했던 것이다.

연쇄파업의 배후조종의 주모자로 체포 영장이 발부된 박헌영은 10월에 해주로 도주했다. 그러나 그는 나중에 조선민주주의인민공화국의 초대 부수상 겸, 외상으로 임명되었다.

이때 이문근의 고향 일가 형뻘이 되는 이준근(李準根)도 박헌영과 함께 월북했다가 좀 뒤에는 평양에서 농림부의 높은 직책을 맡았다. 문근은 훨씬 뒤에 이 소식을 들었다.

이준근은 조선에서 소학교를 졸업하자 어린 나이에 단신 도일, 교토에서 고학으로 교토제국대학을 졸업한 수재였다.

해방 전이었지만 방학 때 귀국한 이준근은 문근에게 말했던 것이다. 문근의 아내 숙경을 처음 대하고서였다.

"종수 씨가 훌륭하구만."

문근은 쑥스러워 뒤통수를 긁적이며 얼굴을 붉혔다. 문근의 비정상적인 결혼소식을 들어 알고 있는 준근이 다시 말했다.

"자네의 그 집념과 의지와 용기가 참 가상하네."

이때까지도 문근은 어려움을 이겨내고 결혼을 쟁취한 일에 대한 찬사인 줄 알았다. 그러나 그것은 터무니없는 문근의 착각이었다. 준근이 다시 말했다.

"사랑도 중요하지만, 자네 같은 인재는 사랑을 위한 투쟁보다는 조국 독립을 위한 투쟁이나, 공산주의 운동에 헌신했어야 하는데…."

참으로 애석하다는 투로 말했다. 그다음의 말이 결정적으로 문근의 기분을 상하게 했다.

"사랑 놀음은 부르주아지나 행할 일이 아니던가. 하지만 자네의 결혼을 진심으로 축하하네."

문근은 아무 말도 하지 않았다. 결혼을 축하한다는 말이 역겨워 견딜 수가 없었다. 그 뒤로 문근은 그를 의식적으로 기피해 왔던 것이다.

그 당시에는 상당수의 남쪽 지식인들이 좌익에 속해 있었다. 많은 작가, 음악가 등 예술인들과 과학자, 법률가, 교육자, 언론인들이 '조선문화단체총연맹'에 가입하고 있었다. 시골구석에서 국민학교 교편을 잡고 있었지만, 이문근은 이 연맹을 좋게 보지 않았다. 완전히 공산주의자에 의해 지배되고 있는 단체는 아니라 하더라도, 공산당이 이용하고 조종할 수 있는 조직임이 분명했기 때문이다. 그런데도 남쪽에서 가장 명망이 높은 예술가, 지식인 인사들의 다수가 가입하고 있어 문근은 그 귀추를 주목하고 있었다.

46년 12월 4일에는 좌우 합작위원회의 대표로 일하던 여운형 선생이, '자기 비판문'을 발표하면서 좌우 합작활동을 중단한다고 했고, 그런지 3일 뒤인 7일에는 남조선 과도입법의원(南朝鮮過度立法議院)이 구성되었다. 거기에는 남북합작위원이던 김규식, 여운형, 안재홍 등이 주도적인 역할을 했다.

47년 7월에야 이 과도 입법 의원에서 민족 반역자와 부일협력자(附日協力者)를 규정하여 공표하였다. 그때 이문근은 얼마나 쾌재를 불렀던가. 진작 그럴 일이지!

민족 반역자로는 ①한·일 보호조약, 한·일 합병조약 등에 조인하거나 모의한 자, ②일본정부로부터 작(爵)을 받은 자, ③일본 제국 의회의 의원이 된 자, ④다중 폭동으로 살인 또는 방화하여 자주독립을 방해한 자, ⑤독립운동에서 변절하여 부일 협력한 자, ⑥독립운동가 및 그 가족을 학대 살상 처벌한 자 또는 이를 지휘한 자 등으로 되어 있었다.

부일협력자로서는 일본 세력에 아부하여 동료에게 해를 가한자로서 ①수작자(受爵者), ②중추원부의장, 고문 및 참모, ③칙임관(勅任官) 이상의 관리였던 자, ④일제 때 밀정행위로서 독립운동을 저해한 자, ⑤독립운동을 저해할 목적으로 조직된 정치단체의 대표 간부, ⑥ 일본의 군수공장을 대규모로 경영한 책임자, ⑦개인으로 일본군에 10만 원 이상의 현금 또는 동가치의 군수품을 자진하여 제공한 자로 규정하고, 이밖에도 일본 통치의 주임관(奏任官), 판임관(判任官) 및 고등계에 재직하였던 자도 해당된다고 하였다.

이러한 민족반역자나 부일협력자의 규정을 보면 사실 면서기를 했거나 순사를 했던 사람들은 먹고살기 위해 밥벌이를 했다고 볼 수밖에 없었다. 그런 사람에게까지 가혹한 벌을 줄 필요는 없다고 보고 있었다. 그러나 비록 그러한 면서기, 순사일지라도 교육자가 되어서는 안 된다고 판단한 나머지, 이문근은 그 훨씬 이전에 연판장을 도(道)의 학무과로 내었던 것이다. 그러나 이 연판장은 아무 쓸모없는 것이 되었다. 이승만 박사가 인재의 부족을 이유로 친일파의 중용을 주장했기 때문이다. 그래서 심지어는 그런 친일 앞잡이들이 중학교(6년제)의 교유(敎諭)로 발령을 받아 문근과 같은 고을[郡]의 학교에 근무하고 있었다. 비록 일제의 식민지교육이지만 정통 사범교육을 받은 문근으로서는 심경이 편할 수가 없었다. 그런데 이런 사람들이 근신하고 뉘우치기는커녕, 교육계에서는 교육계대로, 관청에서는 관청대로 더욱 기세등등하게 설쳐대면서 승진도 남보다 빠른 현실에 대해서는 참을 수가 없었다. 이승만 대통령이 그렇게 만들었던 것이다. 이승만 대통령이 뒤에 반민특위를 싹 쓸어버렸기 때문이다.

문근은 기회 있을 때마다 민족정기의 확립을 주장하면서 교육자의 사명을 강조했고 교육계의 정화를 주장했다. 일개 국민학교 교사인 문근의 이러한 언동은 좁은 군내에서 많은 사람들의 미움을 샀다. 말할 것도 없이 일제시대의 관리가 그대로 새 나라의 관리가 되었으니, 문근은 그들의 공동의 적이 된 셈이다. 이러한 중에서도 사회는 점점 더 안정과는 거리가 멀어지고 있었다.

아까운 정치 지도자들이 정체를 알 수 없는 사람들에 의해 거푸 희생되었다.

47년 7월 19일에는 여운형이 19세 소년에 의해 저격되었으나 그 배후를 밝히지 못했다. 그해 12월에는 설산(雪山) 장덕수(張德秀)가 자택에서 사살되었다. 이문근은 설산을 존경하고 있었다. 그는 1920년 동아일보 부사장 겸 주필이 되어 정치 경제에 관한 많은 글을 썼고, 그것을 문근은 구해 읽은 일이 있었다. 설산은 미국 컬럼비아 대학에서 철학박사 학위를 받기도 해서 문근은 그의 명망을 잘 알고 있었는데 그런 인재가 암살되었다.

이렇게 어수선한 가운데 또 한 해가 새로 시작되었다. 1948년, 문근의 나이 33살, 그동안 아들의 눈치만 보고 있던 어머니 대실댁이 새해 들자 부쩍 문근의 마음에 부담을 주었다. 그것은 결혼을 다시 하라는 성화였다. 더 기다려 봐도 헛일이니 '새장개'를 들라는 것이었다.

"어머니도! 말씀 같은 소리를 좀 하셔야지예. 그 사람이 누구 때문에 화태로 갔습니꺼? 제가 누구 덕택에 그 더러운 병을 잡았습니꺼? 자식 생각하는 어머니 마음도 알겠습니더마는 눈이 시퍼렇게 살아 있을 며느리도 생각하셔야지예."

"그래서 내가 이때꺼정 지다리고 있은 거 앙이가?"

"어머니, 좀 더 기다려 보입시더. 제 생각에는 꼭 돌아올 것 같습니더."

"그라몬 니는 새장개 몬 가고 만다!"

"아, 사내가 헌 사낸데, 어째 새장개만 자꾸 찾고 계십니꺼?"

"뭣이라? 니가 와 헌 사내라 말이고? 누가 니 보고 헌 사내라 쿠더노? 말도 앙인 소리 다시는 하지 말아라."

"제가 그럼 헌 사내가 아니고 뭣입니꺼?"

"야이 머스마야! 남자가 헌갓 쓰고 똥누기 예사라 캤다. 니가 니

안을 데리고 10년을 살았나 20년을 살았나. 제구(겨우) 7년 남짓 빼끼(밖에) 안 살았다. 그것도 니가 니 안을 집 밖으로 쫓아내서 눈앞에 두고 있나? 천리만리 밖에 있다. 그리고 주렁주렁 새끼들이 달렸나? 그것도 아니모, 나이가 많아쌓나? 하나도 헌 사나 겉은 거 없는데, 니가 와 새 사나가 앙이라 말이고?"

"그래도 제가 총각이 아니라고 하는 것은 세상이 다 알고 있습니더."

"그래, 니가 헌 사내라 치자, 그라모 새장개 앙인 헌장개라도 가야 될 거 앙이가?"

"글쎄, 좀 두고 보입시더. 누가 홀애비 생활이 좋아서 이라고 있습니꺼?"

"아이구, 답답해라. 그래, 니 그 추리한 꼴 뵈기 싫어서 에미가 이란다. 과부는 깨가 서 말이고, 홀애비는 이가 서 말이란다."

"속 타는 거는 어머니보다 내가 더 합니더. 마음대로 되기만 하몬…."

마음대로 되기만 하면 문근이 직접 아내를 찾아 화태로 가 보고 싶은 것이다. 그러나 소문에 의하면 화태에는 소련 사람 외에는 들어가지 못한다고 했다. 나오는 사람도 일본 사람이거나 일본 사람과 결혼한 조선 사람만 나올 수 있다고 했다.

문근이 자신도 가끔씩 생각해 보지 않는 바는 아니었다. 영원히 아내를 못 만나게 되면 어떻게 되나? 38선은 점점 더 굳어지고, 이제 마음대로 드나들 수도 없게 되었다. 일본과는 더욱 관계가 악화되고 있었다. 이승만 박사의 영향이었다. 이박사는 대 일본정책에 강경일변도였다. 이박사의 그런 면은 문근에게도 이해가 안 되는 건 아니었지만, 숙경을 생각하면 그것이 반드시 나쁜 영향을 줄 것 같았다. 아내 숙경이 설령 화태에서 요행히 빠져나올 수 있다 한들 일본과의 관계가 이렇게 악화되어서야 어떻게 무사히 고향에까지 찾아올 수 있을까. 하기는 조선과 일본으로 몰래 다니는 밀선이 없지 않으나, 무슨 재주로 숙경이 일본에까지 올 수 있을 것인가. 조선 사람이라도 일본인과 결혼을 한 사람은 일본으로 돌아올 수 있다 했으니, 일본 남자와 결혼을 한다? 그러나 새삼스럽게 조선 여자와 결혼할 골 빈 일본 사내도 없을 것이다. 설령 있다고 해도 숙경은 그렇게 할 사람은 아니라고 생각되었다. 자기도 이렇게 고독을 견디며 혼자 살고 있지 않은가? 자처지족 불구타녀(自妻知足不求他女) 하겠는가? 라고 다짐하던, 십여 년 전의 그 암자에서 올린 결혼식 때의 주례 스님 말씀이 늘 생각되는 문근이었다.

아내 숙경에 대한 그리움이나 어머니의 재혼 성화가 문근의 마음을 어둡게 했지만, 그보다는 걷잡을 수 없는 정세의 변환이 더욱 그를 우울하게 만들었다.

1948년 정초인 1월 3일에는 남조선경무부장 조병옥이, 경찰 내의 공산분자를 포함한 불순분자들이 남조선에다 인민해방군을 창설하려는 걸 사전에 적발, 부산 및 그 인근 지역에서 혐의자를 약 400명이나 체포했다고 발표했다.

체포된 사람들은 동래 범어사 부근의 산에서 특수 군사훈련을 받았다고 자백했다는 것이다. 문근의 동네에서도 좌익이 되어 집에는 붙어 있지 않고 산에서만 살다 거지꼴로 가끔씩 밤중에나 집으로 찾아오는 사람이 한둘이 아니었다.

그해 2월 8일에는 실제로 북조선에 조선 인민군이 공식적으로 창설되었다는 소식도 들었다.

유엔의 소총회에서는 남조선만의 총선거를 가결했다고 했으나, 남조선 단독정부의 수립에 반대하는 김구 선생과 김규식 박사가

4월 19일부터 23일까지 평양에서 개최된 '남북조선 제정당 사회단체 대표자 연석회의'에 참석하기 위해 평양으로 갔다고 했다. 이 소식은 시골에서도 많은 사람을 들뜨게 했다. 하지만 그 긴 이름의 회의는 유엔 감시하에 남한에서 실시될 선거에 반대하기 위해 김일성이 마련한 정치집회 연극이었다고 했고, 결국 김구 선생과 김규식 박사는 아무 소득도 없이 5월 4일 남쪽으로 돌아왔다. 그리고 엿새 뒤인 10일에 남한만의 총선거가 있었지만, 시국은 어수선하기 짝이 없었다. 총선 전인 지난 4월 3일에는 제주도에서 폭동이 일어나 수많은 양민이 공산주의자와 혼동된 채 집단적으로 처형되었다고 했다. 이미 지난 일이지만 재작년 46년에는 여수와 순천에서 연이어 폭동이 일어나 사람들은 여수(麗水)가 탁수(濁水)로, 순천(順天)이 역천(逆天)되었다고 하지 않았던가.

35

48년 5·10선거를 끝낸 남조선은 국호를 대한민국이라 하여 8월 15일 정부를 수립하였다. 북조선은 이미 47년 6월에 국가(國歌)를 제정 공포했고, 48년 2월에 인민군 창설을 완료해 두었다가, 남조선이 정부 수립을 한, 한 달도 못 된 9월 9일에 기다렸다는 듯이 '조선민주주의인민공화국' 수립을 선포하였다. 그 이전에 이미 북쪽에서는 남쪽에 송전(送電)을 단절함으로써 모든 것이 끝장난 줄 알았지만, 남북의 정부 수립은 뜻있는 많은 사람들의 마음을 아프게 했던 것이다.

다만 더욱 안타깝고 한심스러운 일은 혁혁한 독립투사들이 왜 모두들 반쪽 정부의 고위직을 사양도 망설임도 없이 척척 맡아 앉느냐 하는 것이었다. 대통령인 이승만, 부통령인 이시영, 국무총리인 이범석, 국회의장인 신익희, 대법원장인 김병노…. 이런 지사(志士), 투사들이 어쩌자고 끝까지 남북단일정부 수립에 목숨을 걸지 않고 반쪽 정부의 높은 자리를 차지하느냐가 안타깝고 서글펐다.

하지만 이것은 북쪽 김일성을 조종하는 소련 공산당의 책동, 북조선 내부에 복잡하게 얽혀 있는 소련파와 연안파의 권력투쟁 등, 북쪽의 자세한 사정을 잘 모르는 순진한 시골 청년 이문근의 생각이었다.

시간이 흐를수록 정세는 날로 문근에게 불리한 쪽으로 흘러가고 있었다. 그것은 같은 학교의 동료 교사인 강화중이 밤중에 집에서 테러를 당한 사건에서도 짐작할 수 있었다. 강화중은 정의감이 강하고 사리를 분별하는 힘이 있었다. 그래서 그는 문근과는 항상 좋은 동반자요, 의논의 상대가 되어온 친구였다. 결혼을 해서 애도 둘이나 있었고, 부인도 여학교를 나온 인텔리였다.

1948년도 저물어가는 어느 날 문근이 학교로 가자, 평소와 달리 교장이 벌써 출근해 있었다. 6명뿐인 교사 중 가장 먼저 출근을 하는 사람은 강화중 선생이었는데, 그날은 강화중은 안 보이고 뜻밖에 교장이 나와 있었다. 교장은, 교장이면서도 언제나 지각을 하기가 예사였던 것이다.

"이문근 선생, 좀 봅시다."

교장이 심상치 않은 얼굴로 말했다.

"날씨가 갑자기 춥군요."

문근이 그러면서 교장을 바라봤다. 그러나 교장은 아무 말도 없이 두 손을 바지 주머니에 찌른 채 교장실로 앞장서 걸어갔다. 문근은 기분이 찜찜한 게 어떤 불길한 예감을 느끼며 교장실로 따라 들어갔다. 교장실에는 난로가 벌겋게 달아 있었다. 온 실내가 후끈했다. 초겨울이 시작되면서 학생들을 날마다 산에다 솔방울 줍기로 내모는 교장은 언제나 이렇게 난로를 피워놓고 지냈다. 이런 것부터가 강화중이나 이문근의 눈에는 거슬렸던 것이다. 어린이의 교실에 언제 난로 걱정을 했던가. 비록 교사 6명뿐인 교무실이지만 언제 교무실에 난로를 설치해 봤던가. 문근이 교장 앞으로 다가서자 교장이 전혀 예상 밖의 말을 대뜸 꺼냈다.

"좀 전에 경찰이 다녀갔어요."

"경찰이 무슨 일로요?"

"강화중 선생이 밤에 테러를 맞았다는군."

이문근이 다급하게 물었다.

"그래서요?"

교장은 눈을 다른 데로 돌린 채 심드렁하게 말했다.

"이문근 선생을 뭐 참고인으로 출두시키라고…."

무슨 소린지 얼른 알아들을 수가 없었다. 강화중 선생이 테러를 맞은 일도 놀랍거니와, 그렇다고 경찰이 자기를 참고인으로 부른다는 교장의 말이 수상쩍기만 했다.

문근은 크게 한 번 심호흡을 하고는 교장에게 물었다.

"아니, 강 선생이 테러를 맞다니요?"

"글쎄, 나도 경찰이 와, 알려주어서야 알았소."

"언제 어디서 당했는데요?"

"어젯밤 집에서 그랬다는군."

"그런데 저는 왜 오라고 합니까, 경찰이?"

"아, 그거야 이 선생이 평소 강 선생과 친했으니까 뭘 좀 알아보자는 거 아니겠소? 참고인이란 게 그런 거 아니겠소?"

"오늘 수업은 어떻게 하고요?"

"아따, 매일 하는 수업인데 하루쯤 빠지면 어때서 그래? 마침 솔 방울이 다 떨어져가니까 아이들은 산에나 보내지 뭐."

문근은 기분이 영 꺼림칙했다.

"그래, 지금 강 선생은 어디에 있습니까?"

"집에 누워 있겠지."

"아니, 병원에 가보지 않고요?"

"글쎄, 병원에 가야 할 만큼 다치지는 않은 모양이오. 그만 되기 다행이지."

이게 무슨 소린가. 교장은 점점 알 수 없는 소리만 하고 있었다. 그것도 마치 자기와는 전혀 상관없는 사람의 이야기를 하는 것처럼 무덤덤한 얼굴로.

문근은 교장실을 나와 바로 교실로 들어갔다. 이미 학생들은 교실에 모여 왁자하니 떠들고들 있었다. 어느 집에 빨치산이 와서 무엇을 가져갔다, 누구 아버지가 빨치산에 붙들려 갔다… 하는 이야기는 아침마다 아이들의 가장 큰 소식이요 중요한 화제였다. 문근은 교단에 올라서서 아이들을 향해서 말했다.

"자아, 이리로 봐요! 오늘은 선생님이 중요한 일로 어디에 좀 가야 할 곳이 있어요. 그러니 여러분은 모두들 집으로 가서 선생님이 내주는 숙제를 해요."

그러자 아이들은 한꺼번에 한호성을 지르며 손뼉을 쳤다. 문근은 돌아서서 칠판에다 숙제를 냈다. 그러고는 잠시 기다렸다가 다시 아이들을 향해 바로 집으로 가라고, 교실에서 모두 나가게 했다. 잘못하다가는 또 교장이 솔방울을 주워 오라고 산으로 보낼 것이기 때문이었다.

아이들을 돌려보내고는 그대로 자전거를 타고 교문을 나와 페달을 힘껏 밟았다.

햇살이 퍼지려면 아직도 이른 시간이어서 몹시 추웠다. 신작로의 양 가장자리의 흙이 얼어서 허연 성에를 뒤집어쓰고 푸석푸석

들솟아 있었다. 신작로 양쪽의 보릿논에는 보리가 추위에 꽁꽁 얼어붙은 듯 푸른색을 거의 잃고 있었다. 문근은 자기 동네 앞을 지나 강화중의 집으로 곧장 갔다. 무슨 일인가. 무슨 일을 강화중이 당했다는 말인가. 테러범은 누구인가. 어째서 경찰이 교장한테 이런 사실을 먼저 알렸는가. 교장은 어떻게 경찰이 찾아올 줄 미리 알고 학교에 일찍 나와 있었는가. 그리고 문근 자신을 경찰이 왜 부르는가. 부른다면 바로 문근에게 연락을 해도 될 텐데, 무엇 때문에 문근이 집을 지나 학교에까지 가서 교장에게 그것을 전달하는가.

이건 분명히 무슨 음모가 틀림없다는 생각이 들었다. 그 음모에 교장이 깊숙하게 관련하고 있다는 생각이 들었다. 그렇게 생각하자 자전거의 페달을 밟는 다리가 떨리기 시작했다.

순간, 어젯밤의 꿈자리가 생각났다. 평소에도 꿈을 더러 꾸는 그였지만 지난밤의 꿈자리는 몹시 기분이 나빴다. 선반에 얹어 둔 조선 백자라고 했다. 백자는 한 쌍이었다. 두 개 다 실팍한 병이었다. 그 백자 두 개가 쥐 때문에 떨어져 박살이 났다. 백자를 떨어뜨린 쥐를 잡으려고 문근은 온 방을 설치다가 쥐가 다락으로 쪼르르 올라가는 바람에 문근도 다락으로 올라갔다. 그러나 올라가서 보니 그것은 다락이 아니고, 높은 건물의 이층이었다. 쥐는 없고 쥐 대신 형체를 분간할 수 없는 흉물스런 맹수가 쭈그리고 앉아 있었다. 문근이 도무지 상대할 수 없는 그 맹수는 세파드라고도 했고, 늑대라고도 했다. 그는 도로 내려오려고 했으나 계단이 없었다. 그때 그 맹수가 으르렁거리며 자기를 덮쳤던 것이다. 그는 아악! 비명을 지르며 눈을 떴다. 휴우! 꿈이었구나. 꿈이어서 천만다행이다! 그러나 그 꿈은 오랫동안 기분을 나쁘게 했다. 그는 그 악몽 때문에 잠을 깨어 한 시간 이상을 이리 저리 뒤척거리다 겨우 다시 잠들었고, 아침에 깨어서는 꿈을 감쪽같이 잊어버리고 있었던 것이다. 그런데 그 꿈이 자전거를 타고 화중의 집으로 가는 도중에 언뜻 떠오른 것이다. 그것도 무슨 음모가 틀림없다는 불길한 예감과 함께 불현듯 떠오른 것이다.

문근은 이윽고 강화중의 집 앞에 닿았다. 몇 번이나 와 본 집이었다. 그래서 강화중이 좋아하는 커다란 수캐마저도 꼬리를 저으며 다가왔다. 마당에는 닭들이 평화롭게 모이를 줍고 있었고, 불어오는 바람에 공중으로 치켜진 닭의 꼬리가 부채처럼 펼쳐지고 있었다. 그는 목청을 가다듬어 안을 향해 강화중을 불렀다.

"강 선생 계시오?"

그러자 3칸 초가의 부엌에서 그의 아내가 물 묻은 손을 앞치마로 닦으며 나왔다. 언제 봐도 상냥하고 고상한 인상의 부인이었다.

"어떻게 된 겁니까? 강 선생은 계십니까?"

그러자 화중의 아내가 뜻밖의 내방객을 반갑게 맞이했다.

"어찌 아시고 이렇게 일찍이…. 좀 올라오시지예."

그러자 방문이 열리며 강화중이 얼굴을 내밀었다.

"추운데 어서 들오시오. 바람이 심하지요?"

교장의 말대로 그는 별로 다친 것 같지도 않아 보였다. 머리에 붕대를 감고 누워 있을 그를 상상했던 것인데, 붕대는커녕 그는 멀쩡하게 목소리도 평소대로 우렁찼기 때문이다. 문근은 방문을 닫고 앉으며 물었다.

"다친 데는 없소?"

그의 답이 재미있었다.

"뺨따귀를 몇 차례 맞고 불두덩을 좀 채인 것뿐이오. 까딱했으면 큰일 날 뻔했소."

문근이 웃으며 받았다.

"부인을 생과부로 만들 뻔했네. 왜 하필이면 그런 데를 찾을꼬."

"글쎄, 그만 되기 다행이지요."

"범인은 누군지 알고 있소?"

"그걸 알려고 연구하다가 지금은 고민 중이오. 그런데 이 선생은 어떻게 알고 이렇게 일찍이…?"

"출근하니까 그 지각대장 너구리가 와 있더라니까."

너구리는 교장의 별명이었다. 인간이 하도 음흉하고 능글능글해서 이문근과 강화중 둘이서만 부르는 별명이었다.

먼젓번 연판장 사건 때 6명의 교사 전원이 도장을 찍었다가 모두들 혼이 나고는 이문근, 강화중을 제외한 다른 교사들 4명은 그새 하나같이 전향(?)하여 교장의 수족이 되어 있었기 때문이다. 강화중이 물었다.

"그래서?"

"다짜고짜 좀 보자면서 교장실로 앞장서잖아. 따라 들어갔더니 당신이 테러 맞았다면서 날 보고 경찰서로 가 보래."

"당신을 왜?"

"경찰이 와서, 날 참고인으로 부른다면서."

"경찰이 와서? 아니, 경찰이 학교로 갔더란 말이오?"

"당신이 경찰에 알렸으니까 경찰은 나를 참고인으로 찾는 모양인데, 왜 경찰이 나에게 직접 오라고 하지 않고 학교에까지 가 교장을 통해 부르느냐가 의문이오."

강화중이 놀라며 물었다.

"지금 무슨 소릴 하는 거요? 나는 경찰에 알리지도 않았단 말이오!"

"뭐라고요? 강 선생은 경찰에 알리지도 않았단 말이오? 그럼, 이게 어떻게 된 거지?"

강화중이 눈을 크게 뜨며 말했다.

"글쎄, 이게 무슨 일이지? 가만 있자."

그러면서 화중이 두 손으로 다리 사이를 싸잡으며 엉거주춤 일어서더니 책장에서 뭔가를 꺼내 와서 제자리에 앉았다. 거동이 몹시 불편해 보였다. 문근이 그러한 화중에게 걱정스러운 얼굴로 물었다.

"아니, 강 선생 중요 부위를 채여도 많이 채인 모양인데 괜찮겠소?"

"그놈들도 일부러 여길 찬 것 같지는 않구만. 걷기가 좀 거북해서 오늘은 학교에 못 나갔지만 곧 풀릴 거요."

문근이, 화중이가 꺼내 놓은 서류를 가리키며 물었다.

"이건 뭐요?"

"김구 선생의 남한 단독정부 수립 반대 성명서요. 지난 2월 10일 (1948년) 자 신문에서 오려둔 거요."

그러면서 공책 속에 간수해둔 스크랩을 꺼내었다. 이문근이 말했다.

"그건 나도 읽은 적이 있지."

"좀 있다가 한 번 더 읽어 보기로 하고 우선 내 이야기부터 먼저 들어 보라니까."

화중의 이러한 말에 문근은 화중의 눈을 똑바로 쳐다보았다. 자세히 보니 그의 얼굴에는 그때까지도 맞은 손바닥자국이 주룩주룩 도장처럼 찍혀 있었다. 문근은 분노로 잠시 입을 앙물었다가 말했다.

"자세히 보니 뺨도 많이 맞은 모양인데?"

"미친개한테 물린 셈 치지 어쩌겠소."

그때 밖에서 문이 열리며 화중의 아내가 홍시를 쟁반에 담아 들어왔다.

"아무것도 대접할 게 없어서…."

화중의 부인이 이렇게 말하고는 조용히 방을 나갔다. 문근은 문득, 생과부 안 되기 천만 다행입니다, 하는 말을 혼자 떠올리고는 빙긋이 웃었다. 화중이 아무것도 모르고 말했다.

"홍시라도 대접하니 기분이 좋은 모양이지? 이거라도 들면서 이야기합시다."

문근이 홍시를 집어 들면서 말했다.

"홍시 대접이 반갑기도 하지만 내가 웃은 것은, 당신이 부인한테 남자구실을 계속할 수 있어 보여, 그게 다행스러워 웃은 거요. 번지수나 옳게 알고 말해야지…. 그건 그렇고, 당신 이야기나 들어봅시다."

강화중이 당한 이야기를 꺼냈다.

"아, 밤중에 자고 있는데 갑자기 구둣발이 하필 여길 걷어차면서 소리치는 거요, 일어나라고. 아닌 밤중에 홍두깨라더니 깜짝 놀라 일어나서 호롱불에 불부터 켜려고 했지. 범한테 물려가도 정신은 차리라고 했기에 말이오. 그랬더니 다짜고짜 뺨따귀를 후려치면서 이 새끼, 뭐 잘났다고 불 켜서 낯짝까지 보이려 하느냐고, 니놈의 생긴 상판 다 알고 있으니 그만두라고 하잖아."

"그래서?"

문근이 침을 삼키면서 다그쳤다.

"이번에는 다른 놈이, 이 새끼 주둥아리 조심하지 않으면 다음번에 와서는 아가리를 확 찢어 놓겠다고 을러대더군."

"도대체 그놈들이 누구요?"

"그래서 말인데, 아무리 생각해 봐도 짚이는 데가 없단 말이오.

그런데 조금 전에 이 선생이, 경찰에 알린 게 내가 아니냐고 하니까 생각나는 게 있었단 말이오. 그래 이걸 꺼내 왔지."

"그렇더라도 김구 선생의 남한 단독정부 수립반대 성명서가 도대체 어쨌다는 거요? 그 성명서 문안을 우리가 쓰기라도 했단 말이요?"

문근이 다소 흥분하여 말하자 화중은 흥분할 것 없다는 듯이 조용히 말했다.

"그렇게 화만 낸다고 될 일이 아니오. 이제 생각하니, 이 성명서 내용은 나중에 보기로 하고 이 선생은 일단 경찰서부터 다녀오는 게 좋겠소."

"글쎄, 가기는 가 봐야겠는데."

"참고인으로 부르건 용의자로 부르건 한 번 부르면 안 가고는 못 배길 테니 일단 다녀오소. 통시(변소) 앉아 개 부르듯 걸핏하면 사람 불러놓고 딴청만 부리는 이놈의 관청, 해방이 되면 좀 나아져야 할 텐데, 나아지기는커녕 한 술 더 뜨니 더러워서…."

문근이 다시, 아무래도 이상하다는 듯 혼잣말처럼 중얼거렸다.

"그런데 강 선생이 테러 당했는데 나를 왜 부르지…?"

"아마 이 선생과 나를 이 기회에 한꺼번에 욕 좀 보이자는 속셈일 거요. 생각해 보면 우리 둘의 언동이 경찰 당국의 눈에 잘 보일 일이란 아무것도 없지 않소."

"그래도 무슨 꼬투리가 있어야 욕을 보이든 굿을 보이든 할 거 아니오."

"딱한 소리! 귀에 걸면 귀걸이, 코에 걸면 코걸이가 현재의 법이오. 꼬투리가 아니라 꼬투리 할애비라도 만들어 낼 수 있는 사람들인 줄 모르오? 그래서 내가 전부터 우리 조심하자고 그러지 않았소. 우리는 이 좁은 바닥에서 벌써 찍힌, 찍혀도 야무지게 콱 찍

힌 불온분자거든. 재수 없으면 좌익으로 몰려 더 큰 불행을 당할
지도 모르지.”

“택도 없는 소리 하고 있네!”

문근은, 화중의 세태를 꿰뚫어보는 안목과 정확한 판단력을 인
정하고 있었으므로, 택도 없는 소리 하고 있다고 쏘아붙였지만,
화중의 말을 들으니 기분이 아주 좋지 않았다. 아니 기분이 좋지
않은 정도가 아니고, 울화통이 터질 지경이었다.

“이따가 봅시다.”

13장

미늘 혹은 올가미

36

문근은 화중의 집을 나와 다시 자전거를 타고 읍내로 가지 않을 수 없었다. 화중의 집 개가 혀를 빼물고는 1km가 넘게 자전거를 따라 달려오다가 되돌아갔다. 자전거의 속도를 내자 맞바람에 얼굴, 특히 귀가 견딜 수 없이 시렸으나 이마에서는 진땀이 배어나고 있었다. 긴장과 불안 때문이었다.

경찰서는 이미 낯이 익은 곳이었다. 지난번 연판장 사건 때, 며칠 동안이나 잡혀 있었기 때문이다. 그러나 낯이 익었다고 결코 정다울 수 없는 곳이었다. 언제 와도 기분이 좋지 않은 곳이 경찰서였고, 연판장 사건 뒤로는 경찰서 정문 앞을 지나기도 꺼려졌다. 특히 총을 들고 보초를 서있는 경찰관을 보면 괜히 가슴까지 두근거려지는 문근이었다.

그는 먼젓번 사건으로 낯이 익은 형사를 찾았다. 마침 그는 자리에 있었다. 형사는 반가움의 미소인지 비웃음인지 분간 못할 묘한 표정을 지으며 말했다. 눈에는 핏발이 서 있었다.

"어, 오셨군. 이 찬 날씨에 오시라고 해서 미안합니다."

그러면서 빈 의자를 가리켰다. 그의 입에서는 썩은 냄새가 풍기고 있었다. 지독한 술 냄새였다.

문근은 자리에 앉으며 침착하게 물었다.

"오늘 아침, 학교로 오셨던가요? 교장 선생님을 만나 뵈었던가요?"

문근은 교장을 만난 게 이 사람인지 아니면 누구인지 궁금해 물었던 것이다. 형사가 사람을 어찌 보느냐는 듯이 좀 퉁명스럽게 답했다.

"학교야 젊은 사람을 보냈지, 내가 갈 수 있어요?"

"무슨 이유로 나를 보자고 하셨는지…?"

"아, 별건 아니고 강화중 선생이 지난밤에 봉변을 당하셨는데 혹시 이선생 말씀을 들으면 범인을 잡는 데 무슨 참고라도 될까 해서요."

문근은 그렇게 말하는 형사의 얼굴을 말없이 주시했다. 형사의 이 이상한 말을 더 들어 봐야 할 말이 생각나겠기 때문이었다. 형사가 이었다.

"혹시 범인을 잡는 데 도움이 될 말씀 좀…."

이건 말도 안 되는 소리였다. 무슨 사건이 터지면 흔히 전과자를 불러 조사한다는 말은 들었어도, 오밤중에 당한, 그것도 모르는 사람으로부터 당한 폭행사건에, 직장 동료를 범인 잡는 참고인으로 부르다니! 내가 평소에 깡패 노릇이라도 하고 다닌단 말인가. 아니, 소문난 깡패 두목이라도 되어, 밤중에 남의 집에 침입해 사람 패는 일을 예사로 하는 졸개라도 거느리고 있단 말인가. 그야말로 번지를 잘못 짚어도 한참 잘못 짚고 있는 형사의 수작이 우둔에 의한 실수인지 고의에 의한 흉계인지부터가 의심스러웠다. 아니다. 고의에 의한 흉계가 분명했다.

그러나 문근은 꾹 참고 좋게 말했다. 자신의 생각대로 따져 이로울 것이라고는 하나도 없겠기 때문이었다.

"범인을 잡는 데 내가 도움이 된다면 다행이겠습니다만…."

그러자 형사는 뱀같이 섬뜩한 눈을 치떠 노려보면서 전혀 엉뚱한 말을 했다. 그의 눈에는 지난밤의 과음으로 인한 핏발이 잔 거미줄같이 얽혀 있었고, 입에서는 말을 할 때마다 지독한 술 냄새가 풀풀 풍겨 나왔다.

"당신 아내는 가라후토로 갔었지?"

"그렇습니다."

무슨 꼬투리를 잡으려고 이런 엉뚱한 소리를 하고 있는지 의심스러웠지만 그는 일단 사실대로 순순히 답했다. 형사가 이번에는 시선을 떨어뜨려 서류를 뒤적거리며 물었다.

"제 발로 갔었지?"

강제모집을 하면서도 징용지원을 대환영한 일제였고, 이자도 틀림없이 일제 때에는 노무자 강제 징집이나 납치에 앞장섰을 것이 아닌가. 계급이 좀 높다고 초등학교 교장을 만나는 일도 아랫사람을 시킬 정도면 일제 때부터 경찰에 투신한 자가 분명했다. 그런데도 아내 숙경이 화태로 자원해 간 것을 무슨 큰 흠이나 되듯 따지다니! 그래서 문근은 이번에는 아니꼽다는 감정을 노골적으로 섞어 반문했던 것이다.

"그런데요?"

그러자 서류에 시선을 떨어뜨리고 있던 그가 독사처럼 머리를 발딱 들더니 고함치기 시작했다.

"그런데요오? 비이겁한 놈의 새끼, 지 계집 하나를 못 거느려서면 타향에다 팔아먹은 못난 주제에 무엇이 어쩌고 어째애?"

이러고는 다시 서류에다 눈을 주고 읊어나갔다.

"뭐, 친일파가 국민 앞에 군림을 하고, 친일파가 교육자가 되어 교육을 망치고, 이승만 대통령의 단독정부 수립은 삼천만 민족을 배신하는 행위이고, 외력(外力)에 아첨하는 자가 정권을 잡아 그 상전인 미국 사람들의 귀여움을 받고, 미군 주둔의 연장은 무지몽매한 정상도배들의 생명 연장의 수단이고, 박테리아가 태양을 싫어하듯 현재의 집권자는 남북 통일정부 수립을 두려워한다고오?"

여기까지는 서류를 보고 읽으면서 고함을 쳤다. 그러더니 다시 고개를 들고,

"이 새끼, 죽을 동 살 동 천지분간을 못 차리고 말이면 다 하는 줄 알아?"

하면서 책상 위의 재떨이를 들었다 놓았다 했다. 그러나 문근은 딱하기만 했다. 형사가 방금 뇌까린 그 기나긴 죄목(?)이 도무지 무슨 소린지 알 수 없었기 때문이었다. 그래서 말했다.

"나는 도무지 무슨 말씀인지 모르겠습니다. 혹시 무슨 착오가 생겼거나 오해를 하고 있는 건 아닙니까?"

그러자 형사가 펄펄 뛰는 시늉을 하며 이빨을 드러내고 짖었다.

"착오오? 오해애? 착오 같은 말 하고 있네. 오해 같은 말 좋아하네. 어제 테러 당한 강화중이한테 물어봐! 그러면 무슨 소린지 알 거야."

"강화중 선생이 그런 말을?"

"강화중이만 그랬다면 미쳤다고 내가 당신을 부르겠어?"

"아니, 그럼 내가 그런 말을 했다는 뜻입니까?"

그는 정말 딱해서 물었다. 그런데 형사는 도리어 경멸의 눈초리로 문근을 흘겨보며 다시 욕설을 퍼부었다. 조금 전의 당신이란 말이 흔적도 없이 사라져 버렸다.

"이 새끼, 정말 더러운 놈이네! 벌레도 니놈처럼 비겁하지는 않

을 거야. 니 같은 기회주의자야말로 신성한 교육계에서 사라져야 해. 아니, 싹 쓸어내야 해. 쓸어내는 것만으론 부족해. 일망타진 소탕을 해 버려야 돼!"

문근은 마치 도깨비에 홀린 사람처럼 멍청한 꼴이 되어 일방적으로 당하고 있었다. 이 새끼야, 내가 어째서 벌레만도 못한 비겁자란 말이냐? 내가 왜 소탕돼야 하느냔 말이다! 하고 멱살이라도 잡고 따져보고 싶었으나 그럴 계제는 못 되었다. 형사가 다시 무섭게 을러대었다. 아까처럼 고함을 치지는 않았지만 뱀처럼 섬뜩한 눈길을 문근의 눈에다 꽂은 채 지껄였던 것이다.

"일언이폐지하고 똑똑히 말해두겠는데, 또 친일파 운운하면서 잡음 일으키고 엉뚱한 소리 계속하면 그때는 강화중이와 함께 골로 가는 줄 알어!"

문근은 아무래도 풀리지 않는 의문에 대해 물었다.

"강 선생을 테러한 범인은 그럼?"

"방금 내가 준 주의에 당신의 결심이나 밝히지, 무슨 엉뚱한 질문이야. 건방지게! 그리고 범인 범인, 하지 마! 지금 열심히 찾고 있는 중이니까."

"…"

이문근은 끝내 앞으로 조심하겠노라는 말은 하지 않았다. 그리고 여태 한 번도 형사 앞에서 '제'란 말을 쓰지 않고 꼭꼭 '나'라고만 했다. 그런데 방금, 범인 범인 하지마! 라고 신경질을 부리는 형사의 태도에서 강화중의 테러범은 바로 경찰임을 직감했다.

형사는 이문근이, 사과를 하거나, 앞으로 조심하겠다는 말을 하지 않았는데도, 끝에 가서는 제풀에 좋은 말로 돌아와 반은 훈계조, 반은 협상조로 말했다.

"이문근 선생, 당신 학벌도 좋은데 무엇이 부족해서 항상 비판만 합니까? 학벌이 없어 교육계에 발을 붙이고서도 속 썩이는 교사가 얼마나 많은데? 그런 사람에 비하면 이 선생 같은 분이야 떳떳하지 않습니까. 앞으로는 그러지 말고 좀 잘해 봅시다. 그리고 모시고 있는 박충진 교장 선생님도 좀 잘 도와드려요. 나이를 보아도 한참 위 아닙니까?"

이러면서 담배까지 권했다. 이문근은 평소 담배를 안 피웠지만 홧김에 담배를 받아 힘껏 빨았다. 눈앞이 핑그르르 돌았다. 그러자 형사가 다시 낮은 소리로 말했다.

"돌아가도 좋습니다. 오늘 좀 지나친 말 미안합니다."

이문근은 부들부들 떨면서 경찰서를 나왔다. 강화중의 말마따나 미친개한테 물렸으면 병원에라도 가볼 수 있을 것이다. 그런데 이건 뭔가. 그러나 다음 순간, 문근은 피식 쓴 웃음이 나왔다. '좀 지나친 말 미안하다?' 교육자가 형사한테 이렇게 당하는 풍속이 이 땅에 오래 계속된다면 정말 우리 교육은 낭패라는 생각과 함께, 자신이 지극히 비참하게 느껴졌다.

결국 오늘 자기를 호출한 것은 강화중의 테러 사건 해결을 위한 참고인으로서가 아닌, 앞으로 입조심하라는 주의를 주기 위해서였다. 그런데 박충진 교장, 그 너구리를 잘 도우라고 한 말이 심히 미심쩍었다.

그는 집으로 돌아오는 길에 다시 강화중의 집에 들러 저녁밥까지 먹으면서 오래도록 이야기를 나누었다.

두 사람은, 장택상 경찰청장의 좌익세력 발본색원 선언에 발맞추어, 이 기회에 비판세력을 견제, 혹은 제거함으로써 새 정부의 기틀을 튼튼히 하려는 속셈일 거라는 이야기에 의견의 일치를 보았다.

강화중이 담배를 물고 심각한 얼굴로 눈을 지그시 감고 있었다.
그러다 무겁게 말했다.

"조심합시다, 우리. 우리 둘은 이미 요주의 인물로 감시의 대상
이 돼 있어요. 당신 말대로 어젯밤 나를 폭행한 놈들도 바로 경찰
임이 틀림없소. 얼굴을 안 보이려고 호롱불도 못 켜게 했으니까."

이문근이 보충했다.

"너구리가 정보 제공자이고! 우리 둘은 너구리에게는 눈엣가시
니까."

이문근의 이러한 추측도 정확했다. 잠시 침묵이 흘렀다. 강화중
이 물고 있던 담배를 재떨이에 비벼 끄면서 생각난 듯 말했다.

"지난번 운동회 마치고, 구장 집에서 저녁 먹던 날의 일 기억해
요?"

이문근이 생각난 듯 웃으며 답했다.

"그날 내가 좀 취했었지."

"좀 취한 정도가 아니고 대취했었소."

이문근이 이번엔 좀 놀라며 물었다.

"그랬던가요? 그래서 내가 무슨 못할 소리라도 했소? 난 기분
좋게 술 마신 것만 생각나고, 무슨 말을 했는지는 도무지 모르겠
는데?"

강화중이 놀랐다는 표정으로 말했다.

"당신 그날 청산유수같이 말 잘했었지!"

"그래, 그 말에 무슨 못할 소리라도 있었소?"

강화중이 조금은 심각해진 얼굴로 아침에 책장에서 꺼내 두었
던 신문 스크랩을 펼쳐 보였다.

48년 2월 10일자 신문의 '南朝鮮單獨政府樹立에 대한 反對聲
明'이란 제목의 김구 선생의 글이었다.

'친애하는 삼천만 자매 형제여!'로 시작되는 장문의 성명서였다. 그 글 속에는 노(老)독립투사의 애국 충정이 글자 한 자 한 자에 짙게 어려 있었다. 그런데 그걸 읽어나가다가 다음과 같은 대목에서 눈이 확 뜨였다. 오늘 오전 그 형사의 뱀눈이 눈앞을 스쳐 지나갔다.

문근은 숨을 한 번 가다듬고 천천히 읽어 나갔다.

현재 우리나라에 있어서도 외력에 아부하는 자만은 혹왈 남침 혹왈 북벌하면서 막연하게 전쟁을 숙망하고 있지만 (중략) 그들은 전쟁이 난다 할지라도 저희들의 자질(子姪)만은 징병도 면제될 것으로 믿을 것이다. 왜 그러냐 하면 왜정하에서도 그들에게는 그러한 은전이 있었던 까닭이다. (중략) 미군주둔 연장을 자기네의 생명연장으로 인식하는 무지몰각한 도배들은 국가 민족의 이익을 염두에 두지도 않고, 박테리아가 태양을 싫어함이나 다름없이 통일 정부 수립을 두려워하는 것이다. 그리하여 그들은 음으로 양으로 유언비어를 조출하며 단선 국정의 노선으로 민정을 선동하며 유엔 위원단을 미혹케 하기에 전심전력을 경주하고 있다. (중략) 시비가 없는 사회에는 개량이 없고 진보가 없는 법이니 여론이 환기됨을 방지할 바 아니나, 천재일우의 호기를 만나서 일체 내부 투쟁을 정지하자. (중략) 암살과 파괴와 파업은 외군의 철퇴를 지연시키며 조국의 독립을 방해하는 결과를 조출할 뿐이다. 계속한 투쟁을 중지하고 관대한 온정으로 임해 보자. 마음속의 38선이 무너지고야 땅위의 38선도 철폐될 수 있다. 내가 불초하나 일생을 독립운동에 희생하였다. 나의 연령이 이제 칠십이삼인바, 나에게 남은 것은 금일 금일 하는 여생이 있을 뿐이다. (중략) 3천만 동포 자매 형제여! 붓이 이에 이르매 가슴이 억색하고 눈물이 앞을 가리어 말을 더 잊지 못하겠다. 바라건대 나의 애달픈 고통을 명찰하고 명일의 건전한 조국을 위하여 한번 더 심사하라.

37

하도 긴 글이어서 읽는 데 시간이 걸리긴 했지만 문근은 전에 한 번 읽은 적이 있는 이 글을 다시 끝까지 읽어보지 않을 수 없었다. 왜냐하면 오늘 오전 경찰서에서 그 형사가 뱀눈으로 흘겨보며 협박조로 비꼬던 내용이 전부 이 글 속에 나타나 있었기 때문이다.

문근은 그제야 어렴풋이 짐작되는 일이 있었지만 그래도 확실한 기억은 나지 않았다. 그는 심각한 얼굴이 되어 화중에게 말했다.

"오늘 경찰서에서 나를 취조한 형사는 우선 엉뚱한 말로 내 기를 죽이려고 했소. 즉 내 아내가 화태로 자원해 간 것을 꼬집어, 제 계집 하나 못 거느려 팔아먹은 놈이 무엇이 어쩌고 어째? 이래 놓고, 문서를 보고 줄줄이 읽어 나가면서 고함질렀단 말이요. 그런데, 그 문서에 담긴 내용이 바로 이 성명서 속에 다 있으니 뭐가 어떻게 된 거요?"

"당신 그날 구장 집에서 대취했다는 건 내가 아까 말하지 않았소. 그런데 대취한 당신이 김구 선생의 말씀을 잘도 기억하고 있다가 마치 당신의 의견인 것처럼 열을 올려 일장 연설을 했거든. 그때 너구리 교장은 시종 얼굴을 잔뜩 찌푸린 채 눈을 감고 있었소. 듣기가 거북하다는 뜻 아니었겠소?"

"그래요? 내가 그런 말을 핏대를 올려 했다 이거요?"

"이 선생이 그날 초장부터 두꺼비 파리 챙기듯, 주는 술잔마다

넙적넙적 받아 마실 때 알아 봤지. 그러더니 결국 화태로 간 우리 동포, 징용 가서 억류되어 있는 미귀환 동포에 대하여 일본을 규탄했소. 현 정부의 무성의도 규탄했고. 그러나 당신 부인 말은 한 마디도 하지 않았지. 그래서 나는 당신의 이성을 믿고 일단 안심했던 거요."

"그러면 이 성명서의 말은 언제부터 내가 했단 말이오?"

"좌중이 모두 당신 말에 동조를 표하면서 부도덕한 왜놈들에 대하여 한 마디씩 내뱉었지. 그러자 당신이 왜놈들만 나무랄 문제가 아니라면서, 쓸개도 혼도 다 빠져버린 게 우리의 정치 지도자가 아니냐, 우리가 믿고 있었던 사람들이 지금 어떤 처신을 하고 있느냐면서 시작한 말이, 김구 선생 성명서 내용이었소. 나야 이 성명서를 오려두기까지 했으니 그 내용을 잘 알고 있었지만, 다른 사람들은 거의 이러한 성명서를 읽어 보지도 못한 사람들이었지. 그러니 순전히 당신 말인 줄로만 알고 당신을 오해할 수밖에."

"그랬던가? 나는 전혀 모르겠는데."

문근이 고개를 갸우뚱거리며 말하자 화중이 받았다.

"그런 당신을 내가 제지하느라고 얼마나 애쓴 줄 아오? 너구리는 눈을 감고 상판을 온통 찌푸리고 있지, 당신은 기고만장해서 떠들지…."

시골의 운동회란 온 동네의 잔칫날이어서 운동회를 마치고도 곧잘 동네의 유지가 학교 선생들을 초대하곤 했다. 그날도 학교 동네의 구장이, 집에서 저녁 식사를 초청해서 간 자리였다. 문근은 처음부터 권하는 잔마다 사양 없이 벌컥벌컥 받아 마시는 통에 술이 많이 취하기는 했으나, 그가 쏟아놓는 말의 논리는 정연했고, 그래서 독판을 치며 좌중을 완전히 압도했던 것이다. 문근이 한동안 심각한 얼굴로 입을 닫고 있다가 이제 알겠다는 듯 말했다.

"그래서 그 형사라는 작자는 내가 무슨 소린지 모르겠다니까 강화중에게 물어봐, 하고 고함을 질렀구나아! 게다가 내가 끝내 그런 말 한 적이 없다고 잡아떼니까, 비겁한 놈이라느니, 벌레만도 못한 놈이라느니, 기회주의자라느니 하면서 온갖 악담을 퍼부었구나아!"

강화중이 이문근의 말을 듣고 한편 놀라는 표정, 또 한편으로는 재미있다는 표정까지 섞어가면서 물었다.

"아니, 그 작자가 내 이름을 들먹였소?"

이문근이 설명했다.

"왜, 이런 말이 있지 않소? 때리는 시어미보다 말리는 시누이가 더 밉다고. 나와 당신은 한통속인 걸 알고 있는 너구리에게, 그날 나는 시어미였고, 강 선생은 시누이였던 셈이오. 그래서 나의 그런 소리를, 자기 눈치를 슬금슬금 보면서 말린 당신은 너구리한테 더 미운 존재였을 거요."

"당신이 그런 것까지 어떻게 알아?"

"사람 차암 우둔하기는! 나는 괜찮은데, 당신은 테러까지 당하지 않았소. 그게 증거 아니고 뭐요?"

"그게 그렇게 되나? 그러니까 내가 테러를 당한 것은 결국 너구리의 사주가 있었다아, 이 이야기 아니오?"

"그야 두말하면 잔소리고, 세 말 하면 숨 가쁘지."

강화중이 다시 한 번 세상 참 무섭다는 눈으로 혼잣말저럼 했다.

"명색이 교장인 너구리가 손아래 교사들을 경찰에 밀고를 했다?"

이문근이 보충했다.

"바로 그거요. 그런데 너구리는 역시 너구리 수준을 넘어서지 못했거든."

강화중은 대강 알고 있으면서 넌지시 물었다.

"그건 또 무슨 소리오?"

"너구리는 여우보다도 우둔해. 그 작자, 오늘 새벽에 학교에 나와 경찰을 기다리지만 않았어도 들통은 한참 뒤에 났을 텐데 말이오."

이문근이 말하자 강화중이 보충했다.

"약은 고양이 밤눈 어둡다고, 자기가 경찰을 시켜 나를 폭행하도록 해두고 그 사실을 당신에게까지 알림으로써 당신도 혼 좀 나게 하느라고 한 수작인데, 역시 서툴렀군. 너구리란 놈은 음흉한 데는 있어도 본래 약은 데는 없지. 이래서 우리가 별명을 아주 잘붙인 거요. 허허헛."

통쾌하게 웃던 강화중이 웃음을 멈추고 화제를 바꾸었다.

"이 선생, 오늘 저녁 당신이 시누이 시누이 하니까, 나도 내 누이 이야기 좀 합시다."

"강 선생 매씨가 어쨌단 말이오?"

"내 누이가 어쨌다는 게 아니고, 당신이 언제까지나 홀애비로 늙을 작정인지 그게 궁금하다 보니까 내 누이가 생각난 거요."

"아시다시피 나는 지금 아내를 기다리고 있지 않소?"

"글쎄, 그 기다리는 것도 한정이 있지, 부지하세월로 무작정 기다리면서 아까운 청춘 다 보내버릴 거요?"

"오늘 그 형사 말마따나 나는 아내를 팔아먹은 몸이니, 나같이 못난 놈이 어디 있겠소. 따라서 아까울 것도 없는 청춘이거니와, 그럭저럭 청춘은 이미 다 간 것 아니오."

"그런 소리 하지 마시오. 자학은 타학(他虐)보다 훨씬 무서운 거요. 그리고 이제 서른 조금 넘었는데 청춘이 다 가다니?"

그러자 문근이 가볍게 한숨을 쉬면서 여태까지의 톤과는 달리 낮은 소리로 말했다.

"강 선생이니까 말하지만 사실 솔직히 말하면… 나도 여자가 필요한 나이 아니오."

"그러니까 더 늦기 전에 결혼을 해요."

화중은 이문근을 알고서부터 줄곧 자신의 누이를 생각하고 있었다. 나이 차이가 좀 나긴 하지만 누이가 이문근에게는 필요한 아이일 것 같았고, 누이에게도 이문근은 같은 남자라면 오히려 과분할 것 같았다. 그러나 그러한 말을 할 기회를 얻지 못하고 있었던 것이다.

두 사람 다 잠시 입을 닫고 침묵을 지키고 있었다. 화중은 문근의 반응을 기다렸다.

그러나 문근은 눈을 감고 숙경을 떠올리고 있었다. 꿈같은 신혼 시절은 학교에 다니느라고, 그리고 못된 부스럼이 전신으로 퍼지는 바람에 어이없이 놓친 숙경과의 짧은 결혼생활. 거기다 다시 숙경이 화태로 가는 바람에 문근은 오늘까지 무슨 틈만 생기면 '새장개 새장개' 노래처럼 되뇌는 어머니의 간청도 떠올랐다.

문근이 눈을 감은 채 계속 침묵을 지키자 화중이 다시 말했다.

"아까, 내 누이 말을 꺼내다 말았지만 내 누이가 결혼 적령긴데…."

"강 선생이 내 중매를 직접 선다고? 아니, 강 선생이 나의 처남이 되겠다는 말씀이오?"

강화중이 천천히 답했다.

"내 생각만 가지고 되는 건 아니니까. 시간을 두고 생각해 봐요."

"강 선생의 이 깊은 우정 잊지 않겠소."

"그거야 이 선생이 나에게 그보다 몇 배 더한 우정을 보여주고 있기 때문이 아니겠소."

그들은 밤늦도록 같이 놀다가 헤어졌다. 밤이 늦었으니 그만 자고 가라는 걸 뿌리치고 문근은 돌아갔다.

이즈음 들어와서 밤만 되면 부쩍 공비, 빨치산, 야산대라고 불리는 사람들의 출몰이 심해 혼자 밤길을 내보내기가 불안한 화중이었다. 문근을 보내고 화중은, 같은 남자지만 저만한 사람도 드물 거라고 생각했다. 두뇌야 수재가 아니면 입학을 할 수 없는 경성사범을 나왔으니 말할 것도 없다. 그러나 재승덕박(才勝德薄)이란 말처럼 재주가 뛰어난 사람은 대개 덕망이 없는 편인데, 문근은 그렇지도 않았다. 진취적이면서 예절에 밝았고, 특히 참을성이 있으면서도 해야 할 말을 꼭 하는 것이 화중의 마음에 들었던 것이다. 때로 아무것도 아닌 일에 지나치게 신경을 쓰는 소심성이 엿보이기도 했으나, 의지와 집념, 실천력도 강했고, 무엇보다도 시국을 보는 안목에 있어서 문근이 언제나 자기와 같은 입장에 서주는 것이 더할 수 없이 마음에 들었던 것이다.

문근은 캄캄한 신작로를 자전거로 달리면서 이렇게 암담한 상황에 강화중 같은 지기(知己)가 옆에 있다는 것이 정말 다행스럽다고 생각했다. 기다리는 대상만 없었다면 강화중만 보고서도 그의 누이를 아내로 맞이할 수도 있을 것이라는 생각을 하며 힘껏 자전거의 페달을 밟고 있었다.

오전에 경찰서에서 당한 수모가 저녁때 강화중과의 대화로 눈에 보이지 않는 쇠사슬이 철거덕거리며 자전거 뒤를 따라오고 있는 것 같았다. 전신에 칭칭 감겨드는 듯하는 일말의 불안은 떨칠 수가 없었다.

이튿날 문근은 출근 하자마자 다시 교장실로 불려가서, 왜 어제는 학생들을 마음대로 귀가 시켰느냐고, 또 된통 당했다. 그러나 경찰서에서의 형사의 말도 떠오르고 게다가 조심하자고 신신당부하는 강화중의 충고도 있어 입을 꾹 다물고 있었다. 이문근이 입을 다물고 있는 것조차 교장은 마음에 거슬렸다. 잘못했으면 잘못했다고 사과를 하든지, 하다못해 그냥 앞으로는 조심하겠다는 말이라도 해야 할 것이 아닌가. 그래서 교장은 얼굴이 난로처럼 벌겋게 달아올라 신경질을 부렸다.

"학급 담임은 학생들의 제왕이 아니고, 그 학급은 담임의 왕국이 아니란 말이야, 건방지게…."

문근은 속으로 외치고 있었다. 교장이야말로 교사들의 폭군일 수 없어, 교장의 지시가 신성불가침일 수는 더군다나 없어, 하고.

38

1949년 신학기에 박충진 교장은 이문근과 강화중을 모두 다른 학교로 전출시켜 버렸다. 같은 함안군 내의 학교였다. 그러나 문근은 군의 동쪽 끝인 덕곡국민학교였고, 화중은 서쪽 끝인 신촌국민학교였다. 덕곡에서 신촌까지는 60여 리나 되었다. 두 사람은 같은 날 정든 학교에서 헤어지는 것이 아쉬웠으나, 음흉스러운 교장 곁을 떠나는 건 오히려 홀가분했다.

그런데 묘하게 된 것은 이문근이 가는 덕곡은 바로 강화중의 고향마을이란 점이었다. 화중은 이문근의 동네에 있던 오석국민학교를 떠나 가족과 함께 신촌국민학교가 있는 마을로 이사를 했지만, 문근은 자기 동네를 떠나 조카 철환을 데리고 덕곡으로 가 학교 옆에서 자취를 하기로 했다. 철환은 그때 국민학교 5학년이었지만 형인 경환보다도 훨씬 공부를 잘해서, 평소 문근의 귀여움을 받고 있었다. 하지만 문근이 철환을 데려간 이유는 또 있었다. 그것은 문근이 중등학교 교사 자격증을 얻기 위해 공부를 하고 있었기 때문이다. 그러자면 손수 밥을 해 먹기보다는 여러 가지로 시중을 드는 사람이 필요했던 것이다. 철환이 아직 국민학교 5학년밖에 안 됐지만 아이가 싹싹하고 영리했다. 게다가 삼촌인 자기를 유별나게 따르는 것도 문근은 서로에게 좋다고 생각되었기 때문에 철환을 데리고 갔다.

철환도 마찬가지였다. 자나새나 쇠꼴이나 베어 나르고 농사를 거들거나, 겨울만 되면 지게를 지고 산으로 가 나무를 해 날라야 하는 집보다는 삼촌을 따라가는 것이 훨씬 좋았다. 할아버지는 철환의 나뭇짐을 보고 언제나 꽁알(꿩알)만 하다고 웃었고, 할머니는 그것도 엄첩다(대견하다)고 두둔하곤 했다. 어쨌든 삼촌을 따라 집을 떠나는 것은 신나는 노릇이었다. 선생님인 삼촌과 함께 있는 것이 공부에도 훨씬 도움이 된다고 생각하니 더욱 신이 났다. 그래서 삼촌을 따라 오석국민학교에서 덕곡국민학교로 전학을 해 왔던 것이다.

삼시 세 끼 밥하고 방청소 하는 것쯤은 집에서 하는 일에 비하면 아무것도 아니었다. 어쩌다가 동네 어른들이, 삼촌 밥해댄다고 욕보제? 하면 그는 아니예, 라고 했지만 속으로는, 소분지애시이고 호로뺑뺑이다, 하곤 했다. 소분지애시란 말이나 호로뺑뺑이란 말은 아무것도 아니고 아주 쉽다는 뜻의 오석골 사투리였다.

철환은 세상에 태어난 뒤, 처음으로 사는 보람을 느꼈다. 학교에서도 이문근 선생님이 친삼촌이라니까 아이들도 모두 부러운 듯이 바라보았다. 철환은 절로 어깨가 으쓱거려지면서 공부를 더 열심히 해, 삼촌을 전보다 훨씬 기쁘게 해드려야겠다고 생각하기도 했다. 왜냐하면 삼촌은 언제나 밝지 못한 얼굴에다 술도 자주, 그리고 엄청나게 많이 마시고 들어오는 것이 마음에 걸려서였다.

이곳으로 전학 온 지도 석 달이 지난 6월 말께였다. 김구 선생이 총에 맞아 별세했다고 했다. 학교에서는 아이들도 괜히 이 구석

저 구석에서 웅성거렸고, 이승만 대통령카마(보다) 김구 선생이 언충(훨씬) 더 애국자라고, 그래서 별호도 백범, 그냥 호랑이가 아니고 하얀 호랑이가 아니냐고, 아는 척하는 아이도 있었다. 안상길(安商吉)이었다. 그러나 철환은 이승만 대통령과 김구 선생 두 사람 중 누가 더 애국자인지 몰랐기 때문에 입을 닫고 있다가 자취방으로 돌아와서 삼촌에게 물었다. 그러나 삼촌은 조금 귀찮다는 투로 말했다.

"너는 아직 몰라도 된다. 그리고 어른들도 지금은 함부로 말할 수가 없단다."

그래도 철환은 또,

"학교에서 동무들이 그라는데, 김구 선생님이 더 애국자인 때민(때문)에 별호도 백범이라 카던데예."

하면서 삼촌을 바라봤다.

삼촌은 웃으면서 그건 별호(別號)가 아니고 아호(雅號)라고 한다면서, 별호와 아호를 구분해서 설명해 주셨다. 그러나 철환은 결정적으로 삼촌을 웃기는 말을 했다.

"말도 보통 말보다 백마가 더 좋듯이 범도 보통 범보다 백범이 더 좋은데, 그것도 김구 선생님이 이승만 대통령보다 더 훌륭해서 그렇다던데예?"

그러자 삼촌이 철환의 머리에 알밤을 먹이면서 큰 소리로 웃었다. 비록 머리에 알밤을 먹기는 했지만 삼촌이 그렇게 웃는 것이 기분 좋았다. 삼촌이 말했다.

"임마, 누가 니한테 그런 소리를 다 하더노? 백범(白凡)이란 그런 뜻이 아니야, 즉 흰 호랑이란 뜻이 아니란 말이다."

철환은 무안했다. 안상길이 그 자식, 항상 학교에만 오면 누구 집에 빨치산이 들어와서 무엇을 어떻게 했다, 누구 아버지는 남양에 징용 갔다가 돌아오다가 죽었다고 하는 등의 소식을 전해주었고, 그것이 항상 들어맞았기 때문에 김구 선생님에 관한 이야기도 그대로 믿었던 것인데, 순전히 엉터리가 아닌가. 그는 속으로 중얼거렸다. 똥강아지 같은 자식, 겉똑똑이 안축구(바보), 안다니(아는 척하는 사람) 똥구멍에 유리창 박은 놈….

그날, 삼촌한테 무안당한 날 저녁에는 신촌국민학교로 전근 간 강화중 선생님도 삼촌한테로 왔다. 강화중 선생님은 자기 집에서 여동생이라고 제법 예쁜 아가씨 한 사람을 데리고 와서 부득부득 철환을 부엌에서 밀어내고 저녁을 짓게 했다. 아가씨는 철환에게 간장이 어디 있느냐, 고춧가루가 어디 있느냐 정도만 묻고, 아무 말도 하지 않았다. 그러나 철환은 몰래몰래 아가씨를 요모조모 자세히 뜯어보았다. 그러다 방으로 들어갔다. 아가씨는 곧 저녁상을 차려 안으로 들여놓고 얼굴이 홍당무처럼 되어 돌아 나갔다. 강화중 선생님이 철환을 슬쩍 한 번 바라보더니 삼촌에게 물었다.

"어떻소? 내 누이라고 하는 소리가 아니라, 사람은 될 대로 된 애지. 물론 공부는 국민학교 고등과까지밖에 못 나왔지만."

철환은 그때야 알 수 있었다. 아하, 삼촌을 장가들이려고 그러는구나. 철환은 어린 마음에도 가라후토라던가 화태라던가에 가 있는 숙모 생각을 했다. 숙모보다 얼굴은 그렇게 못하지 않지만 공부를 국민학교 고등과밖에 안 나왔다니 쯧쯧, 숙모는 서울에서 고등여학교를 나왔다던데…. 그러나 할머니 말씀대로 새장개를 드는 셈이니 할머니는 좋아하시겠다…, 하고 혼자 생각했다. 그때 삼촌이 말했다.

"강 선생 호의는 고맙지만 저녁이나 듭시다. 반찬도 별미가 많소 그려."

"먹읍시다. 나의 이러한 권유가 장차 어떤 결과를 가져올지는

342 사할린

모르겠지만 나는 당장 이 선생이 이렇게 궁상스럽게 지내는 모습이 안타까워 그러오. 혹시 알 수 있소? 화태에서 부인이 돌아오시면 내가 몰매를 맞게 될지….”

“좌우간 고맙소. 그리고 내가 궁상스럽게 보일지 몰라도 실은 그렇지 않소. 우리 철환이가 얼마나 잘해주는데.”

그러고는 삼촌이 잊고 있었다는 듯이 철환에게 돈을 주며 말했다.

“철환아, 술 좀 받아 오너라. 돈대로 다 받아 와야 한다.”

철환은 숟가락을 들다 말고 탁주도가로 뛰어갔다. 돈대로 달라고 했더니 다섯 되나 되었다. 통을 도로 가져다주기로 하고, 철환은 끙끙거리며 반 말짜리 술통을 들고 돌아왔다. 또 걱정이 되었다. 이렇게 많은 술을 우찌(어찌) 다 마실라고 이라노….

철환은 모처럼의 좋은 반찬으로 밥을 먹었다. 삼촌과 강화중 선생님은 그 반찬을 안주로 술을 마셨다. 그들은 술을 마시면서도 이야기를 계속했다. 이야기를 하기 위해 술을 마시는 것인지, 술을 마시기 위해 이야기를 하는 것인지 철환은 판단할 수가 없었다. 그리고 지루했다. 이야기는 주로 무슨 정치가들의 이야기, 또 학교와 교육에 관한 이야기를 하는가 하면, 38선을 넘어 북쪽으로 간 사람들의 이야기, 거꾸로 북에서 3·8선을 넘어온 사람들의 이야기 등, 끝이 없었다.

철환은 나중에는 꾸벅꾸벅 졸기까지 했다. 그때야 삼촌이 철환에게 말했다.

“철환아, 먼저 자거라. 나중에 삼촌이 다 치워 놓을 테니까.”

그러자 철환은 두말 없이 한쪽 구석에 누워 잠이 들었다.

철환이 잠들자 화중은 화제를 바꾸었다.

“어떻소. 이름은 복흰데, 우리 복희가?”

그러나 문근은 웃으면서 받았다.

"술이나 마십시다. 홀애비 가슴에 헛바람 넣지 말고."

"어? 헛바람이라니, 헛바람을 넣는다면 내가 당신과 이 시간 술을 마시겠소? 데리고 히파리마치 같은 데나 가지."

"히파리마치? 그것 참 들어본 지 까마득한 소리군."

"하여간 이 선생은 결혼 문제에 대하여 지나치게 무관심한 것 같아 걱정이오. 하기는 매사가 뜸이 돌아야 되고, 시운이 따라야 하니까 더 재촉하지는 않겠소만, 명념해서 생각해 보시오. 농담도 장난도 아니고 진심으로 당신을 위해 하는 소리니까."

"알았다니까."

그러면서 문근이 다시 화제를 바꾸어 이었다.

"그건 그렇고, 김구 선생도 쓰러지고, 세상이 어떻게 될 것 같소?"

문근이 정색을 하고 묻자

"한 마디로 암담하다고 할 수밖에."

화중이 말하고는 다시 잔을 들어 벌컥벌컥 술을 마셨다. 잔이 기울어질수록 허연 막걸리가 그의 턱 끝을 타고 흘렀다. 이번에는 화중이 문근에게 물었다.

"국민보도연맹(國民保導聯盟)이란 게 지난 초순에 결성됐다는 사실 아시오?"

"신문에서 봤소. 그런데 그게 묘하던데."

"동감이오, 나도."

강화중은 잠시 눈을 감았다. 지난 6월 5일 자의 신문기사를 떠올려 보았다. 보도연맹이란 것의 결성에 관한 것이었다.

좌익계 각 정당 사회단체로부터 용감히 이탈한 전향자들로서 뭉쳐진 국민보도연맹의 결성 선포 대회는 오늘 오전 10시 정각, 수

많은 맹원 참립하에 시공관에서 개최되었다. (중략) 김 내무장관의 훈사에 이어 김 서울 시경찰국장의 이사장 취임사가 있은 다음 동 11시 40분 조직은 조직으로, 선전은 선전으로 좌익계열과 대항, 투쟁할 것을 내외에 선포하고 연맹결성 대회는 성대히 끝마쳤다.(조선일보 1947년 6월 5일)

강화중은 이보다 앞서 보도된 국민보도연맹의 취의서(趣意書)란 걸 생각했다. 이 취의서를 보면 국민보도연맹의 성격과 목적을 보다 분명히 짐작할 수 있었다.

민전산하단체 간부층의 기만적이며 부소(附蘇)관료주의적 독선 독재와, 특히 남로당의 살인, 방화, 파괴 등 멸족정책은 마침내 탈당, 전향자를 매일 수십 명씩 속출케 함으로써 그 정체가 무엇인가를 천하에 폭로하기 시작했다. (중략) 대한민국 정부 수립과 남로당의 멸족정책으로 이상과 같이 탈당 전향자가 속출하나, 이들 전향자 탈당자는 명실상부한 국민으로서 멸사봉공의 길을 열어줄 포섭기관이 없음을 유감으로 생각한 나머지 오인(吾人)은 천학미력을 무릅쓰고 결사보국의 지성일념에서 감히 전향자 국민보도연맹을 기성하고자 하는 바이다.(동아일보 1947년 4월 23일)

강화중은 이런 기사를 머리에 떠올리고 있었다. 겉으로 드러난 취지야 아무 흠잡을 곳이 없기는 했다. 표현에 다소 들뜬 감정이 나타나 있고 과장된 인상은 있어도 그것을 탓할 필요는 없을 터였다. 다만 눈에 보이지 않는 문장 이면(裏面), 행간에 숨어 있는 뜻을 천착해 보면, 어떤 미늘, 혹은 올가미 같은 것이 들어 있지 않다고 장담할 수 없는 것이 마음에 걸렸던 것이다. 강화중은 사실 시

국의 이런 중대 문제를 더불어 이야기하기 위해서 이문근을 찾아
왔던 것이다.

이문근 역시 느닷없이 나타난 강화중이 못내 의아스럽던 참이
었다. 하기는 김구 선생 같은 거목, 민족의 지도자가 희생되는 사
건만 해도 두 사람이 만날 수 있는 동기는 충분했다. 하지만 이문
근은 그 문제만 가지고 이 먼 길을 걸어서 찾아오지는 않았으리라
는 막연한 생각을 하고 있던 터였다.

그러니까 보도연맹은 국가보안법의 구체적 운용대책의 일환으
로서 마련된 것이었다. 따라서 강화중의, 뭔지 어떤 올가미 같다
는 판단은 정확했던 것이다.

사실 보도연맹의 구성원들은 국가보안법에 저촉되는 사람 중
전향한 사람들이었다. 즉 남한의 단독선거에 반대, 대한민국의 정
통성을 부인하는 집단 및 결사(結社)의 구성원이었다가 전향한 사
람들이었다.

여기에 가입해야 할 대상은 남로당원은 물론이고, 노동조합전
국평의회, 인민위원회, 민주주의민족전선, 조선민주애국청년동맹
등 남로당 외관단체, 심지어 한독당원까지 포함돼 있었다.

이날 강화중과 이문근이 만나 이야기를 나눈 때부터 훨씬 뒤인
이해 11월에 발표된 서울시 경찰국장의 기자회견내용을 미리 들
어보는 것도 보도연맹이란 조직의 성격을 이해하는 데 도움이 될
것이다.

전향 전 악질 행위자였다면 반드시 가입해야 한다. 이유는 공산
당에 가입하여 반국가적 살인행위를 감행한 자들을 전향하였다고
일률적으로 신용할 수 없으니 전향 후 재출발하여 언동으로나 실
천으로 자기가 확실히 충실한 국민이 되었다는 것을 일반사회나

국가에 알려야 할 것이며, 이 기회를 가지려면 보련에 가입해야
한다.

이처럼 보도연맹은 강제적이었다. 이런 분위기 속에서, 스스로
조금이라도 마음에 거리끼는 점이 있는 사람이라면 누구든지 가
입하지 않을 수가 없었던 것이다. 만약에 가입을 하지 않았다가는
어떤 낭패를 당할지 몰랐기 때문이다.

그런데 문제는 전국 방방곡곡의 경찰서에 빠짐없이 이러한 지
시가 하달되었고, 그것도 한 경찰서당 몇 명 이상 가입시켜야 한
다는 조건 없는 할당 숫자에 있었다. 마치 일제 말엽에, 일제 당국
이 할당된 인원수의 징용자를 모집하기 위해서 신새벽에 남의 집
으로 쳐들어가 젊은 남자라면 누구든지 몽둥이 뜸질부터 해서 끌
고 가고, 길거리에서도 농사꾼이건 학생이건 잡히는 대로 납치해
간 수법과 비슷했던 것이다. 이래서 애매하고 무고한 사람들이, 경
찰에 내려진 할당 숫자를 충족시켜주기 위해 아무것도 모르고 가
입하게 되었고, 또 어떤 이는 자신도 모르는 사이에 가입되어 있기
도 했다.

강화중은, 이문근과 만난 이날 밤, 앞으로 일어날 이런 사태까
지 어렴풋이 예견하고 있었다. 왜냐하면 아무 죄도 없는 사람을
밤중에 와서 폭행을 가하기도 하고, 근거 없는 사람을 불러다 손
찌검을 하고 마구 호통을 쳐대는 이즈음의 경찰 행태가 그런 것
을 충분히 예감케 했기 때문이다. 그런데다 기어코 김구 선생이 암
살당하자, 이점 저점 겸해서 이문근을 만나 속 시원한 이야기라도
주고받기 위해 달려왔던 것이다. 이에 비하면 이문근은 다소 침착
했다. 아니 침착이란 이런 경우 둔감하다고 하는 게 좋을지 몰랐
다. 그래서 이문근은 강화중의 장황한(이문근에게는 그렇게 들렸음)

시국관을 들고 나서 오히려 느긋하게 말했다.

"강 선생, 오늘 보니까 평소 보기보다는 좀 소심해요. 그 소심이 예지의 증거라면 좋겠소마는….'

"소심이란 옳은 지적이지만 예지란 과찬인데."

"겸손 떨 거 없소."

"지금 이야기는 소심, 예지, 겸손 이런 게 아니고, 뭔가 조짐이 심상찮다 이런 말이오."

"그렇다고 설마 천지개벽 같은 일이사 일어날라고?"

강화중이 그때야 얼굴의 긴장을 풀며 말했다.

"당신 말 들으니 나도 마음이 좀 놓이기는 하구만."

이문근이 말했다.

"그럼 시국 이야기는 그쯤 합시다."

그러자 강화중이 기다렸다는 듯이 화제를 바꾸었다.

"그러지, 이제 본론으로 슬슬 들어가 볼까."

"아니, 본론이 또 있소? 여태 이야기한 건 그럼 서론이었단 말이오?"

"꼭 서론이라고 하기는 뭣하지만 본론이야 따로 있지."

이문근이 웃으면서 말했다.

"허허, 누가 초상집에 가서 상주랑 함께 밤새도록 울다가 아침에 누가 죽었느냐고 묻는다더니, 내가 지금 그 꼴이군 그래. 그럼 따로 본론이란 도대체 뭐요?"

"내 누이 복희가 어떻더냐고 아까 초저녁에 물었잖소?"

"그 답 아까 한 것 같은데….'

"답이 아니고 생각해보자고 얼버무렸지."

"얼버무린 게 아니고, 두고 생각해 보자고 합의했었지."

"그 합의가 이제 생각하니 미흡해서 다시 물었지."

"이거 무슨 말장난 같은데? 누이동생 칭찬을 그렇게 듣고 싶다면 밝혀드리지."

"아니 칭찬을 누가 듣고 싶다고 했소?"

"그게 그거지 뭐."

문근은 잠시 쉬었다가 맺었다.

"미인이더군. 강 선생 매씨가."

"미인일 것까지야 없지만 애는 괜찮아요. 이 선생한테라면…."

"쉽게 인도할 수 있다 이 말이오?"

"인도라니? 중등학교 국어 교사가 되려는 사람치고는 용어 선택이 엉망인데? 내 누이가 무슨 물건이오?"

농담 섞인 화중의 항의에 문근이 받아 넘겼다.

"앗따, 인도가 그 인도뿐이오? 당신 매씨가 나의 길을 앞장서서 끌어주거나 일깨워주는 인도(引導)도 있지 않소?"

화중이 문근의 얼굴을 물끄러미 바라보다가 웃으며 말했다.

"말 하나 잘 돌려댄다! 그래 우리 복희가 이 선생을 인도(引導)했으면 좋겠소, 나는."

"내가 인도(引渡)를 해 오나, 강 선생 매씨가 와서 나를 인도(引導)하거나 역시 그 말이 그 말이지. 아까도 말했지만 생각할 시간을 주시오. 그리고 좌우간 고맙소."

"생각할 시간이야 드려야지."

"사실, 나는 날개만 있다면 우선 화태로 날아가서 아내가 무사한지 어떤지를 살펴보고 싶단 말이오."

"그 심정을 내가 왜 모르겠소."

문근이 다시 가볍게 한숨을 쉬며 말했다.

"아직도 술이 남았소. 술이나 마십시다."

그들은 서로의 잔에 술을 채우고는 잔을 들어 눈을 마주했다가

꿀꺽꿀꺽 마셨다. 잔을 비우자 다시 또 그렇게 했다.

밤이 깊었다. 침묵을 지키자 갑작스러운 듯 먼 볏논에서 울어대는 개구리 소리가 아련했다. 어디선가 컹컹컹 개 짖는 소리가 식은 밤공기를 흔들어대고 있었다.

사할린 ❶

초판 1쇄 발행 2017년 5월 15일

지은이 이규정
펴낸이 강수걸
편집장 권경옥
편집 정선재 윤은미 문윤호
디자인 권문경
펴낸곳 산지니
등록 2005년 2월 7일 제333-3370000251002005000001호
주소 부산시 해운대구 수영강변대로 140 BCC 613호
전화 051-504-7070 | 팩스 051-507-7543
홈페이지 www.sanzinibook.com
전자우편 sanzini@sanzinibook.com
블로그 http://sanzinibook.tistory.com

ISBN 978-89-6545-414-4 04810
       978-89-6545-413-7(세트)